AF272917

Dies ist ein Werk der Fiktion. Sofern sich die Erzählungen in diesem Buch nicht auf Dinge des öffentlichen Interesses beziehen, wie: Presseberichte, allgemein bekannte, nachschlagbare historische Sachverhalte, generelle Lebensgewohnheiten, Inhalte der Allgemeinbildung oder Kunst (zitierte Filmszenen, Musikkompositionen u.ä.), sind sie frei nach Eingebung der Fantasie fabuliert.

Impressum:
© 2016 Dagmar Dornbierer
Herstellung und Verlag: Bod-Books on Demand, Norderstedt
ISBN 9783837044799

Kontakt:
dagmar.dornbierer@dolphins.ch

Titelbild: Eigentum der Autorin

VON DER AUTORIN SIND AUSSERDEM ERSCHIENEN:

Jan Hus – Der Wahrheit Willen
(2015) ISBN-9783734754517

Das Buch der gespiegelten Zeit – Inspirierte Erzählungen
(2016) ISBN-9783837044881

Impressionen
Poesie aus vier Jahrzehnten und in drei Sprachen
(2016) ISBN-9783837045017

IN VORBEREITUNG: (2016-2018)

Frauen mittendrin Teil II. – Marcelas stille Integration
Gegenwartsliteratur, Vergnügliches aus der Schweiz
ISBN-9783837045215

Maria Mancini Fürstin Colonna
Eine Romanbiographie aus dem 17. Jahrhundert

Capitor, Malerin des Bastarden
Historischer Roman aus dem 17. Jahrhundert

Die Handschrift
Historischer Roman aus dem 15. Jahrhundert

2

Die Autorin

Dagmar Dornbierer ist in verschiedenen Sparten, Kulturen und Sprachen zu Hause. Ihren Lebensunterhalt bestritt sie unter anderem auch als Übersetzerin und Dolmetscherin. Sprachen sind ihre Instrumente und Werkzeuge – fünf davon beherrscht sie fliessend und in vier weiteren findet sie sich gut zurecht. Sie verwebt Fakten und Fiktion, Biographien und Fantasien zu intelligentem Lesevergnügen. Dagmar Dornbierer hat es sich zur Aufgabe gesetzt, Menschen in der Vielfalt des Lebens in ihren Geschichten auftreten und sprechen zu lassen.

Mit ihren „Frauen mittendrin" beschreibt die Autorin die „Mittendrinkrisen" des ganz normalen Schweizer Alltags, aus dem jedoch ihre Protagonistinnen ausbrechen wollen. Mittendrin steht Eliane, eine lebenslustige Mitvierzigerin, die sich in ihrer neugewonnenen Freiheit zurecht zu finden versucht. Die Tücken des Online-Datings, Traumprinzen und Frösche, Un- und Missverständnisse, Beziehungsknatsch und Generationenwechsel begleiten sie. Die Heldinnen der „GeschiCHten" und Eliane selbst stehen mittendrin im Leben. Elianes Weg säumen sowohl Erfolgserlebnisse als auch Reinfälle und oft unfreiwillig komische Situationen – ganz nach ihrem Motto: „Wer in viele Fettnäpfchen tritt, hat wenigstens immer gut eingecremte Füsse…"

Frauen mittendrin Teil 1 – Eliane und ihre GeschiCHten

Prolog

Mittendrinkrise

Frauen und die dazugehörenden Männer und Kinder – Mittendrin im Leben, und somit mittendrin in der Krise – Das mittlere Alter, und die mittleren Einkommensebenen – Menschen, denen mittendrin bewusst wird, dass es noch Träume gibt.

Dieses Buch handelt von Mittendrinkrisen. Die Geschichten erzählen von Frauen – und den dazugehörenden Männern und Kindern – die alle mittendrin im Leben stehen und somit mittendrin in der Krise. Es wird erzählt von Leuten des mittleren Alters, und der mittleren Einkommensebenen – Leuten, denen mittendrin bewusst wird, dass es noch Träume gibt. Sie reagieren darauf wie die meisten Menschen – das heisst verstört, panikartig, fluchtbereit. Aus den Krisen entwickeln sich Erfahrungen, aus den Erfahrungen Erlebnisse, aus den Erlebnissen Situationen, die oft komisch sind, aber noch öfter heillos verworren scheinen. Frauen – und die dazugehörenden Männer und Kinder – auf der Suche nach einem Kick, einem Sinn, einem Wendepunkt. Mittendrin im Leben und inmitten der Mittendrinkrise.

Krisen treffen immer mittendrin. Mittendrin im Leben. Mittendrin in der Arbeit, in Beziehungen, in der Familie. Eine Krise erwischt einen immer mittendrin in etwas. Nie zu Beginn, denn da herrscht Begeisterung. Selten am Ende, denn da breitet sich schon Müdigkeit aus. Eine Krise kommt, wenn man sich schon ein wenig eingewöhnt hat, sich ein bisschen seine Komfortzonen geschaffen hat, wenn man nicht mehr so aufmerksam ist.

Krisen beginnen schon ganz früh im Leben und die klassische Krise packt einen am Wickel schon als Wickelkind. Dann geht es weiter im Kindergarten, wenn die Mutter plötzlich weggeht. Am schlimmsten ist es während eines Schulklassenlagers, egal in welcher Klasse. Die Krise kommt mittendrin – meistens am Mittwoch.

Mitte der Woche. Mittendrin. Im Klassenlager. Wenn man genauer darüber nachdenkt, wird es sonnenklar: Am einem Samstag reisen aufgeregte und freudig begeisterte Schüler zusammen mit Lehrkräften und Aufsichtspersonen an den Lagerort. Irgendwo naturnah. Die Kinder sollen eine Woche in der Natur und frischer Luft mit körperlicher Bewegung zubringen. Das ist gesund. Das stärkt den Zusammenhalt. Das meinen die Lehrer und die Aufsichtspersonen. Die Kinder allerdings, erleben diese pädagogisch wertvoll geplanten Tage meist anders. Nach der Anreise muss man sich erst einmal an den neuen Ort gewöhnen, ans Haus oder an ein Zeltlager. Am Montag lernt man die Hausordnung, man motzt über das Handyverbot und man gewöhnt sich an die Mahlzeiten – kulinarisch und zeittechnisch. Dann erkundet man die nähere Umgebung. Am Dienstag hat man vielleicht schon die erste längere Wanderung hinter sich, und ganz sicher hat man mindestens zwei Nächte lang nur sehr kurz geschlafen, man will schliesslich die Streiche der Mitschüler, die Kissenschlacht und die dadurch ausgelöste Aufregung der Aufsichtspersonen nicht verpassen. Am Mittwoch gibt es dann noch eine längere Wanderung, die bereits Erschöpfungsanzeichen mit sich bringt, und am Abend heult sicher schon das erste Kind in die Erbsensuppe weil irgendjemand angefangen hat von zu Hause zu sprechen, oder von der Familie – oder ganz gefährlich: von der Mutter. Nun tropfen vielleicht schon weitere Tränen ins Kartoffelpüree und ins Dessert, und im Schlafsaal wird es dann ganz schlimm. Diese Nacht fehlt der Schlaf sicher sowohl den Schülern als auch Lehrern und Aufsichtspersonen. Die Mittendrinkrise ist da.

Eine solche Mittendrinkrise ist das sichere Anzeichen, dass man zumindest einmal tief durchatmen und eine Standortbestimmung anstreben müsste. Wo bin ich? Wie soll es weitergehen? Zugegeben, in einem Klassenlager ist das ziemlich einfach, denn am Samstag geht es ja wieder zurück nach Hause, zum ersehnten Wohnort, zu den verklärten Geschwistern und den fast schon heilig gesprochenen Eltern.

Doch was, wenn man kein Kind mehr ist? Wenn man keine Lehrer und keine Aufsichtspersonen mehr hat, die helfen? Was ist, wenn man nun selbst eine Aufsichtsperson ist? Was geschieht dann, wenn einen die Krise mitten im Leben packt und kräftig schüttelt?

Kluge Köpfe sagen, dass die Krise nur eintrifft, um uns eine Gelegenheit zu geben weitere Lebensperspektiven zu überdenken. Um dem Leben eine Wendung zu geben. Um zu sortieren und auszumisten, was verbraucht und unnütz geworden ist. Um neue Hoffnungen und neue Wege zu suchen und zu finden. Aha. Aber warum ist dazu überhaupt eine „Krise" notwendig? Und: muss denn unbedingt immer alles verändert werden, wenn man sich in einer Krise wähnt?

Es könnte doch auch ein Fingerzeig sein, um durchzuhalten. Das Kind im Klassenlager soll lernen durchzuhalten und nicht aufzugeben. Meistens findet es am nächsten Morgen nach dem Frühstück die Welt wieder halbwegs in Ordnung und möchte sich wieder an den Aktivitäten der anderen beteiligen, die nicht so unter Heimweh leiden, und die sogar froh sind einmal der häuslichen Familienenge zu entrinnen.

Durchhalten. Wenn eine Krise mittendrin ins Leben platzt … durchhalten… Und wann ist mitten im Leben? Mit zwanzig, mit dreissig, mit vierzig, mit fünfzig Jahren? Erstaunlich. Im aktuellen Sprachgebrauch findet sich die früher so oft zitierte „Midlife Crisis" nicht mehr. Wurde sie durch den „Burnout" verdrängt? Es scheint so. Schliesslich steckte hinter einer „Midlife Crisis" meist ein hirnloser Kurzschluss, eine Schnapsidee, verursacht durch das Entdecken der ersten grauen Haare oder Augenfältchen. Der „Burnout" jedoch, hat etwas heldenartig märtyrerhaftes an sich. Einen „Burnout" umweht der Nimbus des Opfers zum Wohle der Gemeinschaft, das restlose Aufbrauchen der Arbeitskraft für Betrieb und Familie. Das gibt den Lorbeerkranz aufs Leidenshaupt und sichert einem das Mitgefühl von anderen Stressgeplagten. „Burnout" als sichere Folgeerscheinung des schonungslosen „ich schaffe das". Doch ob nun „Midlife Crisis" oder „Burnout", das Vokabular und die Sprachen mögen sich ändern – die Geschehnisse hinter den Begriffen ändern sich selten.

Was löst eigentlich Krisen aus? Vielleicht ist das Klassenlager der Schüler eine Metapher fürs Leben? Zu Beginn ist man aufgeregt und begeistert, man freut sich auf alles Neue, man erkundet und erforscht. Doch dann setzt allmählich der Gewöhnungseffekt ein, die Komfortzone, der Alltag. Man arbeitet und möchte etwas erreichen, man möchte Anerkennung und will seine Fähigkeiten beweisen. Die Jahre vergehen, und vielleicht gelingt vieles von den Plänen, Vorhaben und Projekten. Doch was dann? Man hat gar nicht gemerkt, wie schnell die Zeit vergangen ist, wie man sich vielleicht aneinander aufgerieben hat, wie müde man geworden ist. Dann trifft die Mittendrinkrise mittendrin im Leben. Plötzlich wird bewusst wie knapp die verbleibende Zeit noch ist. Möglicherweise lassen sich einige Pläne nicht mehr verwirklichen. Möglicherweise ist es für einige erträumte Dinge einfach zu spät. Krise. Mittendrin. Erster Schritt. Was danach folgt ist schlimmstenfalls Resignation. Man dümpelt vor sich hin und es vergehen nochmals fünf, zehn, fünfzehn Jahre. Im besten Fall wird man in der Lage sein den eigenen Lebensweg gründlich zu überdenken, die verwirklichbaren Träume von den verlorenen zu trennen und dementsprechend zu handeln. Wohl den Glücklichen, die klare Sicht behalten.

Der Grossteil der Menschheit sieht sich jedoch hin und hergerissen zwischen Fluchtgedanken und Pflichterfüllung. Vielleicht wird man sogar wütend, doch es nützt auch nichts nur beim Ärger zu verweilen. Eine Mittendrinkrise kann zur Erkenntnis verhelfen, dass das Leben gelebt werden will und dass man schon die Hälfte davon verbraucht hat, nur um zu dieser Erkenntnis zu gelangen. Die Mittendrinkrise kann ganz schön an einem rütteln. Wo ist nun die erträumte Selbständigkeit und Unabhängigkeit? Was ist mit der viel beschworenen Individualität und Selbstverwirklichung passiert? Was blieb unter dem Strich von der ganzen Pflichterfüllung und dem Angepasstsein – und wo wurde beides übertrieben?

Dann die Erleuchtung: Wo habe ich Träume anderer Leute einfach übernommen? Wo habe ich mich verleiten lassen Ideale und Ziele anzunehmen, die nicht zu mir passten? Wo habe ich mich einspannen lassen? Wo war ich nicht mutig genug gewesen? Danach die Erkenntnis: Falsch gemacht habe ich eigentlich nichts und doch alles. Das ist Mittendrinkrise auf dem Höhepunkt.

1. Kapitel

Helvetische Elegie

Der ganz normale Alltag der Familie Nägeli-Hotz – Schweizer Namensgebung – Die wahrgewordenen und die untergegangenen Träume – Anna-Regula Nägeli-Hotz, Ehemann Erwin, Söhne Alex und Kevin.

Sie hiess Anna-Regula Nägeli-Hotz, war 45 Jahre alt und hasste ihren Namen. Schweizer Durchschnitt. So durchschnittlich, dass nicht einmal die Deutschen darüber lachten. Durchschnittlichster Durchschnitt, unbeachtet. Wurde man in den sechziger Jahren in der Schweiz geboren, lief man eben Gefahr solche Namen zu tragen. All die Sandras, Sabrinas, Leas und Lauras waren noch eine Generation weit entfernt. Schon Andrea, Daniela oder Edith wären besser gewesen oder Irène. Doch wenn Anna-Regula an ihre Mitschülerin Iréne Meier aus der Sekundarschule dachte, erschien Irène doch kein dermassen erstrebenswerter Vorname. Es hätte allerdings auch schlimmer kommen können: Annerös, Käthi, oder Marianne – ausgesprochen ohne E am Schluss, und betont auf der ersten Silbe. Wie um Anlauf zu holen, um über R und I zu springen, um schliesslich auf die beiden N zu plumpsen, wobei das zweite der beiden A dunkel und schwerfällig in der Tiefe lauerte. Anna-Regula war auch immer noch besser als Brigitte – mit G in der Mitte, und ohne E am Schluss. Igitt – Brigitt, hörte sie einmal jemanden über eine frühere Klassenkameradin lästern. Schlimm, diese Schweizer Variante. Bar jeglichen Wundercharmes der französischen Brigitte – ohne die erdenhafte Verbundenheit einer irischen

Bridget, welche selbst Engländer bezaubern kann, und ohne die präzise Akkuratesse einer deutsch organisierten Brigitte – bitte, MIT E am Schluss.

Dazu diese schrecklichen Übernamen, die sie sich in der Schule gegeben hatten – als Kosewörter konnte man das wohl kaum bezeichnen: d'Vrene, d'Ursle, d'Gritle, d'Lise – alles auf der ersten Silbe betont und mit kurzen Vokalen – kantig, unelegant, sperrig, zürcherisch. Verena, Ursula, Margrit, Elisabeth. Die Jungs – doch die nannte man damals noch Buben – das waren: de Fix, de Khüde, de Dschäge, de Kenzgi, de Peschä, (das sch zu einem unschreibbaren, französisch anmutendem Laut mutiert …): Felix, Kurt, Jakob, Karl, Peter. Immer schön mit dem vorangestellten Artikel. Wobei Jakob – der arme Kerl – nach seinem Vater hiess, den es aus den Höhen des Appenzells in den Kanton Zürich verschlagen hatte, und Karl als Name an sich schon ungewöhnlich war. In Zürich hiess man nur selten Karl – weder in der Stadt noch auf dem Land. Und schon gar nicht Hebeisen zum Nachnamen. Warum wohl, sinniert Anna-Regula auch heute noch, hiess Karls ältere Schwester: Aurora?

Jack, Jacky, Dschägg, Dschäge – so verlief die Entwicklung des damals schon antiquierten Namens Jakob. Der Namensträger hatte sich wohlweislich nach der Schulzeit in die Innenstadt von Bern abgesetzt, wo er sich als begnadeter Starcoiffeur niederliess und sich von da an Jacques nannte…

Anna-Regula Hotz, Anne-Rägeli, s'Hotze Anne-Rägeli, DAS Anne-Rägeli. Das Mädchen – Substantiv, sächlich. Alle wurden sie damals so genannt und mit abgestuften

Verkleinerungen bis ins Erwachsenenalter bedacht: s'Vreneli – s'Vreni, s'Anneli – s'Anni. Es wurde auch nicht besser, als Anna-Regula Erwin Nägeli heiratete. Das reime sich, konstatierte ein maliziöser Cousin: Anne-Rägeli Nägeli – s'Nägeli-Rägeli…. Am liebsten hätte sie ihm damals einen Tritt verpasst, doch sie beherrschte sich damenhaft, und bedachte den Cousin nur im Geist mit zürcherisch-scharfkantig unflätigen Ausdrücken, die jeglicher Übersetzung trotzen. Der Cousin, Beat Vollenweider, (immer schön auf der ersten Silbe betonen, das N bei Vollen- weglassen und das EI zu einem AI dehnen, vielleicht noch besser zu einem AÄI…) hatte keinen, überhaupt und absolut keinen, Grund sich über die Namen seiner Cousine zu belustigen. Beat Vollenweider, der Sohn von Ruth und Urs Vollenweider-Aeby. Welch ein Name! Ein plumphüftiges Ä zu einem AE exotisch aufgemotzt und ein geheimnisvolles Ypsilon am Namensende, als käme man nicht aus dem Tösstal sondern aus dem Welschland! Pardon! Aus der „französischsprachigen Schweiz … der „Romandie"!

Beat und Urs – schweizerischer ging es wohl nicht mehr – Beat und Urs – Namen, die in dieser männlichen Form wohl nie die Schweizer Landesgrenzen überschritten hatten. Ursula, Uschi, Ursel, Ulla hatten sich oft im deutschsprachigen Raum umgesehen. Beatrice, Beatrix, Béatrice oder gar Béa – konnte man eine gewisse weltläufige Koketterie nicht absprechen – Beate jedoch, hiess man nie in der Schweiz. War man als katholisches Mädchen in einem Innerschweizer Kanton zur Welt gekommen, konnte es aber durchaus sein, dass man als Vornamen Beata erhielt.

Und was war mit Felix und Regula – den Stadtzürcher Märtyrer-Patronen, die sogar die Reformation eines Huldrych Zwingli überlebt hatten? Felix, Regula und Exuperantius. Der letzte ging wohlweislich vergessen, doch die beiden ersten lieferten jahrhundertelang Modenamen für sämtliche Gesellschaftsschichten des Kantons. Sogar in die streng reformierten, papiertrockenen, Zürcher Amtsstuben hinein hatten es jene Märtyrer geschafft, wo sie bis heute zu dritt auf dem Amtstempel – ein jeder seinen dazumal abgeschlagenen Kopf in den Händen tragend – Beglaubigungen der Staatskanzlei zieren. „Eine etwas kopflose Gesellschaft, diese Zürcher Stadtpatrone", hatte Anna-Regula jedes Mal beim Betrachten des Behördenstempels in ihrem Pass gedacht. Doch auch das war bereits Vergangenheit und der neue Schweizer Pass erstrahlte – elektronisch einlesbar – im neuen, gesamtschweizerisch uniformen Design. Die Märtyrer hatten zwar die Reformation überlebt, mussten jedoch der Reform weichen.

Aus dem Wunsch heraus sich zu verändern, den elterlichen Namenszwang zu umgehen, nannte sie sich fortan nur Regula. Ein fataler Irrtum, wie sie feststellen musste, als sie nach der Sekundarschule ihre Banklehre begann und auf Internationalität stiess. Die angelsächsische Welt verballhornte mit freudigem Genuss den so südländisch aussergewöhnlich klingenden Namen. Von da an wurde aus Regula die Weltbürgerin Anna R. Hotz. Das machte sich gut, das zahlte sich aus, und die Lehre wurde mit Erfolg abgeschlossen.

Was, zum Teufel, hatte sie wohl bewogen anfangs der Achtziger ihren älteren Bruder in einem israelischen Kibuzz zu besuchen? Eigentlich hatte sie sich um den Job in New York bewerben wollen. Zumindest ein Praktikum bei ihrer Bank hätte sie dort absolvieren können. Doch stattdessen trafen ständig begeisterte Briefe ihres Bruders zu Hause ein, der sich für ein Jahr zur Arbeit in einem Kibuzz verpflichtet hatte. Es war sehr im Trend gewesen – damals. Wer seine sozial-politische Gesinnung zeigen wollte, ging in einen Kibuzz. Der vergessene Schweizer Trend. Anna-Regula hatte kurzerhand den Flug gebucht und war zu Besuch gereist.

„Bei den Schweizern hängt immer die gewaschene Wäsche vor den Unterkünften", spöttelte der junge Mann, der sie nach ihrer Ankunft im Kibuzz zur Wohnung ihres Bruders führte. Reine Wahrheit: In jeder Behausung – vor der sich fein säuberlich gewaschene und sorgfältigst zum Trocknen befestigte Wäsche im Abendwind bewegte – wohnten Schweizer.

Irgendwann kehrte sie zurück und musste feststellen, dass ihr damaliger Freund keinesfalls ihrer Ankunft entgegen gefiebert hatte, sondern sich mit einer Maja Bosshard getröstet hatte, die zu ihren hellblonden Haaren auch noch eine beachtliche Oberweite aufwies. Anna-Regula war über diese Entwicklung nicht weiter traurig gewesen. Nach all den Kibuzzim, die sie kennen gelernt hatte, und von denen einige sehr anziehend auf sie gewirkt hatten, war sie bereit Walter „Walti" Rüegsegger den Laufpass zu geben. Dann lernte sie Erwin Nägeli kennen. Gross, sportlich, ehrgeizig. Versicherungskaufmann. Einmal die eigene Agentur leiten – darauf arbeitete Erwin hin, und dazu gehörte auch eine Ehefrau, das Reihenhäuschen in der Agglomeration und wenn möglich zwei Kinder – am liebsten ein Mädchen und ein Junge – in dieser Reihenfolge. Klassisch. Schweizerisch. Erfolgreich tüchtig.

Anna-Regula liess sich von der Aussicht auf die Idylle verführen. Sie liess sich auch von Erwin Nägeli verführen. Erwin, 185, schlank, dunkelblond, blaue Augen, Hobbyfussballer. Nach dem Fussball kam das Tennis und die beiden Söhne, Alex und Kevin. Die neue Generation, mit neuen dynamisch-internationalen Namen ausgestattet und im klassischen Altersabstand von zwei Jahren geboren – spielte schon bald nach dem Kindergarten Fussball bei den Junioren der lokalen Mannschaft, und schmetterte voller Freude Tennisbälle übers Netz des Clubs, in dem der Vater Mitglied war.

Die perfekte Familie. Fernsehserienreif. Familie in Serie. Nur das obligate Haustier fehlte noch. Damit die Kinder schon früh Verantwortung lernten. Ein lebendes Geschöpf braucht Fürsorge und Pflege. Alles im Sinne einer modernen Kindererziehung. Am Haustier können Kinder diese Fürsorge und Pflege am besten erlernen. Jene Fürsorge und Pflege, welche nach den ersten haustierbegeisterten Monaten stillschweigend auf die Mütter übergeht, weil diese es satt haben, vom Hund begangene Verwüstungen im Vorgarten zu beheben, Hundehaare und Pfotenspuren im ganzen Haus wegzuputzen, und ihren sonstigen tausendundeins Ermahnungen an den Nachwuchs noch weitere hinzuzufügen. Glücklicherweise wurde Anna-Regula durch ihre

Tierhaarallergie vor dem üblichen Familienhund gerettet. Ein Golden Retriever hätte es nach Erwins Vorstellungen werden sollen, oder sogar ein Mischling – Hauptsache Familienhund. Im Stillen segnet Anna-Regula ihre Allergie. So blieb das Reihenhaus von Tieremanationen verschont und sie selbst vor regelmässigen Spaziergängen mit dem Vierbeiner.

Das Reihenhäuschen ist der Stolz der Familie. Erwin war erfolgreich im Beruf. Erwin konnte es sich leisten seiner Familie ein Heim zu bieten. Insgeheim beneidete Erwin die Nachbarn um ihre freistehenden, grösseren, und richtigen Wohlstand signalisierenden Häuser, umgeben von Gärten und Sitzplätzen, inklusive Swimmingpool. Eine überdachte Terrasse wäre auch schön gewesen. Manchmal mischte sich in Erwins Besitzerstolz der bittere Gedanke, es nicht geschafft zu haben. Der Traum von den eigenen vier Wänden hatte sich nicht nach seinen Erwartungen erfüllt. Es ist nur ein Reihenhäuschen geworden – vier Zimmer, Garage, Keller. Im Sommer musste das aufblasbare Planschbecken genügen und vor dem Hauseingang begannen sich Fahrräder zu sammeln. Waschküche und Bastelraum im Keller. Bastelkeller. Das Refugium, welches nicht aufgeräumt zu werden braucht. Doch das Wort ist zu abgegriffen. Es heisst jetzt Hobbyraum. Das deutet zumindest auf sinnvolle, erzieherisch wertvolle Freizeitbeschäftigung hin. Im Laufe der Zeit wurde aus dem Hobbyraum „das Büro". Wer hatte denn in dieser Familie schon ein „Hobby", das im Keller ausgeübt wurde? Der Hobbyraum musste dem praktischen Zweck weichen und Anna-Regula, die Bankangestellte, konnte endlich der administrativen Seite der Haushaltführung all ihre

Aufmerksamkeit eines unterdrückten Berufswunsches widmen. „Das Büro" als Ventil der jahrelang verdrängten Sehnsucht nach ergänzender, entlohnter und Anerkennung bietender Tätigkeit.

Das Reihenhäuschen – zwar ohne Terrasse, doch mit französischem Fenster im Elternschlafzimmer – ist blitzblank. Jederzeit kann unerwarteter Besuch mit ruhigem Gewissen empfangen werden. Das Reihenhäuschen ist zum Mittelpunkt von Anna-Regulas zielgerichteter Arbeitseffizienz und ihres unterschwelligen Ehrgeizes geworden. Ehemann und Söhne fanden immer saubere Wäsche in ihren Schränken vor, die Sportsachen waren aufgeräumt, die zwei kleinen Gemüse- und Beerenbeete im Vorgarten wurden aufs Innigste gepflegt. Der Haushaltmaschinenpark für Geschirr, Wäsche und Kaffee: immer entkalkt und einsatzbereit. Jeweils im Februar ging man eine Woche lang Skifahren und im Sommer fuhr man ins Tessin – oder irgendwo ans Meer, wo es kinderfreundlich war. Die Söhne machten eine nicht allzu schlechte Figur in der Schule und zum Sekundarschulabschluss reichte es alleweil. Doch was dann? Eine Banklehre für Alex? Ein Handwerk für Kevin?

Anna-Regula mag nicht nachdenken, denn wenn sie nachdenkt, dann beginnt ein Bild aus den Nebeln eines nicht wahrgenommenen Unterbewusstseins aufzusteigen: Der Kibuzz damals, die Pläne, die Arbeitsstelle, die Ideale, die Hoffnungen! Sprachen wollte sie lernen, reisen, Kulturen kennen lernen, ihren Kindern später davon erzählen, sie zum besseren Verständnis, zur interkulturellen Offenheit führen!

Was hatte sie erreicht? Wenn das Aromat zum Gurkensalat fehlte, gab es Zoff am Mittagstisch. Aromat. Das allerschweizerischste an der Schweiz!. Fast noch schweizerischer als die Namen Beat und Urs. Maggi, ja, das hat den Sprung auf den internationalen Markt geschafft, Maggi ist ein Begriff – aber Aromat? Aromat von Knorr? Mit dem Knorrli-Männchen als Werbefigur? Zürcher Rahm-geschnetzeltes mit Aromat. Dazu Röschti oder Teigwaren. Zugegeben, es schmeckt fantastisch. Es gaukelt eine Welt voll von mütterlicher Fürsorge vor. Eine Welt, in der alles geregelt, alles sauber, alles gewaschen und geflickt ist. Einer Welt, in der für die Familie gesorgt wird, in der alles für das Kind getan wird. Einer Welt, in der man sich um die Hausaufgaben des Nachwuchses kümmert, einer Welt in der man spielt, bastelt, Weihnachten mit den Grosseltern feiert und regelmässig den Hund (mit dem unvermeidlichen braunen Plastikbeutel am Halsband….) spazieren führt….

Wo kommen aber plötzlich all die gewalttätigen Jugendlichen her, die Aufsässigen, die rücksichtslosen und verwöhnten Gören? All die – wie nennt man sie jetzt? das im Keller ausgeübt wurde junge Erwachsene… Jugendlich, die Probleme mit Alkohol oder Drogen haben, oder mit beidem, und mit anderen Dingen noch dazu? Rauchen auf dem Pausenplatz während der Schulzeiten – und die Schulleitung stellt sogar „Raucherhäuschen" am Rande der Plätze auf, damit man die renitenten Schüler wenigstens ein bisschen unter Aufsicht hat. Dann – die überall anschwellende Aggression der Jugendlichen, mit der sie lautstark und egoistisch Forderungen stellen. Dazu der entsprechende Sprachwandel, der diese

Aggressivität auch verbal zum Ausdruck bringt und sogar die Sprachmelodie und den Akzent ins Gutturale verwandelt. Ist dies allein mit „Pubertät" und Freiheitsdrang zu erklären? Was ist überhaupt „Freiheit"?

Anna-Regula Nägeli-Hotz betrachtet sich nachdenklich im Spiegel im Schlafzimmer ihres Reihenhäuschens. Sie denkt über die Freiheit in Familienbeziehungen nach. Was war schief gelaufen, und wann? Hatte sie etwas falsch gemacht? Hatte ihr Mann etwas falsch gemacht? Der Mann ist seit Monaten verschwunden – er wird auch nicht wiederkommen. Nach den geltenden Regeln der Gesellschaftsethik – der Schweizer Gesellschaftsethik – geht jeder Fehler zu seinen Lasten. Doch Anna-Regula will sich da nicht so sicher sein. Ihr Erwin ist in Brasilien. Ihr Erwin hat die Scheidung eingereicht. Hatte ihr damals Erwin bei der Hochzeitszeremonie nicht versprochen, sie gut zu versorgen? Versorgen – auch so ein Wort von schweizerisch tüchtig vorsorglich umsorgender Fürsorge. Doch das Wort versorgen hat noch eine andere Bedeutung: wenn man etwas versorgt, dann räumt man es weg, schiebt es in die richtige Schublade, ordnet es, etikettiert es, legt es ab – für immer und ewig. Anna-Regulas Ehemann ist in Brasilien. Er ist nicht allein. Erwin Nägeli-Hotz hat zum ersten Mal in seinem Leben gegen die Vernunft gehandelt – und er geniesst es. Der Grund des unvernünftigen Handelns heisst: Serafina Amandinha Soares-da Silva Carvalho. Der Name klingt wie Musik, wie sanfte Samba an der Copa Cabana. Serafina Amandinha verheisst Sonne, Sandstrand und schäumende Meeresbrandung. Laue Abende auf der Veranda mit Caipirinhas und Pinha Coladas nach tropisch schwülen Tagen.

Anna-Regula Nägeli-Hotz betrachtet sich im Spiegel und kann ihrem Mann nicht böse sein. Sie ist schliesslich „versorgt". Der Versicherungskaufmann Erwin Nägeli hat Wort gehalten. Auf seine Art.

Und die Söhne? Wie sieht deren Zukunft aus? Sohn Nummer 1, Alex, hat den Traum der Mutter verwirklicht und hat sich nach der Banklehre um einen Auslandjob beworben. Er ist jetzt in New York. In jener Stadt, von der sie einmal geträumt hatte. Sohn Nummer 1, Alex, bewohnt zwar ein winziges Kämmerchen, das er Appartement nennt und er bringt am Wochenende seine Wäsche in die Wäscherei, wo er dann, stundenlang vor der laufenden Waschmaschine sitzend, für die Karriere büffelt. Seine Sportsachen räumt er nun selbst sorgfältig akkurat weg. Sohn Nummer 1, Alex, ist sehr ehrgeizig. Er wird es zu etwas bringen, vielleicht wird er sogar ein Mädchen aus guter Familie heiraten – eine amerikanische „Ausland-Schweizerin", davon gibt es schliesslich genug. Dann wird er eine Familie gründen und mit knapp fünfzig Jahren panikartig jene Freuden des Lebens zu finden suchen, die er seinem Ehrgeiz geopfert haben wird.

Anna-Regula Nägeli-Hotz betrachtet sich im Spiegel und fühlt keinerlei Mitleid mit ihrem Sohn Nummer 1, Alex. Er soll seine Fehler selbst machen. Er soll eigene Entscheidungen treffen und ihre Kraft zu spüren bekommen. Sohn Nummer 1, Alex, wird sein eigenes Leben leben, und seine Mutter, die Bankangestellte Anna-Regula Nägeli-Hotz, wird sich hüten, sich darin einzumischen,

Etwas anderes ist Sohn Nummer 2, Kevin. Als wäre dieser Modename der buchstäbliche neue Wein in den alten Schläuchen gewesen, dessen unerwartet neue Lebendigkeit sie zum Bersten brachte. Kevin hat sich für den Beruf des Elektrikers entschieden. Kevin will es knistern hören, will es funkeln sehen. Kevin, der charmante Herzensbrecher aller Sandras, Sabrinas, Leas und Lauras aus der Sekundarschule. Doch Kevin entwickelt neuerdings intensiv einen Sinn für interkulturelle Beziehungen – sie heissen Mirjana, Özlen oder Domenica, haben schwarze Haare, glühende Augen und Rundungen, die beim angehenden Elektriker bald einmal Kurzschlüsse verursachen werden.

Anna-Regula Nägeli-Hotz betrachtet sich im Spiegel und fühlt sich im Geiste ihrem Sohn Nummer 2, Kevin, verbunden. Vielleicht wird es endlich Zeit, dass sie selbst sich nach einem Mann umsieht, bei dem sie zum Spass ein elektrisierendes Knistern herbeiführen kann. Ihre eigenen Rundungen sind dazu immer noch imstande. Kleidergrösse 38, Körpergrösse 164, Schuhgrösse 37. Zugegeben, das ist ein kleines bisschen mollig, doch gerade das finden die meisten Männer nett, sehr nett. Das ist schön gerundet und gut gefüllt, vor allem oben herum, ohne zu viel zu sein. Ein bisschen Disziplin muss man schon walten lassen bei den vielen guten Sachen die es überall zum Essen gibt, aber der Erfolg lohnt diese Opfer. Aus dem dunkelblonden Haar lässt sich noch allerhand machen, und werden einzelne Strähnchen aufgehellt, so verschwindet auch das beginnende lästige Grau. Einen neuen Lebensabschnitt muss frau schliesslich mit einem neuen Haarschnitt beginnen. Lippenstift, Puder, Wimperntusche, das genügt, schliesslich hat sie Charakter genug. Schickes Kostüm, ein Rock, der über dem Knie endet, ein paar schicke Pumps – was will man mehr?

Anna-Regula Nägeli-Hotz betrachtet sich im Spiegel und denkt, dass es viele Arten von Musik gäbe. Vielerlei Rhythmen, zu denen man tanzen kann. Wenn Serafina Amandinha nach Samba klingt, wonach klingt Anna-Regula? Nach Disco-Swing? Foxtrott? – oder sogar Tango?

Anna-Regula Nägeli-Hotz betrachtet sich im Spiegel, lächelt und beschliesst ihre Namen als ihr eigenes Markenzeichen vor sich her zu tragen. Jene Namen, die sie seit ihrer Geburt trägt und auch jenen Namen, der ihr ein Vierteljahrhundert zuvor als zweite Identität übergestülpt wurde – zumindest bis zum Scheidungsurteil... Sie lächelt noch einmal ihrem Spiegelbild zu und holt das Zeitungsinserat der Migros-Klubschule hervor, um sich für den nächsten Tanzkurs anzumelden und Französischunterricht zu nehmen.

2. Kapitel

Schweizer Wortmonster und Monsterwörter...

Eigenheiten der Schweizer Sprache – Cervelat-Notstand und Wortkannibalismus – Immer wieder Ruccola: Von Unkraut und südeuropäischen Mehlprodukten – Das „Hörnli", womit nicht der gleichnamige Berg gemeint ist – Schweizer Essgewohnheiten – In einen kleinen Land gibt es nicht genug Platz für grosse Wörter – Das „Eingeklemmte" und die „Serviertochter".

... es gibt so viele davon im Schweizerdeutschen. Doch Schweizerdeutsch ist nicht gleich Schweizerdeutsch. Natürlich – alles in der Schweiz ist von Kanton zu Kanton verschieden – ein uralter Schweizer Witz über den niemand mehr lacht. Dennoch, der Witz entspricht durchaus der Wahrheit: Die Schweizer beweisen immer wieder, dass man auch auf kleinem Raum sehr unterschiedliche Lebensweisen führen kann. Unterschiedlich manchmal von Ort zu Ort. Doch eines haben alle Deutschschweizer gemeinsam: Eine monströse Vorliebe für Verkleinerungen. Kleine, süsse Wortmonster.

Ein Lastwagen fährt vorbei. Auf den grossen Werbeflächen, die die Seitenwände des Laderaumes darstellen, prangt in gut lesbaren, reklamefähigen Lettern: „Bodenbeläge & Plättli". Dieser Lastwagen verlässt wohl kaum je die schweizerischen Landesgrenzen. Plättli... Der Schweizerdeutsche Volksmund entwickelte eine geniale Sprachfähigkeit, um Begriffe auf das Wesentliche zu verdichten. Verkleinerungen sind dabei unumgänglich. Wortkondensate mit Charakter auf den Punkt gebracht. Plättli... Plättli sind Fliesen, sind gefliese Flächen, aber das klingt viel zu gestelzt. Kacheln, schon besser, aber zu

Missverständnissen neigend. Aus Kacheln bestehen auch Kachelöfen, und eine echt schweizerische Kachel – „das Kacheli" – ist eine Trinkschale für den Milchkaffe oder den Kakao zum Frühstück. Plättli... Keramische Beläge, Wand- und Bodenbeläge aus Keramik – das klingt viel zu technisch, zu umständlich. Plättli.... Das sagt alles.

Doch, was soll man von Wortbildungen wie „Käseplättli" oder gar" Fleischplättli" denken? Statten die Schweizer die Nasszellen ihrer Häuser mit dem patriotischen Milchprodukt aus – oder gar à la Kannibale Hannibal? Und was, um Gotteswillen, ist ein „Zvieriplättli"? Bitte, das „i-e" getrennt aussprechen, sonst geht der Geschmack sowohl des Wortes als auch des „Zvieriplättlis" verloren. Ein „Zvieriplättli" isst man als Zwischenmahlzeit um vier Uhr. Natürlich nicht das Plättli – versteht sich, denn das besteht meistens aus Holz, oder es ist ein ganz gewöhnlicher Teller. Gegessen wird logischerweise nur das, was drauf ist: Käse mit Brot, oder ein Cervelat. Oder ein Landjäger.

Da – schon wieder der schweizerische Hang zum Wort- kannibalismus. Natürlich werden keine Polizisten aus ländlichen Gebieten gegessen, (was die Landjäger früher einmal waren), sondern eine akkurat in kantige Stangenform gepresste Trockenwurst. Ob sich die früheren Landjäger im 19. Jahrhundert solche Würste für ihre eigenen „Zvieriplättli" leisten konnten, sei dahingestellt. Ein Landjäger schmeckt auf alle Fälle gut.

. . . . ● ● . . . .

Cervelat-Notstand und Wortkannibalismus

Und der Cervelat? Keine Abhandlung über Schweizer Esskultur wäre vollständig ohne dieses äusserst anpassungsfähige Schweinefleischerzeugnis. Ein Cervelat ist nicht nur einfach Wurst – ein Cervelat ist Schweizer Alltagskultur. Ist Kult per se – und mit der Qualität der Kultur im Allgemeinen, steigt oder fällt die Qualität des Cervelats. Der Cervelat als Kulturbarometer – in der Schweiz durchaus möglich. Ein Cervelat ist genormt nach Gewicht, Mass und Krümmung. Das Rezept ist natürlich auch genormt – alles ist eidgenössisch vorgeschrieben. Keine Abweichungen, sonst ist es kein Cervelat, sondern irgendeine Wurst – im schlimmsten Fall ein Lyoner. Im Jahr 2007 plötzlich der Schock: Die Cervelat-Krise war ausgebrochen. Die angesehene Neue Zürcher Zeitung titelte im Juni desselben Jahres: „Es droht eine Cervelat-Knappheit"!! In den folgenden zwei Jahren erschienen dann regelmässig Artikel in allen Presseorganen, welche die Bürger über den „Cervelat-Notstand" unterrichteten und über die „Task Force" informierten, die aus führenden Wirtschaftsfachkräften gebildet, dem Debakel begegnen sollte. Es ging um das Überleben der Schweizer Nationalwurst. Das leicht beschämende Detail dabei war, dass es sich beim Auslöser dieser Krise von landesweitem Ausmass ausgerechnet um brasilianische Rinderdärme handelte. Ein Schock gleichermassen sowohl für alle vier Sprachregionen der Schweiz, als auch für den Schweizer Nationalstolz: Die Wursthaut für die Cervelats lieferten brasilianische Zebu-Rinder! Ausserdem waren die Tiere auch noch vom Rinderwahnsinn bedroht! Was tun? Ohne Wursthaut keine

Wurst – und an die Haut der Cervelats werden besonders hohe Ansprüche gestellt. Die Cervelat-Haut soll elastisch sein, sie muss sich leicht abschälen lassen, sie muss sich für Grill und Lagerfeuer eignen. Kein Pfadfinder-Lagerfeuer ohne Cervelat am Holzstecken, die Wurst an beiden Enden kreuzweise eingeschnitten, damit sich das Fleisch auch appetitanregend krümmt und eine Kruste bildet. Kein Männerabend ohne Cervelatsalat mit herzhaft viel Zwiebel, Essiggurken und Emmentaler Käse, an einer Sauce aus Senf, Mayonnaise und Essig. Dazu ein „Bürli"…

… und wiederum steht man ratlos vor einem dieser an Menschenfresser erinnernden Wortmonster, denn was ist ein „Bürli" anderes als ein „kleiner Bauer", ein „Bäuerchen". Ein richtiges „Bürli" kommt vom Bäcker – oft aus einem richtigen, holzbeheizten Backofen. Es hat aussen eine braune, knusprige, währschafte Kruste und innen locker ausgebackenen Teig. Um mit Lust die Kruste eines „Bürlis" durchzubeissen, braucht es kräftige Zähne. Vielleicht liegt hier die Symbolik der Schweizer Bevölkerung. Aussen hart, doch innen – wenn man den Zugang gefunden hat – angenehm, mit weichem Kern. Ein „Bürli" hat Charakter. Es ist kein trockenes, schwammiges, identitätsloses Weggli – dessen zwei „g" als stimmloses „k" auszusprechen sind. Es ist auch kein hierarchisch ehrgeiziges, aber doch dickbauchiges Semmeli, das unter seiner zarten und goldenen Knusperkruste davon träumt eine schlanke Pariser Baguette zu sein.

In jedem Fall: Das „Bürli" gehört zum Cervelat-Salat wie die Cervelat-Prominenz in die Schweizer Illustrierten. Cervelat-

Prominenz… Leute mit äusserst hoch ausgeprägtem Selbstwertgefühl – so hoch, dass sie aus dieser Höhe ihre Mitmenschen nicht mehr wahrnehmen, und schon gar nicht den eigenen, sehr eng bemessenen Aktionsradius. Ausserhalb der Landesgrenzen stolpert man kaum über diese Möchtegern-Promis – denn, sollten sie ihren Bekanntheitsgrad derart ausdehnen, dann können sie, technisch gesehen, nicht mehr zur Schweizer Cervelat-Prominenz gezählt werden.

Dass die traditionsreiche Wurst, nicht ins Speiserepertoire solcher Zeitgenossen gehört – versteht sich von selbst. Der Cervelat (mit männlichem Artikel) war schon immer das „Kottelet des kleinen Mannes". Cervelats gehörten früher auf den Tisch der Arbeiterfamilien, wenn es die Woche vor der Lohnauszahlung, dem Zahltag, zu überbrücken galt. Diese Aufgabe erfüllt der Cervelat gut und gerne auch heute. Die Cervelat-Prominenz dagegen, hält sich eher an Kottelets vom Berglamm an Balsamico-Sauce mit frischem Thymian, begleitet von getrüffeltem Champagner-Risotto. Zur Vorspeise die marktfrische „Salat-Création" von Ruccola mit hauchdünnen Parmesanspänen und zartem San Daniele Schinken. Am Vortag hat man die handgefertigte „Pasta" probiert in der kleinen italienischen Trattoria, dazu Lachs-Streifen an Safran-Schaumsauce; zur Vorspeise diesen wunderbar butterzarten, auf der Zunge zergehenden, den Gaumen kaum berührenden, exorbitant teuren Mozzarella burrata auf einem Bett von Ruccolablättern, beträufelt mit kaltgepresstem, jungfräulichem Olivenöl von den toskanischen, nach Rosmarin duftenden Hängen. Oder diese delikaten hausgemachten Ravioli mit einer Füllung aus Ricotta,

Pinienkernen und Ruccola, begleitet von grünem und weissem Spargel an wunderbar sämigem Balsamico di Modena...

· · · · · ● · · · · ·

Von Unkraut und südeuropäischen Mehlprodukten

Warum immer wieder Ruccola? Woher kommt dieser unglaubliche kulinarische Siegeszug einer Grünpflanze, die nicht nur nach Unkraut aussieht sondern auch nach Unkraut schmeckt? Ruccola. Zu Deutsch Rauke. Französisch Roquette. Unausrottbar. Seit den neunziger Jahren hält sich dieses bittere Zeug unerschütterlich auf den Tellern aller, die ihrerseits etwas auf sich halten. Die Macher der landesweiten, orakelhaft trendbestimmenden Küchenbibel – „...immer mit Gelinggarantie" – haben das Vorbild geliefert. Sie wissen, was in den tonangebenden, italienischen – pardon, mediterranen – Restaurants aufgetischt wird: Ruccola. Ruccola in mindestens drei Vorspeisevarianten, Ruccola als Beilage, Ruccola als Dekoration, Ruccola über, unter und neben Fleisch, Fisch, Gemüse, Teigwaren.

Ach, ja – Pasta. „Teigwaren" sind out als Wort. „Teigwaren" sind tot – es lebe „die Pasta"! Ein gehobenes Wort der gehobenen Esskultur für Schweizer Mittelständler. Dort wo noch Teigwaren gegessen werden, ist entweder das Lohnniveau bedeutend niedriger – oder man gehört zur unbelehrbar politisch-konservativen Wählerschicht. Diese lebt zumeist auf dem Land, hat Zugang zu qualitativ besseren Frischprodukten und keine Zeit für Schnickschnack auf dem Teller. Keine Zeit für „urbane Genusskultur" wie es im Jargon der „Food-

Blogger" heisst, jener schreibenden Individuen aus der Schicht der städtischen Trendsetter. Deren Küchen-Latein weicht auch schon mal den trockenen Anglizismen. Es gibt allerdings nichts, das den Appetit mehr hemmen würde als eine auf Englisch geschriebene Speisekarte: „Tossed pasta with red chili pepper flakes, garlic, herbes and olive oil"… Es hört sich ungeniessbar an – so wie es eben in Öl ertränkte Teigwaren mit scharfem Chili und Knoblauch sind, da können auch die paar Kräuter daran nichts mehr retten. Doch die amerikanische Foodbloggerin, auf deren Website es vor ähnlichen Attacken auf den unschuldigen Magen nur so wimmelt, ist höchst begeistert. Sie schreibt auch, dass zu Hause kochen „awsome" sei (so etwas wie „fantaaastisch!"…), weil man da verschiedene „Stile" kombinieren könne. Ihr Foodblog in allen Ehren, aber gewisse Kombinationen lesen sich nach all dem „Stilmix" wie Rezepte aus der Küche einer Hexe aus Grimms grimmigen Märchen.

Englisch als Küchen-Sprache ist einfach nicht anregend genug. Es vermittelt weder Sinnlichkeit noch Genuss – und es fördert Missverständnisse: In einem Zürcher Fünfsternhotel verlangte einst die magengeschädigte Führungskraft eines weltweiten Konzern eine „broth" zur Beruhigung des gestressten Organs. Das Wort war dem Personal unbekannt, es dachte erst an Haferbrei, dann wurde „Brühe" vorgeschlagen. Die Führungskraft erhielt daraufhin eine Tomatenbrühe, die das Magensausen auch nicht besser machte. Hätte man stattdessen eine „Bouillon" verlangt – ja, dann – dann wäre die Sache klar gewesen – auch die Bouillon….

Obwohl, vielleicht ist es gar nicht so schlecht, dass die früher inflationär gebrauchten französischen Fachausdrücke aus den Kochbüchern verschwunden sind, da viel zu unverständlich. „Poëllierte escalopes à la nature, umgeben mit sautierter, kurz blanchierter Brunoise, begleitet von tomates concassèes oder einem cremigen Purree"...

Es ist gut, dass die Rezepte verständlicher geworden sind. So gesehen, kann „Pasta" auch zur Verständigung zwischen der alten und der neuen Welt beitragen – wenn auch das „Püree" aus Kartoffeln immer noch der „Kartoffelstock" bleiben wird, zumindest in der Schweiz. Dabei gibt es zwei konträre Glaubensrichtungen: Mit einem „Seeli" aus Sauce mittendrin oder gänzlich ohne den kleinen See... So wie „Teigwaren mit Fleischsauce" eben auch ein ganz anderes Gefühl wachrufen, als „Pasta asciutta". Vielleicht sollte eine Studie in Auftrag gegeben werden, um herauszufinden welche Schweizer Gesellschafts-schichten das Wort „Pasta" und welche den Begriff „Teigwaren" im Alltag verwenden. Möglicherweise würden dann politische Wahlen eine unterhaltsame Wendung erfahren. Zum sprachlichen „Röschti-Graben", der die deutsch und französisch sprechende Bevölkerung mitsamt ihren politischen Präferenzen trennt, würde sich die „Pasta-Teigwaren-Schlucht" nahtlos anfügen.

Das Wort Teigwaren verkam zu einem Begriff, der höchstens noch etwas für Kinder ist, die sprechen lernen, doch kaum haben sie es gelernt, gibt es „Pasta" – und basta. Nudeln? Nein. Nudeln gibt es beim Chinesen oder im Thai-Bistro – und natürlich in Deutschland....

· · · · ● ● · · · ·

Das „Hörnli" – womit nicht der gleichnamige Schweizer Berg gemeint ist

Wer betonen möchte, dass man durchaus noch die Schweizer Tradition in der Küche schätzt, der erweckt lieb gewordene Kindheitserinnerungen zum Leben und kocht „Hörnli und G'hackets".

„Hörnli" sind Teigwaren, sind gewiss keine „Pasta". „Hörnli" stehen manchmal auch als „Hörndli" auf Kantinenspeisekarten, die von rechtschreibeunsicheren Köchen verfasst werden. Doch welche Rechtschreibung gilt bei einem Wort wie „Hörnli"? Hörnli sind währschaft, nahrhaft und sparsam. Hörnli kann man ausser zu Hackfleisch an Sauce auch schon mal zum Cervelat reichen, oder vollgesogen mit Salatdressing als beliebte Grillbeilage. Hörnli essen macht Spass. Hörnli gibt es in verschiedenen Grössen, doch die Proportionen entsprechen immer etwa einem Drittel des Kreisumfangs der jeweiligen Grösse. So muss es sein, denn so wurde es amtlich festgelegt und beglaubigt. Die Form des „Hörnlis" ist Gesetz. Hörnli gibt es glatt oder gerillt. Hörnli kann man zwischen den Zähnen halten und versuchen, damit die Sauce zu schlürfen, wenn Erziehungsberechtigte nicht hinschauen. Man kann auch – vor allem wenn man etwa sieben Jahre alt ist und eine entsprechende Zahnlücke aufweist – ein Hörnli in dieser Zahnlücke festklemmen, etwas Flüssigkeit damit aufsaugen und die ganze Sauce durch das Hörnli einem ahnungslosen Geschwister ins Gesicht zu pusten. Man muss nur genug üben. Danach gibt es vielleicht nicht mehr so oft Hörnli zum Essen, aber immer ein aufregendes Schauspiel seitens der erwachsenen Personen am Tisch. Da riskiert man gerne mal eine Ohrfeige, die Show ist das wert: Losbrüllendes Geschwister – meist jünger, klar, denn ein älteres würde sich effizient wehren, aufspringende Mutter – (die Anwesenheit des Vaters wird nicht empfohlen) – umstürzende Gläser, sich auf den Boden ergiessender Sirup, aus den Schüsseln rutschende Schöpflöffel voller Sauce, herumfliegende Speiseteile. Der mütterlichen Drohung, dass der Verursacher die ganze Schweinerei aufzuputzen hätte, begegnet man mit Gleichmut und entfernt sich erst einmal Richtung Toilette, um die Sache auszusitzen. Die elterliche Aufmerksamkeit wendet sich nun sowieso dem jüngeren Geschwister zu, dass jetzt nicht mehr essen mag, oder dem Baby, das sich im Kinderstühlchen diebisch an dem Spektakel amüsiert und voll Freude sein Plastiklöffelchen in den Möhrenbrei patscht.

Kindheitserinnerungen. Aus diesem Grund werden Hörnli immer Hörnli bleiben und sich nie in „Pasta" verwandeln. „Pasta" essen macht nicht immer Spass, denn zu „Pasta" gibt es viel zu oft Ruccola. Oder anderes ungeniessbares Zeug, das wie Maden und Schnecken aussieht, nach Fisch riecht, und auf das die Erwachsenen aus unbegreiflichen Gründen so scharf sind.

· · · · · ● ● · · · · ·

In einem kleinen Land gibt es eben nicht genug Platz für grosse Wörter ...

Zu Hörnli gibt es meistens „Erbsli und Rüebli". Hörnli, Erbsli, Rüebli. Mit Cervelat- oder Bratwurst-Rädli. Abends ein Chäs-Chüechli, morgens ein Birchermüesli und zwischendurch ein Gipfeli. Zu Weihnachten das Schinkli im Teig, gefolgt von süssen „Guetzli". Am Silvester dann „Häppli" oder belegte „Brötli". Sonntags zum Dessert ein Caramel-Chöpfli, dem ein „Plätzli" an Rahmsauce mit „Chnöpfli" oder „Spätzli" voran gegangen war. In der Sauce schwammen „Pilzli", die sich in den achtziger und neunziger Jahren einer derart expandierten Beliebtheit erfreuten, dass dieser Umstand einem damals erfolgreichen Comedian eine eigene Nummer wert war. Leider wird das „Käffeli" nach dem Essen vom „Espresso" aus der Kapselmaschine verdrängt. Doch was wäre die Schweizer Küche ohne ihre liebgewonnenen Speisen, die in ihrer grammatischen Verkleinerungsform den Appetit darauf noch mehr anregen? Ausserdem – wenn das Essen in derart verbal verkleinerter Form daherkommt, dann kann der Kaloriengehalt auch nicht so gross sein....

Allerdings – man kann es auf die Spitze treiben mit den Verkleinerungen – auch im gastronomischen Bereich. Gasthäuser zum „Rössli" gibt es zuhauf, und sie hiessen schon immer so. Doch die Restaurants zur Post und beim Bahnhof deklarierte der Volksmund einfachhalber zum „Pöschtli" oder „Bahnhöfli". Weisen nun die „Rösslis" landauf landab jegliche Bandbreite des kulinarischen Repertoires bis zur Haute Cuisine auf, so sind die „Pöschtlis" und „Bahnhöflis" eher in der Schicht der „Beizen" oder gar „Stammbeizen" angesiedelt. Die „Beiz" – und noch viel mehr eine „Stammbeiz" – ist ein Hort jener nicht mehr zeitgemässen Männergemütlichkeit, deren olfaktorische Emissionen nach Rauch, Bier, Essensdunst und Frittieröl vor den jeweils betroffenen Ehegattinnen keinerlei Wertschätzung finden. Ein „Pöschtli" oder ein „Bahnhöfli" gibt es noch allerorten. Auch das dazugehörende kulinarische

Programm, welches oft aus Cervelatsalat, Zvieriplättli, Bratwurst, Röschti mit Spiegelei, oder Cordon Bleu mit Pommes Frittes besteht. Diese Speisen haben trotz „Pasta & Pizza", Thai Red Curry oder Döner Kebab immer noch Hochkonjunktur. Auch Hörnli mit Gehacktem. Wer als Wirt gesundheitsbewusst ist, hat auch den Salatteller im Angebot, ein Riesending mit geraffelten Wurzelgemüsen, Tomaten, Gurken, Maiskörnern aus der Dose, und verschiedenen Blattsalaten, die meist in der Mitte des Tellers angeordnet sind und je nach Jahreszeit variieren. Diese Kreation gibt es auch als „Salatteller garniert" – mit gekochtem Ei. Als „Fitness-Teller" umfasst dann der matterhornähnliche Gemüseberg noch ein Stück gegrillte Hühnerbrust (ein „Poulet-Plätzli"). Dazu gibt es „französische oder italienische Sauce" vom Grosshändler und frisches Brot, so dass der Kaloriengehalt dieser „kleinen Mahlzeit" oft ein komplettes dreigängiges Menü übersteigt.

· · · · · ● ● · · · ·

Das „Eingeklemmte" und die „Serviertochter"

Für den kleinen Hunger zwischendurch – vielleicht zu einem „Bierli" oder einem „Gläsli" Wein – gibt es „das Eingeklemmte". Wie auch die Teigwaren der Pasta weichen mussten, so ist das „Eingeklemmte" schon länger auf dem Rückzug vor dem Angriff des Sandwichs, das seinerseits tapfer dem Ansturm amerikanischer „Rolls" und „Wraps" in schlappen, bleichen Teighüllen widersteht. Das „Eingeklemmte" ist ein Klassiker bestehend aus zwei

Brotscheiben mit Fleisch- oder Käsefüllung. So banal sich das anhört – es kann eine wahre Geschmacksexplosion sein, wenn es sich beim Brot um einfaches jedoch frisches „Ruchbrot" vom Bäcker handelt, der noch 1-kg-Laibe herstellt; wenn der Schinken eine saftige „Bauernhamme" ist, die schön dick geschnitten wurde; wenn dazu die guten alten Essiggurken verwendet werden und vielleicht noch ein wenig Landbutter aus der ortsansässigen Käserei. Bitte – keine bleichen, wässrigen Tomatenringe und kein schlappes Alibi-Salatblatt hineinpacken! Bitte, nicht …. Auch auf Scheiben von gekochten Eiern sollte man verzichten, wenn sie zu regelmässig kreisrund sind, und wenn der Dotter von blassgelber Farbe ist. In diesem Fall wurde ein „Stangen-Ei" verwendet. Leider hielt die Unsitte, dieses Eierprodukt zu verwenden, triumphalen Einzug in die Gaststätten des Landes. Es wird hergestellt aus industriell aufbereitetem, vielleicht sogar pulverisiertem Eigelb und Eiweiss, dann wird es in röhrenförmigen Behältern „gekocht" und gepresst, unter Vakuumverschluss in Plastikfolie verschweisst – und fertig ist das „Stangen-Ei". Am besten ist ein „Eingeklemmtes" sowieso mit Salami und Cornichons, und die Käsevariante braucht einen würzigen und ehrlichen Käse.

Früher wurde man in den Speise-Etablissements jeglicher Couleur noch von einer „Serviertochter" bedient, die zum knappen schwarzen Rock eine weisse Bluse und Gesundheitssandalen trug, und ein grosses Leder-Portemonnaie unter einem kurzen, blendend weissem Schürzchen aus Stickereispitze verborgen hielt. Wann verschwanden eigentlich die letzten dieser Schürzchen aus dem Schweizer

Gastgewerbe? Heute schlappen dem geschlechtlich gleichberechtigten Bedienungspersonal lange Stoffbahnen um Füsse in Turnschuhen, und zum T-Shirt mit dem Logo des Restaurants werden lange Hosen getragen. Zu diesem trendigen Outfit passt auch das seitlich am Körper angeschnallte Portemonnaie-Halfter, aus dem dann der Kellner oder die Kellnerin das Lederutensil westernmässig zückt, als gälte es tief aus der Hüfte zu schiessen. Die besseren und teureren Speisetempel verpflichten ihr Personal zum langweiligen Business-Dresscode, und man sehnt sich zurück in die achtziger Jahre, als es noch den sogenannten „Plattenservice" gab und die weissbeschürzte „Serviertochter" beim Vorlegen geschickt mit Gabel und Löffel zu hantieren wusste.

„Plattenservice". Ein Ritual der Vorbereitung und der Vorfreude auf das Essen. Nach der Vorspeise wurde abgeräumt und ein Beistelltischchen an den Tisch gebracht – weiss gedeckt mit gestärkter Tischwäsche, wie der Tisch, an dem man ass. Auf das Tischchen wurde dann zeremoniell das Rechaud für die Platten gestellt, dazu der Tellerwärmer und das Vorlegebesteck. Dann wurden die Kerzen im Rechaud angezündet, und noch das Ess-Besteck der Gäste ausgewechselt. Durch diese betont rituellen Handlungen kam eine Vorfreude auf das Essen auf, die man heute nicht mehr findet, auch wenn die Teller mit den kleinen Kunstwerken, die ein meist anonymer Kochkünstler kreiert hat, noch so behutsam vor den Gast gestellt werden.

Nach der Vorfreudezeremonie ging es erst richtig los – dann durfte das Servierpersonal zeigen, was es gelernt hatte und –

vor allem – dass es kein Lampenfieber kannte. Das schnelle Auflegen der heissen Speisen auf den noch heisseren Teller, schön angeordnet und ohne zu kleckern, brauchte viel Übung und Nervenstärke. Daneben duftete, gut warm gehalten, das sogenannte „Supplement", die Zugabe, auf der Platte oder im Kupferpfännchen, und man konnte sich noch einmal freuen. Das dritte Mal freute man sich, als die Rechnung präsentiert wurde, denn man konnte sich die ganze Show auch noch leisten. Die neue Haute Cuisine hat die Welt zwar um kunstvolle kulinarische Kreationen reicher gemacht – doch nahm sie mit der Hälfte der Portionen auch genau soviel Vorfreude weg. Aber was beklagen wir uns – ein wichtiger Teil des gastronomischen Erlebnisses ist um mindestens das Dreifache umfangreicher geworden: Der Preis.

3. Kapitel

Eliane und der Mann unter der Dusche

Das erste Date nach der Scheidung – Die Logistik eines Rendezvous – Nahrungsaufnahme vor dem Paarungsritual – Der sportliche Mann und die Einrichtung aus dem Versandhauskatalog.

Sie erinnerte sich. Es war eine geraume Weile seither. Vielleicht ein Jahr – vielleicht mehr. Das erste Mal nach vielen Jahren – und dazu noch mit einem wildfremden Mann. Sie war sechsundvierzig Jahre alt und hatte gerade wieder zu leben begonnen.

In ihrer Erinnerung hörte sie das Wasser der Dusche rauschen….

Es steht ein Mann in der Dusche, dachte sie amüsiert, und ich liege in seinem Bett. In einem Bett mit billiger Versandhausbettwäsche. Muster aus grün-gelb-braunen, schwarz umrandeten Palmenblättern auf weissem Grund. Dazu ein dunkelgrünes Fixleintuch aus Frottee, welches ihr die unteren Rückenwirbel empfindlich geschürft hatte. Natürlich, mit ökologisch einwandfreiem Waschmittel, ohne Weichspülerzusatz, im kalkhaltigsten Wasser gewaschen und im eiskalten Trockenraum des Wohnblocks an der Wäscheleine getrocknet. Steinhart und bürstenkratzig. Ein Fakir hätte wahre Freude daran gehabt. Zumindest war die Wäsche einigermassen frisch. Sie hasste benutzte Bettwäsche, die nach etwas anderem roch als nach Waschmittel. Aus dem Bad war immer noch plätscherndes Duschwasser zu hören. Sie sah sich um. Die Einrichtung des Schlafzimmers passte zur Bettwäsche.

Wenigstens war der Besitzer so klug gewesen, sich ein Doppelbett anzuschaffen – wenn auch nur in der kleinen Ausführung. Gegenüber dem Bett stand ein Schreibtisch – ebenfalls aus dem Versandhaus. Spanplatten mit hellem Holzimitat überzogen, je ein Schubladenkorpus links und rechts. Davor stand eines jener seltsamen Möbelstücke, die sportliche Männer anscheinend unwiderstehlich finden. Sie wusste nicht einmal, wie sie es benennen sollte: Kniehocker? Ergonomische Sitzgelegenheit für dünne Männer mit langen Beinen? Schleudersitz für alle, denen Schreibtischarbeit ein Gräuel ist? Man positioniert sich halb sitzend halb kniend und versucht, mit angespannten Bauchmuskeln und verkrampftem Rücken das Gleichgewicht nicht zu verlieren. Wie bei solcher Arbeitsweise wohl die Steuererklärung aussah? Sie seufzte. Bei dieser Einrichtung auf den, grob geschätzt, etwa vierzig Quadratmetern Wohnfläche, würde die Steuererklärung sicher jedes Jahr äusserst schnell erledigt sein.

Entschlossen schlug sie die Bettdecke zurück und stand auf. Mit zwei Schritten durchquerte sie das enge Entree, wo ein Bugholzkleiderständer, wahrscheinlich aus demselben Versandhaus, tapfer der Last von mehreren voluminösen Sportjacken widerstand. Dann öffnete sie langsam die Tür zum Bad und schlüpfte in den Raum. Dort stand er, lächelte, strahlte sie an, und drehte das Wasser ab. Sie lächelte zurück, gab ihm das Badetuch, das sie einem weissen Kunststoffregal entnommen hatte, doch als er nach dem Tuch greifen wollte, zog sie ihre Hand zurück. Sie streckte die andere Hand aus, fuhr mit ihren Fingern der Erhebung seines Schlüsselbeins nach, fuhr damit über seine Brust, strich weiter bis zum

Bauchnabel. Dann begann sie langsam seinen Körper mit dem weichen Tuch trocken zu tupfen. Sie legte das Tuch um seine Schultern, küsste ihn auf die Lippen, zog ihn mit dem Tuch an sich, küsste ihn wieder und wieder, liess das Tuch sinken....

Einige Stunden später, als sie bereits im Auto sass und sich durch den nächtlichen Stadtverkehr schlängelte, erinnerte sie sich mit einem Lächeln an die Szenen vor und nach der Dusche. Der Mann in der Dusche war der erste gewesen, mit dem sie sich im Chat verabredet hatte. Ihr erstes Date nach der Scheidung. Ihr erstes Blinddate überhaupt. Glück gehabt, dachte sie und rief sich ihre eigenen Befürchtungen ins Gedächtnis, die der spontanen Entscheidung auf dem Fuss gefolgt waren. Die Befürchtungen hatten sich glücklicherweise in Luft aufgelöst. Netter Kerl, einigermassen repräsentabel, doch wollte sie ihn trotzdem nicht wieder sehen. Sie mochte keine Männer, denen sie sich überlegen fühlte. Er hatte es sicher gut gemeint, hatte sicher alle möglichen Ratschläge befolgt, wie man „mit Frauen umgehen sollte", doch allzu grosse Rücksicht störte sie. ‚Sag mir, was du am liebsten möchtest' – ‚Sag mir, wo du hingehen möchtest – ‚Sag mir, was du am liebsten trinkst' – ‚Sag mir, was du am liebsten isst' – ‚Sag mir, wann wir uns treffen sollen, – ‚Sag mir...' Das alles lief doch darauf hinaus, dass sie das gesamte Date organisierte! Treffpunkt, Zeitpunkt, Höhepunkt?

Er werde gerne alle ihre Wünsche erfüllen, hatte er gesagt. Doch, wollte sie das überhaupt? Sich ihre Wünsche erfüllen, das konnte sie selbst ganz gut, da war nichts Aufregendes dabei. Doch den Wunsch nach einem Mann, der ihre Wünsche erfüllen würde, bevor ihr auch nur bewusst wurde, dass sie solche Wünsche hegte, diesen Wunsch konnte er leider nicht erfüllen. Nicht, dass sie es von diesem eher einfach angelegten Angestelltengemüt erwartet hätte. Selbst eine solche Überlegung, solch ein verschlungener Gedanke, wären an ihn verschwendet gewesen.

Er hatte sich redlich um sie bemüht, soweit so gut. Sie anerkannte die Bemühung. Sie hatte sich auch durchaus wohl gefühlt, als er seinen Arm um ihre Taille legte, nachdem sie das Restaurant verlassen hatten. Paarungsritual mit vorangehender Nahrungsaufnahme. Als müsste man den Körper stärken, für das, was nachfolgen sollte. Sie mochte das nicht. Dann ins Auto. In beide Autos. Logistik hat bei einem Date immer etwas Peinliches an sich. Das sind dann jeweils die Stellen in einem Film oder in einem Buch, wo ein Schnitt oder eine Überleitung erfolgt. Autoren und Regisseure haben es gut, sie brauchen sich keine Transportprobleme für ihre Protagonisten zu überlegen.

Sie hatte kurz gezögert, als sie sein Auto gesehen hatte. Ein Leih-Fahrzeug der „Mobility" Carsharing sei eben praktisch, hatte er gemeint, er würde sonst den öffentlichen Verkehr nutzen, er wohne ja schliesslich zentral, und da spare man sich die Kosten für Parkplatz oder Garage. Ausserdem habe er sich gerade ein neues Rad gekauft. Er sei begeisterter Biker. Mit dem Rad käme man auch viel besser durch den Stadtverkehr. Das sei doch sehr praktisch. Sie wohne doch auch in der Stadt – ob sie das nicht zu teuer käme mit dem Auto und der Parkmöglichkeit, und so? Ob sie denn schon lange dort wohne?

Und ob es ihr dort gefalle? ... Sie war froh einsteigen zu können und schweigend hinter seinem roten „Mobility"-Opel bis zu seinem Wohnhaus zu fahren.

Danach ging es weiter mit ähnlichen, von Nervosität gezeichneten Monologen seinerseits und mit lächelnd unverbindlichen Antworten ihrerseits. Er entschuldigte sich mehrere Male wegen der fehlenden Park-möglichkeiten, der blauen Zone, der Zweitfahrzeug-halter, welche die Parkplätze versperrten, wegen der Abfalltonnen vor dem Haus... Sie hätte am liebsten geschrien: „Hör endlich auf zu reden! Küss mich, oder trag mich über die Schwelle – oder tue sonst etwas Verrücktes, das nicht in deinem verdammten Drehbuch „Wie verführe ich rücksichtsvoll eine Frau" steht! Monologe über Parkplätze und Abfalltonnen sind nicht verführerisch, sind nicht einmal interessant!

Sie riss sich zusammen, gab die Hoffnung noch nicht auf, gab ihn eine Chance und gab sich hin – gab alles, worauf sie Lust hatte. Diesem Kerl seine ökologische Selbstzufriedenheit wegzufegen, ihn nicht nur lüstern sondern vor Begehren verrückt zu machen – darauf legte sie es an. All diese Techniken und Handgriffe des „Grossen Befriedigers", die er draufhatte – öde, langweilig, im Dutzend billiger zu haben. Ihr erstes Date nach der Scheidung – und nichts Neues im Bett! Wahrscheinlich spulte er irgendein Szenario aus „Men's Health" ab und fühlte sich grossartig, dass er sie, die Frau, zum Höhepunkt brachte. Nun – gar so schlecht war es nicht gewesen, zugegeben, doch sie hätte sich viel mehr Fantasie als Technik gewünscht. Viel mehr Leidenschaft als

Stellungswechsel, viel mehr Herzblut und Intuition als Erinnerungsvermögen an die Oswald Kolle Filme der Siebziger.

Gleich würde sie zu Hause sein, in ihren eigenen vier Wänden. Als erstes Date war dieser Abend in Ordnung gewesen, doch auf einer Wiederholung würde sie nicht bestehen. Er auch nicht. Sie hatte schnell gemerkt, dass er beim Abschied froh gewesen war, sie nicht länger als notwendig in seiner Wohnung gehabt zu haben. Erleichtert in jedem Sinn. Wahrscheinlich würde er sich jetzt ein kleines Mitternachtsbier genehmigen und sich dabei noch kurz die Sportnachrichten im Fernsehen anschauen. Sie schüttelte sich. Dann würde er wohl zufrieden einschlafen, am Morgen mit einer netten Erinnerung aufwachen und fortan keinen Gedanken mehr an sein Date verschwenden. Und am Wochenende würde er sich nach einer ausgedehnten Radtour ans Ausfüllen seiner Steuererklärung machen – auf dem ergonomisch zweckmässigem Schaukel-Kniehocker sitzend…

Bevor sie einschlief – glücklich darüber, alleine in ihrem eigenen Bett zu liegen – fasste sie kurz zusammen: Das nächste Mal würde sie kein langes Vorgeplänkel mehr zulassen. Keinen Spaziergang durch die Stadt zwecks beiderseitigen Kennenlernens, keinen angeblich romantischen Drink im flackernden Licht eines Teelichtes in einer lärmigen Bar, kein Abendessen in einem italienischen Restaurant, das von türkischen Besitzern geführt wurde, keinen Prosecco in der Wohnung bevor man endlich ins Schlafzimmer wechselte – überhaupt keinen Prosecco! ….. So ein ausgedehntes

Vorgeplänkel ergab lediglich kalte Füsse, eine volle Blase und die Sorge um zu viel Promille auf der Heimfahrt.

Sie war sich nach der ersten Date-Erfahrung auch schon sicher, dass sie gewisses Vokabular nicht mehr dulden würde – allem voran das sogenannte gegenseitige „Beschnuppern", ob man auch zusammen passe; oder das sich „Verwöhnen lassen" – wer verwöhnte eigentlich wen? – und schliesslich das „Herausfinden ob die Chemie stimmte". Wieso redeten die Leute immer von Chemie? Müsste im Bett nicht eher die Physik stimmen?

Mit diesen launigen Überlegungen und einem wohlig entspannten Körper schlief sie endlich ein.

4. Kapitel

Eliane und das Leben vor der Freiheit

Enttäuschungen einer Ehe – Die helfenden Ehegattinnen – Mittendrin in Haus und Familie – Meine Träume und deine Träume sind nicht unsere Träume – Elianes Rebellionen – Der Schweizer Mittelstand.

Eliane Debrunner denkt über ihr Leben nach. Sie tut dies oft. Sie tut es dieses Mal mit einem Blick nach vorne und wühlt nicht länger im Schlamm früherer Enttäuschungen. Was sie als Enttäuschung und Versagen ansieht, werten andere als bequemes Leben, Erfolg und Verwöhntsein. Dabei hatte doch alles anders kommen sollen. Warum hatte sie sich davontreiben lassen? Sie hatte alles lernen wollen, was sie interessierte – und das war viel. Sie wollte nach der Matura studieren – doch es gab viel zu viele Fächer und sie konnte sich nicht entscheiden. Sie wollte frei sein – aber dann traf sie Henri Debrunner, den aufstrebenden Architekten, der am Anfang einer grossartigen Karriere stand – oder dies zumindest glaubte. Er glaubte es noch als ihre beiden Kinder schon Berufsausbildungen absolvierten und als Eliane eine Trennungsvereinbarung verlangte. Er glaubte es weitere Jahre später, als sie die Scheidung einreichte. Er glaubt es immer noch, stellt Eliane verwundert fest, obwohl seit damals ein Vierteljahrhundert vergangen ist. Er glaubt immer noch, dass er vor dem angeblich grossen Durchbruch steht, dass seine revolutionären Ideen das Baugewerbe auf den Kopf stellen werden, und dass er sich mit seinen ökologischen, energiesparenden Erfindungen einen Ehrenplatz in der Geschichte verdienen wird. Indes, das

Baugewerbe funktionierte auch ohne die bahnbrechenden Ideen weiter, die Henri Debrunner fast das Geschäft gekostet hätten, weil diese Ideen eben nur gut verkaufte Theorie waren. Heute weiss Eliane, dass Henri noch immer von der Wirksamkeit seiner Ideen überzeugt ist, auch wenn stets von neuem bewiesen wird, dass die Ideen zwar im Ansatz interessant, aber nicht durchdacht sind – und dass die Welt sich gewandelt hat.

Nach fünfundzwanzig langen Jahren hatte Eliane genug. Genug von Träumen, deren Erfüllung sie zu unterstützen hatte, genug von Projekten, die massenweise Erfahrungen brachten, jedoch eine leere Kasse hinterliessen. Genug von verschlungenen und verflochtenen Geschäftsbeziehungen und unentschlüsselbaren Steuererklärungen, auf die sie jedes Mal mit sehr gemischten Gefühlen ihre Unterschrift setzte. Genug von ständigen Umbauten und Erweiterungen des Hauses. Sie hatte genug davon, für die „schweigende Mehrheit", wie sie ihre Familie in den letzten Jahren nannte – den Hotelservice zu Hause aufrecht zu erhalten. Sie hatte schon früher genug gehabt, im Familienbetrieb „das Büro" machen zu müssen. Welch ein Ausdruck! Schweizerisch und traditionell – dass „die Frau" im Familienbetrieb „das Büro macht". Für ihre Arbeit hatte es nie irgendeine Entlohnung gegeben, geschweige denn bares Geld. Schliesslich war Henri ein aufstrebender Architekt und wollte seine Projekte erst einmal im Selbstversuch verwirklichen. So lebte Eliane in einem viel zu grossen und viel zu verwinkelten Haus mit viel zu vielen Laubengängen und Loggias, einem viel zu grossen Garten und viel zu wenig Privatsphäre in viel zu kleinen Schlafräumen. Sie fror im Winter wegen des unausgereiften Heizungskonzepts, welches zwar Energie sparte, allerdings zu Lasten von Elianes Wohlbefinden. Unter drei Schichten Winterkleidung geht nicht nur jegliches Körpergefühl verloren, sondern auch die Lust nach körperlicher Betätigung ausserhalb dieser Kleidung. Im Sommer dagegen, konnte sie nachts kaum schlafen weil sich die Hitze in den viel zu kleinen Räumen staute, und draussen im selbst angelegten Biotop die Frösche um die Wette quakten.

Es war nicht immer so schlimm gewesen, erinnert sich Eliane. Am Anfang war sie begeistert gewesen, fand das geplante Haus grossartig und sonnte sich in hausfraulich-beschaulicher Gemütlichkeit zwischen duftig gebügelter Wäsche, selbst-gekochter Erdbeermarmelade und heiss dampfendem Brot aus dem eigenen Backofen. Die Anforderungen an Eliane stiegen in dem Masse, wie die Kinder wuchsen, wie Henri neue Geschäftsmöglichkeiten suchte, wie sie selbst ihren eigenen, nicht verwirklichungsfähigen und perfektionistischen Vor-stellungen von Haushaltorganisation und Familie unterlag. Irgendwann wurden ihr sämtliche Aufgaben und Pflichten unerträglich und verhasst. Das Haus, der Garten, die Schule der Kinder, die Mitarbeit im Architekturbüro, die Ansprüche von Verwandten und Freunden, ehrenamtliche Tätigkeiten in Vereinen – schliesslich ist der Mensch ein soziales Wesen. Eliane stellte fest, dass ihre Welt zu schrumpfen begann und dass sie nicht mehr richtig wusste, was sich ausserhalb ihres Wohnortes abspielte. Sie machte sich bewusst, dass sie jahrelang keinen kulturellen Anlass besucht hatte, der diese Bezeichnung verdiente, und dass sie und Henri nicht einmal mehr ausserhalb des Familienkreises Einladungen erhielten. Vollends erschüttert erkannte sie eines Tages, dass sie zwischen Waschmaschine, Dampfkochtopf und Bügeleisen ihre Fremdsprachenkenntnisse zu verlieren begann. Das durfte nicht sein. Als sie mit Henri darüber sprach, hatte er nur mit den Schultern gezuckt, und als sie ihm eröffnete, dass sie sich in einen Englisch-Diplomkurs einschreiben wollte, reagierte er unwillig.

„Aber du kannst doch Englisch", hatte er kopfschüttelnd gesagt, „es genügt ja, wenn du dich verständigen kannst".

Es genügte eben nicht. Sie stritten sich darüber. Es genügte Eliane nicht „sich verständigen zu können". Sie wollte ihr Diplom, und zwar das höchste. Anderthalb Jahre später hatte sie es geschafft. Danach war Henri auf einmal sogar ein wenig stolz gewesen. Eliane begann von da an Nachhilfeunterricht in Englisch zu erteilen und organisierte unter ihren Vereinsfrauen einen englischen Lesezirkel. Henri nahm es hin, zeigte jedoch kein grosses Interesse mehr an Elianes Erfolgen. Er murmelte ein bisschen vor sich hin, als er sich nun regelmässig in seinem Haus lernwilligen Schülern und lesefreudigen Frauen gegenüberfand, während er viel lieber mit Eliane zu Abend gegessen hätte. Der Streit entflammte auch an anderen Fronten. Er entzündete sich immer wieder an Ökologie und Umweltfragen. Eliane wollte einen Wäschetrockner. Nein, ein Wäschetrockner komme nicht ins Haus, entschied Henri. Ein Wäschetrockner sei nur ein Stromfresser, dazu würden die Kleider kaputt gehen. Ausserdem sei Wäsche, die draussen an der Luft trocknete gesünder. Auf Elianes Bemerkung, dass an Wäsche, die im Mai romantisch im Frühlingswind flatterte, Blütenpollen hängenblieb, welcher der Tochter Allergien verursachte, antwortete Henri, dass Bettwäsche „sowieso gebügelt würde". Ein Geschirrspüler war auch erst nach dem zweiten Kind bewilligt worden, als das Wort „Vier-Personen-Haushalt" einen Geschirrspüler gerechtfertigte… Und ob die vielen Plastikdosen im Küchenschrank tatsächlich alle nötig waren? Plastik sei doch völlig unökologisch… Und die Wegwerfwindeln für das zweite Kind? Das seien ja gewaltige Berge von Abfall, ob denn das nicht anders ginge! Doch, sagte Eliane, gehen würde es schon, mit täglich einer Ladung Windeln waschen – ob er sich denn nicht mehr daran erinnerte, wie das beim ersten Kind war? Henri erinnerte sich: An fast zwei Jahre mit Stoffwindeln, vollen Abfall- und Wäscheeimern, an seine Frau, die jeden Tag die Waschmaschine laufen liess und rissige, gerötete und wunde Hände bekam, da das Kind mit dicken Stoffwindeln und einer Spreizschiene zwischen den Beinchen versehen worden war, um den Wuchs der Hüftknochen prophylaktisch zu beeinflussen. Die Wegwerfwindeln des zweiten Babys durften bleiben….

Es begann ganz langsam. Es begann mit hin und wieder einem Migräneanfall. Es begann mit kleinen Verweigerungen, mit Unwillen zu funktionieren, mit Rebellionen, die als solche nur für Eliane selbst erkennbar waren. Nein, heute wasche ich das Geschirr nicht nach dem Abendessen – wen kümmert's. Nein, heute stehe ich nicht um sieben auf – warum auch? Die Kinder machen sich ihr Frühstück zusammen mit Henri, ich bleibe bis elf liegen. Nein, ich bügle diese Woche nicht… und die nächste auch nicht. Warum sollte ich den Staub von den Deckenbalken wegwischen, sieht ja doch keiner. Warum sollte ich den

Waschküchenboden ständig sauber wischen, wenn Henri doch immer mit seinen Stiefeln von draussen den Dreck herein trägt, wenn er wieder mal seine Kunstwerke im Garten aufstellt? Sie sind ja sehr schön, diese Skulpturen – aber wieso muss man dabei den ganzen Keller und den Aussensitzplatz mit Erdklumpen und losgetretenen Kieselsteinchen versauen? Warum sollte ich wohl kiloweise Holunderkonfitüre einkochen, da sie alle so gerne essen aber kein Mensch mir hilft die Beeren stundenlang von den Dolden zu lesen? Warum sollte ich wohl immer wieder vergeblich versuchen, das Wohnzimmer von Schulzeug, Bastelkram und Spielsachen frei zu räumen, damit die Designermöbel besser zur Geltung kommen und weil ich sonst weder die Teppiche saugen noch das Parkett wischen kann?

Die Anstrengung und das Bewusstsein immer zu spät zu sein, ständig die nächste Arbeit beginnen zu müssen, ohne die vorhergehende abgeschlossen zu haben, und die Enttäuschung darüber, dass das Hausfrauendasein sie überforderte, beanspruchten bald so viel Platz in ihrer Erinnerung, so dass die schönen Seiten, die es durchaus gab, ihren Glanz verloren. Oft verglich sich Eliane mit Sysiphus, und dachte, dass dieser Grieche es eher als Strafe verdient hätte, seine Jahre als Schweizer Hausfrau des perfektionistischen zwanzigsten Jahrhunderts abzuverdienen. Doch da Sisyphus ein Mann war, und ein Grieche obendrein – bekam er eine spektakuläre und dramatische Strafe auferlegt, die ihm einen Ehrenplatz in Mythologie, Literatur und Sprichwörtern sicherte. Elianes Sarkasmus steigerte sich mit jedem Monat ihres hausfraulichen Daseins. Dabei meinte es Henri nicht schlecht. Im Grunde genommen war Henri ein rechtschaffener Mensch und bemühte sich – gemäss seinen Vorstellungen – alles zum Wohl seines Geschäfts und seiner Familie zu tun und zu ordnen, und da er sich seiner Berufung, seiner architektonischen Mission, verpflichtet fühlte, erwartete er von seiner Ehefrau den gleichen Einsatz. Für seine Träume. Für sein Lebensziel. Schliesslich brachte die Geschäftstätigkeit Geld ein, und schliesslich verschmähte Eliane das Geld auch nicht. So war er aufgewachsen, so war es „normal" gewesen. Auch sein Vater hatte ein eigenes Geschäft gehabt, einen Gartenbaubetrieb, in dem Henris Mutter tatkräftig mitgearbeitet hatte. Henri war stolz auf seine Mutter, und erzählte viel und oft aus seiner Kindheit. Drei Kinder hatte die Mutter erzogen; neben der Arbeit noch für die Familie genäht und gestrickt und in der Gemeinde den Sonntagschulunterricht erteilt.

In seinem Sohnesstolz übersah Henri, dass in dem Betrieb seiner Eltern Angestellte arbeiteten, die oft auch der Mutter im Haushalt halfen, und dass immer jemand zur Stelle war, wenn eines der Kinder vielleicht ausserhalb der üblichen Zeiten nach Hause kam. Er übersah, dass mühsames Organisieren von Kinderbetreuung, von Mitfahrgelegenheiten zu Hobbies und Freizeitbeschäftigungen damals schlichtweg nicht existierte. Henri übersah auch, dass seine Mutter keine Hausaufgabenhilfe für ihre Kinder leistete und dass sie nicht darüber wachen musste, ob der Nachwuchs sowohl seine Übungen in Französisch als auch auf dem Musikinstrument ordentlich ausführte und Vorträge für das Fach „Mensch und Umwelt" vorbereitete. Der Nachwuchs der Eltern Debrunner hatte dies alles gefälligst selbständig zu erledigen. Die damaligen

Schulpflichten waren klar definiert. Der Nachwuchs von damals wusste, was von ihm verlangt wurde und hatte sich alleine um seine korrekt ausgeführten Schulaufsätze, Rechenübungen und spätere Französischvokabeln zu kümmern – schliesslich hatte man ein Geschäft, welches die existentielle Grundlage der Familie bildete und in seiner Forderung nach Aufmerksamkeit unnachgiebig war. Wenn der Nachwuchs die Schule nicht schaffte, dann war er eben zu dumm dazu – je nun – da konnte man halt nichts machen. Dann würde es eben einen Hilfsarbeiter mehr geben – und in einer Gärtnerei brauchte man letztendlich jede Hand zum Arbeiten.

Heute haben sich Blickwinkel und Ansicht verschoben. Heute spricht auch kaum jemand mehr von „Hausfrauen". Heute gibt es nur noch „Mütter", und die Art der kinderlosen „Hausfrauen" ist vom Aussterben bedroht. „Hausfrau" und „kinderlos" passt nicht mehr zusammen. Eine „Hausfrau" führt den Haushalt, erzieht die Kinder und trägt nach ihren Möglichkeiten zum Mehren des Familienwohlstandes bei. Ein wunderbares Idealbild aus dem 19. Jahrhundert, kultiviert und propagiert in den Fünfzigerjahren des zwanzigsten Jahrhunderts, als es darum ging aus dem Trümmern des 2. Weltkriegs wieder eine lebbare Ordnung aufzubauen, und als in der Schweiz der Sechzigerjahre der Wohlstand des Mittelstands auf ein höchst komfortables Niveau stieg. Es gibt keinen Begriff, der besser in die Welt des Mittelstandes passt als die „Hausfrau". Unterhalb des Mittelstandes plackerten sich Frauen seit Jahrhunderten für einen Lohn ausserhalb des Haushaltes ab, um nach getaner Verdienstarbeit zu Hause weiter zu schuften. Oft dienten sie dabei als Personal jenen

„Damen", die von ihren oberen Gesellschaftsplätzen aus sowohl die Lohnarbeiterinnen als auch die „Hausfrauen" kritisch zu betrachten pflegten.

Elianes „Hausfrauen"-Zeit ist nun zu Ende. Zurück lässt sie ein mit Dingen angefülltes Haus und eine sinnentleerte Beziehung. Die Entwicklung der Ehepartner ging verschiedene Wege, die Einheit der ersten gemeinsamen Zeit lässt sich nicht wieder erwecken. Warum auch? Es wäre ein Schritt rückwärts. Beide Ehepartner verfolgen verschiedene Interessen, die miteinander unvereinbar sind. Er verfolgt weiterhin begeistert seine eigenen geschäftlichen Projekte, in denen sie keine Zukunft mehr sieht. Warum sich deshalb selbst verleugnen und uneigennützig, ohne Bezahlung diesen Projekten administrative Unterstützung und Energie bieten? Was hätte sie von einer für sie uninteressanten Arbeit, die sie nur wieder auf die „Hilfeleistungs-Stufe" hinabbringen würde? Sie will nun ihren eigenen Job als Hauptbeschäftigung, um sich damit ihre Existenz zu sichern. Sie will den Lohn dafür alleine verwalten, sie will, dass dabei Arbeit, Lohn, Sozialbeträge und Steuerabgaben geregelt sind. Ist das zu viel verlangt? Ausserdem möchte sie ihre Freizeit nicht damit verbringen ein viel zu grosses Haus sauber zu halten und den Hotelbetrieb wieder aufzunehmen, wenn die Kinder vielleicht „einmal vorbeikommen" sollten. Sie will die

Bestimmung von aussen auf ein Minimum reduzieren. Sie möchte eine weitere Fremdsprache lernen, hin und wieder an einen interessanten Ort reisen, und neue Menschen kennen lernen. Sie möchte sich eine überschaubare Wohnung einrichten – nach ihrem Geschmack und mit eigenen, liebgewonnenen Sachen. Sie möchte ihr Leben entrümpeln und von unnützen Gegenständen, verzichtbaren Bekanntschaften und sinnlosen Pflichtübungen befreien. Wieder ein bisschen Spannung und Knistern in den Lebensalltag bringen, und Dinge tun weil sie sich dafür entschieden hat und nicht weil man es von ihr erwartet.

....und sie will endlich wieder tanzen! Die Kurse sind bereits gebucht, die Schuhe sind gekauft. Eliane wird sich in die Tanzszene stürzen, ausgehungert nach Rhythmus, Melodie und Bewegung zur Musik. Sie wird enthusiastisch Schrittfolgen und Figuren üben. Sie wird endlich frei sein von reformatorisch moralisierenden Bemerkungen über die Nutzlosigkeit des Tanzes, und dass sich Bewegung auch während einer Wanderung an der frischen Luft ausleben liesse. Sie will über jedes erreichbare Tanzparkett schweben und bei jeder Tanzart eine gute Figur machen. Eliane Debrunner ist sechsundvierzig Jahre alt – ein neues Leben voller Möglichkeiten liegt vor ihr.

5. Kapitel

Eliane und Berührungen

Die Auffahrkollision und das verpatzte Wochenende – Kevin und der Z3 – Eliane und Kevin

Der eisblaue BMW Z3 erscheint viel zu nah wenn Eliane in den Rückspiegel blickt. Seit einer Weile schon versucht der jugendliche Fahrer Elianes kleinen Honda zu überholen. Eliane hält stoisch ihre 50 km/h, denn die Strecke ist erstens innerorts und zweitens trügerisch. Es gibt einen Fahrradweg, Tankstellen und Wohnhäuser beidseits der Strasse, und überall können plötzlich Menschen auf die Fahrbahn laufen, Kinder oder Erwachsene. „Drauf los hühnern", nennt man diese Hals-über-Kopf-Verhaltensweise in der Schweiz. Ausserdem weiss Eliane, dass sich der Verkehr weiter vorne wegen einer Ampel stauen könnte, was man aber noch nicht sieht. Alles in allem ist hier Vorsicht geboten und der junge Drängler hinter ihr beginnt sie zu nerven. Er ist viel zu nah. Er ist ungeduldig. Es ist später Samstagnachmittag und wahrscheinlich hat er eine Verabredung. Elianes Gehirn beginnt Situationen vorzu-schlagen, die auf den jungen Fahrer des heissen Schlittens zutreffen könnten. Fährt er zu seiner Freundin? Ist er spät dran? Eliane zwingt sich zur Konzentration und verbannt die Gaukeleien ihrer Fantasie.

Da sie ihre Aufmerksamkeit gleichzeitig nach vorne und nach hinten richtet, hätte sie den Mann, der sich rechts über den Fahrradweg nähert und dabei aufgeregt ein Pannendreieck schwenkt fast übersehen. Sie hätte auch fast übersehen, dass die Autos vor ihr bremsen, und dass auch sie voll in die Eisen steigen muss, um ihren Wagen zum Halten zu bringen und nicht in den Vordermann zu knallen. Die Bremsen schreien. Eliane hält das Steuer umklammert bis die Hände schmerzen, sie hält den Fuss auf der Bremse, rammt das Kupplungspedal fast in den Boden und sieht dabei mit erschreckender Klarheit im Rückspiegel, dass ihr eigenes Gefährt zwar stillsteht, doch der Z3-Fahrer mit Panik in der Miene versucht nach rechts auf den Rasenstreifen auszuweichen, der den Fahrradweg von der Landstrasse trennt. Es gelingt ihm natürlich nicht, denn er war bereits viel zu nah an Elianes Auto. So prallt er mit der linken Ecke des wunderschön glänzenden Sportwagens in Elianes bescheidenes Alltags-Gebrauchsfahrzeug. Das Quietschen der Reifen und der nachfolgende Knall klingen hässlich, und der bewusst erwartete Aufprall erschüttert nicht nur den Honda sondern auch Elianes Gemüt empfindlich. Sie hält sich immer noch am Steuer fest, die Füsse fest in den Pedalen, sie atmet kaum. Endlich Stille. Sie bemerkt, wie der Fahrer des Autos vor ihr aussteigt und mit sorgenvoller Miene die Situation überblickt, dann hellt sich sein Gesicht ein wenig auf und entschlossen ist er mit zwei Schritten an Elianes Autotür, die er schnell öffnet.

„Geht es Ihnen gut?" fragt er – und als sie nickend bejaht fährt er fort: „Sie haben Glück gehabt. Noch zehn Zentimeter und Sie hätten mich erwischt." Der füllige Herr fährt sich mit der Hand durchs borstige, kurze, graue Haar und kratzt sich verlegen im Nacken. Dann klemmt er einen Daumen hinter den Gürtel seiner Jeans, ordnet das grosskarierte Holzfällerhemd, wobei der den Bauch einziehen muss. Dabei weist er mit einer

Bewegung des Kinns nach hinten zum Z3 und dessen jugendlichem Fahrer, der – sichtlich bleich geworden – umständlich aus dem Auto klettert. „Brauchen Sie Hilfe mit dem da?" fragt er Eliane, ganz der bodenständige Gentleman vom Land. Eliane hat endlich das Steuer losgelassen. Ihre Hände sind verkrampft und schmerzen. Der ganze Körper muss sich erst lösen und bewegen. „Danke", sagt sie und versucht zu lächeln, „ich sehe mir die Sache an."

Der Landmann im Holzfällerhemd versichert sich nun, dass der Verkehr still steht, dass der Mann mit dem Warndreieck sein Zeichen setzen konnte. Aus den Autos steigen Leute. Betretene Mienen, Sorgenfalten und ängstliche Blicke überall. Der Grund der Karambolage war ein Auto, das viel zu brüsk angehalten hatte, als die Ampel auf Rot wechselte. Der Hintermann konnte nicht mehr ausweichen – klassischer Dominoeffekt. Wenigstens waren die weiter hinten fahrenden Lenker aufmerksam gewesen und hatten genug Abstand gehalten. Doch alle müssen nun warten, bis sich wieder etwas bewegen kann. Der eisblaue Z3 ist das letzte Auto in der Kolonne.

Der Holzfällertyp hat Recht. Glückliche zehn Zentimeter. Wenigstens ein bisschen Glück. Eliane wird sich nur mit dem verschreckten BMW-Jüngling herumschlagen müssen. Ob das Auto wohl ihm gehört? Sie hat eine dumpfe Ahnung, dass dem nicht so ist. In Begleitung des gutmütigen, vierschrötigen Herrn im Holzfällerhemd geht sie nun zum nicht mehr so strahlenden Z3. Ein jämmerliches Bild bietet sich da, doch beim zweiten Blick scheint alles vielleicht nicht mehr ganz so schlimm. Zerknautschte Front und ein zertrümmerter linker

Scheinwerfer. Eliane ist sich nicht sicher, ob das Ausweichmanöver klug war. Aber wieweit hätte die Stossstange des BMW den Schaden niedrig halten können? Eliane beschliesst sich darüber keine Sorgen zu machen. Es ist nicht ihr Problem, wenn dieser jugendliche Unerfahrene und Ungeduldige in ihr Auto bretterte.

Inzwischen hat der beleibte Landmann dem Jungen einige Fragen gestellt, die Eliane nur halb wahrnimmt. Praktisches, zielgerichtetes Handeln. Erste Hilfe beim Aufräumen und Organisieren. Das Nummernschild hält. Der Wagen springt an. Er lässt sich einen Meter zurückrollen. Der Mann weist den Jungen energisch an zu Eliane ins Auto zu steigen, und instruiert Eliane ihren Honda auf den Parkplatz der Mercedes-Garage zu lenken, die gleich gegenüber links an der Fahrbahn liegt. Dann wischt er die grössten Scherben mit der dicken Gummisohle seines Turnschuhs zur Seite, klemmt sich ächzend in den Fahrersitz des BMW und steuert das Fahrzeug sicher zum Gelände der Mercedes-Garage. Eliane ist dankbar für diese praktische Unterstützung. Sie hat sich nun wieder in der Hand.

„Brauchen Sie mich als Zeugen?" fragt der Mann, und beteuert, dass er gerne zur Verfügung stehe. Eliane schenkt ihm ein strahlendes Lächeln, bedankt sich artig und bittet ihn um seine Adresse und Telefonnummer. „Ich denke, wir kommen hier klar. Vielen Dank für Ihre Hilfe. Wenn ich etwas brauchen sollte werde ich mich sehr gerne an Sie wenden. Aber ich möchte Sie jetzt nicht weiter versäumen." Der Mann nickt und brummt eine Bemerkung über Verständnis, und dass dann ja alles in Ordnung sei. Ein starker Händedruck, noch ein Kopfnicken, ein schräger und strenger Blick in Richtung des bleichen Jünglings, der mit geballten Fäusten und gekrümmtem Rücken schon zum x-ten Mal ein Fäkalien-Mantra vor sich hin murmelt. „… Scheisse, Mann … Scheisse … voll Scheisse …!"

Eliane schaut dem breiten, grosskarierten Rücken noch ein letztes Mal und fast sehnsüchtig nach, dann atmet sie tief durch, streckt sich und fühlt Verantwortungsbewusstsein in sich aufsteigen.

„Ja, – so ist es – voll Scheisse!" sagt sie und es hört sich schärfer an, als beabsichtigt. Dem jungen Mann hat es nun die Sprache verschlagen und er sieht sie verdattert an. Vielleicht nimmt er sie überhaupt zum ersten Mal wahr. „Komm. Wir müssen was tun, " befiehlt sie, „hast du deine Ausweise dabei? Ich hole das Unfallprotokoll. Dann gehen wir dort hinein, in den Verkaufsraum – vielleicht erlauben sie uns ja, den ganzen Papierkram drinnen zu erledigen – und vielleicht haben die auch Kaffee …"

Der Jüngling säuselt ein eingeschüchtertes „ok", kramt Papiere aus dem Handschuhfach, und wirft einem letzten traurigen Blick auf sein Auto. Dann trottet er brav hinter Eliane her, die entschlossenen Schrittes zum Verkaufsraum der Mercedes-Garage stapft. Dort hinter blank geputzten Schaufensterscheiben stehen elegante, stolze und PS-starke Erzeugnisse deutscher Automobilindustrie und blinken vor sich hin mit metallisch glänzendem Lack und aggressiv reflektierenden Chromteilen in verkaufsfördernder Beleuchtung. Eliane erklärt einem sich dienstbeflissen nähernden Verkäufer die Situation und bittet quasi um Asyl, um den „Papierkrieg" an einem Bistrotischchen erledigen zu dürfen. Der Verkäufer zeigt sich sehr verständnisvoll – ja, ja, er hat alles mit angesehen, selbstverständlich dürfen sie hier Platz nehmen. Ob er etwas offerieren dürfte? Kaffee, Tee? Ein Mineralwasser oder ein Cola? Es befinden sich gerade keine Kunden im Verkaufsraum und der Verkäufer scheint für die nervenkitzelnde Zerstreuung dankbar zu sein.

Bis der Kaffee für Eliane und das Cola für den Z3-Jüngling kommen, kramen beide ihre Handys hervor. Der Zeigefinger des jungen Mannes gleitet über die sanfte Oberfläche des iPhones während Elianes rechter Daumen den Slider des Geräts hochflippt und flink die Tasten drückt. Eliane möchte ihre Tochter anrufen, mit der sie sich verabredet hatte, um einige Dinge aus dem früheren zu Hause abzuholen. Die Tochter lebt noch im väterlichen, architektonischen Selbstverwirklichungs-projekt – sprich Haus. Mutter und Tochter haben sich schon seit Wochen nicht mehr gesehen. Hin und wieder telefonieren sie miteinander, doch sie gehen unmissverständlich ihre eigenen Wege. Das Besetztzeichen ertönt. Eliane hängt ab und versucht es noch einmal. Der junge Mann scheint sein Anrufziel auch nicht zu erreichen. Er schreibt jetzt eine sms, während Eliane mit allmählich steigendem Unmut die Wahlwiederholung antippt. Endlich. Sie wollte schon fast enttäuscht aufhängen, als aus dem Handy die Stimme der Tochter klingt. Gleichzeitig vibriert das Jünglings-iPhone kurz zweimal. Sein Besitzer streift mit unruhigem Finger über den Bildschirm, um die soeben eingetroffene Nachricht zu lesen.

„Hi, Mom! Du sorry, ich konnte nicht sofort dran gehen, ich musste noch schnell eine sms fertig schreiben."

„Ja. – Hallo, Fabienne. Hör mal, ich wollte nur sagen, dass ich mich verspäten werde. Eigentlich weiss ich gar nicht, ob ich noch kommen kann. Ich hatte einen Autounfall... Nein, nein – nicht schlimm, aber ich muss mich jetzt um den Papierkram kümmern, und eigentlich will ich gar nicht mehr gross herum fahren, bis man weiss, was wirklich beschädigt ist. – Nein, nein – bei mir ist alles in Ordnung. Es ist mir jemand ins Auto gefahren."

Sie verabschieden sich. Die Tochter bedauert ihre Mutter und fragt, ob sie etwas tun kann. Nein, kann sie nicht – es ist schon gut so. Eliane versichert, dass soweit alles in Ordnung sei, dass sie nur wieder heil zurück nach Hause möchte. Fabienne meint, dann sei es ja gut, sonst solle sie sich wieder melden, sie selber würde jetzt sowieso bald in den Ausgang gehen, sie hätte abgemacht.

In den Ausgang gehen. eine Redewendung, die Deutsche belächeln mögen. An Freitag- und Samstagabenden geht man in der Schweiz in den Ausgang. Als würde der Arbeitsalltag von Montag bis Freitag unter militärischem Regime stattfinden. Als wäre man während der Woche interniert. Am Wochenende gibt es Ausgang. Scharen von Leuten – in letzter Zeit werden sie immer jünger – bevölkern Strassen, Bars, Restaurants, Kinos, Dancings, strömen an Parties, zirkulieren durch Vergnügungsviertel, suchen mehr oder weniger harmlose Unterhaltung. Man geht allein und sucht Gesellschaft, man geht zu zweit und sucht Romantik oder den Kick, man geht in der Clique und sucht Spass – oder auch nichts... Der öffentliche Verkehr, Polizei und Sanität haben in diesen Nächten Hochbetrieb. Im Ausgang sucht man Spannung, Abenteuer, Genuss. Man schaut sich um, man flirtet, man lockt, man scharrt und baggert. Im Ausgang ist alles möglich. Man redet zu laut, trinkt zu viel, raucht mehr als genug, tanzt sich die Füsse wund, schleppt einen One-night-stand ab. Man verliebt sich, man wird eifersüchtig. Es kann mitunter gefährlich werden, Rangeleien und Schlägereien gibt es regelmässig, und besonders Jugendliche verhalten sich immer aggressiver. Man muss eben wissen, wo man hingeht. Eliane hatte auch geplant auszugehen – in den Ausgang zu gehen. Spontan. Vielleicht ins Salsalokal, oder in die ü30-Disco, wo sie schon öfter viel Spass hatte. Danach schnell noch einen Hamburger mit schön heissen Pommes frittes verdrücken, weil die Tanzerei Hunger macht – und dann ab ins Bett im Morgengrauen und den halben Sonntag verschlafen! Aus diesen Plänen wird jetzt wohl nichts.

Sie reisst sich aus ihren Gedanken wieder in die Wirklichkeit. Neben ihr sitzt ein verwirrter junger Mann, sein Unfallauto steht draussen auf dem Parkplatz, und es gibt eine Menge zu tun. Eliane streicht die Seiten des Unfallprotokolls glatt und stellt die Kaffeetasse zur Seite. Sie beginnt ihre Personalien auszufüllen und gibt gleichzeitig dem Jüngling neben ihr Anweisungen, der jetzt genauso zerknautscht und verknittert drein schaut wie die Motorhaube seines eisblauen Flitzers. Ständig werden sie vom Vibrationssignal des iPhones unterbrochen. Als der Bursche ein dritte und vierte sms liest und zu beantworten beginnt, reagiert Eliane unwirsch.

„Du … entschuldige …. Aber, das nervt! Kannst du nicht einmal anrufen, Klarheit schaffen und dann das Ding einfach abstellen? Ich habe keine Lust hier Wurzeln zu schlagen." Sie duzt ihn, er siezt sie. Es ist ganz natürlich und Eliane käme nichts anderes in den Sinn. In ihren Augen ist er ein Grünschnabel, ein Milchbubi, ein kleiner „Höseler", der mit Sportwagen und Handy Eindruck schinden will. Das mit dem Sportwagen ist nun gründlich den Bach hinunter gegangen!

„Sorry …. Schon gut", meint er im Sinne einer gereizt klingenden Entschuldigung, „ also – ich stelle ja schon ab. Können wir jetzt weiter machen?"

Sie schluckt eine böse Bemerkung hinunter, etwas über Frechheit, wenn man schon die Schuld trägt, oder so ähnlich. Aber das hilft jetzt auch nicht weiter. Lieber sich auf das Unfallprotokoll konzentrieren und dann zusehen, dass man hier weg kommt. Wenigstens hat der Bursche einen Führerschein und sogar den Fahrzeugausweis vom Z3. Bei den Papieren ist sogar ein Versicherungskärtchen dabei.

Eliane fragt den freundlichen Autoverkäufer, ob sie sich vielleicht Kopien machen könnte. Sie legt sogar einige Münzen auf die Theke, welche das Büro vom Ausstellungsraum trennt.

„Für die Kaffeekasse. Danke vielmals!"

Während der Kopierer aufwärmt, wirft Eliane schnell einen Blick auf die Ausweise. Führerschein im neuen Kreditkarten-Format. Der neue Probeführerschein für Neulenker nach bestandener praktischer Prüfung. Das Foto zeigt das Gesicht des jungen Mannes in freundlich dreinblickender Version. Sein Name: Kevin Nägeli. Der Führerschein ist gerademal ein halbes Jahr alt. Na toll….

Jetzt der Fahrzeugausweis. Eliane vergleicht schnell die Nummer im Ausweis mit dem Nummernschild des BMW. Gut, das stimmt. Aber Moment – als Fahrzeughalter wird eine gewisse Anna-Regula Hotz angegeben. Eliane seufzt. Sie hatte es nicht wirklich anders erwartet. Bleibt noch herauszufinden, wer diese Frau ist und warum Kevin ihr Auto fährt. Ein kurzer Blick auf das Unfallprotokoll bestätigt, dass Kevins Adresse mit derjenigen im Fahrzeugausweis identisch ist. In Eliane keimt eine Vermutung auf.

Sorgfältig kopiert sie alle Ausweise und Papiere. Einen Satz Kopien legt sie dem Protokoll bei, einen behält sie, einen drückt sie Kevin in die Hand. Eigentlich wäre die Sache jetzt erledigt und sie könnte nach Hause fahren, sich ein entspannendes Bad einlaufen lassen, und sich dann mit einem Buch und einer Tasse Tee ins Bett verkriechen. Doch es ist ihr klar, dass sie keine Ruhe finden würde. Sie sieht den jungen, zerknirschten Mann lange an. Der hat wieder begonnen an seinem Handy herum zu fingern. Eliane wartet bis die sms versendet ist und streckt Kevin – jetzt hat er einen Namen – die Hand entgegen. „Ich bin Eliane." Er legt das Handy auf den Tisch, lächelt zum ersten Mal und nickt. „Ok", sagte er – und – als hätte er sich plötzlich an den Text einer Lektion erinnert: „….freut mich. Was machen wir jetzt?"

Er kommt ihr vor wie ein putziger Welpe. Ein niedliches Hundekind, das etwas angestellt hat und jetzt mit seinem unwiderstehlichen Hundeblick um Verzeihung bittet. Sie schüttelt den Kopf, ist plötzlich weich gestimmt und ärgert sich gleichzeitig über diese Weichheit. Er hätte es verdient, dass sie ihm so richtig den Kopf wasche. ‚Gopfridstutz!' denkt sie und das ur-schweizerische Schimpfwort mutet seltsam harmlos an – ‚Gopfridstutz, der ganze Aufwand, den ich jetzt haben werde, bis alles wieder in Ordnung ist! Geschieht ihm ganz recht, dass er den grösseren Schaden hat…'

„Tja – was machen wir jetzt?"

Doch zuerst will sie wissen, wem der BMW gehört und warum er damit gefahren ist, und überhaupt …

Die nächste halbe Stunde vergeht mit Kevins stockender Erzählung, mit Elianes nachhakenden Fragen und einem diskreten Lauschangriff des Mercedes-Verkäufers. Er wird heute Abend „im Ausgang" sicher etwas Unterhaltsames zu erzählen haben. Die übliche Geschichte, wie sie fast jede Woche einmal im „Blick" zu lesen ist, die man jedoch nie selbst erlebt – ausser heute …

Der eisblaue BMW Z3 gehört Kevins Mutter. Gebrauchtwagen, klar. Eine „Occasion". Das Auto sei geleast, die Mutter hätte es unbedingt haben wollen. Als die Scheidung über die Bühne gegangen war und sie ihren Mädchennamen wieder benutzen durfte, und ja, auch ihr eigenes Geld verdiente, da wollte sie auch ein solches Auto. Sie wohnen in Pfäffikon. Also – die Mutter und er. Ja, ganz in der Nähe. Er habe das ganze obere Stockwerk zur Verfügung – also vom Haus – weil der Bruder, der sei in den USA und würde dort wohl bleiben. Der Vater sei schon länger in Brasilien, sie wüssten auch nicht warum – also ... doch ... äh, ja ... das wüssten sie schon, warum er dort hingegangen sei, aber das ist jetzt hier nicht das Thema. Auf alle Fälle hatte die Mutter dann begonnen die Einrichtung im Haus zu verändern, – das könne er, Kevin, gut verstehen – und sie – also, die Mutter – gehe jetzt auch mal öfter mal „in den Ausgang" – und eben, sie hatte sich erst kürzlich dieses Auto gekauft. Und jetzt ... oh, Mann, so eine Scheisse!! – Oh, sorry ... ja .... Äh, nein, sie hätten kein anderes. Er, Kevin, würde für ein eigenes Auto sparen, er habe das Geld schon beisammen, aber er könne sich noch nicht entscheiden. Ja, klar würde es eine Occasion werden, er hätte da diesen Seat Ibiza gesehen, noch wie neu – aber das andere, also der mega coole Peugeot, der würde ihm viel besser gefallen. Doch vom Peugeot würden ihm die Kollegen abraten, Franzosenautos machen nur Probleme, sagen die Kollegen .... Ja, ... also ... sorry fürs Abschweifen.... (*seufz*) ... Die Mutter sei nicht zu Hause, sie sei übers Wochenende weggefahren, mit einer Kollegin, nach Paris. Sie würde erst am Sonntagabend wieder zurückkommen. Ja, ... und jetzt diese Scheisse ... oh, sorry ... (*hundeblick*) Eigentlich hätten sie abgemacht, dass er das Auto nicht benutzen sollte, – aber er wollte doch nur schnell einen Kollegen, der in Wetzikon in der Migros arbeitet, überraschen – ja, klar doch, bluffen wollte er (*grins*), und dann schnell die Freundin abholen in Uster, die wusste noch nichts von dem Auto, weil – äh – (*blush*), er kenne sie halt noch nicht so lange (*augenaufschlag*), und – ja – das sei jetzt wirklich blöd, weil es hätte ihn schon mega erwischt, er sei ja richtig verknallt (*wisper*), und er hätte ihr doch etwas bieten wollen und sie hätten heute abgemacht miteinander „in den Ausgang" zu gehen…. Und jetzt (*seufz*) – jetzt diese Sch…. – oh, sorry … Er hätte der Freundin jetzt geschrieben, … also … eine sms … dass er eine Panne gehabt hätte, und jetzt tut sie so komisch, und er wisse doch gar nicht, ob er jetzt noch mit ihr „in den Ausgang" könne, weil – ja – so ganz entspannt sei er jetzt auch nicht mehr (*verlegenes Lächeln*)……

Eliane hatte sich die stockend vorgetragene, mit vielen Hundeblick-Augenaufschlägen und Worten wie „mega", „voll" und „cool", ausgeschmückte Erzählung angehört und fühlt sich je länger je mehr weichgespült von der Offenheit diesen kuscheligen menschlichen Welpen, der so gerne ein grosser, starker Wachhund sein möchte. Doch bis zur Statur und Unerschütterlichkeit eines Mannes wie des stattlichen Holzfällerhemdenträgers – werden noch etliche Jahre vergehen. Eliane reisst sich zusammen – Schluss mit Weichspülerstimmung, der Abend ist gelaufen, das ganze Wochenende ist gelaufen – es fehlt noch, dass sie hier vor Mitleid zerfliesst.

„Hör zu, Kevin", sagt sie entschlossen, „wir machen jetzt Folgendes: Du fährst jetzt nach Hause, und ich werde hinter dir her fahren – für den Fall, dass etwas schiefgehen sollte, was ich nicht hoffe."

Elianes betont positives Denken erweist sich als stark genug. Die etwa zehn Minuten lange Fahrzeit verläuft ohne Zwischenfälle. Kevin parkt den lädierten Z3 seiner Mutter in der Garage, schliesst das Tor und lächelt verlegen zu Eliane.

„Ja ... also ... ich meine ... äh ... Danke vielmals fürs Mitkommen ... ich bin jetzt zu Hause", verkündet er mit seiner unzusammenhängenden Jugendlogik.

„Schön", erwidert Eliane, „dann wünsche ich dir eine gute Nacht. Es wird sicher nicht einfach sein deiner Mutter das da beizubringen" – sie weist mit einem Kopfnicken Richtung Garage – „aber sag ihr bitte, dass wenn sie etwas braucht oder wissen möchte, dass ich jederzeit für sie erreichbar bin. Du hast ja meine Adresse und Telefonnummer."

„Ja, ... äh ... Danke. Ja, ... das werde ich ihr gern sagen". Er druckst herum, macht eine unbeholfene Bewegung, macht keine Anstalten die Haustür aufzuschliessen.

„Also ... ja ..." Er gibt sich offensichtlich einen Ruck, „eigentlich wollte ich dich fragen, (*räusper*) ob du vielleicht eine Weile herein kommst? Ich meine – (*hundeblick*) – wir könnten etwas trinken (*blush*) du wirst geschockt sein von dem Unfall...?"

Eliane würde am liebsten lauthals lachen. Da lädt sie der Bursche doch tatsächlich zu einen Drink ein – und dazu noch mit diesem verführerischem Lächeln! Mit einer Mischung aus Mitleid, Rührung und Ärger sagt sie deshalb:

„Danke, Kevin – doch ich glaube, es ist besser wenn ich jetzt nach Hause fahre. Es doch noch ein paar Kilometer, und ich traue mich jetzt nicht, den Weg über die Autobahn zu nehmen. Ich denke, wir haben jetzt beide Ruhe nötig."

Er schickt sich drein, sagt artig danke. Er fände ihre Art eben sehr „cool", wie sie den Unfall hingenommen hat – und dass sie nicht ausgeflippt sei, (*sorry*) oder so … ja … (*verlegen lächel*). Sie hätte doch eine Riesenszene machen können …. (*uups*) – und … also … da wäre er vielleicht doch ein wenig überfordert gewesen …. ja ……" (*augenaufschlag*)….

Eliane steigt wieder in ihr Auto und startet den Motor. Nach einem kurzen Winken ist sie aus der Einfahrt des Hauses verschwunden und fädelt sich in den Verkehr auf der Landstrasse ein. Sie schüttelt immer noch den Kopf. Unglaublich! Wollte sie der Bursche am Ende noch verführen? Sie – die so „coole" und „ältere" Frau?! Sie mochte gleich alt sein wie seine Mutter! Welch eine Vorstellung!

Als sie endlich, und ohne weitere Vorfälle, zu Hause ankommt, fühlt sie sich erschöpft. Die angespannten Muskeln schmerzen, als sich die Verkrampfung des ganzen Körpers zu lösen beginnt, und sie hofft, dass sie keine Kopfschmerzen bekommen wird. Der Ärger um das beschädigte Auto und das Bewusstsein um die bevorstehenden Umtriebe beschäftigen sie genug. Tolles Wochenende! denkt sie sarkastisch, als sie sich unter ihre Bettdecke wühlt. Als hätte sie nichts Besseres zu tun, wird sie jetzt auch noch Autowerkstätten und Versicherungen nachrennen müssen – und sich unweigerlich auch mit Kevins Mutter auseinandersetzen dürfen.

Noch abwägend, ob wohl Angriff die beste Verteidigung sei, und ob sie Kevins Mutter lieber gleich am Montag früh anrufen sollte – oder ob ihr alle doch gefälligst den Buckel runter rutschen können, denn schliesslich war es der ungeduldige und unerfahrene Kevin gewesen, der nicht rechtzeitig gebremst hatte, und dass dies definitiv nicht ihr Problem sei – schläft sie ein. Sie träumt unruhig von fliegenden Autos und bellenden, zähnefletschenden Hundemüttern, die ihre Welpen vor ihrem, Elianes, Zugriff verteidigen......

6. Kapitel — GeschiCHten:

Generation X und das Tetrapack

Erinnerungen an die Achtziger: Als das Tetrapack noch Feindbild war – Unterhaltung zweier Frauen mittendrin – Öko-Wahn, Vegetarismus, Babytragetücher und selbstgenähte, bunte Hosen – Vom Anrecht auf berufliche Aufstiegschancen junger Frauen – Wechselnde Milchverpackungen.

Spätherbst 2011. Im Zentrum der Stadt, im Selbstbedienungsrestaurant des Grossverteilers mit dem orangefarbenen M herrscht um die Mittagszeit Grossandrang, als sich Yvonne und Franziska zum Mittagessen treffen.

Yvonne Brühwiler kann heute kaum an sich halten. Der Salatteller vor ihr auf dem Tisch geniesst ihre Aufmerksamkeit lediglich als notwendige Überlebensnahrung, die Mitteilungen an ihre Kollegin haben Vorrang.

„Ich sollte einfach keine Zeitungen mehr lesen", beginnt sie, „aber irgendwie muss man ja informiert sein." Franziska gibt einen zustimmenden Laut von sich, ohne vom Kauen ihres Wokgerichts mit Basmatireis abzulassen, was Yvonne als Ermutigung zum Weitererzählen auffasst, worauf sie sich nun direkt dem brennenden Thema zuwendet.

„Da war heute Morgen so ein Artikel, über den habe ich mich richtig geärgert. Stell dir vor: Anscheinend fühlen sich heute die vierzigjährigen Frauen um ihr Leben betrogen. So ein Blödsinn!"

„Betrogen? Warum denn?" wirft Franziska zwischen einer Gabel Reis und einem Stück Hühnerfleisch ein.

„Die schreiben dort, man hätte den heute Vierzigjährigen beste Chancen im Berufsleben versprochen. Schliesslich hätten sie ja alle eine gute Ausbildung gemacht. Auch Familie und Beruf – das hätte alles kein Problem sein sollen, weil diese Frauen ja so gut seien." In Yvonnes Stimme schwingt ein leicht verächtlicher Unterton.

„So ein Seich", bemerkt Franziska trocken. Der kernige, nicht ganz salonfähige Schweizer Ausdruck, mit dem jegliche Schattierungen von Unstimmigkeiten bezeichnet werden, analysiert in aller Schärfe, was die beiden Kolleginnen von den verwöhnten Ansprüchen einer jüngeren Generation halten.

Yvonne Brühwiler, Dentalhygienikerin, 53, verheiratet, zwei Kinder. Der Sohn im Studium, die Tochter in einer kaufmännischen Lehre, kurz vor dem Abschluss stehend. 4,5-Zimmer-Mietwohnung am Rande der Stadt seit zwanzig Jahren. Der Ehemann, ein Sachbearbeiter für Einkauf und Beschaffung, mit wackeliger beruflicher Zukunft, da in der Firma Outsourcing-Gerüchte umgehen.

Franziska Dudler, 52: MPA in Dentalpraxis. Früher – sagt Franziska jeweils, wenn die Rede von ihrem Beruf ist – früher, da hätte das Zahnarztgehilfin geheissen, aber wer wolle den heute schon beruflich „helfen", und „Medizinische Praxisassistentin" klingt doch auch nach nur helfen, und ausserdem brauche heute eine anständige Berufsbezeichnung die magischen drei Buchstaben als Abkürzung. Franziskas

Ehemann ist deshalb auch nicht mehr der „Sachbearbeiter Spedition", und schon gar kein „Disponent" mehr, sondern ein „Logistics Manager" – nur die Arbeit ist die gleiche geblieben. Der einzige Sohn des Ehepaars Dudler studiert. Die Familie bewohnt ein kleines Haus mit Garten in einer Nachbargemeinde. Das Haus konnte dank eines Erbvorbezugs von Franziskas Eltern finanziert werden. Die Eltern zogen nach dem Abschluss aller Formalitäten des Erbvorbezugs in eine Alterswohnung, die sie jetzt ihr zu Hause nennen und wo die Spitex, die externe Krankenfürsorge, jeden Tag zur gesundheitlichen Betreuung vorbei kommt. Die Eltern sind sehr zufrieden. Die Zufriedenheit des Ehepaars Dudler erhält dagegen feine Risse, da der finanzielle Druck durch Hypothek und Studienkosten zunimmt und die Chancen auf Gehaltserhöhungen abnehmen.

Franziska und Yvonne arbeiten, um die Zukunft ihrer Familien mitzusichern. Obwohl sie ihre Berufe in erster Linie nach Neigung ausgesucht hatten, zählten bei der einstigen Berufswahl andere Kriterien als Selbstverwirklichung oder gar Karriere. Es gibt keine Karrieren als medizinische Praxisassistentin oder Dentalhygienikerin – aber es gibt Möglichkeiten Geld zu verdienen und einen Beruf mit Publikumsanerkennung auszuüben. Die beiden Frauen arbeiten auch, um das bisschen Wohlstand aufrechtzuerhalten – schliesslich wollen das Studium der Kinder, die Einrichtung der Wohnung, all die elektronischen Geräte für Schule, Haushalt und Unterhaltung, die Fahrräder, die Abos für den öffentlichen Verkehr, die Führerscheinprüfungen, die Sportausrüstungen, die ökonomisch vernünftigen Ferienreisen und das bequeme Auto auch irgendwie bezahlt sein. Doch die beiden Frauen arbeiten auch, um sich zu beweisen, dass sie ihren Job und ihre Familien bestens miteinander vereinbaren können. Daran hatten sie nie gezweifelt. Das war einfach so. Man hatte ihnen keine Versprechen gemacht. Ihnen hatte man nie gesagt, dass mit einer guten Ausbildung ihre Chancen sowohl im Berufs- als auch im Privatleben steigen würden. Sie hatten einen Beruf erlernt, der es ihnen ermöglichte entweder auf eigenen Beinen zu stehen oder einen angemessenen Beitrag an den Wohlstand ihrer künftigen Familien zu leisten. Schlicht. Verständlich. Prosaisch.

Worüber also beschweren sich die Jüngeren, die einen Altersunterschied von lediglich zehn oder zwölf Jahren aufweisen? Worauf gründet diese Generation ihre Endlos-Ansprüche? Wer hatte ihnen beigebracht, dass nur das Beste gut genug sei? Und wo genau verläuft die Grenze zwischen dem Gutem und dem Besten?

Yvonne und Franziska arbeiten in der gleichen Praxis. Der Zahnarzt, der auch Eigentümer ist, gehört zu ihrer Generation. Man bildet aber auch Nachwuchs aus. Erfahrung und der Wille Neues zu lernen zeichnen den Gemeinschaftsgeist aus und bestimmen die hohe Qualität der Arbeit. So soll es sein, schliesslich verrichtet man einen Dienst am Kunden. Der Kunde ist zwar Patient und erscheint meistens nur in akuten Fällen, doch steht die Dienstleistung und das Kunden-bewusstsein immer an vorderster Stelle.

Franziska und Yvonne sagen von sich, dass sie nun aus dem Gröbsten heraus sind. Sie gehen gerne zur Arbeit, da jetzt dabei der Faktor Ansehen eine grössere Rolle spielt, und auch die Zeit wichtig ist, die man weg von den eigenen gewohnten vier Wänden verbringt. Es macht ganz einfach mehr Spass heute zu arbeiten – immer solange das Damoklesschwert einer ehemännlichen Arbeitslosigkeit nicht über dem wohnlich eingerichteten Heim schwebt.

Es ist so eine Sache mit dem Spass und der Lebensfreude – wie sehr sind diese von äusseren Dingen abhängig und welche Rolle spielen überhaupt die so sehr gepriesenen „menschlichen Werte"? Das äussere Bild, der äussere Druck, die Erwartung, die von aussen herangetragen werden. Ohne Zweifel hängt Lebensfreude auch mit dem Spass an der äusseren Erscheinung zusammen, doch man sollte das nicht überbewerten – darin sind sich beide Freundinnen einig. In den achtziger Jahren hatten Yvonne und Franziska ein faltenloses Gesicht und schöne schlanke Beine – und unterlagen einem gnadenlosen Modediktat, welches überdimensionierte Schulterpolster, riesige Brillengläser und anatomisch fragwürdige Föhnfrisuren vorschrieb. Heute ist die Haut vielleicht nicht mehr so glatt und die Beine nicht mehr so schlank, doch das heutige Leben macht mehr Spass, man ist auch abgeklärt genug geworden, dies alles gelassen hinzunehmen.

Früher gab es den Kampf mit der Zeit, damit Berufstätigkeit, Familienleben und Soziales vereinbart werden konnte. Früher gab es das kranke Kind, welches ausgerechnet dann Fieber bekam, wenn keine Stellvertretung in der Praxis organisiert werden konnte. Früher gab es manchmal abschätzige und neidische Bemerkungen von unangenehmen Zeitgenossen, verwandt oder nicht verwandt. „….was muss die auch arbeiten? Verdient denn der Mann nicht genug? Die sollte sich lieber um ihre Brut kümmern….“ Und so weiter und so fort – es war definitiv eine andere Zeit.

Und heute? Heute würden Yvonne und Franziska dergleichen Kommentare mit den Fingern der linken Hand wegschnippen. Mit dem Erreichten sind sie zufrieden, obwohl immer ein wenig die Angst vor der Arbeitslosigkeit im Hintergrund mitschwingt. Die Angst ihre Verdienstmöglichkeiten zu verlieren. Die Angst im Alter auf weniger angewiesen zu sein. Das möchte niemand. Man hat sich den gegenwärtigen Wohlstand ehrlich erarbeitet – warum also sollte man im sogenannten Ruhestand plötzlich den Standard senken müssen, warum mit Wenigem auskommen müssen?

Yvonne und Franziska sind selbstbewusster geworden. Sie haben die Stromschnellen der Familiengründung und Kindererziehung, des Hausbaus und der möglichen Ehekrisen überwunden. Sie sind jetzt dabei sich von den beginnenden Beschwerden der Wechseljahre nicht aus dem Konzept bringen zu lassen. Dafür gibt es den Arzt, den Apotheker, den Heilpraktiker und den chinesischen Akupunkteur – so wie es für die beginnende Neigung zu Cellulitis und Krampfäderchen an den vormals makellosen Beinen das Fitness-Studio gibt. All die früheren, klassischen Altersattribute spielen plötzlich keine Rolle mehr. Falten? Brillen? Graue Haare? Kein Problem mehr. Schlechte Zähne? Lachhaft bei ihren Berufen. Leistungsabbau oder gar Schmerzen? Nun gut, mit den Gelenken sollte man vielleicht vorsichtiger sein – doch alles andere ist machbar mit gesunder Ernährung, persönlich gestalteten Sportprogrammen, mit Yoga, Pilates oder gar Zumba. Um das psychische Wohl sorgt sich ein Coach, oder man wählt aus dem reichhaltigen Angebot der Selbstfindungs-, Selbstwahrnehmungs-, Selbstbewusstseinskurse.

Franziska und Yvonne sind nun beim Kaffee angelangt und fragen sich, ob sie mit vierzig auch über vorenthaltene Chancen gejammert hatten. Sie vermischen den Inhalt der Kaffeerahmtöpfchen mit dem heissen, aromatischen Kaffee – Zucker wird weggelassen – und nach dem energischen Umrühren stellen sie fest, dass sie damals keine Zeit für derlei gehabt hatten, weil gerade damals die Kinder die Sekundarschule oder das Gymnasium angetreten hatten und sie selbst ihr Arbeitspensum von fünfzig auf achtzig Prozent herauf setzten.

Franziska blättert noch einmal kurz die Zeitung durch, überfliegt lächelnd das Kurzhoroskop und bemerkt, dass wenn es danach ginge, sie heute Lotto spielen und neue Dessous kaufen sollte, um „Ruedi" zu verführen. „Ruedi" ist Franziskas Ehemann Rudolf, dessen Vorname der schweizerischen Abkürzungs- und Verkleinerungswut anheimgefallen ist. Was die verführerischen Dessous anbelangt, so würde „Ruedi" sie sicher am Körper seiner „Fränzi" mit Freuden willkommen heissen. Man mag vielleicht nach aussen hin – und besonders in den Augen der jüngeren Generation – brav und bieder wirken, doch die Aussenwelt braucht nicht zu wissen, dass jegliche Biederkeit an der Tür des Schlafzimmers abgelegt wird. Jetzt, da der Nachwuchs die Nächte oft ausser Haus verbringt, und man sich deshalb auch punkto Lautstärke etwas gehen lassen darf, beschreitet das Ehepaar Dudler bei der Entdeckung neuer Liebeswonnen gerne ungewohnte oder unbekannte Wege und lächelt wohlwollend über den Anspruch der jungen Generation auf Leidenschaft und Spontaneität.

Franziska hält auf einmal inne beim Blättern durch die kleinformatige Tageszeitung, mit deren Gesamtlektüre man in zwanzig Minuten fertig ist. Sie weist mit dem Finger auf eine ganzseitige Anzeige und legt das Blatt für Yvonne gut sichtbar auf der Tischplatte aus.

„Ich glaube es nicht! Sieh dir das an!" Der energisch ausgestreckte Finger pocht auf das Papier, so dass man befürchten muss, Franziskas Nageldesignerin werde schon am nächsten Tag Notfallarbeiten ausführen müssen.

Yvonne reckt den Hals und will wissen, welche Information solche Entrüstung bei ihrer Freundin verursacht. Es ist die plakative Anzeige für Verpackungen mit dem bezeichnenden Namen „Tetra".

„Komisch", sagt Yvonne, „hat man das früher nicht mit einem „ck" geschrieben?"

Die Frage bleibt unbeantwortet. Beide Frauen vertiefen sich aufmerksam in das Zeitungsinserat, das auf aggressive Weise den Lesern einbläut wie umweltfreundlich, nachhaltig und verantwortungsbewusst die Firma mit dem Rechtschreibefehler im Logo handelt, indem sie Lebensmittel in ihre Packungen aus vierfachem Verbundmaterial abfüllen lässt. Die beiden Freundinnen schütteln die Köpfe und erinnern sich, wie man in den Achtzigern dasselbe Material verteufelt hatte, wie Umweltorganisationen es in Grund und Boden verdammten, da man vierfaches Verbundmaterial nicht entsprechend entsorgen konnte, und wie man sich kaum traute den Einkaufskorb mit der Milch, dem kalten Kakaogetränk und dem Orangensaft in eben diesen Verpackungen an den grün-alternativen Nachbarn vorbei zu schleusen, die ebenfalls im gleichen Quartierladen einkauften und alle Umweltsünder mit Todesverachtung straften. Und nun sollte plötzlich dieses genau gleiche Material den modernen Anforderungen an Umweltschutz, an hohes Verantwortungsbewusstsein und an Nachhaltigkeit gerecht werden? Allein dieses Wort „Nachhaltigkeit" bringt Wut in Wallung. Ist denn das Wort „Qualität" schon so abgewetzt und verbraucht, dass man es mit dem nichtssagenden Begriff „Nachhaltigkeit" ersetzen muss? Und was genau heisst „nachhaltig"? Laut Duden: Dauerhaft, einschneidend, auf Dauer bezogen – das ist schön und gut, doch fragt man sich, was denn alles auf „Dauer bezogen" und „einschneidend" sein soll. Das Wort „nachhaltig" ist an sich neutral – was „nachhaltig" sein oder gemacht werden soll, wird demnach von jemandem bestimmt – und dies kann alles sein von Gut bis Böse. „Nachhaltigkeit" sagt folglich nichts über die Qualität aus, sondern bezeichnet lediglich die zeitliche Dimension.

„Ja genau", bemerkt Yvonne mit markigem Sarkasmus, „das sind gerade die Richtigen! Schmeissen mit Schlagwörtern wie CO_2-Emmissionen und Verantwortung um sich! Also, verarschen kann ich mich selber…"

Yvonne erinnert dabei – halb lachend halb ärgerlich – an die achtziger Jahre und an die umweltbewusste Ansammlung von Leuten aus der Nachbarschaft, welche die Hippiegeneration gerade verpasst hatten und sich nun der „Alternativen Lebensweise" verpflichtet fühlten. Die Männer, meist bärtig und mit wirren langen Haaren, in selbstgestrickten Pullovern aus grober ungefärbter Schafwolle, zu denen sie bunte Baumwollhosen trugen – natürlich auch selbstgenäht und mit einem Gummizug in der Taille versehen. Frauen liefen in Männerhemden unter Latzhosen umher, und an den Füssen beider Geschlechter sah man die unvermeidlichen Birkenstocksandalen. Im Sommer barfuss und im Winter mit Socken, die aus bunten Wollresten gestrickt waren. Man wusch sich mit selbstgemachter Seife aus Olivenöl, und statt eines Deos stäubte man pulverisierte Pflanzenteile unter die Achseln, benutzte Salzkristalle oder Extrakte aus exotischen Himalaya-Gewächsen, deren Duft sich, mit Körperausdünstung vermischt, „nachhaltig"-hartnäckig in den mit Seifenflocken gewaschenen und mit Essig gespülten Kleidungsstücken hielt.

Verantwortungsbewusste Mütter trugen ihre Babies in indischen Tragetüchern am Körper gebunden und stillten die Kinder in der Öffentlichkeit. In dieser vegetarisch-ökologischen Körner-Sprossen-und-Tofu-Welt mit ihrem teuren und schlappen Grüngemüse aus organisch-biologisch-dynamischem Anbau war natürlich kein Platz für Lebensmittelpackungen aus vierfachem Verbundmaterial. Man holte die Milch offen in einem altertümlichen Emaille-„Kesseli" oder einem chromstählernen Luxusmodell unter den Milchbehältern. Diese Gefässe gab es natürlich auch aus dem bösen Weichplastik oder dem teuflischen Aluminium, und die wurden ebenfalls entsprechend mit Verachtung gestraft. Das selbstgeschrotete Getreide-Müesli am Morgen, oder der an Eiweiss reiche Bohnenauflauf nach Inka-Art am Mittag, das steinharte Früchtebrot mit Nuss-Hefeaufstrich und Tee aus selbst gesammelten Kräutern am Abend, bescherten einer ganzen, derart gesund und verantwortungsvoll ernährten Kindergeneration andauernde Blähungen, chronische Verdauungsbeschwerden und hämische Kommentare auf dem Pausenhof. Kaum dem Kindesalter und der elterlich ökologischen Aufsichtspflicht entwachsen, stürzten sich die nun selbstverantwortlichen Jungbürger auf die Erzeugnisse der Fast-Food-Ketten und der Getränkeindustrie mit deren Rattenfängerprodukten.

Die Verdauungsbeschwerden verlagerten sich nun von zu viel Eiweiss auf zu viel Konservierungs- und Zusatzmittel in den Food-Design-Erzeugnissen und zu viel Schärfe in asiatischen Einheitsspeisen. Aktuell werden solche Chili-geschwängerten Terrorattacken auf jugendliche Mägen in mehrfaches Verbundmaterial verpackt – Wegwerf-Verpackung zweckvoll mit Wegwerf-Essen gefüllt.

Yvonne und Franziska seufzen leise und legen die Zeitung weg. Sie fragen sich im Stillen, was man gegen eine solche Verdrehung der Tatsachen tun kann? Etwas, das vor dreissig Jahren nachgewiesenermassen unverträglich mit einem schonenden Ressourcenumgang war, soll nun plötzlich ein Trendsetter in Sachen „ökologischer Nachhaltigkeit" sein? Beide Frauen erinnern sich sehr gut an die Zeit, als nach der

Mehrfach-Verbundmaterial-Debatte in den achtziger Jahren die Zeit der Milchbeutel aus Plastik in den Neunzigern folgte. Dünne, kissenartige Beutel, mit Milch gefüllt. Diese dünne Plastikhülle, die bei ihrer Einführung in den Handel viel Kritik geerntet hatte, und die beim Transport auch schon mal platzte, wurde nur für Milch verwendet. Beim Öffnen musste die Flüssigkeit entweder in andere Gefässe umgefüllt werden, oder man behalf sich mit einem eigens dafür konstruierten Plastikbehälter, der den angeschnittenen Beutel mitsamt der Milch fasste und genau in die Türhalterung des Kühlschranks passte. Wo genau blieb hier die ökologisch, umweltbewusst, nachhaltig angestrebte Ersparnis an Material und Energie...? Doch auch das ist schon seit langem Geschichte. Der dünne Plastikmilchbeutel verschwand diskret aus den Regalen der Händler und mit ihm der eigens dafür hergestellte Plastikkrug. Ohne es zu bemerken, wandten sich die Milchtrinker wieder der Verpackung aus Verbundmaterial zu.

Vielleicht liegt es an der heutigen, länglichen Form des Behälters, der sich mühelos in die Aussparung der Kühlschranktür stellen lässt. Ein genialer Erfindergeist hat diesen Behälter mit einem Drehverschluss ausgestattet. Das Ding ist nun viel einfacher zu handhaben, als die früheren Brickpackungen mit ihren scharfen Ecken und der perforierten Spitze, die ein leichtes Aufreissen ermöglichen sollte. Sollte. In der kreativen Fantasie der Designer war das sicher möglich. Einfaches Aufreissen? Eines vierfach geschichteten Materials aus Plastik, Karton, Aluminium und Gott-weiss-was-sonst-noch? Auch das Öffnen der Verpackung mit einer Schere, und vor allem das darauf folgende Umgiessen der Milch, hatte so seine Tücken. Das Wort „Milchschwemme" konnte damals noch einen ganz anderen Sinngehalt bekommen…

So werden auch Franziska und Yvonne, allen früheren Öko-Aktivisten zum Trotz, wenn sie nach Feierabend noch schnell den Lebensmitteleinkauf erledigen, auch die Kunststoff- und Verpackungsindustrie in grosszügigem Masse finanziell unterstützt haben.

7. Kapitel

Eliane und Fabienne

Mutter und Tochter im Gespräch ..... irgendwie....

Zehn Tage, zwei klärende Telefongespräche und ungefähr dreissig SMS später, sitzen Mutter und Tochter bei Eistee und Kaffee in der Mall eines Einkaufszentrums. Elianes Auto ist in der Zwischenzeit revidiert und für verkehrstauglich befunden worden, die Versicherung hat alle notwendigen Informationen erhalten, und alles ist auch geklärt mit Anna-Regula Hotz, geschiedener Nägeli. Nun erzählt Eliane mit Begeisterung, was für eine verständnisvolle Frau Kevins Mutter doch sei – die beiden Frauen hätten sich gegenseitig äusserst sympathisch gefunden und sie würden sich bald schon zu einem Abendessen im örtlichen Thai-Restaurant treffen. Ausserdem, wiederholt Eliane schon zum zweiten Mal, hätte sie sich fast in den Boden gelacht, als sie erfahren hätte, dass ihre Fabienne diejenige sei, in die Kevin so verschossen wäre. Dass Eliane Kevins Einladung zu einem Drink nach dem Unfall ihrer Tochter verschweigt, beweist ihr Feingefühl. Schliesslich will sie der jungen Liebe nicht im Weg stehen, und dass sie jetzt schon Kevins Lebensumstände kennt, wertet sie als ein gutes Omen.

Fabienne druckst herum, nippt uninteressiert an ihrem Eistee und weiss nicht, was sie sagen soll.

„Mami, ich finde das ... irgendwie blöd...", bringt sie schliesslich heraus.

„Blöd? – Dass dein Kevin mit dem Auto seiner Mutter das Auto deiner Mutter gerammt hat? Ja – das finde ich auch …. irgendwie blöd", antwortet Eliane, leicht gereizt und aus ihrer guten Stimmung heraus gerissen, wobei sie die Worte „seiner Mutter" und „deiner Mutter" noch zusätzlich betont. Ist Fabienne etwa eifersüchtig? Das ist doch lächerlich!

„Das Ganze ist ….. irgendwie schräg", lässt sich Fabienne wieder vernehmen. Eliane setzt sich auf dem unglücklich designten Stuhl aufrecht und beschliesst optimistisch auf Angriff zu gehen.

„Warum schräg? Zugegeben, das hier ist eine Situation, wie man sie sonst nur in halbintelligenten Fernseh-Serien zu sehen bekommt, aber schliesslich sind es eben diese unglaublichen Zufälle, die dem Geschehen einen Hauch Komik geben. Am Schluss lacht man herzlich darüber, findest du nicht auch?" Eliane ist stolz auf ihre Formulierung, doch Fabienne scheint nicht überzeugt zu sein.

„Ja, schon…" sagt sie, „aber es ist … irgendwie peinlich".

„Warum peinlich?" Eliane schwankt wieder zwischen Gereiztheit und Verständnis für ihre Tochter – die Gereiztheit will eine Weile lang überhand nehmen. „Eher müsstest du fragen, für wen es peinlich sein soll?

„Ach, Mami! Du redest schon wie ein Anwalt!" Fabienne schmollt. Warum will ihre Mutter nicht begreifen, dass sie es peinlich findet, dass Kevin ausgerechnet in ihr Auto gefahren war. Das Auto der Mutter der neuen Freundin! Das hatte schon fast etwas Anrüchiges. Ausserdem war es peinlich, dass die Geschichte überhaupt herausgekommen war. Wie sieht das jetzt aus, dass sie sich in einen Typen verknallt hat, der verbotenerweise den Sportwagen seiner Mutter klaut? Gut, „klauen" ist hier vielleicht nicht das richtige Wort, doch von „ausleihen" kann man so auch nicht sprechen. Oh, Mann!!! Das ist doch alles … irgendwie mega blöd…

„Fabienne", Eliane seufzt und versucht einzulenken, „ich kann definitiv nichts dafür, dass dein Freund zu spät gebremst hat. Und ich möchte betonen, dass ich wahrscheinlich der beste – sagen wir – „Partner" bei so einem Unfall war. Denkst du jemand anderer wäre noch so freundlich gewesen den Burschen nach Hause zu begleiten und sich zu vergewissern, dass alles in Ordnung war?"

„Aber das ist doch genau das, was ich so peinlich finde!"

„Wie bitte? Es soll also peinlich sein, wenn man nach einem Auffahrunfall, bei dem man unschuldig geschädigt wurde, noch zuvorkommend und nett ist? Ich sage dir, jeder andere hätte die Polizei gerufen und dann hätte sich dein Kevin auch noch mit denen herumschlagen können. Ja – das wäre dann wirklich peinlich gewesen. – Eigentlich müsstest du mir dankbar sein, dass ich ihm Dinge dieser Art erspart habe!"

„Ja, schon …. aber ….. irgendwie…"

(*Pause*) (*seufz*)……

„Es ist schon gut, Fabienne." Elianes Tonfall ist jetzt beschwichtigend, als ob Fabienne wieder das kleine Mädchen wäre, dass trotzig schmollend ihre Spielsachen nicht aufräumen oder das Gemüse nicht aufessen mag. Eliane gibt sich nun Mühe, sie ist die verstehende Mutter. Sie versucht zu erklären, dass es zum Besten aller Beteiligten war, dass sie so und nicht anders gehandelt hatte, und dass sie, Fabienne, sich doch freuen sollte wenn sie, Eliane, sich mit Kevins Mutter gut verstehen würde. Ausserdem möchte sie, Eliane, dass Fabienne die witzige Seite der Situation erkennen möge und dankbar sei, dass ausser ein wenig Blechschaden nichts weiter passiert sei, und dass sowohl ihr Freund als auch ihre Mutter – hier betont sie dieses Wort vielleicht ein wenig zu sehr – heil davon kamen.

Zum Schluss scheint Fabienne versöhnt, sie versucht sogar zu lächeln und fasst zusammen:

„Ja …. ok, Mom …. (*schulterzucken) (*Blick in den Eistee gerichtet*)….. du hast ja ….. irgendwie recht.“

Eliane nimmt schnell einen Schluck Kaffee, um eine ironische Bemerkung über die wenig definierte Ausdrucksweise ihrer Tochter zu unterdrücken. Sie nimmt sich fest vor, Fabienne zu einem späteren Zeitpunkt darüber aufzuklären, dass man gewisse Wortwiederholungen vermeiden sollte. Die Gelegenheit dazu wird sich schon ergeben – irgendwie ……..

8. Kapitel

Eliane und die Privatsphäre

Vom Heranwachsen in den Siebzigern – Die „Lättlicouch", die Tupperparty und die Pril-Blümchen – Elianes Wünsche Tänzerin zu werden – Eliane und die Musik – Eliane und die Bücher – Eliane und die Unmöglichkeit der Selbstbestimmung.

Privatsphäre. Ein Begriff, auf dessen Verwirklichung nicht alle die gleichen Rechte haben – und umso weniger damals hatten, in jenen turbulenten Jahren der Siebziger, Achtziger und Neunziger. Wie lange ist das alles her. Eine Generation?

Eliane Debrunner, wieder Single, Mitte Vierzig, dunkelblond, 170cm/57kg, „jugendlich, aufgeschlossen und interessiert" – räkelte sich an einem regnerischen Sonntagnachmittag bei Tee und Lektüre auf dem Sofa und überlegte, ob sie in ihrem gegenwärtigen Leben nun manchmal ein Zuviel an Privatsphäre hatte. Von klein auf, und seit sie denken konnte, hatte sie sich, immer wieder gewünscht sich zurückziehen zu können, einen Raum oder auch nur eine Ecke ganz für sich selbst zu haben, wohin niemand ohne ihr ausdrückliches Einverständnis den Fuss setzen durfte. Sie erinnerte sich an die Kindheit. Damals kannte sie ein Wort wie „Privatsphäre" noch gar nicht, hätte nicht gewusst was damit anzufangen, wie es zu verstehen. Ihr Kinderzimmer, von dem ihre Eltern annahmen, dass es das persönliche Reich ihrer Tochter sei, war für Eliane bloss der Raum, in dem sie schlief und die Hausaufgaben für die Schule erledigte. Sie hatte keinen persönlichen Bezug zu jenem Raum, wo sie unter der Anleitung der Mutter regelmässig, einmal pro Woche den Staub von den praktischen und pflegeleichten Möbeln wischte. Zu praktisch, zu aufgeräumt, zu wenig Persönlichkeit der kleinen Bewohnerin – nicht einmal Poster aus der „Bravo" hatte die Mutter an den Wänden des Zimmers geduldet. Die Poster mussten dem mütterlichen Stilempfinden weichen, als Eliane eines Tages, allen elterlichen Empfehlungen zum Trotz, die Bilder der Schauspieler aus „Raumschiff Enterprise" doch noch mit Klebestreifen an die Wände befestigt hatte. Die Mutter litt es nicht. Die Poster mussten runter. Von diesem Tag an bewohnte Eliane ihr Zimmer, als wäre sie dort nur zu Gast.

Ein Siebzigerjahre-Kinderzimmer, eingerichtet mit hellbeigen, kunstharzbeschichteten Spanplattenmöbeln mit dunklen Holzakzenten verziert. Es bot genügend Stauraum für Kleidung, Spielzeug und die Schulsachen eines Kindes. Nichts Überflüssiges, keine Schnörkel. Das Bettzeug verschwand am Morgen nach dem Aufstehen in einer Bettzeugtruhe am Kopfende der so praktischen „Lättlicouch". Diese unsagbare „Lättlicouch"! Kein Mensch weiss mehr, wie das Wort entstand. Die „Lättli" bezogen sich auf die moderne Errungenschaft des Lattenrostes innerhalb eines leichten Bettrahmens, der auf vier einfachen Füssen ruhte. Darauf die Matratze, die praktisch und pflegeleicht auf dem Rost auflag, und nicht mehr, Rückenschmerzen verursachend, im Rahmen versank. Schweizer Hausfrauen der Sechzigerjahre hatten freudestrahlend die alten dreiteiligen und tonnenschweren Matratzen mit ihren Auflagen und Schonern hinter sich gelassen, um das neue leichte Schlafgefühl willkommen zu heissen. Eine neue Marken-Matratze für den neuen, gesunden Schlafkomfort. Patriotisch perfekt, wählte man eine der neuen

Schaumstoffgefüllten. Eliane lächelt, als sie sich an die Slogans der Fernsehwerbung erinnert, die jedes Kind in den späten Siebzigern, und vor allem in den Achtzigern, nachplapperte. In der Welt der Betten und Matratzen schien es, als hätte sich die Schweiz damals in zwei Glaubensrichtungen gespalten: Man kaufte entweder die Marke „Happy" oder die Marke „Bico". Alle anderen Mitmenschen, die sich vielleicht für billige Kaufhausware entschieden – sofern es die gab – wurden nicht ernstgenommen oder als Verräter betrachtet. Schliesslich war man qualitätsbewusst und kaufte deshalb Schweizer Produkte. „Schweizer Ware – gute Ware – Qualität!", geht es Eliane durch den Kopf. Auch ein Slogan von damals. Heute bleibt diese Art Aussage und Grammatik eher im Hals stecken. Der Kampf um Kunden und Marktanteile der Matratzen- und Bettenhersteller war spannend und gipfelte in Slogans wie: „Ich wett, ich hett es Happybett" oder „Bico – für en tüüfe gsunde Schlaaf". Unvergessen. Unvergesslich. Die deutschsprachige Schweizernation zutiefst gespalten durch den Kampf der Bekenntnisse – katholisch oder reformiert, bürgerlich oder sozialistisch, Stadt oder Land, „Happybett" oder Bicomatratze".

„Lättlicouch" – „schlafen" mit französischem Flair – „coucher" auf „Lättli", denn zu Beginn nannte man die neuen, praktischen Schlafmöbel „Lättli-Couche". Schweizer Wort-Föderation aus Schweizerdeutsch und Französisch, zu einem völlig neuen Begriff verschmolzen. Die weiche und verführerische, französische „couche" wich dann irgendeinmal im Zuge der internationalen Anglisierung der multifunktionalen „Couch".

Doch zum spröden Charme der Siebziger, passte der englische Ausdruck sowieso besser.

Da stand also das Symbol des modernen Wohnens in Elianes Kinderzimmer, die Matratze bespannt mit einem der neuen und praktischen Spannbettlaken aus Jersey und ergänzt durch die dazugehörige Bettzeugtruhe, der man morgens die Tagesdecke entnahm und das Bettzeug einverleibte, um abends alles in Gegenrichtung zu bewegen. Ausser dem Bett füllten Kleiderschrank, Bücherregal, Schreibtisch und Stuhl das Zimmer, dessen Boden mit einem „Spannteppich" belegt war. Auch so ein Produkt, dessen Siegeszug in den Siebzigern steil begann. Wie bequem! Der Staubsauger genügte zur Reinigung, kein grosser Aufwand, alles schnell erledigt – wer putzt schon gerne…? Im Haushalt von Elianes Eltern war alles pflegeleicht – selbst das Kind. Eliane denkt nach. Wann hatte sie eigentlich aufgehört „pflegeleicht" zu sein? Hat sie je damit aufgehört? War dieses „Pflegeleichtsein" nicht auch ein Grund gewesen, dass in ihrem Privatleben die Privatsphäre zu gering bemessen war? Eliane kehrt zu den Erinnerungen an ihre Kindheit zurück. Auf welche Weise hatte sie sich damals die für sie so notwendige Privatsphäre beschafft, über die ein Einzelkind noch weniger verfügt als Kinder mit Geschwistern? Paradox aber real, denn ein Einzelkind ist der stetigen Aufmerksamkeit seiner Eltern gnadenlos ausgeliefert. Auch kann man als Kind wohl seine Geschwister mal anschnauzen, wenn man in Ruhe gelassen werden möchte – aber die Eltern?

Eltern sind eigentlich ziemlich unselbständige Wesen, denkt Eliane auf einmal erheitert. Eltern brauchen ständig die Hilfe ihrer Kinder, sie sind bei allen Hausarbeiten auf ihre Kinder angewiesen, sonst würden sie ihre Aufgaben nie bewältigen können! Eltern, das sind Erwachsene, welche die einfachsten Tätigkeiten nicht im Griff haben und nichts innerhalb einer vernünftigen Zeitspanne als erledigt hinbekommen. Ständig heisst es doch: „Hilfst du mir mal?" „Hilf mir schnell den Tisch decken, bitte." „Heute musst du mir beim Saubermachen helfen." „Komm, wir gehen in die Waschküche, du kannst mir helfen die Wäsche aufzuhängen." „Hilf mir doch mal mit dem Kartoffelschälen." „Wenn du beim Abwasch mithilfst, so sind wir schneller fertig." „Wir gehen eine Stunde lang in den Garten, Papa braucht deine Hilfe beim Unkrautjäten...." – etc., etc., und nach Belieben zu ergänzen. Warum ist bis heute kein Kind auf die Idee gekommen, dass Eltern völlig hilflos sind, und dass sie einem ganz früh all diese Dinge zeigen, nicht um sie etwa dem Kind beizubringen und es zur Selbständigkeit zu erziehen, sondern nur um später auf deren Hilfeleistungen zählen zu können? Und wie soll ein Kind auch Selbständigkeit lernen, wenn es sein ganzes Kinderleben lang immer nur „hilft"? Eliane seufzt und denkt ein wenig schuldbewusst an die Erziehung ihrer eigenen Kinder. Auch sie waren ständig dazu angewiesen worden zu helfen. Mit dem steigenden Alter des Kindes stieg auch der Grad an Unbedingtheit der erwarteten Hilfe. Als Kleinkind „darf" man helfen, als Primarschüler wird man in der zwar höflichen aber direkten, grammatischen Befehlsform zur Hilfe angewiesen, als Teenager „muss" man helfen, und als Student, am elterlichen Wohnsitz residierend, „sollte" man helfen im Sinne einer moralischen Verpflichtung. Doch da beugen sich plötzlich auch autoritäre Eltern einer gewissen Dynamik im Hilfsverhalten ihres Nachwuchses, der auf einmal ganz viel Privatsphäre fordert…

Eliane erinnert sich gut an die regelmässig wiederholten Hilferufe. Das Wort „helfen" durchzog nicht nur ihre gesamte Kindheit, sondern auch die Zeit ihrer Ehe. Elianes Mutter arbeitete ebenfalls als „Aushilfe" in einem Büro, wo sie vor allem an der Schreibmaschine sass und tippte – erst mechanisch, mit der Zeit elektrisch, und einige Jahre vor der Pensionierung sogar auf einer Computertastatur. Als „Aushilfe" konnte die Mutter morgens und nachmittags je zwei Stunden im Büro verbringen und hatte während der schulfreien Mittwochnachmittage frei, damit das Kind nicht sich selbst überlassen blieb. Damals sprach man jedoch nicht von „Teilzeitstellen". Schweizer Frauen waren bis in die Neunzigerjahre die „Büroaushilfen" oder die „Aushilfsverkäuferinnen". In den Krankenhäusern arbeiteten „Hilfsschwestern" und in den Arztpraxen die „Arztgehilfinnen" die „Praxishilfe" gab es wohl nur in Deutschland. Andere weibliche Hilfswesen, die einem männlichen Familienmitglied mit eigenem Geschäft oder gar Bauernhof unterstanden, „halfen" natürlich tüchtig im Familienbetrieb. „Mithilfe im Geschäft des Ehemannes" – stand zuerst auch in Elianes Lebenslauf. Sie änderte die „Mithilfe" bald in „Mitarbeit" als sie sich wieder um eine Arbeitsstelle bewarb. Sie erhielt die Stelle – dieses Mal zwar mit höherem Gehalt, doch wieder in einer „helfenden" Position, wenn auch mit attraktiverem Titel. „Anwaltsassistentin", später sogar „Partnerassistentin". Aus der früheren Sekretärin war auf einmal die Assistentin geworden. „Assistieren" hat eben einen anderen Klang als

„helfen". „Assistieren" klingt selbstbestimmend positiv, aktiv, beteiligt. Doch sowohl die Sekretärin als auch die Assistentin tippten weiterhin Briefe auf Tastaturen, die lediglich ihr Design und ihre Handlichkeit im Laufe der Jahrzehnte verändert hatten. Sie brachten den Kaffee in die Sitzungszimmer und die Post zum Versand. Eines hat sich jedoch grundlegend geändert: Die Partnerassistentin Eliane Debrunner verdient mit ihrer Assistenz gutes Geld, das ihr ein Leben in einem zwar bescheidenen aber komfortablen Rahmen bietet. Die „im Familienbetrieb helfende Ehefrau" Eliane, gewahrte keinen ersichtlichen, aus ihrer Tätigkeit stammenden Mehrwert, wenn sie Offerten und Fakturen schrieb, Abrechnungen in Tabellen tippte, die Fenster des Geschäftslokals putzte, die Handtücher für die Mitarbeiter-Toilette wusch und hin und wieder die Belegschaft verpflegte, wenn abendliche Überstunden bei lukrativen Aufträgen notwendig wurden. Die wenigen Angestellten bekamen dann am Ende des Jahres eine bescheidene „Gratifikation" ausbezahlt. Eliane bekam ein praktisches Geschenk unter den Weihnachtsbaum gelegt: Etwas für die Küche oder „für die Wohnung". Doch zuletzt freute sie sich darüber, denn so musste sie diese Dinge nicht aus dem normalen Monatsbudget kaufen. Das so ersparte Geld investierte sie später in Modeschmuck, Kleiderstoffe, dekorative Kinkerlitzchen und Staubfänger. Eine kleine Kaufsucht entwickelte sich – zu einer Zeit, da die Frauen in der Deutschschweiz noch nicht auf „Shoppingtouren" gingen sondern in die Stadt zum „Lädele"....

Kaufsucht – welch ein schreckenerregendes Wort. Kaufsucht wurde öffentlich diskutiert, wurde zum Thema von

Ratgebersendungen im Fernsehen, wurde psychologisch-wissenschaftlich behandelt. Kaufsucht – klingt heute im Zeitalter von online-shopping und Leasing exotisch. Kaufsucht käme niemanden in den Sinn, der seine Kreditkartenlimite ausschöpft.

Doch auch dies war lediglich aus dem Bedürfnis nach Privatsphäre und der Möglichkeit zur eigenen Entscheidung entstanden. Raus aus der Wohnung, raus aus der alltäglichen Routine und rein in die Ladenstrasse oder das neue Einkaufszentrum auf der grünen Wiese. Kaufsucht. Ein furchtbares Wort. In Elianes Bekanntenkreis gab es viele Schattierungen dieses verzweifelten Suchens nach Eigenständigkeit und Persönlichkeit. Gekauft wurde alles, angefangen bei den üblichen Dingen wie Garderobe, Accessoires und Kosmetik, über Gebrauchsartikel, Haushaltgeräte, dekorative Kleinigkeiten und Krimskrams, bis zu Trödel Antiquitäten, Kunsthandwerk, Möbeln und Gartenbedarf. Auf Regalen und in Vitrinen häuften sich unnütze, charmante Nippes, in Schränken türmte sich Wäsche, Schubladen überquollen von Bastelmaterial und ganze Küchenzeilen waren mit Geschirr und Gerätschaften verstopft, die oft zu mühsam zum Hervorholen waren, so dass sie letztendlich nie benutzt wurden. In diese Kategorie gehörte auch der Sieg der Tupperware-Parties über die Vernunft. Die Investition in den Lebensmittelvorrat einer vierköpfigen Familie mitsamt der dazugehörigen – zugegeben äusserst praktischen – Tupperboxen, konnte ins Unermessliche steigen. Tupper-Parties… War das nicht auch ein Bedürfnis nach weiblicher Privatsphäre? Dem Männerstammtisch abgeschaut in der vertrauten Runde des eigenen Geschlechts? Dabei schnitt die Tupperparty moralisch besser ab, denn der Männerstammtisch diente doch nur dazu die Lust nach Alkohol, Rauch, Sprüche klopfen und vielleicht Kartenspiel zu befriedigen. Die Tupperparty jedoch, verband das hehre Ziel einer effizienten Haushaltführung mit der Sorge um die Familie und dem klitzekleinen Vergnügen an dem Bisschen unschuldigem Klatsch unter Nachbarinnen. Das tat doch niemandem weh! Ausserdem bekam die Gastgeberin dann immer diese tollen Geschenke, und noch mehr Tupperware, und sie konnte mit ihrer Gastlichkeit und ihrem Organisationstalent brillieren. Als ob das nicht schon Belohnung genug gewesen wäre…..!

Privatsphäre – wie war das damals gewesen? Woher hatte sich Eliane als Kind ihre Privatsphäre geholt? Eine Möglichkeit bestand darin, bei den Schulaufgaben herumzutrödeln, oder in deren freiwilligem Strecken mit Lektüre. Allerdings musste man dann immer sehr aufmerksam sein, denn die Mutter konnte jederzeit unerwartet das Kinderzimmer betreten, was unter dieser Anspannung das Lesen auch nicht besonders vergnüglich machte. Andere Möglichkeiten waren da willkommener: An dunklen Abenden in der kalten Jahreszeit konnte man sich ins Zimmer zurückziehen, und während der Zeit der Fernseh-„Tagesschau" war man völlig sicher vor elterlicher Präsenz. Die heilige Tagesschau. Diese fünfzehn bis dreissig Minuten, in denen kein Wort gesprochen werden durfte, ausser man war der Tagesschausprecher. „Tagesschau", ordentlich gestaffelt nach der überschaubaren Anzahl der wenigen Fernsehsender. Um halb acht die deutschen

Nachrichten, um punkt acht die Meldungen auf dem Schweizer Sender. Während der Tagesschau angerufen zu werden galt als unhöflich, während der Tagesschau zu einem spontanen Besuch vorbeizukommen galt als rüde. Zur Zeit der Tagesschau leerten sich die Strassen in der Stadt und der Verkehr auf dem Land verkehrte nicht mehr. Zur Zeit der Tagesschau verstummten alle Lärmquellen – und es schwiegen auch die Kirchenglocken. Der Mensch braucht Information. Was er am Morgen in der Zeitung gelesen hatte, würde am Abend in der Tagesschau vielleicht eine andere Wendung erfahren, wer konnte das schon wissen...? Der Mensch lechzte nach Information, die es nur über die Medien Presse, Radio und Fernsehen gab – gefiltert von Redaktoren und Programmleitern.

Das Kind Eliane hasste die Tagesschau. Es verstand nicht, warum zum x-ten Mal dieser grässliche, dicke Mann mit dem unaussprechlichen russischen Namen auf dem Bildschirm erschien und warum sich andere, nicht minder hässliche Männer ständig öffentlich lauthals stritten und warum man das Bundestagsdebatte nannte. Dem Kind Eliane war die Tour de France, die Tour de Suisse und auch der Giro d'Italia von Herzen egal, und die Geräusche der Fussballstadions und der Autorennstrecken liessen es aus dem Wohnzimmer fliehen. Hintergrundgeräusche einer Kindheit: Die Erkennungsmelodie des „Aktuellen Sportstudios" und die kreischenden Runden der Formel 1. Das Ausbrechen in lautstarken Jubel des Vaters wenn irgendein Fussballer oder Eishockeyspieler den Ball oder den Puck ins Tor beförderte. Es war so entsetzlich langweilig…

Am Samstagabend sass dann Eliane allerdings in bester Laune mit den Eltern auf dem Sofa, hinter einem Salontisch, auf dem Getränke und Knabbereien bereitstanden, und alle freuten zusammen auf Daktari, Flipper und die Kleine Farm. Danach, als Höhepunkt des Abends, dann die grosse Samstagabend-Show mit Schlagersängern, mit Charme versprühenden Moderatoren und dem Fernsehballett. Das Mädchen Eliane war fasziniert von den Tänzerinnen, von den prächtigen Kostümen und den Choreographien, und wenn im Spätprogramm sogar noch ein alter Hollywood-Film mit Fred Astaire und Ginger Rogers gesendet wurde, so durfte es aufbleiben und schaute gebannt zu. Im Geist tanzte Eliane mit den Stars. Im Geist erfand sie selbst Schritte und gewagte Tanzabläufe, im Geist schwebte sie über Bühnen und liess ein langes Abendkleid graziös ihren Bewegungen folgen. An den seltenen sturmfreien Nachmittagen schob sie dann die Möbel ihres Kinderzimmers zur Seite, stellte den kleinen Kassettenrecorder an und tanzte bis ihr schwindlig wurde. Sie tanzte zu Schlagern, zu Klassik zu kitschigen Liedern, die im Radio zu Geburtstagen der Siebzig- und Achtzigjährigen gewünscht wurden. Sie tanzte zu Songs, die sie an ruhigen Sonntagabenden aus dem Radio auf ihre Kassetten aufgenommen hatte. Eliane hatte nur einen Traum: Den Traum zu tanzen. Die Eltern wussten nichts davon. Wie auch? – Wie wurde man Tänzerin? Man ging ins Ballett, aber Ballett war für Eliane unerreichbar. Der Unterricht viel zu teuer, viel zu weit weg. Die Verbindung mit dem öffentlichen Verkehr nur viermal am Tag verfügbar. „Wie stellst du dir vor, wie du dorthin kommst?" hatte die Mutter in vorwurfsvollem Ton gefragt, als sich Eliane eines Tages das Herz fasste und der Mutter von ihrem Traum erzählte. „Alleine kannst du nicht hingehen, und ich habe keine Zeit irgendwo herumzusitzen und zu warten bis das Fräulein Tochter mit der Ballettstunde fertig ist. Und überhaupt ist das viel zu teuer, das können wir uns nicht leisten." Damit war die Sache erledigt. Zumindest für die Mutter. Wir können es uns nicht leisten. Einige Jahre später äusserte Eliane schüchtern den Wunsch Eislaufunterricht nehmen zu dürfen. Sie war damals zehn oder elf Jahre alt und begeisterte Schlittschuhläuferin. Die Eltern nahmen sie im Winter jeweils mit in die Stadt auf die Eisbahn. Dann standen sie am Rande des Eisfeldes, genossen die winterlichen Sonnenstrahlen und plötzlich machte es ihnen nichts aus, auf die Tochter zu warten, bis sie vom Eislaufen müde war. Doch auch mit der Karriere als Eiskunstläuferin klappte es nicht, denn die Mutter stellte kategorisch fest, dass das nicht ginge, denn da hätte Eliane vorher Ballettunterricht nehmen müssen, und dafür wäre es jetzt zu spät, da Eliane nun viel zu gross geworden war…...

Danach hatte Eliane lange keinen Wunsch mehr nach künstlerischer Betätigung geäussert. Erst zwei Jahre später wagte sie es noch einmal. Im Schulhaus, das sie besuchte, standen in drei Klassenzimmern Klaviere, an welchen Schüler üben durften, sofern dies zu Hause nicht möglich war. Man wollte auf diese Weise den finanziell schlechter gestellten Familien helfen ihre Kinder musikalisch zu erziehen. Es stand auch eine Klavierlehrerin zur Verfügung, zu der Eliane zwei Jahre lang regelmässig in den Unterricht ging. Doch dann wechselte Elianes Vater seine Arbeitsstelle, die Familie zog um, und mit der Aufgabe des alten Wohnortes war auch die Möglichkeit des Klavierübens aus Elianes Leben verschwunden. Die Eltern sahen zwar die Begeisterung ihres Kindes für Musik, erkannten sogar das Talent dahinter – aber ein Klavier in einer Mietwohnung im zweiten Stock – nein, das ging nicht.

Eine Gitarre? Ja, eine Gitarre könnte gehen. Eine Gitarre lärmt nicht und bringt keine aufgebrachten Nachbarn auf den Plan. Eine Gitarre kostet nicht alle Welt und es wird auch keine teure Fachperson benötigt, um das Instrument zu warten. Eine Gitarre braucht wenig Platz und macht sich, falls nicht benutzt, dekorativ in der Ecke irgendeines Raumes. Eine Gitarre war in Ordnung, das könnte gehen. Es wurde daher eine Gitarre organisiert und eine Lehrkraft gefunden, die in erreichbarer Nähe unterrichtete. Eliane begann zu üben und betrat eine neue Welt. Eine Welt voller Klänge und unbeschreiblicher Zufriedenheit, wenn ein Musikstück gelang. Eliane übte. Übte an Samstag- und Sonntagabenden, übte am Nachmittag, übte wann immer sie die Gitarre greifen konnte. Eine Vertrautheit mit dem Instrument stellte sich ein, eine Freundschaft mit tröstenden Tönen, die ihr ein neues Gefühl der Selbständigkeit gaben. Sie konnte selbständig Musik machen. Eine unglaubliche Erfahrung. Von ihrem Taschengeld kaufte sie sich Notenhefte, wählte daraus Stücke, die sie mit ihrer Lehrerin erarbeitete. Dann, drei Jahre später, zog die Lehrerin weg. Eliane hatte nie wieder Musikunterricht genommen. Plötzlich begann auch die freie Zeit knapper zu werden. Die Schule wurde wichtiger, der Abschluss, der nicht klappte. Dann das abgebrochene Gymnasium, die Suche nach einer passenden Lehrstelle, die kaufmännische Lehre, die Lehrabschlussprüfung, die ersten Arbeitsstellen, die ersten

Parties im Freundeskreis, der erste Kuss und die erste Verliebtheit. Die Gitarre war immer dabei. Dem ersten Schulinstrument war eine spanische Gitarre gefolgt, eigens ausgesucht und gekauft in den Ferien an der Costa Blanca. Eliane war sehr stolz auf ihre Gitarre. „Consuelo" – „Trost" nannte sie das Instrument auf Spanisch – ihr kleines Geheimnis. Das hatte sie irgendwo gelesen – eine Gitarre mit Namen Consuelo – es gefiel ihr.

Die Gitarre hatte Eliane wahrscheinlich die umfangreichste Privatsphäre geboten – ausser den Büchern. Durch die Vermittlung der Buchinhalte konnte das wohlbehütete Einzelkind und die elterlich streng bewachte Jugendliche Welten betreten, die ihr sonst verweigert wurden. Mit Hilfe der Bücher konnte sie reisen, lernen, vergangene Epochen und exotische Länder studieren, den eigenen Verstand schärfen, ihren Horizont über das Mittelmass des einengenden Lebensbereichs erweitern. Fasziniert von Geschichte, die als Schulfach äusserst stiefmütterlich behandelt wurde, grübelte sie über mittelhochdeutschen Minneliedern und lernte lateinische Sätze auswendig. Den Alltag der Vergangenheit zu entdecken bereitete ihr weitaus grössere Freude, als mit Schulfreunden am Bahnhof herumzuhängen und die ersten Zigaretten zu probieren. Dies würde auch noch kommen, dies würde noch genug Probleme und Streitigkeiten mit den Eltern verursachen, doch die Phase der Pubertät würde irgendeinmal vorübergehen, die Faszination der Bücher und des Entdeckens ihrer Inhalte würde bleiben. Elianes Interesse wandte sich auch kuriosen Dingen zu, wie zum Beispiel der Entwicklung der Anstandsregeln in Europa, und den unabdingbaren

Benimmvorschriften, wollte man keine peinlichen Szenen in der Öffentlichkeit erleben. Eine Öffentlichkeit existierte zwar in Elianes Leben nicht, nichtsdestotrotz war sie gut darauf vorbereitet.

Mit den wirklich wichtigen Fragen blieb sie jedoch allein. Es gab keine geeignete Person in ihrem Umfeld, die sie hätte um Rat fragen können in Dingen, die weit über den Familienalltag hinausgingen. All die Fragen nach dem Sinn. All die unausgesprochenen Fragen nach dem warum, wozu und weshalb eines menschlichen Lebens. Da half auch das bisschen Religionsunterricht vor der Konfirmation nicht viel. Der Unterricht war viel zu trocken. Sowohl die Konfirmanden als auch der Pfarrer betrachteten es als Pflicht. Ein jeder von seinem Standpunkt aus. Die Schüler als eine Pflicht, die man abhaken musste, um einen Schritt weiter ins Erwachsenenleben zu gelangen – der Pfarrer als eine Pflicht, die im nächsten Jahr eine weitere nach sich ziehen würde. Zum Schluss hatte jedoch Elianes Klasse den Konfirmationsgottesdienst ganz angenehm gestaltet. Die Schüler hatten eine Musikgruppe auf die Beine gestellt, hatten moderne, rhythmusgeladene Songs mit eigenen Texten einstudiert. Es war dies das einzige Mal, da sie Begeisterung hineingebracht hatten, da sie eine Aussage machen wollten. Dieses einzige Mal hatte ihnen die ungeliebte kirchliche Institution Privatsphäre gewährt.

Privatsphäre: Wieviel davon verlangten und erhielten Elianes Eltern? Wie viel Privatsphäre hätte sich ihre Mutter wohl gewünscht, und hätte sie solche Wünsche jemals formuliert? War das abendliche Fernsehen oder gar die tägliche Büroarbeit ein Teil davon? Ein bisschen Privatsphäre im Büro, ein bisschen Privatsphäre vor dem Bildschirm. Der Alltag wurde in den Hintergrund gedrängt, ein wenig Träumen, ein bisschen Auszeit, obwohl dieses Wort noch nicht existierte.

Einige Wochen Ferienzeit im Süden am Meer, die Ausflüge an den Wochenenden – war das die Privatsphäre ihrer Eltern? Das Leben in der Dreizimmerwohnung in einem Wohnblock am Stadtrand bot nur wenig Privatsphäre, doch es schien als hätten die Eltern gar nicht dieses Verlangen gehabt sich hin und wieder zurückzuziehen, alleine nachdenken zu wollen, ungestört von anderen Personen und Einflüssen zu sein. Die Eltern hatten einige gute Freunde, man traf sich oft, besuchte sich gegenseitig, fuhr manchmal miteinander in den Urlaub, im Sommer gab es Grillabende im Schrebergarten oder am Ufer eines Flusses mit flachem und steinigem Bett. Die Eltern genossen diese Geselligkeit und auch die Freizeit sehr. Eliane empfand es oft als langweilig. Die Erwachsenen hatten ihre eigenen Gesprächsthemen, und wenn sie sich einmischte so störte sie nur den Redefluss. Das hielt sie aber nicht davon ab, sich oft einzumischen und den Redefluss gerne zu stören. Als einziges Kind, als einzige Jugendliche, in einer Erwachsenenwelt aufzuwachsen, kann manchmal anstrengend sein.

Als sie älter wurde boten sich weitere Gelegenheiten, um die Privatsphäre auszuweiten. Mit dem Zugang zu öffentlichen Bibliotheken öffnete sich für Eliane das Tor zu einem weiten und neuen Universum. Hier wurde man bewusst alleine gelassen, damit man in Ruhe Bücher suchen und Bücher lesen konnte! Hier war Alleinsein vorsätzlich und akzeptiert! In

Bibliotheken verbrachte sie von da an ihre meiste Freizeit, stöberte in Regalen und Verzeichnissen, und holte sich Kenntnisse über Kunst, Geschichte, Musik und vieles mehr. Eliane war lernbegierig, ihr Gedächtnis saugte sich mit Informationen voll wie ausgetrocknete Erde mit lebensspendendem Wasser. Als sie nach einigen Arbeitsjahren schliesslich heiratete, und eine eigene Familie gründete, dachte sie mit Sehnsucht an diese in den Bibliotheken verbrachten, glücklichen Jahre, und sie war fortan überzeugt, mit dem Familienleben einen Lebensweg eingeschlagen zu haben, der nicht ihren Wünschen und Träumen entsprach. Doch dieser Lebensweg war nun einmal gewählt und beschritten worden, und sie musste sich darauf konzentrieren vorwärts zu gehen. Die Wünsche und Träume blieben weiter das, was sie schon immer waren – unausgesprochen. Geschichte studiert man, sofern man dazu die notwendige Berechtigung in Form eines Maturitäts-abschlusses hat. Wenn nicht, dann praktiziert man eben ein „Hobby", das sich „Interesse an Geschichte" nennt. Kein Mensch kann sich darunter etwas vorstellen, und es wäre besser man würde auf die Frage nach einem Hobby etwas Unverfängliches angeben wie Stricken, oder Papierservietten falten, oder Makramee knüpfen, oder „Kaffeerahmdeckeli" sammeln – alles bestens anerkannte Tätigkeiten weiblicher Selbstverwirklichung in den achtziger Jahren, ohne allzu viel künstlerischen Anspruch und ohne dabei hohe Kosten zu verursachen wie vielleicht beim Töpfern, oder Malen auf Seide, Porzellan und Leinwand.

Eliane macht eine gedankliche Klammer: Was hatte Schweizer Frauen je dazu angetrieben, jene kreisrunden, auf Portionenpackungen mit uperisiertem Kaffeerahm aufgeschweissten Alufolienabdeckungen, so leidenschaftlich zu sammeln? Eliane hatte schon grosse Alben mit ganzen Serien dieser kleinen fragilen Deckel gesehen, alle sauber abgewaschen und wie Briefmarken hinter Zellophanstreifen gesteckt. Kluger Schachzug der Schweizer Grossverteiler, welche – bewusst oder unbewusst – die Saiten der unausgelebten weiblichen Kreativität und Selbstbestimmung zum Erklingen brachten. Die Hausfrau bestimmte über den Einkauf so alltäglicher Waren wie Kaffeerahm, und der kam – praktisch und pflegeleicht portioniert, homogenisiert und uperisiert – in jenen Portionentöpfchen daher, in denen er seither die Welt eroberte. Allen Neuerungen zum Trotz, die mit aufgeschäumter Milch und italienischen Bezeichnungen operieren – der klassische „Café crème" aller Schweizer hat sich durch nichts verdrängen lassen – auch nicht seine Mundartaussprache als „K'chafigräm". Zum Trotz aller Capuccinos und Latte macchiatos – auch die „Schale" hält sich heute noch am Leben. Man weiss, dass damit der gute alte Milchkaffee gemeint ist, der bestens ohne italienische Schaumschlägereien auskommt.

Privatsphäre. Das Hobby als Privatsphäre. Eine ganze Industrie an Freizeitkursen überschwemmte seit den Siebzigern das Land, in dem ein Mittelstand nun über genug Freizeit verfügte und auch das Geld besass, um sich Freizeitkurse leisten zu können. Nicht allen gefiel das. Auf einmal wurden Klagen von Ehemännern laut, die sich beschwerten, dass ihre Frauen ständig irgendwelchen Kursen nachrannten, und abends nicht mehr zu Hause blieben. Die Klagen kamen meistens von jenen Männern, die für die Dauer des Kurses einmal wöchentlich den

Nachwuchs zu hüten und ins Bett zu bringen hatten. Dabei wurde der eigene regelmässige Männerstammtischabend wohlweislich ausgeblendet. Was hatte denn auch der Stammtischabend mit Bastelkursen zu tun, und was sollte plötzlich dieses komische Gerede von Selbstverwirklichung für Frauen? Und wie bitte ging das mit der Selbstverwirklichung vor sich, wenn man an einem Montagabend von acht bis halb zehn lustige Kasperfiguren aus Filz und Holzperlen zusammen nähte, oder diese grausigen kleinen Hexen bastelte, die auf ihren Besen reitend dann zu Hause an einem Faden von der Decke baumelten? Also, wenn das Selbstverwirklichung war ... na ja ... Ausserdem waren die Frauen nur noch länger von zu Hause weg, und man wusste ja schliesslich, dass es denn Kindern nicht gut tat, wenn die Mutter abwesend war...

Die Argumente der Männer liessen manchmal zu wünschen übrig. Doch die Frauen ergriffen ihre Gelegenheit zur Privatsphäre, zu einem harmlosen Ausleben ihres aufgestauten Ideenreichtums, das sich nicht bloss auf Wäsche flicken, Topflappen häkeln oder Weihnachtskarten kleben beschränken wollte. Die Schweizerinnen der Siebziger und Achtziger hatten sich nach dem hart erkämpften Stimmrecht nun endlich auch das Recht auf eine bescheidene, persönliche Kreativität genommen.

Der Stammtisch – die geheiligte Privatsphäre des Mannes. Im Nachhinein ist Eliane ihrem Vater dankbar, dass er nie zu den Stammtischlern gehört hatte. In ihren Augen waren die Stammtischler ein Haufen frustrierter und unzufriedener Kerle, die in der „Beiz" und unter ihresgleichen bluffen und angeben konnten, was für tolle Mannsbilder sie waren. Dann der Geruch, der von diesen Lokalen ausging! Das Gemisch aus Rauch von Zigaretten, Zigarren und Pfeifen, Dunst von Bier, Wein und Kaffee, von Frittieröl, angebratenem Fleisch und der persönlichen Note der Restaurantbesucher, machte sie schaudern. Wie gut, dass in der Zwischenzeit ein allgemeines Rauchverbot in Gastronomiebetrieben eingeführt wurde, an das sich alle hielten, und dass die Belüftungstechnik Fortschritte gemacht hatte. Vielleicht war damals das Geschnetzelte mit Rösti besser und die Portionen reichlicher gewesen, aber wenigstens wird heute in den Restaurants weder der Gast noch das Essen eingeräuchert. Zu jener Zeit war der Rauch überall. In Restaurants, Cafés und Kantinen. In den Büros, in Werkstätten und Wohnungen. Er schwappte aus den roten Raucherabteilen der Züge in die grün gepolsterten Reservate der Nichtraucherwaggons; er breitete sich in Flugzeugen und Geschäften aus; er wehte einem sowohl in Wartesälen als auch in Festsälen entgegen; er zog sich durch Hausflure und Hotelzimmer. Erst in den Achtzigern begann man die Privatsphäre jener Menschen zu achten, denen frische Luft zum Atmen wichtiger war als die Versprechungen der Zigarettenwerbung, und man grenzte – als kleinen Anfang – die Nichtrauchertische in den Restaurants aus. Die „Nichtraucherecke" wurde modern. Leider nur eine Ecke, zumeist noch die hinterste mit den schlechtesten Plätzen, wohin man nur unter Durchquerung des verqualmten Speiseraums gelangte – doch der Anfang war gemacht.

Privatsphäre. Seit wann gibt es dieses Wort? Seit wann gibt es den Begriff, und seit wann wendet man ihn bewusst an? Seit die Bevölkerung angewachsen ist? Seit die Städte und Gemeinden aus ihren Grenzen quellen? Seit ein Fernsehprogramm rund um die Uhr, auf hunderten von Kanälen läuft, und nicht nur von fünf Uhr nachmittags bis Mitternacht? Seit die ersten doppelstöckigen S-Bahnen fuhren, in denen Fahrgäste auf engstem Platz nun plötzlich lautstark in die neuen Kommunikationsgeräte sprachen, so dass jeder sehen konnte, dass man stolzer Besitzer eines „Natels" war? Seit nun per diese Kommunikationsgeräte auch die privatesten Details einer breiten zugfahrenden Öffentlichkeit bereitwillig als Information zur Verfügung gestellt werden? Und warum gehört es eigentlich zum Trend die eigene Privatsphäre nun aller Welt öffentlich zu präsentieren?

Das Wort „Privatsphäre" existierte bereits vor dem Wort „Datenschutz", obwohl gegenwärtig beide gleich missachtet werden. Früher baute man einen Zaun oder hängte Vorhänge vors Fenster, um neugierige Blicke abzuhalten, doch seit wann sprechen die Menschen von einer Privatsphäre? Vielleicht seitdem man nicht mehr spontan in ein Restaurant essen gehen kann, sondern oft Tage im Voraus reservieren muss? Vielleicht seitdem das Wort „Transparenz" inflationär gebraucht wird? Oder seitdem die junge Generation, der auch Elianes Kinder angehören von „Retro" schwärmt und mit „Pril-Blümchen" bedruckte Tischsets „cool" findet?

„Retro" – Eliane schüttelt sich und denkt über die seltsamen Wege des menschlichen Geschmacks und seiner Varianten nach: Kaum schienen die schrecklichen grossflächigen Muster in knalligen Farben von Heimtextilien, Geschirr und Möbeln verschwunden, kaum waren die fürchterlichen glasierten Keramikvasen und die Makrammeewandbehänge auf dem Sperrmüll oder in den Brockenhäusern gelandet, und kaum hatte das menschliche Bewusstsein die hässlichen Resopalplatten endlich in die tiefsten Gründe der Psyche verdrängt, kommen nun die Milchbarthipster der „urbanen" Szenen daher, die das alles jetzt „voll cool und total stylish" finden. Selbst die Wohnbeilagen der grossen Tageszeitungen singen Lobeshymnen auf diese Entgleisungen des guten Geschmacks und preisen unschuldigen Lesern „liebevoll ausgesuchte Retrostücke" an, die einen wunderbaren „Stilmix" mit persönlicher Note ergeben, wenn man sie zusammen mit dem neuen „industriellen Shabby-Chic" kombiniert…

9. Kapitel

Eliane und die Schweizer Tierwelt – „Bestiarium helveticum"

Schweizer Bezeichnungen für viele Arten von Zeitgenossen – Der Tanzabend – Kleine Tänzertypologie – Die nicht immer gewollte kulturelle Bereicherung – Eine „ganze Volière voll glatter Vögel".

Tierwelt – nicht die Bezeichnung der allgemeinen Fauna, sondern die auflagestärkste Zeitschrift der Schweiz, die durch ihre Kleinanzeigen hochgradig beliebt ist. Ursprünglich als eine Informations- und Anzeigeplattform für in der Landwirtschaft tätige Personen gedacht. In der Tierwelt kann man alles haben oder loswerden: Autos, Häuser, Landmaschinen, Kaninchenställe, Lebens- und Arbeitspartner – und sogar auch Tiere.

Huhn – weibliche Person (meist) jünger, nicht gemäss logischer Richtlinien handelnd

Sumpfhuhn – weibliche Person, der gegenüber man keine grossen Sympathien hegt und die oft auch nur geringen Wert auf ihr Erscheinungsbild legt

Verschupftes Huhn – weibliche Person mit geringem Selbstwertgefühl, Mauerblümchen

hühnern, herum hühnern (hüehnere, ume-hüehnere) – Verb, spontanen und von Drittpersonen unvorhersehbaren Richtungswechsel beschreibend

Bibeli – je nach Kontext entweder ein Küken, ein Mädchen im Teenager-Alter oder ein Pickel im Gesicht

Hühnerhaut – Gänsehaut.

Robi-Dog – grüner Behälter für Hundeexkremente, die vom Hundehalter beim Gassi gehen säuberlich in eine dafür vorgesehene braune Plastiktüte eingesammelt und im „Robi-Dog entsorgt werden

Biber, Biberli – Lebkuchengebäck aus der Ostschweiz, entweder im grösseren oder kleineren Format

Gefüllte Biber – Lebkuchengebäck mit Mandelfüllung.

Biberfladen – keine Tierexkremente sondern ein rundes, flaches Lebkuchengebäck

Egli – häufiger Nachname, (eigentlich ein Speisefisch: Barsch)

Crevette – hochglanzpolierte, liebevoll umsorgte und gewartete Corvette der Zürcher Machos. Mit dem „feinen Crevettli" ist nicht das schmackhafte Meeresgetier gemeint, auch nicht die knackige Freundin, sondern wirklich das Auto…

Ross-Chopf – hat nichts mit Pferdeköpfen zu tun sondern bezeichnet eine Kaulquappe (beginnt auszusterben – das Wort, nicht die Frösche…)

Müsli – kleine Maus (Für deutsche Leser: Nein, es ist NICHT die gesunde Frühstückspeise auf Getreidebasis – dies ist ein „Müesli", wobei das „e" als „e" ausgesprochen wird. Schweizer essen keine Mäuse!)

...oder doch? – **Müsli, Müsliblätter. Müslistrauch** – ältere Bezeichnung für Salbei und die Blätter des Salbeistrauches, die in Bierteig getaucht und im Fett ausgebacken werden. Als traditionelle Delikatesse wieder entdeckt

Büsi, Büseli – kein Zusammenhang mit der Damen-Oberweite, das Wort bezeichnet eine Katze, ein Kätzchen (in einigen entlegenen Gegenden sogar ein neugeborenes Kalb)

Fleisch-Tiger – kein Schweizer Gegenstück zum Fleischwolf, sondern ein Mensch (meist männlich), der gerne und viel Fleisch konsumiert

Glögglifrosch, (Glöcklifrosch) – liebevolle Bezeichnung für Zeitgenossen, deren Handlungen nicht durch besondere Hirnleistung auffallen, die jedoch auf ihre Art unterhaltsam sind. Kann in Bezug auf Kinder angewendet werden, denen man wohlwollende Langmut entgegenbringt (ursprünglich: volkstümlicher Ausdruck für die Geburtshelfer-Kröte)

Tropenvogel – keine tropische Vogelart sondern die erwachsene Variante des „Glögglifroschs". Ein „Tropenvogel"-Mitmensch könnte genauso gut als „Alpen- oder Mondkalb" bezeichnet werden (Der Ausdruck wurde ursprünglich durch Mitglieder des Schweizer "Cabaret Rotstift" geprägt)

Globi – laut Wikipedia: „*....die erfolgreichste Schweizer Kinderbuch-Figur .... eine Art Papagei-Mensch mit blauem Körper, gelbem Schnabel, Baskenmütze und rot-schwarz karierter Hose....*" – Im sozialen Bezug wird diese

117

Bezeichnung eher Mitmenschen der Kategorie „Tropenvogel" zugewiesen

Ein glatter Vogel – hier ist nicht die Qualität des Gefieders im ornithologischen Sinne gemeint, sondern ein pfiffiger Kerl mit Unterhaltungs-Qualitäten und zu kreativen Handlungen fähig. Ein „glatter Vogel" muss nicht immer ein „Spassvogel" sein

Finken – Mehrzahlwort, KEINE Vögel, sondern Hausschuhe (wird auch für Autobereifung angewandt)

Tigerfinken – süsse Kinderhausschuhe aus Stoffmaterial mit Tigerfellmuster (eigentlich Leopard...), mit rotem Band eingefasst und mit rotem Bommel versehen. Gehört seit Jahrzehnten zu Schweizer Kultobjekten

Sommervogel – Schmetterling (...keine sehr kreative Bezeichnung, doch sie fliegen halt im Sommer herum.....)

Spatz – Kein Sperling, sondern eine Bezeichnung aus der Militärküche für „Pot au feu" oder Suppenfleisch

Fleischvogel – keine fleischessende Variante des Tropenvogels oder des glatten Vogels – keineswegs. Dieses Wort bezeichnet eine einfache, klassische Rindsroulade

Gummi-Adler – aus einem unerfindlichen Grund die Bezeichnung für gebratene oder gekochte Hähnchen

chüngele, ume-chüngele – Verb, von „Chüngel" – Kaninchen. „Chüngele" ist keinesfalls das Schweizer Äquivalent zum deutschen „karnickeln", sondern ein Ausdruck für eher langweilige, knifflige, jedoch unbedeutende, nutzlose Tätigkeiten („Chüngeli-Büez" – unnötige, zeitraubende Arbeit)

Chlee-Chue – (Kleekuh), weibliche Person jeden Alters, der man definitiv keine Sympathien entgegenbringt

Kalb, Alpenkalb, Mondkalb – siehe „Tropenvogel"

Das Kalb machen – bezieht sich nicht auf die Zeugung eines Rindes sondern bezeichnet Gebaren und Handlungen eines Menschen (meist männlich), der zur Gattung „Spassvogel" gehört. Die Spässe sind meist von einem starken Bewegungsdrang gezeichnet. Wer einmal ein Kalb auf der Weide herum springen sah, der weiss, was gemeint ist...

Die vorangehende Aufzählung erhebt keinen, aber auch wirklich keinen Anspruch auf Vollständigkeit des Schweizerdeutschen Tiervokabulars, da sie auf Ausdrücken basiert, die meist zürcherischen Ursprungs sind. Ja, man könnte sagen, dass einige Ausdrücke grenzübergreifend bis in den Aargau oder sogar in die Ostschweiz reichen.Überschreitet man jedoch – und nur auf eigene Verantwortung – die magischen Linien, und gelangt man dabei über Luzern, nach Basel und Solothurn (und nur unter grossem Courage-Einsatz nach Bern), oder in die Innerschweizer Urkantone; oder sogar –

völlig waghalsig – ins Wallis und nach Graubünden – so wird empfohlen, sich dringendst der Dienste einheimischer Dolmetscher zu befleissigen. Im Notfall kann man sich bestens auf Englisch, Japanisch oder Russisch verständigen.

· · · · ● ● · · · ·

Eine Volière voll „glatter Vögel", und ein paar exotische dazu

Es war lustig im Blue Lagoon, einem Tanzlokal am Rande einer Dorfgemeinde in der Nähe von Winterthur. Das Lokal hatte höhlenartig angelegte Deckengewölbe, dazu unpassend rustikales Mobiliar aus den Achtzigern, das stilistisch irgendwo zwischen Bauernstadel und Wild West anzusiedeln war. Vor der Bar aus dunklem Riegelgebälk, standen schwere, nietenbeschlagenen Lederhocker auf robusten Holzbeinen. Der grösste Raum war der Tanzsaal, der aus nicht mehr nachvollziehbaren Gründen mit hochglanzpoliertem schwarzem Granit ausgelegt war. Es gab zwei weitere, separate Räume, in denen Essen serviert wurde, und es gab noch eine kleinere Bar, an der man einen Drink nehmen und ein Gespräch in normaler Lautstärke führen konnte. Alles in allem war die Einrichtung schrecklich, der Platz zu klein, der Eintrittspreis zu hoch, die Deckengewölbe mehr bedrückend als gemütlich und die Tanzfläche gefährlich glatt – doch es gab aussergewöhnlich gutes Essen, blitzsaubere und grosszügige Toiletten, genügend Parkplätze und zweimal in der Woche Livemusik. Das Blue Lagoon deckte, trotz seiner offensichtlichen Nachteile, eine klaffende Marktlücke in der Zürcher Tanzszene. Hier traf sich ein Publikum, welches einen

Abend lang Spass haben wollte, ohne von überheblichen Blicken hochnäsiger, semi-professioneller Tanzpaare durchbohrt zu werden, die sich in ihrer Ehre verletzt fühlten, wenn jemand kurz aus der Tanzrichtung ausscherte. Hier traf man sich zum Rosentanz, und die Frauen freuten sich sogar noch über die geschenkten Blumen. Hier verabredete man sich zu einem Date und konnte gleich einmal testen, ob sich die Harmonie, zumindest auf der Tanzfläche, einstellte. Hier traf sich Publikum jenseits der 30 und meistens jenseits der 40 – und nach einem Abend ging man zufrieden und wohltuend müdegetanzt nach Hause.

Es waren unbeschwerte Zeiten im Blue Lagoon. Das Tanzlokal existiert nicht mehr. Der Rosentanz verkam zum aggressiven Gerangel unter den Männern, die ihren Tänzerinnen jeweils das schönste Exemplar – oder gleich zwei – anbieten wollten; und das Repertoire der ständig gleichen schlechten Musik-Duos liess immer mehr zu wünschen übrig. Den nachfolgenden Pächterwechsel, die neue Namensgebung und den Wandel zu einer Zigarrenlounge mit Musikbar überlebte das Lokal nicht mehr.

An jenem Donnerstagabend im Herbst des Jahres 2009 war das Blue Lagoon jedoch angenehm gefüllt. Ausser einigen individuellen Gästen, machte sich eine Gruppe von Leuten bemerkbar, die sich aus Tanzkursen einer boomenden Tanzschule zu kennen schienen. Alle ungefähr im mittleren Alter, die meisten mit soliden mittleren Tanzkenntnissen; beruflich in mittleren Gehaltsklassen und mittleren Positionen. Beispielexponate des Schweizer Mittelstandes. Paare, Singles.

Andy und Rita Keller, (42) und (39), ein Lehrerpaar, das sich regelmässig den Schulstress aus ihren Körpern tanzte, und das den Tanz, ungeachtet des jeweiligen Stils, als Fitness betrachtete.

Urs und Priska Mühlethaler, (47) und (42). Er Bankangestellter, hochgewachsenen und schlank. Sie Hausfrau, klein und zierlich und deshalb stets auf hohen Absätzen daherstöckelnd. Ein im Wind flatterndes Fähnchen an einem Mast – das Bild drängte sich auf, sah man den beiden beim Tanzen zu.

Richard „Richi" Probst (52), Buchhalter, und seine brasilianische Ehefrau (Alter und Name unbekannt), die ihre offenbare Untalentiertheit für Standardtänze ständig wegzulachen pflegte. Beide sympathisch und angenehme Tischnachbarn.

Daniela Böschenstein (46), Rezeptionistin, schwarzhaariger Männertraum mit makellosen Beinen, die Daniela gerne zur Schau stellte, auch wenn sie zu jeder Art von Musik nur Disco-Swing tanzte.

Sandra Bösiger (38), Physiotherapeutin, deren Kleiderschrank ausschliesslich Jeans und Poloshirts zu enthalten schien. Eine sportlich-spröde, eher unscheinbare Blondine mit praktischem Kurzhaarschnitt, die jedoch bei Salsarhythmen zu einem Feuerwerk an Temperament, Kreativität und Präzision mutierte. Es war gerade diese zurückhaltende Sandra, die an jenem Donnerstagabend einen Tanzpartner mitgebracht hatte, der nicht ganz zu ihr und nicht ganz zur Gruppe passte: Sichtlich jünger, sichtlich muskelbepackt, sichtlich Südländer.

Man konnte sehen, dass Sandra und der Typ viele Stunden in Salsalokalen verbracht haben mussten. Er wurde als Loris, ein Kollege, vorgestellt. Mehr war nicht zu erfahren, und Sandras Gesichtsausdruck gab eindeutig zu verstehen: „Nicht anfassen"!

Vijay Ammann (44), IT-Spezialist, mit ursprünglichem Namen Vijaykumaran Amirthanathasivam. Im Kleinkindalter von einem Schweizer Entwicklungshelferpaar namens Ammann in Indien adoptiert, machte sich Vijay manchmal den Spass, den Inder, der er nur äusserlich war, zu spielen, um unangenehme Mitmenschen zu verwirren. Vijay war sich sehr wohl bewusst, dass er der Exot der Tanzszene war, was bei seinem guten Aussehen und seinem Talent zu tanzen jedoch nur von Vorteil war. Es fiel auf, dass besonders Daniela Böschenstein Vijay oft zum Tanz aufforderte.

Nicht ganz so exotisch war Albert „Albi" Friedauer (50), Prüfungsexperte beim Strassenverkehrsamt, der „gute Kerl", ein gemütlicher Typ mit Halbglatze und Bauchansatz, sicherer Tänzer mit genauer Führungshand und deshalb immer von tanzwilligen Frauen umflattert. Nur, so sehr sich Albi wünschte durchs Tanzen eine Partnerin kennen zu lernen, die auch für andere körperliche und rhythmische Aktivitäten – längerfristig – zu haben gewesen wäre, es klappte einfach nicht. Albi war einer jener verlässlichen, gutmütigen Typen, die eine Frau auf Händen tragen würden – gäbe sie ihm nur die Gelegenheit dazu. Albi war ein Trüffel unter den Männern, doch auch der wertvollste Trüffel besticht nicht durch sein äusseres

Erscheinungsbild, sondern durch innere Werte, die manchmal sehr lange auf Entdeckung warten.

…und schliesslich: Renata Navratil (48), tschechische Emigrantin von 1968, ihre Jugendhaftigkeit übertrieben betonend. Eigentlich war alles an Renata übertrieben: Die Lautstärke ihrer Stimme, der breite Prager Akzent im sonst fliessenden Schweizerdeutsch, die Länge ihrer Tanzschritte, die Intensität ihres begeisterten Ausdrucks. In dieses Bild fügten sich nahtlos die knallroten Satintanzschuhe mit viel zu hohen Absätzen und die Missgriffe ihrer Garderobe. Genau betrachtet war Renata eine um Vieles exotischere Erscheinung als es Vijay je hätte sein können, und genau betrachtet waren ihre kleine Entgleisungen konsequent und sie selbst sich darin treu. Vielleicht war das der Grund, dass sie ihren Platz in der Gruppe gefunden hatte und gerne gesehen war. Eine Frau wie Renata Navratil polarisierte – entweder man fand sie amüsant oder schrecklich.

Eliane Debrunner gehörte eindeutig zu jenen Leuten, die Renata Navratil schrecklich fanden. Zumindest an jenem Abend. Trotz der heiteren Atmosphäre im Blue Lagoon und trotz der ausserordentlich guten Darbietung des Musikduos, fühlte sich Eliane gereizt. Sie fühlte sich bedroht von Renatas roten Satinabsätzen und sie fühlte sich versetzt von der unerwarteten Absage ihres Tanzpartners, obwohl der wirklich keine Schuld am Herzinfarkt seiner betagten Mutter trug. Eliane fühlte sich an die Wand gedrängt von Danielas schwingendem, kurzem Sommerkleidchen, dessen helles Gelb sogar Renatas rote Schuhe überstrahlte. Kurz, Eliane fühlte sich übergangen, nicht wahrgenommen, zur Seite geschoben, und sie ärgerte sich dazu noch über ihre eigene Kleiderwahl. Zwar machte sie in der engen Jeans eine sexy Figur, unterstrichen von einem schwarzen, leichten Top und kessen Stiefelchen, in denen sie alle Bewegungsfreiheit hatte, doch an der Bar sassen drei weitere tanzpartnerlose Frauen in Jeans, hübschen Stiefelchen und schwarzen Tops. Eliane fühlte sich um ihren Auftritt betrogen. Da sie auch noch alleine ins Blue Lagoon gekommen war und dankbar sein musste, wenn sie überhaupt zum Tanzen kam, verbrachte sie die meiste Zeit am Tisch bei ihrem Drink. Sie glaubte sich im Nachteil, bemitleidete sich und versuchte dabei entspannt und gutgelaunt auszusehen.

Auf der spiegelglatten Tanzfläche wirbelten Renatas signalrote Schuhe. Renata legte eine solch intensive Energie in alle Bewegungen, als ginge es um ihr Leben. Eliane verzog unbewusst die Lippen. ‚Die arbeitet sich noch zum Höhepunkt‘, dachte sie zynisch, ‚gleich wird ihre Glanzfigur kommen, dieses peinliche Hochspringen-und-dabei-mit-den-Fersen-nach-hinten-Ausschlagen … wie ein Pferd. Da!!‘ – Eliane wandte sich ab. Renatas Tanzfigur sollte jugendlich-frech wirken, sie sollte sportlich und gleichzeitig graziös aussehen. Doch die Wirkung war gewiss eine andere. Sie entlockte auf vielen Gesichtern höflich versteckte, amüsierte Lächeln. Renata tanzte mit Vijay, doch der liess diese Kapriolen mit Langmut an sich vorüber gehen. Vijay wusste genau um seine eigene, gute Wirkung – das genügte.

Eliane rückte näher zu Richard „Richi" Probst und seiner Frau. Sie wechselten einige lockere, belanglose Sprüche. Richi sass zufrieden hinter seinem Bier. Seine Gattin unterhielt sich auf Portugiesisch mit einer Frau am Nebentisch. Richi nickte in Richtung der beiden Frauen und sagte zu Eliane:

„Da haben sich zwei gefunden! Sie ist glücklich, dass sie wieder einmal mit jemandem aus der Heimat schwatzen kann."

Die brasilianische Frau vom Nebentisch war in Begleitung von zwei Männern ins Blue Lagoon gekommen. Plötzlich entstand Bewegung und man setzte sich zusammen. Man begrüsste sich und die Vorstellungsrunde begann. Wortführer dabei war ein kleiner rundlicher Mann mit Schnurrbart und dichten braunen Haaren. Seine Hände waren immer in Bewegung, gepflegte, kleine Hände, die sicher und geschickt wirkten. Die Brasilianerin war seine Frau und mit ihr radebrechte er ein Gemisch aus Englisch, schlecht ausgesprochenem Portugiesisch und gleich schlecht angewandtem Spanisch. Die Frau stand ihm in nichts nach und mischte ins gleiche Kauderwelsch noch unverständliche deutsche Wörter. Sie verstanden sich grossartig. Eliane fand die Unterhaltung der beiden sehr erheiternd. Vielleicht würde dieser langweilige Abend doch noch etwas werden. Die Frau hiess Isadora. Der Mann stellte sich als Robert Kuhn vor:

„Röbi Kuhn – in der Mitte mit H wie Huhn…aber kein Sumpfhuhn und schon gar kein verschupftes…." nach dieser Einleitung wieherte er vor Lachen, dann fuhr er fort „und das ist mein Arbeitskollege, der Uwe Strottkötter aus Offenbach – ja ja, ein Gastarbeiter aus dem Grossen Kanton!" Erneut wieherndes Lachen. Der so vorgestellte Uwe Strottkötter war nicht im Geringsten böse auf den „Gastarbeiter" und den „Grossen Kanton". Er ertrug auch das Tätscheln von Röbis Hand auf seinem Arm mit Gleichmut. Umso erfreuter gab er sich, Elianes Bekanntschaft machen zu dürfen, und nickte Richi zu.

„Mein Maann – immer laachen – immer luustig!" strahlte Isadora, tätschelte nun ihrerseits Röbis Rücken und wandte sich sofort wieder dem Gespräch mit Richis Frau zu. Eliane sah von einem zum anderen und entschloss für sich selbst, diesen Leuten noch eine Chance zu geben, bevor sie den ganzen Abend als verschwendete Zeit abhaken würde.

Röbi war der geborene Sprücheklopfer, der Clown jeder Tischgesellschaft, ein echter schweizerischer „glatter Vogel".

„Ich heisse Röbi, nicht Robi ich habe auch keinen Hund – und schon gar keinen Robi-Dog! ....ha ha ha!!!!!!". (*wieherndes Lachen*).

Obwohl die meisten Aussagen dieser Art abgedroschen und zum Gähnen waren, gab es doch einige, bei denen Eliane unwillkürlich schmunzeln musste. Sie versuchte sich vorzustellen, welche Art von Übersetzungen die brasilianische Isadora dafür erhielt.

Röbi und Uwe arbeiteten in der gleichen Firma, einem internationalen Konzern. Uwe verbrachte einige Wochen in der Schweiz um „Know-How zusammenzuführen und Synergien zu stärken"... Der Business Jargon wurde dabei bewusst ironisch hervorgehoben. Röbi und Uwe leiteten jeweils die Gebäudeverwaltungen, das „Facility Management".

„Weisst du", sinnierte Röbi, „früher war ich einfach ein Hauswart – das hiess damals noch „Abwart" – aber jetzt bin ich ein „Facility Mänätscher" – jetzt ist es fertig lustig mit abwarten, - ha ha ha!" (*wieherndes Lachen und brüsker Themenwechsel*): –„ Ihr habt nichts mehr zu trinken, wollen wir etwas bestellen?" – und ohne sich um eine Antwort zu kümmern, rief er durch den Saal: „Fräulein! Fräulein! Wir trocknen hier aus! – Schätzli," – an seine Frau gewandt, - „du auch ...äh... comer? Something to bite, eh? Ich habe ein Loch im Bauch." Isadora verstand augenblicklich, lehnte Verpflegung ab, hatte jedoch Lust auf einen Mojito.

Ein blondes Elfchen mit unverkennbar slawischen Gesichtszügen kam auf Röbis unzeitgemässe Anrede hin angeflattert. Auf ihr „Ja, bittä..." wurde sie von Röbi mit einem Redeschwall im breiten Zürcher Dialekt überschüttet. Eliane hatte den leisen Verdacht, dass Röbi die Deutschkenntnisse der Kellnerin testen und dabei seinen Spass haben wollte. Das Elfchen trug ein Schildchen an der Bluse geheftet, das in schwarzen Buchstaben den Namen seiner Trägerin verkündete: „Olga".

„Ich holä Kartä", sagte das Elfchen namens Olga und verschwand in Richtung Tresen. Nachdem sie Röbi die Karte ausgehändigt hatte, gab es keine nennenswerten Probleme mit der Bestellung der Getränke. Doch dann fragte Röbi, ob die Gerstensuppe „frisch" wäre – und Olga war im Out. In ihrem Gesicht zeichnete sich wortlos eine Frage ab. Auf Situationen, in denen Gäste Wünsche äusserten, die von der Auswahl der Speise- und Getränkekarte abwichen, war sie offensichtlich nicht vorbereitet.

„Suppä?" brachte sie schliesslich heraus.

„Ja, Fräulein, - Suppe..." sagte Röbi wohlwollend, wie zu einem Kind, „aber kommt die Suppe aus der Büchse oder ist sie frisch gekocht?"

„Ich verstähä nicht", stotterte Olga, „Chefin macht Suppä..."

Röbi seufzte, schüttelte den Kopf und meinte schliesslich:

„Na gut, dann nehme ich halt keine Suppe. Dann bringen sie mir halt so ein „worst case Szenario mit flüssigem Brot". Sein Finger zeigte dabei auf die Stelle, wo in der Speisekarte ein „Wurst-Käse-Salat" angepriesen wurde. Das Gesicht der russischen Kellnerin verriet nun nackte Panik. Ihr Blick irrte umher.

„Er meint den Wurst-Käse-Salat", mischte sich nun barmherzig Richi in die Konversation und Olga beeilte sich eifrig mit dem Kopf zu nicken – die Rettung! „Ja, ja – Wuurst-Kääse-Salaat.... Ja, ja ..... aber, aber...". die Tragik ihrer Situation erfasste sie wieder, - „aber Brot – Brot nicht .... flyssig.....?!" Es klang schon fast wie ein Aufschrei. Röbi seufzte wieder.

„Flüssiges Brot, Fräulein. Gerstensaft? Hm? Eine grosse Blonde ohne Haare? Na? Ein Vitamin B? Fällt jetzt der Zwanziger? Eine Stange! Ein Bier möchte ich, Fräulein!" Olga entfernte sich, immer noch von Panik erfasst, aber wenigstens mit einer sinnvollen Bestellung, derweil Röbi zum dritten Mal seufzte:

„Das gibt mir echt den Gong! Eine Servierdüse, die keine Ahnung vom Bier hat.... Tja – da ist Hopfen und Malz verloren! ..... Ha ha ha!!!!!" Dem nachfolgenden Ausbruch weiteren wiehernden Gelächters konnte sich sogar Eliane nicht entziehen, obwohl sie die Szene peinlich berührt hatte. Doch insgeheim, ganz tief in ihrem Innern musste sie Röbi Recht geben. Wie oft hatte sie selbst schon vor nicht vorhandenen Sprachkenntnissen des Bedienungspersonals in Restaurants kapituliert – und wie oft hatte sie dabei die Wirte im Verdacht gehabt, den Gästen so ihre Extrawünsche austreiben zu wollen.

Doch nun meldete sich Uwe zu Wort. Er klopfte seinem Arbeitskollegen Röbi auf die Schulter und sagte wohlwollend:

„Ja, der Rööbi, der ist eine ganz grosse Nummer! Der haut seine Sprüche sogar dem Global Management um die Ohren! (*Lachen*). Er sieht zwar aus wie 'ne Mickymaus auf Extasy (*kumpelhaftes Lachen*), doch der Junge hat wirklich was drauf. (*herzliches Lachen*)."

Eliane liess sich nun endgültig von Uwes Lachen anstecken, und irgendwie gefiel ihr sogar die „Mickymaus auf Extasy".

„Sag mal", begann Uwe von neuem, „heisst ihr Jungs hier eigentlich alle mit „i" am Schluss: Röbi .... Richi ...Albi.... Ich hoffe, ihr nennt mich nicht „Uwi"!"

In die folgende allgemeine Erheiterung meinte Eliane, dass man sich früher – als alle hier zur Schule gingen – noch mit ganz anderen und abwegigeren Namen zu titulieren pflegte.

„…also ich ging mit einem Küde, einem Päde und dem Päuli zur Schule…"

„Ja, genau!" sprang ihr Richi ins Wort, „…und bei mir waren es der Wädi, der Üse und der Sebi…"

„…. und ich hatte einen Fäbe und einen Mäse in der Klasse….." meinte Röbi und alle wieherten wieder los, ausser den beiden Brasilianerinnen.

„Was seid ihr Schweizer doch für verstrahlte Typen! Echt durchgeknallt." Uwe schüttelte den Kopf – und auf einmal fingen alle durcheinander zu erklären an, wie diese eigenartigen Namen zu deuten waren und wie man sie korrekt aussprechen musste – mit Betonung auf der ersten Silbe, den ersten Vokal kurz und markant.

Der Küde, das war der Kurt, und der Wädi – ja das war damals schon ein wenig altmodisch, aber der Wädi hiess eigentlich Walter und war ein Bauernsohn, sonst hätte man ihn Walti genannt. Schon kam die Erinnerung an den Walti und den Werni, die heute immer noch so hiessen – auch mit bald fünfzig Jahren. Der Päde und der Fäbe waren eben der Patrick und der Fabian gewesen – gut, das war schon die jüngere Generation (*seufz*) – und Päuli und Sebi erklärten sich wohl von selbst…. Ach nein? Sebi? Ach so – Sebastian! Üse und Mäse – nun gut, das war schon gewöhnungsbedürftig – die hiessen richtig Urs und Marcel. Ob denn Uwe den „Flöru Ascht" kannte, den Berner Sänger, Florian Ast – aber wenn man von den Bernern redete, da könne man gleich die Ausserirdischen meinen….

Alle lachten sie nun in verschiedenen Tonlagen und Ausdrucksarten, und Röbi Kuhn fasste für alle gut hörbar zusammen: „Da kriegt man ja Vögel – eine ganze Volière…!"

Als das Elfchen Olga dieser aufgeräumter Runde die Getränke servierte, wandten sich die Männer und der vom Tanzen zurück gekehrte Albi dem Thema Bier zu. Dem deutschen Gast wurde eifrig erklärt, dass es in der Schweiz mit dem Bier nicht so kompliziert sei, aber dass man den Unterschieden schon kennen sollte zwischen einer Stange, einem Spezli und einem Herrgöttli, sei es nun ein helles oder ein dunkles. Vom Bier war es in der Männerrunde nicht weit zum Auto, und man weidete sich an Uwes ungläubigen Gesichtsausdrucks, als man ihm mit wichtiger Miene auseinandersetzte, dass in der Schweiz mit Finken Hausschuhe gemeint sind und warum sollte auch ein Auto, keine Finken tragen, vor allem Winterfinken. Schliesslich sei jetzt die Zeit, da man an den Pneuwechsel denken müsste, erklärte Albi, und sein Auto hätte neue Winterfinken nötig, da die alten abgefahren seien. (*wieherndes Lachen, Männer*)

Es gelang Eliane, den Aufgeheiterten ins Wort zu springen:

„…. und im Kindergarten trugen die Kinder „Tiger-Finkli"…"

„Tiger…was???"fragte Uwe.

„Tigerfinkli", sagte Eliane.

Die Männerrunde schwieg. Zum Thema Kindergarten hatte nicht einmal Sprücheklopfer Röbi etwas beizutragen. Einzig Richi erinnerte sich an seine Familienzeit mit seiner geschiedenen Ehefrau. Das wären doch diese Kinderhausschuhe gewesen, mit dem Raubtierfellmuster und den rotem Bommeln – sauteuer seien die gewesen, und er hatte damals klipp und klar die Anschaffung derselben verboten, obwohl seine Tochter so sehr um die Finkli „gemüdet" hätte, und seine Exfrau ihn einen Geizhals genannt hätte. Aber er hatte damals wirklich nicht genug Geld verdient, um „fünfzig Stutz" für ein Paar Kinderhausschuhe auszugeben! Fünfzig Franken wären schliesslich vor zwanzig Jahren mehr wert gewesen als heute. Aber auch heute würde er sich's zweimal überlegen, ob er einen halben Hunderter in Kinderschuhe investieren wollte, so ein Blödsinn.... (*kopfschütteln*). Auch Uwe schüttelte den Kopf: „Manchmal glaube ich, Ihr Schweizer wollt mich nur verschaukeln. Tigerfink-li. Überall hängt ihr euer –li an."

Doch da setzte die Musik nach der Pause wieder ein, und Uwe meinte, er würde den Schweizer Sprachunterricht gerade mal unterbrechen und lieber die Dame zum Tanzen bitten. Die Dame, Eliane, liess sich nicht lange bitten, und der Rest des Abends verlief trotz des schlechten Starts zu ihrer Zufriedenheit.

10. Kapitel

Eliane und mit Büromäusen tanzende Bürowölfe

Weitere Tänzertypologie – Effizienz und Assistenz auf dem Tanzparkett – „Schatz, kommst du?"

Einige Wochen später seufzte Eliane über einen weniger gelungenen Tanzabend. Wieso mussten ausgerechnet immer dann unsympathische Leute in den Tanzlokalen erscheinen, wenn sie endlich einen passablen Tanzpartner gefunden hatte und ihren Spass haben wollte? Das Pärchen, welches so sehr Elianes Missgunst erregte, trippelte gerade zu einem Westernsong auf dem Parkett umher. Ja, ja, dachte Eliane schwarzgallig, schreibt euch doch gleich auf die Stirn: Wir besuchen alle Tanzkurse und üben fleissig, denn wir sind gut! Eliane schüttelte sich und nahm einen Schluck Cola. Sie hatte grosse Lust sich einen Gin Tonic zu bestellen, doch sie wagte es nicht – erstens war sie mit dem Auto unterwegs, und zweitens trank sie grundsätzlich keinen Alkohol während eines Tanzabends. Tanzen und trinken – das endet meist mit einem peinlichen Ausrutscher. Solche Szenarios waren tunlichst zu vermeiden. Doch mit einem Gin Tonic hätte sie dieses aufgeblasene Paar vielleicht besser ertragen. Das Pärchen führte währenddessen stolz seine auswendig gelernten Quick-Step-Figuren vor. Eliane beobachtete still die anderen Tanzpaare und wunderte sich, wie diese eine solche Ego-Show mit Gleichmut und Nichtbeachtung belohnten. Wäre sie doch auch nur so gleichmütig und tolerant! Dabei konnte sie sich dieses eine Mal nicht über die tänzerischen Fähigkeiten ihres Partners beklagen. Er hatte Übung und Rhythmusgefühl, er hatte ein gutes Repertoire an Tänzen und Variationen, er führte sie gut und er war unterhaltsam. Doch er war ein wenig kleiner als sie und sein Gesicht zierte einer dieser unsagbaren 90er-Jahre Schnurrbärte. Ausserdem trug er ein kariertes Hemd, eine schwarzen Hose und dazu Turnschuhe, was die Molligkeit des Körpers noch verstärkte. Eliane seufzte und ihr Blick streifte ungewollt wieder das ehrgeizige Paar. Ehrgeizig, ambitiös, das war die treffende Bezeichnung für den männlichen Teil des Duos. ‚Irgendwann platzt der noch, wenn er sich weiter so aufbläst', giftelte Eliane vor sich hin. Der Mann war mittelgross, trug eine modische Brille zum kurzen Schnitt seiner graumelierten Haare. Das körperbetonte schwarze T-Shirt und die an den Hüften präzise anliegende, schwarze Hose schrien geradezu: „Unser Meister trainiert zweimal pro Woche an den Geräten im Fitness-Studio, um uns zur Geltung zu bringen – wir lieben ihn!" Was der wohl von Beruf war? Abteilungsleiter, Banker, Jurist? Vielleicht, aber sicher ohne Anwaltspatent. Marketing? Nein. Finanzen? Beamter? Schon eher. Geschäftsführer – nein. Vielleicht stellvertretend. Ein Ehrzgeizling, der über Leichen geht, vor allem über die Leichen seiner Untergeordneten. Ja, wahrscheinlich mittlere Management-Ebene – für ganz nach oben wird es nie reichen.

Seine Partnerin wirkte sekretärinnenhaft. Eine hübsche Büromaus mit Brille und halblangem null-acht-fünfzehn Haarschnitt. Schwarze Strümpfe in gewagtem Tiger-streifenlook, dazu ein enger Minirock und ein nutzloses, beiges Tüllblüschen über dem Top, das die ganze sexy Aufmachung wieder ins Bürohafte zurückschleuderte. Ihr Mann nannte sie „Schatz". Wie auch sonst...? „Schatz" war jedes Mal hocherfreut, wenn ihre kompetente Führungskraft die aktuellen Tänze ansagte, „Schatz" bemühte sich redlich im Disco Swing nicht aus dem Takt zu fallen und wackelte sogar einmal verführerisch mit dem Büro-Popo. Eliane wurde ein weiterer Schluck Cola bitter im Mund. Warum nur legen Frauen bei solchen Männern ihre ganze Individualität ab? Warum verzichten sie sogar auf ihre Namen und werden zu – „Schatz"? Er managt, sie assistiert... „Schatz, ein Rumba!" verkündete der Chef, und die Maus hüpfte freudevoll auf. „Schatz, ein Bachata!" – hiess es später, oder noch einfacher: „Schatz, kommst du?" – Einen flüchtigen Moment lang wunderte sich Eliane, ob der Manager dies auch später in der Nacht fragen würde, wenn sein Sekretärinnen-Schatz …

Mit einer energischen Bewegung stellte sie das Colaglas auf die Bartheke zurück und wollte nicht weiter denken. Sie fühlte sich plötzlich an einen Horrorfilm erinnert, – ja, so musste die Schweizer Variante der „Stepford-Wives" aussehen!

Doch ein anderer Horror-Höhepunkt stand der in Grübeleien versunkenen Eliane an diesem Abend noch bevor – ein brasilianischer Discoschlager, zu dem man diesen unsinnigen Trampelschritt ersonnen hatte, der gemäss des „The-Wanderer-Syndroms" aus den Siebzigern, immer wieder nichtsahnende und unschuldige Tanzpaare von den Tanzflächen vertreibt, wenn die Horde im lärmenden Rhythmus stampfend, nach jeweils beendeter Figur eine Vierteldrehung vollführt und die Masseninvasion in eine andere Richtung beginnt. In Elianes Fantasie verwandelte sich das Tanzlokal plötzlich unter dumpfen Schlägen von Buschtrommeln, kehligen Gesängen und konvulsiven Zuckungen ritueller Eingeborenentänze zu einem Hexenkessel aus brodelnder Erregung – und mittendrin Chef und Schatz, als uneingeschränkte Herrscher über das Chaos der Urkräfte.

Eliane hatte es plötzlich sehr eilig. Sie bezahlte ihr Getränk und verabschiedete sich höflich von ihrem Tänzer. Sie bedankte sich auch artig und – ja – gerne ein andermal wieder, er hätte ja ihre Telefonnummer, etcetera pp … Höflichkeit ist nett, Höflichkeit kostet nichts und man weiss trotzdem, woran man ist…. Höflichkeit ist gegenseitig – Eliane hörte nie wieder von ihrem Tänzer für einen Abend.

Beim Verlassen des Lokals bemühte sie sich nach Kräften, nicht in Panik auszubrechen.

11. Kapitel — GeschiCHten

Der Schweizerische Beobachter

Ein Presse-Erzeugnis als Ratgeber in allen (schweizerischen) Lebenslagen – Die Durchschnitts-Schweizer Stefan und Nicole Müller – Beliebteste Einrichtungsgegenstände, beliebteste Beschäftigungen, beliebteste Familienkrisen.

Der „Beobachter" ist das Orakel von Delphi auf Schweizer Art. Das bedeutet, dass die Zuverlässigkeit der Aussagen gegenüber dem griechischen Original um ein Vielfaches höher ist. Als „Schweizerischer Beobachter" 1926 gegründet, und seit 1995 als die erste Schweizer Zeitschrift im Internet präsent, ist der „Beobachter", was die Popularität angeht, mit dem delphischen Orakel durchaus vergleichbar.

Es war einmal, lange Zeit vor der Erfindung des Internets – welche Epoche manche Jugendliche mit der Steinzeit gleichsetzen – da war das Bedürfnis nach einer Zeitschrift, welche die Bürger über Rechtsangelegenheiten und Konsumentenfragen aufklären würde sehr gross. Der Beobachter beobachtete sorgsam und unterrichtete seine Leserschaft ausführlich über kleine und grosse Betrügereien und wie man sich davor schützte. Man fand viel Lesenswertes über Recht im Alltag, über Kaufverträge, Versicherungspolicen, Erbschaftssachen, Scheidungen – und vieles mehr. Der Beobachter rief Firmen mit unlauteren Absichten zur Ordnung, und meistens versprachen solche Firmen reuevoll und zähneknirschend sich zu bessern. Dann beobachtete der Beobachter weiter, ob sich die Firmen auch schön an ihre Versprechen hielten.

In diesem dunklen Zeitalter, als das Wort „online" noch nicht existierte, durchlief Information längere Intervalle, als nur einen Klick ins Wikipedia. Brauchte man Rat oder war jemandem etwas aufgefallen, das man breiterer Streuung für würdig hielt, so schrieb man an den Beobachter. Ja, man schrieb. Kein Email. Einen Brief. Man legte sich Briefpapier, Kugelschreiber oder sogar Füllfederhalter zurecht – und man begann erst einmal mit einem Entwurf auf einem Notizblock. Dann wurde ins Reine geschrieben, der Umschlag adressiert und der Brief zur Post gebracht. Dann wartete man. Unglaublich, aber wahr. Man wartete nicht nur mehrere Tage, sondern vielleicht auch mehrere Wochen auf Antwort. War der Fall von allgemeinem Interesse, konnte man sich, selbstverständlich unter geändertem Namen, veröffentlicht in der nächsten Ausgabe des Beobachters wiederfinden.

Das Prinzip hatte grossen Erfolg. Da sich im Laufe vieler Jahre Fragen ergaben, die immer wieder gestellt wurden, zu Themen, die allgemein interessierten, so begann der Verlag einzelne Ratgeber zu diesen Themen zu veröffentlichen. Stand „Beobachter" drauf, so war unumstössliche, schweizerische Qualität drin. Der „Beobachter" stand für Wahrheit in Stein gemeisselt. Mit dem Beobachter drohte man frechen Zeitgenossen, dieselben an den Pranger zu stellen und bei Bedarf zu verklagen.

Der Beobachter als Damoklesschwert, als massregelnde Institution und eine Art reformatorisches Inquisitions-Offizium hat ausgedient. Die Zeitschrift lebt weiter als Ratgeber, beobachtet weiterhin und gibt das Beobachtete in Artikeln und

Kolumnen wider. Sie wirkt beratend bei Nachbarschaftsstreitigkeiten und Erbschaftskonflikten, doch als Einschüchterung ränkevoller Zeitgenossen ist sie zahnlos geworden. In einer Zeit, in der schlechte Publicity oft erwünschter ist als gar keine, entlockt die Drohung: „Das melde ich dem Beobachter", nur mehr ein müdes Lächeln.

Im Jahre 2008 brachte der Beobachter eine amüsante Studie heraus. Es ging um den Durchschnitt der Schweiz. Das Schweizer Mittel. Die mittlere Lebenslage und Lebenslüge. Die mittelständischen Träume einer heilen Welt. Im Jahr 2008 hiessen die meisten Schweizer Männer mit Vornamen Stefan und die meisten Schweizerinnen Nicole. Im Durschnitt hatten Stefan und Nicole im Jahr 2000 geheiratet – dann kann man sich die Anzahl Jahre besser merken (*smile*) – und hiessen zum Nachnamen Müller (*LOL*). Im Wohnzimmer der Müllers befand sich das obligate hellblaue Sofa (*seufz*) und abends sah man mindestens zwei Stunden lang fern (*gähn*). In Kleidergeschäften griff Nicole Müller bei Körpergrösse 1,64m zu Kleidungstücken, die im mittleren Bereich angeschrieben waren und kämpfte tapfer, um Grösse 40 nicht zu überschreiten. Stefan Müller dagegen, fühlte sich mit seinen 1,76m und 77 kg Gewicht grossartig und merkte nicht, dass er immer öfter den Bauch einziehen musste. Stefan stand kurz vor seinem Vierzigsten Geburtstag und liebäugelte mit einen Einfamilienhaus, dass er und seine Frau sich aber nicht leisten konnten, da er als mittelmässiger Angestellter der Dienstleistungsbranche keine Aussichten auf Beförderung hatte, nicht einmal ins mittlere Kader. So gesehen gab es auch keine nennenswerten Lohnerhöhungen und die Teilzeitarbeit von

Nicole war auch nicht gerade eine Goldgrube. Das Geld zerschmolz wie Eis an der Sonne für die halbtägliche Kinderbetreuung von Laura (viereinhalb) und Luca (zweieinhalb), für die Familienferien, für den neuen Fernseher, für das Auto, für die Skis und Fahrräder, die Unterhaltungselektronik – und alles, wofür man im Leben sonst noch, ausser den Fixkosten, Geld brauchte.

Sieben Jahre später sieht die Welt anders aus. Vor sieben Jahren, als die Beobachter-Studie 2008 veröffentlicht wurde, hatte die Finanzkrise die Menschen durchgeschüttelt. Als wäre dies nicht schon genug gewesen, werden nun jährlich neue achtzigtausend Menschen ins Land gespült. Die meisten kommen aus EU-Staaten. Personenfreizügigkeit heisst das neue Schlagwort. Doch plötzlich werden die Jobs weniger. Plötzlich werden die Löhne tiefer und die Preise höher. Plötzlich wird auch der Flüchtlingsstrom aus Afrika und dem mittleren Osten immer stärker. Plötzlich spricht man vom Islamismus, wobei der radikalste aller Islamisten ein konvertierter Schweizer im bernischen Biel ist. Plötzlich fordert eine realitätsferne Bundesrätin, die Autobahnmaut von vierzig auf hundert Franken hinaufzusetzen. Nach der Volksabstimmung dazu wundert sich die Dame dann, dass man ihren löblichen Gesetzesvorschlag verworfen hatte. Plötzlich erkennt man, dass auf den Strassen viel zu viele Autos fahren. Plötzlich stellt man fest, dass sich in den Eisenbahnen, Trams und Bussen viel zu viele Menschen auf engem Raum drücken. Man sieht auf einmal erstaunt, dass die Preise für Wohneigentum ins Unerschwingliche klettern, und dass trotz der hohen

Immobilienpreise, Städte und Dörfer krebsartig rasant über ihre Grenzen gewuchert sind.

Sieben Jahre nach der Beobachter-Studie ist die grösste Angst, die der Durchschnittsschweizer Stefan Müller verspürt, dass er seine Verdienstmöglichkeit verlieren könnte – falls er sie noch hat. Nicole Müller hat erste Fältchen im Gesicht entdeckt und gibt den Kampf gegen die wachsenden Hüftpölsterchen auf. Die Tochter Laura beginnt Anzeichen der unausweichlichen Pubertät zu zeigen und verbringt schulfreie Mittwochnachmittage meistens mit ihren Freundinnen in der Stadt, wo sie von Geschäft zu Geschäft ziehen, um ihr Taschengeld für Make-up, Parfüm und sinnlosen Kram auszugeben. Ihre Gespräche kreisen um Klatschgeschichten aus der Schule, um hirnlose Sternchen am Prominentenhimmel und um Fotos oder Postings, die der eine oder andere Schulfreund in die sogenannt „sozialen" Netzwerke gestellt hat. Ihre Gespräche werden nur noch durch das Lesen von ständig neu ankommenden sms unterbrochen, die sofort und unter viel Kichern und Kreischen beantwortet werden. – Zu Hause wird Laura dann lange die Mutter mit allen Mitteln beknien, um an den Familiencomputer zu dürfen. Natürlich durchschaut die Mutter, dass der Aufsatz, den Laura anscheinend nur mit den Computer leserlich schreiben kann, ein hanebüchener Vorwand ist, um über den online-Chat weitere sinnlose Gespräche in schriftlicher Form zu führen. Als der Widerstand der Mutter unter dem Gezeter der Tochter, die ausnahmsweise vom neunjährigen Bruder Schützenhilfe erhält, zusammenbricht, ist die Alltagstragödie komplett, da nun der Vater von der Arbeit nach Hause kommt. Im Büro hatte gedrückte Stimmung geherrscht, als der Chef nach dem Vorlegen der Quartalszahlen die Mitarbeiter informiert hatte, dass Sparmassnahmen notwendig werden. Mehr nicht. Sparmassnahmen. Notwendig. Man munkelt von einem Verkauf der Firma an einen ausländischen Konzern. In solcher Stimmung trifft Stefan Müller zu Hause ein, wo er eine heulende Tochter vorfindet, einen Sohn, der mit einem nervig piepsenden, klingelnden und quäkenden elektronischen Spielgerät beschäftigt ist, und eine Ehefrau, die mit verbissenem Gesichtsausdruck und kaum verhaltener Aggression Gemüse für das Abendessen hackt. Dicke Luft. Feindselige Stimmung. Ausweglosigkeit. Stefan Müller versucht wacker die Atmosphäre aufzulockern, wobei ihm selbst nicht nach Auflockerung ist. Der Abend vergeht mit schlechter Laune. Mit noch zurückgehaltenen Vorwürfen. Mit Aufforderungen, die von den Eltern schärfer als beabsichtigt an die Adresse der Kinder ausgesprochen werden. Der Abend eskaliert, als eine beleidigte Laura, nach dem dritten Ruf zum Essen nur die Tür ihres Zimmers zuknallt und einen Augenblick später ihre Musikanlage laut aufdreht. Als der Vater die Tochter zurechtweisen will, muss er feststellen, dass sie ihre Zimmertür von innen abgeschlossen hat. Woher hat sie den Schlüssel? Der war doch sicher verwahrt, damit keines der Kinder auf eben solche Gedanken kommt.

Nicole Müller schickt den Sohn nach dem Essen ins Bett. Der entfernt sich nur maulend, und weist die Mutter auf ihr gerade gebrochenes Versprechen hin, dass er heute Abend noch fernsehen dürfe. Jetzt ist keine Zeit fürs Fernsehen. Die Eltern Müller sind überfordert. Hier funktionieren keine Hierarchien mehr, keine Befehlsgewalt. Nicole resigniert. Sie erledigt den

Abwasch, zieht sich danach die Jacke an und geht auf den kalten Balkon eine Zigarette rauchen. Es ist noch nicht lange her, seit sie wieder mit dem Rauchen angefangen hat. War es nach den Sommerferien? Oder während der Herbstferien, als der erste ernsthafte Streit mit Laura ausbrach, die sich zu Hause langweilte? Es ist egal. Sie raucht wieder. Es gibt ihr die Illusion sich ausklinken zu können. Die Familie sich selbst zu überlassen. Der ersten Zigarette folgt die zweite, dann die dritte. Nicole friert, aber sie will noch nicht in die Wohnung zurück, wo Stefan den Fernseher eingeschaltet hat. Nicole ahnt noch nichts von den notwendigen Sparmassnahmen und den Verkaufsplänen von Stefans Arbeitgeber, und Stefan wird ihr heute Abend nichts davon erzählen. Stefan möchte nur noch auf dem hellblauen, bereits leicht abgewetzten Sofa sitzen bleiben und sich von einem nichtssagenden Fernsehprogramm berieseln lassen.

Die laute Musik in Lauras Zimmer ist verstummt. Da niemand mehr wütend reagiert, hat Laura das Gerät abgeschaltet. Eine Stunde vergeht. Nicole hat sich ein warmes Bad gegönnt, hat ihren Körper ausgiebig gepflegt und sieht jetzt nach Luca. Luca schläft. Nicole ist ein wenig ruhiger geworden, doch ihre Stimmung ist immer noch gedrückt. Sie werden das in der Familie besprechen müssen, so geht das nicht weiter. Das hält sie nicht länger aus, wenn sich solche Situationen wiederholen sollten…

Etwas muss geschehen…

12. Kapitel — GeschiCHten

Brüche

Gedanken einer Psychologin und Eheberaterin am Abend nach Praxisschluss.

Die Psychologin Myrta Hager unterdrückt ein leichtes Seufzen. Es sieht aus, als würde sie Atem holen, bevor sie sich wieder ihrer Patientin zuwendet. Myrta Hager wirkt ruhig, professionell, vertrauenserweckend. Zuhören und verstehen sind ihr Beruf und Berufung. Was sie über ihre Klientel denkt, bleibt ihre Privatsache und ist in ihrem Gedächtnis sicher eingeschlossen, wie in einem einbruchsicheren Safe. Wenn es einmal zu schwer für sie sein sollte, wenn sie trotz aller Professionalität vom Mitleid gepackt und geschüttelt wird, dann ist ein übergeordneter Coach zur Stelle, denn auch Berater müssen beraten sein. Myrta Hager hat viel aufrichtiges Leid gesehen, schwere Fälle, sich lang hinziehende Behandlungen erlebt und selbst ein gerüttelt Mass voll an eigenen Erfahrungen gesammelt, welche ihr Verständnis erweiterten und ihre Geduld engelsgleich anwachsen liessen. Myrta Hager ist fünfundfünfzig und gefestigt an Geist, Seele und Körper – ja, manchmal braucht man einige zusätzliche Pfunde als Abwehr gegen diese drängenden, bedrohlichen Lebenssituationen der jeweiligen Patienten. Myrta Hagers Praxis ist gut besucht. Die Psychologin könnte es sich leisten Patienten abzuweisen, doch das natürliche Bedürfnis zu helfen ist fest in ihrem Inneren verankert und ausserdem ist sie fleissig. Myrta Hager liebt ihren Beruf ohne ehrgeiziges Erfolgsstreben. Doch in letzter Zeit bemerkt sie einen Wandel ihrer Klientel, der sie aufhorchen lässt und sogar den spitzen Zahn der Ungeduld weckt, der an ihrer Gelassenheit zu nagen beginnt.

In letzter Zeit – seien es ein, zwei oder drei Jahre – mehren sich unter ihren Patienten Frauen einer bestimmten Altersgruppe. Frauen Mitte vierzig bis Mitte fünfzig – selten darüber, doch auch das gibt es. Selten darunter, denn dort gibt es andere Probleme. Ehefrauen. Frustrierte, verlassene, fallen gelassene, verhärtete, des-illusionierte, besitzergreifende, überangepasste, stehen gebliebene, langweilige, still vor sich hin leidende, nörgelnde, auf Ordnung versessene, unzufriedene, allein gelassene, ausgenutzte Ehefrauen. Die Männer dieser Frauen suchen Myrta Hagers Praxis kaum auf, denn um die Männer kümmert sich oft ein sogenannter Firmencoach, den man über die Personalabteilungen der jeweiligen Arbeitgeber anfordern kann. Um die entsprechenden Ehefrauen kümmern sich Psychologinnen wie Myrta Hager.

Myrta ertappt sich in letzter Zeit – seien es ein, zwei oder drei Jahre – bei dem Gedanken, dass sie auch gerne die andere Seite anhören würde. Das Wort „Midlife-Krise" fällt in diesen Sitzungen inflationär viel zu oft. Manchmal möchte sie den Damen in einem schärferen Ton sagen: „Gab es in Ihrer Beziehung neue, interessante Seiten zu entdecken? Waren Sie selbst aufgeschlossen und lernbegierig? War ihr Mann offen für Neues? Gab es an Ihnen beiden jeweils Dinge zu entdecken, die Freude machten, die das Interesse weckten, die eine neue Saite zum Klingen brachten?"

Die Antworten sind meist auswechselbar: „Ich war doch immer für ihn da. Ich war doch immer für die Familie da. Die Kinder. Das Haus. Er hatte doch allen Komfort, den man sich vorstellen kann." Ja, denkt Myrta Hager, der Komfort war sicher vorhanden. Doch auch Komfort kann einengen. Sowohl denjenigen, der den Komfort bereit-stellt, als auch denjenigen, der ihn annimmt. Wo sind die Grenzen der Dankbarkeit?

Wenn Myrta Hager einen Wunsch offen hätte, dann würde sie sich mehr Partnerschaftlichkeit wünschen.

Die Frau vor ihr sieht müde aus. Augenringe zeichnen sich dunkel in ihrem Gesicht ab und die Nase ist gerötet. Sie schnieft in ein zerknülltes Papiertaschentuch und wiederholt zum zig-ten Mal: „Ich verstehe das nicht. Es gab keinen Grund. Wir hatten es doch gut." Auch sie, eine fallen Gelassene. Nach der bereits vierten Sitzung in zwei Monaten kennt Myrta Hager die Geschichte, und die leichte Ungeduld, die sie immer öfter erfasst, verstärkt sich. Sie hört der Frau aufmerksam zu. Sie hat in den langen Jahren ihrer Berufslaufbahn gelernt gleichzeitig zuzuhören und sich Gedanken zu machen.

So hört sie zu, speichert die erhaltene Information und formt sie zu ihren eigenen Gedanken und intuitiven Bildern in ihrer Vorstellung. Unterstützt von diesen Gedanken nimmt sie sich vor, es mit dem Mitgefühl bleiben zu lassen und die Aufmerksamkeit der Frau auf die für sie unerwartet positiven Seiten der Situation zu lenken. Genug gejammert!

Die Klientin reagiert verstört. Sie erwartet hier Mitgefühl, Verständnis. Sie möchte bedauert werden, schliesslich bezahlt sie dafür. Doch anstatt kuschelig warmes Mitleid, erhält sie jetzt Worte wie, Freiheit, Selbständigkeit, Unabhängigkeit. Die Frau schreit fast: „Aber ich habe Angst, dass ich es finanziell nicht schaffe!". Myrta Hager antwortet. „Sie haben das Haus, sie können es verkaufen. Sie arbeiten halbtags und sie bekommen zusätzlich Alimente. Sie haben ein eigenes Auto. Ihre Kinder sind erwachsen und haben bereits Jobs. Wo liegt also das Problem?"

Die Frau starrt Myrta Hager ungläubig an. Da sie nichts sagt, fährt Myrta fort: „Ihr Mann arbeitet doch bei einer Bank, der weiss ganz genau, was auf ihn zu kommt. Er ist es ja, der sie verlassen hat, um mit einer anderen Frau zusammen zu wohnen. Es liegt jetzt an Ihnen. Sie können die Scheidung beantragen – nach dem neuen Gesetz, und bei dieser Sachlage, wird das ruck-zuck gehen. Sie können aber auch eine Trennung oder sogar eine Mediation verlangen. Aber glauben Sie mir, es ist nicht die finanzielle Lage, um die Sie sich sorgen müssten – das lässt sich alles mit ein bisschen Hilfe regeln." Myrta Hager zieht eine Schublade ihres Schreibtisches auf und entnimmt ihr einzelne Papierblätter, die sie über die Schreibtischplatte in Richtung ihrer Klientin schiebt.

„Hier haben Sie Adressen der Frauenzentrale, wo man Ihnen einen Anwalt oder Treuhänder empfehlen wird, und hier sind die Anschriften vom Arbeitsamt und dem Berufsbildungszentrum. Informieren Sie sich, welche Möglichkeiten es für Umschulungen oder Weiterbildung gibt. Sie können jetzt alles tun – verstehen Sie? Sie müssen keine Rücksicht mehr nehmen. Auf niemanden. Sie sind frei."

Nein, die Frau versteht nicht. Sie ist befangen, sie ist unflexibel, sie ist doch hier das Opfer! „Aber....aber ..... die Kinder...." stammelt die Patientin und erntet daraufhin nur einen harten, streng aufleuchtenden Blick der Therapeutin. „Ihre Kinder sind erwachsen und verdienen bereits eigenes Geld", sagt Myrta Hager leise aber bestimmt, „es wird Zeit, dass sie auch für Kost und Logis Verantwortung übernehmen, und damit meine ich: Ihre Kinder sollten einen angemessenen Anteil an Wohnkosten und Hausarbeit übernehmen – oder ausziehen...."

Nachdem die Frau ihre Praxis verlassen hat, überlegt Myrta, ob sie sich wohl zu stark von ihrer Ungeduld hinreissen liess. Wenn sie ganz ehrlich ist, muss sie sich gestehen, dass sie keine solchen Patientinnen mehr annehmen möchte. Das Wort „Patientin" ist bei diesen Frauen die falsche Bezeichnung. Sie will sich keine Geschichten mehr anhören von der heilen, quietsch-sauberen Familienwelt, in der es „doch alle gut hatten". Sie will nicht mehr zur Zeugin gemacht werden, wie diese Welten plötzlich zusammen fallen, zerbrechen, von einem Tag auf den anderen nicht mehr bestehen, nur weil sich zwei Menschen wieder einmal verrannt hatten. Weil zwei Menschen zu spät merkten, dass der Alltag zum Gefängnis wird. Eingeschlossen zwischen Beruf, Familie und den unterschwelligen Anspruch es besser machen zu wollen, keine Versager zu sein.

Dieser durchorganisierte Perfektionismus, der das Zusammen-leben zweier Menschen zu einer Angelegenheit des richtig angewandten Projektmanagements werden lässt. Wie oft hatte sie Sätze gehört wie: „...es lief doch alles nach Plan ... wir hatten doch unsere Ziele ...." Doch diese Ziele waren immer nur entweder materiell oder künstlich aufgesetzt: Für die Männer die Karriere, der stetige Lohnanstieg, der Wohlstand, den man für seine Familie erarbeitet und auf den man stolz ist – die grosse Kelle, mit der angerichtet wird. Für die Frauen dann meistens die Aschenputtelarbeit, die Familie, eine Teilzeitstelle oder der vorübergehende Verzicht auf den Beruf. Danach, der schwierige Wiedereinstieg, wenn es an fortwährender Weiterbildung mangelte. Die grosse Illusion, das man nahtlos an einem Punkt anknüpfen kann, der schon zwanzig Jahre in der Vergangenheit liegt.

Myrta Hager seufzt nun vernehmlich. Warum sprechen immer alle von „ihrer Familie". Männer, Frauen – egal – alle sprechen sie immer von „meiner Familie", als würden sie selbst gar nicht dazu gehören. Die Psychologin kennt viele Beispiele.

Ruth und Werner Zbinden-Hürlimann: Man hatte sie als ein „tolles Ehepaar" bezeichnet. Sie schafften es immer wieder, die Gefahren des Familienalltags zu meistern, an den Klippen vorbei zu schrammen ohne sich gross zu verletzen. Diese Ehe, diese Familie würde halten. In der sauberen, aufgeräumten Umgebung hat das Wort „Scheidungsrate" keine Bedeutung. Gewiss, der strukturierte, eher konservative Zahlenmensch Werner kann schon mal ein kritisches Wort über die Einkaufs-gewohnheiten seiner Frau verlieren. Gewiss, die währschafte und belastbare Ruth hegt einen unerfüllten, starken Wunsch nach Romantik, der besonders zur Weihnachtszeit kitschig aufstossen kann. Aber kann dies zu einer Trennung führen?

Wie viele Kritikschwaden und wie viele rosa Sehnsuchtswolken hatten sich mit anderen unerwiderten Gefühlen oder unausgesprochenen Gedanken vermengt, bis plötzlich – wie der sprichwörtliche Blitzschlag – das Unmögliche doch geschah? Dieser Blitzschlag zerstörte Ruths aufgeräumte Welt, als Werner eines Tages die Koffer packte und aus der gemeinsamen Wohnung zog. Der vormals so nüchterne und pflichtbewusste Werner lebt jetzt mit einer neuen Partnerin zusammen. Sie ist nicht – wie böse Lästerzungen immer so gerne behaupten – ein „junger Import" aus dem Osten. Werner und seine neue Partnerin haben sogar den gleichen Jahrgang, sie sind beide achtundvierzig. Diese Genugtuung ist der vier Jahre jüngeren Ruth nicht gewährt worden. Die neue Partnerin hat auch keine östliche Herkunft – sie hat nur ein Flair für fernöstliche Weisheiten und Lebenslehren. Werners neue Partnerin gibt Yoga-Kurse und Tantra-Seminare. Werner ist ein glühender Anhänger buddhistischer Philosophien geworden.

Zusammen mit seiner neuen Partnerin schreibt Werner jetzt Bücher zum Thema „Die Liebe als befreiende Kraft", „Lasse die Gefühle leuchten", „Der einfühlsame Mann", „Der gemeinsame Pfad", „Der Weg zur Harmonie". Die Bücher verkaufen sich gut, die Seminare und Kurse sind ausgebucht und Werner strahlt die jeweiligen Teilnehmer an, als würde er jeden einzelnen von ihnen aus tiefstem Herzen lieben. Als Ruth ihn jedoch bittet, er möge doch die Ausbildungsbeiträge der Söhne erhöhen, da sonst ihr Studium gefährdet sei, da fühlt sich Werner gezwungen ihr in liebevollen jedoch klaren und kritischen Worten auseinander zu setzen, dass sie unverantwortlich handle. Die Söhne sollen gefälligst

Ferienjobs annehmen und sich an die Belastung durch Arbeit und Lernen gewöhnen, sonst würden sie nur zu verweichlichten und unnützen Mitgliedern einer gewissenlosen Gesellschaft verkommen. Ruth hat ihre Sehnsucht nach Romantik in der Zwischenzeit auf Eis gelegt und geht von Montag bis Freitag jeweils am Nachmittag im nahen Supermarkt die Verkaufsregale auffüllen, bis die Scheidung durchgezogen ist.

Benno und Victoria-Teresa von Siebenthal-Alvarado y Morales: Er, ein Zürcher Stadtgewächs – sie die Grossstadtpflanze aus Mexico City mit europäischen Wurzeln. Sie hatte sich das Leben anders vorgestellt. Sie hatte doch eine gute Ausbildung, war Marketingleiterin einer mittleren Firma in der Sportkleiderbranche gewesen, träumte von einer eigenen Kollektion und einer eigenen Familie. Die sportliche Familie, gut angezogen bei ihrem Hobby. Ihr selbst wäre es nie in den Sinn gekommen, Sport als Hobby zu betreiben, überhaupt Sport zu betreiben. Sie wollte lediglich sportliche Leute gut aussehen lassen. Gutes Aussehen war wichtig. Nur mit gutem Aussehen hatte man Erfolg. Unter gutem Aussehen verstand sie den sinnlich kurvigen Latina-Touch. Eigentlich hatte sie viel mehr Ahnung von Polo-Shirts und Umsatzzahlen, als von den Bedürfnissen muskulöser Sportfrauen nach Kleidung. Bei Kindern wäre es einfacher. Bei eigenen Kindern könnte sie beginnen Erfahrungen zu sammeln. Für eigene Kinder brauchte man eine Familie. Eigene Kinder brauchten einen Vater. Mit dem richtigen Mann wäre das zu schaffen, dann würde sie endlich auch als Frau innerhalb ihrer Verwandtschaft zu Ehren und Ansehen kommen und erst noch dabei Spass haben.

Schliesslich konnte sie gut rechnen und planen. Deshalb waren viele Heiratsbewerber schon nach erstem Hinsehen ausgeschieden. Die mexikanischen Männer waren ihr allesamt zu unverlässlich, zu machohaft, zu schwach. Sie sah sich um und malte sich ein Leben in Paris oder London aus, dort wo sie als „Latina" den Vorzug des Exotischen geniessen könnte. Vielleicht noch irgendwo in Deutschland. Aber Zürich? Was wusste sie schon über Zürich? Nicht viel. Finanzplatz. Steueroase für Superreiche. An Superreiche kam man nicht heran. Ausserdem – gab es überhaupt superreiche Schweizer? Die verwalteten doch lediglich das Geld für die anderen. Man hatte ihr erzählt, dass die Schweizer viel zu konservativ wären – und langweilig. Victoria-Teresa hakte die Schweiz ab. An einer internationalen Fachmesse, die sie als Vertreterin ihrer Firma besuchte, lief sie Benno über den Weg. Dem Schweizer. Aus Zürich. Sie war Mitte dreissig – höchste Zeit. Ein Jahr später bat er sie ihn zu heiraten, hielt förmlich bei ihren Eltern in Mexico City um ihre Hand an. Nach der Hochzeit zogen sie in die Schweiz. In eine konservative, steuergünstige Gemeinde des Kantons Zürich. Drei Kinder kamen in kurzen Abständen zur Welt. Kaum eingeschult, wurden die Kinder zu sportlichen Aktivitäten angehalten: Schwimmen, Leichtathletik, Fussball, Skifahren, Kunstturnen. Es reichte nie über das Mittelmass hinaus. Es war abzusehen, dass der Kindersport bald anderen Tätigkeiten Platz machen wird. Und die Sportkleiderkollektion für Kinder? Sie blieb ein Traum. Die Kinder wollten keine von Mama selbstentworfenen Poloshirts. Sie wollten Kleider der grossen und berühmten Marken, die zu einem besonderen Kult erhoben wurden.

Jetzt, mit zweiundfünfzig Jahren hat Victoria-Teresa manchmal keine Kraft mehr, den pubertierenden und temperamentvollen Nachwuchs zu bändigen. Ihre Verwandten fehlen ihr, das gesellschaftliche Ansehen und der damit verbundene Ehrgeiz für Neues. Nach fünfzehn Jahren in der Schweiz spricht sie immer noch ein sehr fehlerhaftes Deutsch, ohne den Wunsch, dies irgendwie zu beheben.

Victoria-Teresa beginnt sich je länger je mehr in eine erträumte Welt einzuspinnen wie in einen tröstlichen, flauschigen Kokon. Sie erzählt den Kindern von Mexiko, von ihrer Familie, von der glorreichen Vergangenheit. Sie kocht mexikanische Gerichte, sie wählt im Internetradio mexikanische Radio-stationen, die vertraute Musik spielen und Nachrichten aus der Heimat in die kalte Schweiz bringen. Sie ist perfekt informiert über Mexikos politische Situation. Die Lage in der Schweiz ist ihr zu komplex. Was hat dieses kleine Land überhaupt zu bieten? Schokolade? Die kommt ursprünglich sowieso aus Mexiko. Die Schweizer Spezialitäten Röschti und Polenta? Lachhaft. Woher kommen wohl Kartoffeln und Mais? Und vor allem die Tomaten! Als hätten die Südeuropäer ein Monopol darauf. Alles, alles wurde aus Mexiko und dem übrigen Südamerika gestohlen! Victoria-Teresa hat Heimweh nach einer erträumten Welt. Das Haus ist über und über dekoriert mit Gegenständen, Bildern, Stoffen aus Mexiko. Die Kinder lassen sich in der Schule von ihren Kameraden bewundern, weil sie spanisch sprechen. Spanisch ist „in", Spanisch ist „mega-cool". Doch es ist ein gehobenes Spanisch, man gibt sich auch nicht mit jedem spanischsprechenden Hinz und Kunz ab. Auch in der steuergünstigen Gemeinde hat man nur ausgesuchte Freunde, das ist man schliesslich seinem Stand schuldig. Eigenartigerweise gibt es nicht viele Latinos im Freundeskreis. Benno, der sehr sozial ist, würde gerne mehr Kontakte zur südamerikanischen Gemeinschaft pflegen, doch Victoria-Teresa wehrt ab. „Wir können doch nicht jedem hergelaufenen Pack unsere Freundschaft anbieten, was denkst du dir bloss!" In Victoria-Teresas Familie zählen eben die gesellschaftlichen Hierarchien noch – da macht man sich nicht zu Freunden von Dienstmädchen und Arbeitern. So ist man einmal im Jahr zu Gast, wenn der mexikanische Konsul in Zürich eine auserlesene Gesellschaft zur Feier des National-feiertages einlädt. Victoria-Teresa bemerkt es zuerst nicht, dass Benno sich ihr immer mehr entfremdet. Benno stört sich plötzlich daran, dass Victoria-Teresa noch nie wirkliches Interesse an der Schweiz gezeigt hat. Es stört ihn auch, dass er für ihre Familie „der Ausländer" ist. Es stört ihn besonders, dass einige dieser Familienmitglieder keine Bedenken haben, seine „ausländische" finanzielle Unterstützung anzunehmen. Die verwitwete Tante, der kranke Cousin, das Dienstmädchen der Schwester – sie alle freuen sich über Victoria-Teresas glückliche Ehe. Sie wissen nichts von ihrer seltsamer Kraft- und Entschlusslosigkeit, von Bennos beginnendem Burnout-Syndrom. Die Geschäftswelt, der Konkurrenzkampf, der Preisdruck aus den Billiglohnländern, Produktions-auslagerungen und damit verbundene Personalentlassungen, dazu die vielen Geschäftsreisen, das alles fordert nach mehr als zwanzig Jahren seinen Tribut. Dazu drängen noch die „jungen Wilden" nach oben und wollen schon bald selbst in den Chefsesseln Platz nehmen. Bennos zehn- bis zwölfstündige Arbeitstage sind angefüllt mit Hektik, ungeduldigen Kunden und langsamen Lieferanten, murrenden Vorgesetzten, die selber von Kürzungen und Einsparungen bedroht sind, von der wachsenden Angst vor einer weiteren Bankenkrise, Finanzkrise, Wirtschaftskrise. Welche Bedeutung hat wohl unter diesen Umständen eine läppische Ehekrise? Wenn Benno nach der Tortur des Transports mit dem öffentlichen Verkehr nach Hause kommt und sich erst durch eine Blockade aus achtlos beiseite gestellten Fahrrädern, Rollschuhen, Hockeyschlägern und den sich überall dazwischen verheddernden Micro-Rollern den Weg zur Haustür bahnen muss, ist zumindest die Freude auf den gemeinsamen Familienabend dahin. Wenn er dann auch noch die Gattin mit zwei Kindern vor dem Fernseher sitzend antrifft, aus dem eine schwachsinnige Vorabend-Talkshow plärrt, und das dritte Kind am Computer entdeckt, wo es statt Schulaufgaben zu lösen irgendwelche steinzeitlichen Laut-äusserungen in den online-Chat tippt, um am Ende hysterisch in die Computerkamera zu kichern – steigt seine Wut schon bedenklich in den roten Bereich. Wenn dann endlich alle doch noch am Familientisch sitzen, bricht plötzlich Streit unter den älteren Geschwistern aus, der trotz elterlichen Ermahnungen heftig fortgesetzt wird. Das jüngste Kind verweigert daraufhin aus Schrecken jegliche Nahrungsaufnahme und Benno nimmt zur Kenntnis, dass er seit Tagen, seit Wochen, nur noch aufgewärmte, verbrutzelte Reste des Mittagsmenüs aufgetischt bekommt. Noch beherrscht er sich und fragt seine Frau, ob sie wohl für ihn auch mal ein Abendessen frisch zubereiten würde. Die Antwort ist ein resigniertes Schulterzucken und ein machtloser Blick zu den Kindern. Es sei für die Gesundheit der Kinder wichtig mittags gut und ausreichend zu essen. Benno hält sich zurück, doch es kostet ihn unglaubliche Überwindung. Eine spitze, verletzende Bemerkung kann er nicht zurückhalten, und er zischt seiner Frau ins Gesicht, dass seine Gesundheit in diesem Haus wohl nicht als wichtig genug betrachtet werde, und sie alle sollen nur gut achtgeben, denn auch Geld-Generierungsmaschinen, wie er eine sei, müssten gesund erhalten werden, sonst könnten sie mit einem Mal wegsterben...! Seine Frau hat keine Gelegenheit mehr zu antworten, denn plötzlich sieht Benno wie das älteste der Kinder zum Kühlschrank geht und eine Packung Chicken Nuggets hervor holt.

„Was machst du da?" Die Worte kommen abgehackt, der Wutausbruch ist nur noch eine Frage von Sekunden.

„Ich hab noch Hunger, ich mach mir selber etwas", sagt das Kind schlicht, angesichts eines vollen Familientisches, auf dem sich eine reichliche Auswahl an Speisen präsentiert, dabei den sich steigernden väterlichen Ärger missachtend. Der Wutausbruch entlädt sich in diesem Augenblick, er kann nicht mehr zurückgehalten werden. Benno springt auf, der Stuhl hinter ihm kracht zu Boden, er reisst dem nichts begreifenden Kind die Packung aus der Hand, zerrt an der Tür des Abfallkübelschranks und knallt die Packung in den Müll. Er brüllt das Kind an, ob es eigentlich völlig verblödet sei, ob ihn denn alle hier in dieser Familie nur verarschen wollen, – und sie sollen doch selber sehen, wie sie ohne ihn auskommen, etc., etc. ...

Am folgenden Tag wird das Kind in der Schule erzählen, dass der Vater „voll ausgerastet" sei. Das Kind wird die offene Aufmerksamkeit der Mitschüler geniessen und das versteckte

Interesse der Lehrkräfte auf sich ziehen. Das Kind wird die Situation dramatisch schildern und dabei zu kreativen erzählerischen Höheflügen ansetzen, insgeheim hoffend, dass es endlich jemand diesem alten Familientyrannen, der sich Vater nennt, einmal so richtig zeigen möge, derweil seine Geschwister sich zurück ziehen und mit niemandem reden mögen. Die Mutter wird sofort am Morgen nach dieser Szene zum Telefon greifen und mit der Assistentin in Myrta Hagers Praxis einen Termin vereinbaren.

Remo und Claudia Camenzind-Schupisser: Zwei attraktive, sportliche, unternehmungslustige Menschen, die mit beiden Beinen fest auf der Erde stehen. Seit vielen Jahren zusammen. Der Beweis, der ins Auge springt – der Beweis, dass eine Ehe und Familie eine Lebensgemeinschaft ist, die gut durchorganisiert sein muss. Der Beweis, dass verwandt-schaftlicher Zusammenhalt notwendig ist. Der Beweis exemplarischer Haushaltführung, Lebensplanung und einer umsichtigen Verwaltung der Mittel. Bewegung und Sport an frischer Luft. Ein bisschen Kreativität als Hobby für Claudia, ein bisschen Turnverein für Remo als Ausgleich zur Arbeit, ein bisschen Ritalin für die Kinder. Sauber gestutzte Rasenflächen, sauber gewischte Bodenplatten, sauber gewaschenes Auto, sauber glänzende Fenster, sauber angezogene Kinder, sauber geputzte Kinderfahrräder. Alle sind aktiv, alle helfen mit. Haustiere gibt es keine. Haustiere sind nicht sauber, ausserdem verursachen sie Allergien. Ordnung und Sauberkeit gehören auf so natürliche Weise zu dieser Familie, wie das Bein in die Hose, der Fuss in den Schuh, die Mütze auf den Kopf. Sauber verdientes Geld, sauber abgediente Arbeits-stunden. Sauber begonnene und abgeschlossene Ausbildung der Kinder. Das bisschen Ritalin hat geholfen. Wir sind aktiv, wir sind positiv eingestellt, wir haben es gut. Sollen doch die anderen neidisch sein – und das sind sie. Wenn alle es so halten würden wie wir, dann müssten sich die Scheidungsanwälte neue Tätigkeitsbereiche suchen. Welch ein guter Witz! Ja, wir lachen viel, wir unternehmen viel, wir beziehen die Kinder in die Alltagsaufgaben ein, wir sind verantwortungsbewusst. Wir ernähren uns gesundheitsbewusst, wir leben umweltbewusst und wirtschaften kostenbewusst. Wir sind selbstbewusst. Wir trennen den Abfall und kompostieren den Grasschnitt. Wir putzen unsere Zähne sorgfältig und vermeiden Süssigkeiten. Wenn wir Gäste einladen, dann gibt es „Spaghetti-Plausch", das ist einfach, reichlich und praktisch. Wir haben nicht sehr viele Gäste. Wir vermeiden jeden unnützen Aufwand und jede Zeitverschwendung. Wir sind ja schliesslich bescheiden. Wenn nur alle so wären! Wir sind gewiss keine Kundschaft für Seelenklempner und Psychopfuscher. Wir sind sachlich und realitätsbewusst und wir wissen, dass Kinder die Wärme einer intakten Familie brauchen. Wir sind intakt.

Wir waren intakt. Wir sind es nicht mehr. Wir sind nicht mehr. Es gibt kein wir mehr. Remo wollte nicht mehr „wir" mit Claudia sein. Remo ist jetzt „wir" mit Andrea. Offiziell. Öffentlich. Wie lange war er aber gleichzeitig „wir" sowohl mit Claudia als auch mit Andrea? Claudia wollte „wir" sein mit Remo bis zum Ende ihres Lebens – oder seines. Für Claudia gab es nie eine andere Alternative als mit Remo „wir" zu sein. Warum will er das plötzlich nicht mehr? Wie lange war er schon „wir" mit Andrea? Die Ausflüge des Turnvereins, die

Sitzungen, die Überstunden, die Männerabende, das Sporttraining, die Kundenbesuche und Geschäftsreisen.

Claudia braucht Hilfe. Claudia braucht dringend fachliche, professionelle, psychologische Unterstützung. Claudia bekommt eine Empfehlung für die Praxis von lic. phil. Myrta Hager, Psychotherapeutin SPV FSP SVKP, Einzel- Paar- Familientherapie.

Myrta Hager hat die Tür hinter der letzten Patientin geschlossen und setzt sich noch einmal hinter ihren Schreibtisch. Die Psychologin ist nun alleine in den gemieteten Praxisräumen. Die Assistentin hat den Computer abgestellt, das Licht im Empfangsraum und Wartezimmer gelöscht und hat ihrer Chefin „noch einen schönen Abend" gewünscht. Myrta Hager sinniert eine Weile belustigt über diese Redensart, darüber warum man sich wohl „noch" einen schönen Abend oder Tag wünscht. Keinen Morgen. Der Morgen geht viel zu schnell vorbei. Man wünscht nur „noch" einen schönen Tag und Abend. Noch einen? Einer genügt doch schon. Oder ist es die Hoffnung, dass es weitergeht?

Myrta Hager denkt an ihren Mann. Nach all den Monologen enttäuschter oder sich selbst etwas vortäuschender Frauen, möchte sie sich nun angenehmen Gedanken hingeben. Angenehmen Erinnerungen. Einer sanften Rückschau auf ihr Leben mit Emmanuel Hager – dem verstorbenen Neurologen, Prof. Dr. Emmanuel Hager. Diese Rückschau wird schon lange nicht mehr vom Schmerz über den Verlust bestimmt, schon lange nicht mehr durch die Ungewissheit der langen Krankheit belastet. Manchmal stellt sich Myrta vor, dass sie zu

Emmanuel spricht, sie stellt sich vor, was er wohl in einer Situation getan, gesagt, gedacht hätte.

Das Licht der Schreibtischlampe umreisst einen Kreis auf der Tischplatte. Wie in einem magischen Kreis funkeln metallene Schreibgeräte, treten schwarze Buchstaben scharf hervor auf blendend weiss beleuchtetem Papier. Nur die Schreibtischlampe brennt und der Rest des Raums verschwimmt in der wachsenden Dunkelheit. Es ist November und die Tage sind kurz. Es ist November und bald wird sich Emmanuels Sterbetag zum zwölften Mal jähren. Novembertage, kalt, neblig, grau, sind gute Tage zum Sterben. Die Welt hüllt sich in einen Schleier und keine bunte Erinnerung hält zurück oder lockt mit Versprechen von Farben und Wärme. Myrta benutzt das Wort Sterbetag, es verleiht dem Prozess des Sterbens etwas Aktives, Bewusstes. Im Wort Todestag sieht Myrta willenloses Erleiden, ausgeliefert sein einem unvorhergesehenen Schlag. Und obwohl Emmanuel letztendlich von der Krankheit getötet wurde, war er aktiv und bewusst durch den Prozess seines Sterbens hindurch gegangen. Er selbst hatte es noch gesagt, bevor er diesen Weg abschloss:

„Sterben ist eine Tätigkeit. Man muss schon etwas dafür tun, um in Würde und Gelassenheit den Schritt zu wagen. Ich weiss nicht, was ich vorfinden werde, aber ich fühle eine grosse Zuversicht."

Es war alles gesagt worden, es bedurfte keiner weiteren Worte. Myrta und Emmanuel hatten sich ihre Liebe und vor allem die Achtung voreinander aufrechterhalten, trotz der Belastung durch die Krankheit. Liebe zueinander, Respekt voreinander,

Rücksicht aufeinander. Daran konnte und würde das Beenden einer physischen Daseinsform nichts ändern.

Myrta Hager löscht das Licht über ihrem Schreibtisch, schliesst die Tür zur Praxis und nimmt sich vor am Wochenende in die Berge zu fahren, um ein wenig Sonne zu geniessen.

13. Kapitel

Eliane und die Glückwünsche zum Kind

Die neuen Namen der neuen Generation – Nichts ist mehr wie es war.

Eliane ärgerte sich. Sie war zu spät. Zu spät mit der Glückwunschkarte zur Geburt des Babys einer jungen Arbeitskollegin – und das nur, weil sie sich nicht an den Namen des Kindes erinnern konnte. Sie sass an ihrem Schreibtisch im Büro, die leere Glückwunschkarte zur Geburt des Kindes vor sich, und konnte sich partout nicht an den Namen der Tochter ihrer Kollegin erinnern – ausgerechnet bei ihrem sonst aussergewöhnlichen Namensgedächtnis.

„Die nehmen immer verrücktere Namen für ihre Goofen. Jetzt muss ich nach Hause und die Geburtsanzeige irgendwo hervor kramen. Dabei könnte ich das jetzt erledigen, abschicken, und müsste nicht mehr daran denken." Elianes Ärger wuchs. Sie nannte das Kind „Goof" ausgesprochen „Gohf" – was in der Schweiz keinen so bösen Klang hat wie ein deutsches Gör. Ein „Goof" und seinesgleichen, die „Goofen" – sind zarte, menschliche Geschöpfte, die ihren jeweiligen Erziehungs-berechtigten ober auch –unberechtigten gewaltig am Nervenkostüm kratzen und bald zu „Saugoofen" mutieren können, je länger und je ärger sie die Geduld der pädagogisch wirkenden Generation strapazieren. Dass „Saugoofen" meist älter sind als nur „Goofen", versteht sich von selbst. Je länger Eliane über diese Gesetzmässigkeit nachdachte, umso mehr schien es ihr, dass sich solche Regeln in letzter Zeit aufzulösen begannen, und dass es gegenwärtig reichlich „Saugoofen" gab, jeden Alters, vom Kindergarten bis zu jungen Erwachsenen. Eliane seufzte und ärgerte sich weiter, obwohl das Neugeborene nun wirklich nichts für die durchgehende Fantasie seiner Eltern konnte. Junge Eltern statteten ihren Nachwuchs neuerdings mit derart exotischen Namen aus, dass Eliane bereits einen Anflug von Mitleid gegenüber ihren künftigen Lehrern verspürte. Wie hiess jetzt das „Gööfli" schon wieder? Hannah – ja, wie Anna mit H vorne und hinten. Aber da war noch etwas angehängt – mit Bindestrich – etwas nie Gehörtes. Ein Doppel-Vorname. Ein Name ohne Bezug, ohne Inhalt und auch ohne Melodie. Hannah-Seraina? Hannah-Ursina? Nein, die Bündnernamen-Welle war schon lange abgeflaut. Hannah-Aische? Nein, zu orientalisch. Hannah-Tabäa? Auch nicht. Irgendwie biblisch, und somit nicht zu den Eltern passend. Eliane seufzte und wünschte gleichzeitig alle Célines, Jessicas, Noëmis, Sarahs, Melissas und Vanessas ins Pfefferland, wo sie ihretwegen tagelang vor dem Spiegel einen effektvollen Augenaufschlag hinter einen Vorhang aus blonden, langen und geraden Haaren üben konnten, und wo sie sich – in Miss Sixty Jeans und knappe T-Shirts gezwängt, kreischend über ihre Handys beugen würden, deren Akku aus unerfindlichen Gründen immer dann leer war, wenn die Mutter anrief. Eliane hoffte für die Tochter ihrer Kollegin, dass das Mädchen mit knapp elf Jahren nicht zu einer quietschenden Vorstadt-Tussi wurde. Sie wünschte aber nicht, dass sich die Jugendliche zu einer vom Ehrgeiz und Effizienz besessenen Lernmaschine wandelte, die eine breite Allgemeinbildung aus Kultur, Ästhetik und sozialer Verträglichkeit als unnötigen Ballast zugunsten einer Magna cum Laude in Jura oder

Ökonomie aufgab. Eliane wünschte dem Kind, es möge einmal weder die Markenjeans noch den Business Dresscode als unabdingbare Lebensbedingungen betrachten, und es möge nie in den Würgegriff von Designerlabels geraten.

Entschlossen glättete sie das matt glänzende Papier der Glückwunschkarte. Sie würde nicht vor einem vergessenen Halbnamen kapitulieren. Mit kühnem Griff löste sie den Deckel vom grünen Tintenschreiber und schrieb ihre spontanen Gedanken auf die Karte. Direkt, ohne Entwurf, flossen die Worte in frischem, hoffnungsvollem Grün aus der Spitze des Schreibers. Eliane wandte sich an die Eltern, beglückwünschte sie zur Geburt ihrer Tochter. Sie benutzte das Wort „Tochter" etwa vier Mal und weckte damit ein Gefühl von Verantwortung und nach vorne gerichtetem Vertrauen – und wünschte insgeheim, das Kind möge später so viel innere Festigkeit besitzen, um seinen Namen auf ein erträgliches, und für seine Umwelt memorisierbares Mass abzukürzen.

14. Kapitel

Eliane und die Erfindung des Rads

Von kulturellen Unterschieden und wie sie sich an einem Parkplatz im Wohnquartier äussern – Was Autoaufkleber verraten – Homers „illyrische Jünglinge" und ihre fahrbaren Untersätze – Das Rad bestimmt das Leben – „Radikal" kommt von „Radfahrer".

Man schreibt das Jahr 2010. Wenn Eliane an den Mietparkplätzen vor ihrem Wohnhaus vorbei geht, bietet sich ihr jeweils das gleiche Bild. Die üblichen Autos der Nachbarn. In den letzten Jahren gab es nur wenige Veränderungen – meistens wenn neue Mieter eingezogen waren. Man sieht Kleinwagen oder Familienkombis. Diese Autos gehören oft Schweizern und es herrscht eine bunte Vielfalt an Marken, Farben, Altersstufen und Pflegezuständen. Das Bild verströmt eine Aura von heiterer Individualität, demokratischem Gewähren lassen und unterschiedlichen Einkommensstufen. Das Wohnquartier ist gewiss keine Gegend für SUV-fahrende, standesbewusste Anwaltsgattinnen. Hierhin haben sich auch keine Bankmanager verirrt – nicht einmal angehende. Hier ist man noch sozial bodenständig und vor allem multi-kulturell. Man trifft hier auch Frauen in Kopftücher und lange Mäntel gehüllt, die jeweils zwei Schritte hinter ihren Männern her gehen, immer peinlich genau darauf achtend den Abstand beizubehalten. Danach steigen Mann und Frau in ein älteres Mercedesmodell. Hauptsache gross und breit ausladend. Hauptsache Mercedes. Für solche Autos haben allerdings die jungen Bewohner des alten Jugoslawiens nur ein Schulterzucken übrig. Sie fahren blitzblank geputzte und von jedem Stäubchen befreite, sportliche BMWs oder Audis. Nur selten verirrt sich ein Sportwagen einer anderen Marke in ihren Besitz, es muss dann schon etwas ganz Besonderes sein. Sie haben nur Verachtung übrig für junge Italiener, die orangefarbene Ford Escorts aufheulen lassen. Für Eliane scheinen die Jungs vom Balkan, entweder mit ihren Autos oder mit ihrem Kampfsporttraining beschäftigt zu sein, sofern sie nicht beim Familieneinkauf im nahen Supermarkt die Tüten schleppen – natürlich ins Auto. Sie leben in Familien, wo das gesamte Einkommen in einen Topf geworfen wird, und wo sich das Ansehen des gesamten Familienverbandes steigert, wenn der Sohn sich ein Auto leistet, das allen Ehre verschafft. Wie gegensätzlich ist dies zur Schweizer Denkart, bei der jedes Kleinkind bereits sein eigenes „Sparkässeli" bekommt, um zu lernen wie man Geld für den individuellen Eigenbedarf anhäuft. Der Schweizer Nachwuchs lernt den Umgang mit Geld mittels des eigenen Sparschweinchens, oder welche Form auch immer die erste Sparbüchse annehmen mag. Wer weiss – vielleicht würde man das richtige Demokratieverständnis erst innerhalb jener anderen Familienverhältnisse lernen, wo der Einzelne nur als Teil des Ganzen begriffen wird, und wo das Ganze gegenüber dem Einzelnen entscheidend mehr Bedeutung erhält? Das wäre doch einmal eine wirkliche Kulturbereicherung.

Doch wenn Eliane darüber nachdenkt, dann ist sie ganz zufrieden damit, als Individuum geboren und aufgewachsen zu sein. Sich den Anforderungen an Ehre und Ansehen einer Familie oder einer Sippe zu stellen, verursacht ihr ein unangenehmes Gefühl. Es ist noch gar nicht so lange her, als die Schweizer Frauen von den Männern das Stimmrecht zugestanden bekamen. Es ist sogar noch weniger lange her, als die Gleichstellung von Mann und Frau gesetzlich verankert wurde. Da war Eliane gerade zwanzig Jahre alt geworden. Da konnte sie zum ersten Mal zur Abstimmung gehen und stolz ihre Entscheidung per Stimmzettel bekannt geben. Seitdem ist vieles geschehen, seitdem hat man das Erwachsenenalter auf achtzehn Jahre gesenkt. Seitdem hat auch Titos Jugoslawien aufgehört zu existieren. Seitdem hat sich aber an der Lebenseinstellung der jungen Männer aus diesen Ländern nicht viel geändert. Sie sind sehr selbstsicher, sie bringen es fertig in ihrer eigenen Welt zu leben und doch die Gangart des Gastgeberlandes perfekt zu beherrschen. Ihre BMWs und Audis sind zwar Gebrauchtwagen, doch warum sollte man sündhaft teure Preise für neue Autos bezahlen, wenn man das die Schweizer machen lassen kann, um später dasselbe Auto mit nur wenigen Kilometern und nach dem ersten Abschreiber preiswerter zu erstehen? Schliesslich muss man auch ein wenig Rücksicht auf die Familie nehmen, die einen solchen Einkauf ermöglicht. Ausserdem gibt es die Autos bei Landsleuten zu kaufen, die verstehen das Einmaleins des Handelns, und schliesslich müssen auch die etwas verdienen, um regelmässig einige ersparte Franken nach Serbien, Bosnien oder ins Montenegro zu schicken. Da ist man auf eine herbe Art und Weise solidarisch. Den kurdischen Türken überlässt man gerne die zehnjährigen Mercedesmodelle, die wissen es ja nicht besser. In deren anatolischen Bergdörfern könnten die sich schon mit einem rostigen Peugeot als Paschas fühlen! Und wurde nicht auch schon ein kroatischer Secondo zum Mister Schweiz gewählt? Man stelle sich vor: Der schönste Schweizer stammte aus Kroatien! Nun gut, die Jury hatte gesprochen und das weibliche Publikum jubelte. Ausserdem war es dem jungen Mann gelungen, positiv im Gedächtnis der Öffentlichkeit zu bleiben, wie nach ihm noch dem gutaussehenden Graubündner Bauern. Wer erinnert sich schon an all die anderen „Mister"?

Zwei bis drei Mal in der Woche schwingt die balkanische Blüte der Männlichkeit ihre Sporttaschen und strömt in die nahen Fitness-Studios zum Training. Gut gebaut sind sie allemal, denkt Eliane, wenn sich diese Jeunesse dorée an heissen Sommertagen im Schwimmbad des Stadtviertels tummelt. Da werden Muskeln aufgebaut, gestählt und trainiert, da wird das Sixpack zum Standard, dessen Erreichen zu religiöser Inbrunst gerät. Derart gestärkt, getunet, getrimmt, wird der Körper zum gleichwertigen Pendant des ebenfalls getuneten, kraft-strotzenden Autos. Ja, Kraftfahrzeug, denkt Eliane, nur dieser Ausdruck ist eines Autos würdig, welches im Besitz eines jungen Mannes südslawischer Herkunft ist. Eliane lächelt, wenn sie an diesen Fahrzeugen entlang geht: War es Homer oder war es ein anderer griechischer Klassiker, der „Jünglinge aus dem Land Illyrien" beschrieb, „deren wohlgeformte Körper im Sonnenlicht glänzten"? Egal, wer auch immer von den alten Griechen lüstern auf das Muskelspiel unter der heissen Sonne äugte, der könnte dies auch unter dem kalten, meist wolkenverhangenem Himmel der gegenwärtigen Schweiz tun. Schön, dass es in dieser Welt noch bleibende Werte gibt, denkt Eliane, und ihre Gedanken sind nur ein ganz kleines bisschen von Sarkasmus gefärbt. Wie schön, dass sich gewisse harmlose Traditionen durch Jahrtausende erhalten haben.

Mit einer anderen Tradition, die sich angeblich seit zweitausend Jahren hält, tut sich Eliane nicht so leicht. Sie hat auch kein Verständnis dafür, dass gewisse Leute diese Tradition auf ihren fahrbaren Untersätzen kundtun müssen. „Jesus liebt dich", verkündet der dunkelblaue Renault Mégane jedes Mal, wenn Eliane um die Ecke biegt und die Strasse überquert. Sie weiss nicht, ob sie sich wirklich von dieser Aussage betroffen fühlen sollte. Angenommen Jesus würde ihr eines Tages auf der Strasse begegnen und nach der Richtung zum Bahnhof fragen, – würde er sie dann duzen? Würde sie ihn duzen? Würde sie ihn nicht eher für einen der arabisch sprechenden Männer aus dem Nachbarhaus halten? Oder würde sie ihn mit einem der „illyrischen Jünglinge" verwechseln? Wohl kaum, denn diese fragen nicht nach dem Weg zum Bahnhof. Sie tragen auch keine langen Haare und keine wallenden Bärte, ausserdem kommen sie immer gleich zur Sache und rufen ihr mit kehliger Aussprache noch aus den fahrenden Autos nach, ob sie gleich mitkommen wolle. Eliane hatte für sich noch nicht entschieden, ob sie sich von derlei Annäherung betroffen, beleidigt oder nur belustigt fühlen sein sollte.

Aber vielleicht käme ja Jesus wie ein Latino daher, in eng anliegenden Jeans und adrettem weissem T-Shirt, glatt rasiert und die langen Haare attraktiv im Nacken zusammen gebunden. Das wäre schon eher möglich, Latinos benutzen gerne den öffentlichen Verkehr. Latinos können sich die Kraftfahrzeuge der „illyrischen Jünglinge" meist nicht leisten. Dafür verfügen sie über einen weit subtileren Charme. Doch ob Charme oder direkte Aufforderung, das Ziel ist dasselbe. Bei den Jünglingen. Eliane denkt nun, dass ihre Gedanken abgedriftet sind. Sie wollte sich doch nur vorstellen, was wäre, wenn sie heutzutage Jesus auf der Strasse begegnen würde. Als Latino würde er sicher die Höflichkeitsform verwenden und Eliane mit „Sie" ansprechen. Dazu noch dieser weiche, verführerisch lispelnde Akzent. Eliane würde gewiss äusserst gerne Auskunft geben und ebenfalls in der Höflichkeitsform sprechen. Welche absurde Idee! Nicht dass Jesus in Jeans gekleidet sein könnte, sondern dass man ihn per „Sie" anspricht! Man bringt doch schon kleinen Kindern bei, dass sie zum göttlichen Wesen Jesus beten sollen: „Lieber Jesus, bitte mach, dass…" Auf der ganzen Welt dröhnen die Menschen dem Göttlichen die Ohren voll, wenn sie nicht mehr weiter wissen: „Jesus, mach dies, Jesus, mach das…" Wie anmassend sind doch Menschen: Voneinander verlangen sie besondere Höflichkeitsbezeugungen und eine besondere Formel der Anrede, um dann nicht nur den Religionsgründer, sogar auch Gott selbst und die ganze Heilige Dreieinigkeit – lediglich per Du ansprechen!

Eliane lächelt, als sie neben dem dunkelblauen Renault Mégane einen schon etwas angestaubten VW Passat erblickt, an dessen Heck zwei schlichte Kleber angebracht sind. Der erste Kleber ist das Zeichen des Fisches, wie man es entweder aus dem Religions-unterricht kennt oder aus amerikanischen Monumentalfilmen wie Ben Hur und Quo vadis. Das perfekte Logo mit Wiedererkennungswert, das sich kein Werbe-fachmann hätte besser ausdenken können. Ein oberer und ein unterer, waagrecht liegender Bogen, die sich auf einer Seite kreuzen – jedes Kind erkennt darin einen Fisch. Doch auf der

Heckklappe des grünen VW Passat widerfährt dem allerkennbaren Fischzeichen Seltsames: Das christliche Tier scheint verfolgt zu werden, denn hinter ihm dräut, ebenfalls in christlicher Werbemanier dargestellt, jedoch grösser und bedrohlicher, ein anderer Fisch, dessen weit offenes Maul mit scharfen Zähnen bewehrt ist. Eine spitze dreieckige Rückenflosse ragt beunruhigend in die Höhe und ein langer geteilter Fischschwanz scheint beängstigend das Wasser zu peitschen. Der Eigentümer des grünen VW Passat muss einen besonders ausgeprägten Sinn für Humor haben, wenn er sein Auto ausgerechnet neben den dunkelblauen Renault Mégane mit der frohen Botschaft stellt.

Eliane denkt nach. Warum wohl dulden die „illyrischen Jünglinge" auch später im fortgeschrittenen Alter und als Familienväter keinerlei aufgeklebte Information auf den glänzend frischen Oberflächen ihrer Autos? Warum sind es fast immer Schweizer Autos, die Eigenschaften, Lieblingsziele, Urlaubsorte, bewunderte Musikbands oder die Namen ihrer Insassen verkünden? Hund, Katze oder Baby an Bord – I love Garmisch-Partenkirchen – Luca und Nico, Lisa und Sarah unterwegs. – Hotel del Mar – Costa del Sol – Tribal Tattoos und Koransuren in arabischer Kaligrafie. Die Witzbolde unter den informationssüchtigen Autofahrern lassen verkünden, dass man „…zu nahe wäre, wenn man dies lesen könne…" oder auch schon: „man gönnt sich ja sonst nichts…" Eliane kommt zum Schluss, dass dies alles wohl der Ausdruck von Individualität sei, die bei Schweizer Autofahrern durchbreche, und dass man wohl oder übel dem Menschen das Recht auf ein bisschen Selbstdarstellung nicht absprechen dürfe. Anrecht auf ein bisschen Spass, auf etwas, das niemandem schadet, auch wenn es niemandem gefällt. Was der Schweizer Familie der Aufkleber mit den Kindernamen auf dem Auto ist, bedeutet einem Spanier die schwarze Stiersilhouette neben einer kleinen rot-gelben Flagge, und dem jungen Italomacho der Front- und Heckspoiler seines tiefergelegten Sportschlittens.

Es ist immer wieder erstaunlich, findet Eliane, welche Gemeinschaften sich um gewisse Fortbewegungsmittel auf Rädern scharen. Es müssen nicht einmal motorbetriebene Vehikel sein. Es genügen zwei Räder durch einen Leichtmetallrahmen verbunden, in dessen Sattel sich Leute schwingen, deren einziger Lebenszweck darin besteht, sämtliche Vorschriften, nicht nur des rollenden oder stehenden Verkehrs, sondern auch der grundlegenden menschlichen Höflichkeit mit Verachtung zu strafen. Als wahre Anarchisten – in der Schweizer Bürgergesellschaft allerdings der Grundlage ihres gerechten Kampfes gegen ausbeuterische Klassenfeinde beraubt – richten sie nun ihren innerlich brodelnden Unmut und ihre unausgelebte Energie gegen alle anderen Verkehrsteilnehmer, einschliesslich Fussgänger. Diese strampelnde Interessengemeinschaft auf zwei Rädern teilt sich in zwei Gruppen: Die Gemässigten – sie fahren Rad aus sportlichen Gründen oder sogar aus reiner Freude – ja, auch das gibt es. Die Militanten – diese andere Gruppe der Zweiradfahrer, fährt Rad aus politisch-ökologischer Überzeugung. Das ist soziologische Sprengkraft.

Eliane seufzt, als sie, an der Bushaltestelle wartend, einem Radfahrer nachblickt, der kühlen Mutes, und ohne sich um die

Blicke der anderen Verkehrsteilnehmer zu kümmern, bei Rot über die Kreuzung fährt. Nachts wird er wohl ohne Licht und dazu modisch schwarz gekleidet, über die Winterthurer Hauptverkehrsadern sausen. Die Strassen sind schliesslich perfekt beleuchtet, also was soll das Gezeter?

Einst war das „Velo", wie man in der Schweiz das Fahrrad nennt, ein Statussymbol, und wackere Eidgenossen gewannen Medaillen bei allen europäischen Radrennen. Jeder Schulbub eiferte den strampelnden und schwitzenden Sportlern nach. Jeder Schulbub bekam mit seinem ersten Rad auch eine Blechbüchse mit Werkzeug und Material für Reparaturen – das „Veloflickzeug". Jeder Schulbub wurde von seinem Vater in das Ritual der Wiederherstellung eines beschädigten Fahrrades eingeweiht. Ausserdem gehörte auch das Blankputzen und die Wartung des Fortbewegungsmittels zum samstäglichen Ritual, ohne das man kein Abendessen bekam. Das Fahrrad als Erziehungshilfe. Man bekam es als ein ganz besonderes Geschenk zum Geburtstag oder zu Weihnachten. Jüngere Geschwister mussten die Gebrauchträder der Älteren ausfahren und träumten davon, selbst einmal ein neues, metallisch blinkendes „Velo" zu erhalten. Doch bei aller Statusbewusstheit, das Rad war ein solider Gebrauchs-gegenstand für den Alltag. Eine ganz andere Entwicklung setzte mit den ersten Mountainbikes ein. Plötzlich wurden aus Radfahrern „Biker" und „biken" wurde zu einer Trendsportart. Zum grössten Missfallen der bis dahin in Ruhe gelassenen Waldspaziergänger, Jogger und Hundebesitzer, von den Reitern ganz zu schweigen. Rund ums Rad wurden von der Industrie neue Bedürfnisse geschaffen, die dem Radsport angeblich noch viel mehr Spass und „Mehrwert" entlockten. Den „Mehrwert" entlocken die gewieften Werbefachleute und Hersteller den Portemonnaies der bereitwillig zahlenden „Velo-Community". Seitdem gleichen Radfahrer grossen, gebückten Spinnen, die in lächerlichen Schuhen, klickende Geräusche verursachend, über das Strassenpflaster zu ihren Drahteseln staksen, und im hautengen Dress, dessen tiefe Rückentasche prall gefüllt ist, eine seltsame Figur abgeben. Es sieht nicht sexy aus, findet Eliane. Es berührt unangenehm, diese storchartigen, dünnen Gestalten mit verschwitzen Gesichtern zu sehen, wie sie mit 50 km/h den Berg herunter rasen, dabei immer die Ideallinie haltend, meistens vor der Motorhaube von Elianes Auto. Es sieht nicht sexy aus, findet Eliane, wenn wieder einmal solch ein Strampelmax mit hochgerecktem Hintern die Kurve schneidet und ihn nur ein gnädig gestimmter Schutzengel vor der Frontalkollision mit einem entgegen kommendem Auto bewahrt. Es sieht nicht sexy aus – und das wissen die „illyrischen Jünglinge" ganz genau…

In der Stadt Winterthur gehört es unter den Radfahrern zum guten Ton, nachts in schwarzer Kleidung ohne Licht unterwegs zu sein. Wahrscheinlich sind das alles Privatdetektive, die nicht gesehen und nicht erkannt werden wollen, denkt Eliane bitterböse. Sie kommen aus den Seitenstrassen hervor geschossen und halten sich an keine einzige Verkehrs-vorschrift. Dafür halten sie am Heck der Stadtbusse fest. Farbenblind sind sie gewiss, denn sonst würden sie den Unterschied zwischen Rot und Grün erkennen. Dabei ist Winterthur eine weltweite Vorzeigestadt was die Fahrradwege in der städtischen Verkehrsführung angeht. Sogar aus dem fernen Kanada kamen schon Delegationen angereist, um sich von einem vor Stolz platzenden Gesamt-Stadtrat genauestens informieren zu lassen. Doch die Delegation war wohl nur bei Tageslicht unterwegs gewesen – aus guten Gründen, man wollte die Gäste nicht gefährden…

Die Konditionierung der Schweizer Bewohner auf räderbetriebene Fortbewegung beginnt sichtlich früh. Dem Baby im Kinderwagen mag es noch egal sein. Danach folgt für das grösser gewachsene Kind ein „Sportwagen". An wen dachte man wohl, als man dieses Wort für einen Kinderwagen kreierte? Für wen war der „Sport" gedacht? Für den Vater des Kindes? Für das Kind selbst, oder eher als Krafttraining für die das Gefährt mitsamt Nachwuchs und vollen Einkaufstaschen schiebende Mutter? Mütter sollten sich wahrlich nicht über Bewegungsmangel zu beklagen haben. Den „Sportwagen" mit dem zweijährigen Kind mit dem rechten Arm schiebend, das vierjährige Geschwisterchen, das seine Trotzphase auslebt an der linken Hand haltend, dabei versuchend die Hundeleine mit einem neugierig daran ziehenden Haustier nicht entgleiten zu lassen – das schult die Koordination der Wahrnehmung und Körperbeherrschung, das baut Muskeln auf und trainiert Nervenstärke und Flexibilität. Für derlei Übungen im „Multi-Tasking" bezahlen manche Firmen ihren Führungskräften gut und gerne „Workshops" in vierstelliger Frankenhöhe pro Tag und Person. Vielleicht sollte man die Führungskräfte an ein Kindersportwagen-Seminar einladen, wo sie ihre „Limits" bis zur absoluten Schmerzgrenze ausloten könnten. Das Wort „Sportwagen" irritiert in Bezug auf Kindervehikel, daher weicht es dem modisch anglisierten „Buggy", dem schweizerischen „Böghi" – und der Sport weicht wieder einmal dem Stress.

Wie geht es dann weiter mit der rollenden Menschheit? Die ersten Schritte des Nachwuchses werden von fahrenden Nachziehfiguren und Trampelrädern aus Holz oder Plastik begleitet. Das ist praktisch, da lernt das Kind schon einmal die richtige Sitzhaltung und die Führung einer Lenkstange oder eines Lenkrades, auch wenn die Füsse noch den Boden berühren. Dann kommt das erste Dreirad, das erste Kleinstfahrrad mit Stützrädern, der erste Roller. Dies alles wird ergänzt durch Spielzeugautos und allerlei Wagen und Wägelchen, die von nun an durchs Kinderzimmer rollen. Spielzeugeisenbahnen – auch die gibt es noch – denn manchmal brauchen die Väter der Kinder eine Portion Nostalgie. Das ferngesteuerte Spielzeugauto jedoch, ist ein sehr neuartiges Ding, welches die Kinder in ihren feinmotorischen Fähigkeiten überfordert. Lässt man es sogar noch über öffentliche Strassen und Plätze brettern, erschrecken schon mal ältere Damen und kommen zu Fall. Fernsteuerungen und Kinderhände passen nicht zusammen.

In der ersten Klasse der Primarschule kommt dann irgendwann das eigene, „richtige" Fahrrad – sofern es für ein Mädchen nicht mit einem zuckerrosa und weisslackierten Rahmen versehen und mit Prinzessinnenkrönchen geschmückt ist. Die Spielzeuggeräteindustrie geht manchmal verbrecherisch mit der Formung kindlicher Vorstellungskraft um. Während der gesamten Schulzeit wird das heranwachsende Kind mittels sowohl privaten als auch öffentlichen Verkehrsmitteln transportiert, und es erlebt vielleicht sein erstes Verkehrstrauma im Anhänger des elterlichen Zweirads, wenn der Vater als praktizierender „Velo-Anarchist" heldenhaft seinen Kampf gegen den städtischen Individualverkehr aufnimmt. In den nachfolgenden Jahren wächst das Kind mit einer ebenfalls wachsenden Anzahl von Fahrrädern auf. Zum normalen Fortbewegungsvehikel gesellt sich auch noch das „Sport-Bike", vielleicht ein Elektro-Bike und der obligate Roller – in der Schweiz immer noch mit dem französischen Wort „Trotinette" bezeichnet. Ganz zu schweigen von Rollschuhen und Rollbrettern, ohne die anscheinend eine glückliche Kindheit nicht möglich ist. Endlich kommt einmal der grosse Moment, wenn aus den Kindern Teenager werden, und die solcherart herangewachsenen Jugendlichen sich nun endlich motorisieren dürfen. Ein „Töffli" muss her. Ein „Töffli" ist die Verkleinerung von „Töff". Die Schweizer gehen sehr pragmatisch mit ihrer Sprache um, da wird auch schon mal Lautmalerei genutzt, weil das sofort erkennen lässt, was gemeint ist. Die Lautmalerei in Bezug auf Motorräder – seien es nun die grossen Maschinen oder die kleinen Mopeds – stammt allerdings aus einer Zeit als die Motoren wirklich noch „töff-töff-töff"-Laute von sich gaben. Es stört auch keinen Schweizer Harley-Davidson-Besitzer, sein Kultgefährt liebevoll als „Töff" zu bezeichnen. Die Schuljugend ist derweil noch stolz auf ihre „Töffli", bevor sie sich dann mit achtzehn Jahren definitiv bei einer Autofahrschule zur Fahrprüfung anmeldet.

Somit expandiert der Bestand an Fortbewegungsmitteln einer durchschnittlichen, in der Schweiz lebenden, Familie mit zwei oder drei Kindern ins Überdurchschnittliche. Die Garagen und Abstellräume der Wohnhäuser quellen über an mannigfaltigstem Rollmaterial. Für den Rasenmäher bleibt da kaum Platz. Hätte ein vorwitziger und praktisch begabter Urmensch das Rad nicht erfunden, wir würden immer noch unser Reisegepäck in Bündeln auf den Köpfen und Rücken tragen, denn Rollkoffer und Einkaufstaschen auf Rädern wären unbekannt. Wir würden keine Rollen an Bürostühlen und anderen Möbelstücken kennen. Wir würden unsere Staubsauger kratzend über die Bodenflächen ziehen und unsere Schubladen würden immer noch in ihren Holzführungen klemmen, wie zu Ur-Ur-Grossmutters Zeiten. Die Welt rollt, und mit ihr eine Menschheit, die von Räderwerken und Kugellagern besessen ist. Vielleicht braucht es neue Sprichwörter, die diesem Durchs-Leben-Rollen gerecht werden. Das gute alte „Von der Wiege bis zur Bahre" hat zumindest ausgedient, denn das Leben eines Säuglings beginnt bereits nach der Geburt im rollenden Kinderbettchen und am Ende eines menschliches Lebens wartet der Leichenwagen, oder zumindest ein Sarg auf Rollen.

An der Bushaltestelle, wo Eliane schon seit einer geraumen Weile auf den rollenden, öffentlichen Verkehr wartet und dabei sinniert, fährt endlich der Bus vor. Eliane steigt ein. Drausen auf dem Gehsteig schiebt eine Frau einen Mann im Rollstuhl am Bus vorbei. Das Leben mit rollenden Rädern ist für einige sicher einfacher geworden …

15. Kapitel — GeschiCHten

Februar 2007 – Eine Winterreise

„Eine Winterreise": Dokumentarfilm über die erste Frau im Schweizer Bundesrat – Frauen in Politik und Öffentlichkeit und der weite Weg dahin – Der Weg zum Wohlstand einer Fabrikarbeiterfamilie – Reise in die Vergangenheit einer Generation.

Im Kino sitzen überraschend viele erwartungsvolle Frauen. Eigentlich besteht das Publikum nur aus Frauen. Der Film über die erste Bundesrätin der Schweiz, welche nun zwanzig Jahre später Bilanz zieht, beginnt über die Leinwand zu flimmern. Eine Winterreise. So der Titel des Films. Passend zur Winterszeit in den Kinos. Zu Schuberts Musik der Winterreise steuert Elisabeth Kopp ihr Auto in Begleitung des Journalisten über verschneite Strassen der Schweiz. Richtung Süden. Richtung Wärme.

Der Film ist 2007 neu in den Schweizer Kinos. Der Film interessiert vor allem die mittlere Generation, jene Generation zwischen den Generationen. Die „Sandwichgeneration". Diejenigen, deren Leben aus Arbeit besteht, um nicht nur für die Kinder zu sorgen, sondern auch noch für die Eltern. So wird es vorausgesetzt. Man organisiert Haushalthilfe, Pflege und schliesslich das Altersheim. So gehört sich das. Die eigenen Kinder werden sich später wahrscheinlich nicht um ihre Eltern kümmern, denn diesen Kindern war Individualismus eingetrichtert worden – Freiheit und Unabhängigkeit. Diese Kinder werden dann an der elterlichen Tür um Hilfe anklopfen, wenn gleichzeitig die ältere

Generation pflegebedürftig wird. Die Kinder sind mit viel Vertrauen erzogen worden, die Kinder können immer zu Hause anklopfen, wenn ihr eigenes Leben durcheinander gerät.

Die Frauen der Schweizer Sandwichgeneration sind eine Klasse für sich. Stark, fleissig, mit aussergewöhnlichem Durchhaltevermögen, ausgenutzt, unverstanden, zweckentfremdet. Manchmal zu tüchtig. Die von Tradition und Konservatismus gebremste Arbeitswilligkeit sollte sich in Haushalt und Familie austoben, fand jedoch nur wenig Herausforderung und verholzte oft in Kleinlichkeiten hausfraulicher Machtausübung. Nun sind viele dieser Frauen wieder berufstätig, die Kinder sind erwachsen, das Leben setzt andere Massstäbe.

Die Frauen der Sandwichgeneration sehen sich den Film über die erste Bundesrätin an, und die politische Situation von damals ist ihnen dabei zweitrangig. Die Frau auf der Filmleinwand – die Frau, die durch winterliche Landschaften dem Süden entgegenfährt, verkörperte zu ihrer Zeit den Durchbruch aller Schweizerinnen jener Generation. Was auch immer danach geschah, steht in einem anderen Kontext.

Es war 1980 als man in der Schweiz zum Urnengang schritt, um über die Gleichberechtigung von Mann und Frau abzustimmen. Eine Volksabstimmung, die endlich längst vergangene Epochen zur Vergangenheit stempeln sollte. Schweizer Gesetze sind zäh im Überleben. Man ist traditionsbewusst. Man war schon immer traditions-bewusst in der Schweiz. „Das war schon immer so" – „das hat man schon immer so gemacht" … beliebte Sätze im Alltag. Beliebt ist auch der jeweilige Nachsatz: „… und es ist auch gegangen…"

Trotzdem können im Laufe einer einzigen Generation viele gespeicherte Informationen verloren gehen. Die heutigen jungen Leute verstehen den damaligen Kampf nicht mehr. Dabei ist es doch erst siebenundzwanzig Jahre her, als die Eidgenossen einsehen mussten, dass Männer und Frauen gleiche Rechte haben – zumindest politisch. Man muss Änderungen langsam angehen, nicht zu viel auf einmal…

· · · · · • • · · · ·

Februar 2007. Eine Frau mittleren Alters, selbstbewusst und mit Spuren auf ihrem Gesicht, die das Leben zu hinterlassen pflegt, sitzt in einem Café und liest die Kritik des Films in einer Zeitung. Erika Hasler heisst die Zeitungslesende. Kompromissloser Name, einfach und verständlich, fehlerlos zu schreiben. Dem war nicht immer so. Früher war sie als Erika Martignoni durchs Leben gegangen, und das bedeutete jedes Mal geduldig den Nachnamen zu buchstabieren. Nein, nicht Martinelli – nein, auch nicht wie die Nella, nein nicht Martinetti – nein... Martignoni schreibt man nicht mit zwei N – ja, mit GN in der Mitte. Wie, bitte? Ob der Name italienisch oder aus dem Tessin sei? Sie wisse es nicht. Es gäbe keine Familienchronik. Wie auch – denkt Erika ein wenig bitter, Arbeiterfamilien pflegen keine Stammbäume zu führen. Die Erinnerung reichte nur bis zum Urgrossvater dieses Namens. Niemand hatte je gefragt warum. Das war einfach so. Es hiess, er wäre früh verstorben. Sein Vorname war Jakob, und auch sein Sohn, Erikas Grossvater, hiess Jakob. Für Erikas Vaters hatte man dann einen anderen Vornamen gewählt. Ulrich. Ueli Martignoni. Der deutschschweizer Vorname bewahrte den Vater vor der unfreundlichen Bezeichnung „Tschingg", mit der früher Schweizer ihre italienischen Gastarbeiter zu titulieren pflegten. Doch der italienisch klingende Name fasziniert und beansprucht ungerechtfertigt viel Platz in den Gesprächen, die um ihn entstehen. Zu viel Platz. Und immer die Frage nach dem Woher.

Der Heimatort der Familie ist eine Gemeinde irgendwo im Bernischen. Heimatort – eine Schweizer Besonderheit. Von Männern stolz an ihre Kinder vererbt. Frauen übernehmen ihn geduldig nach der Heirat, den eigenen Heimatort stillschweigend aufgebend, sowie den eigenen Nachnamen. Weibliche Dazugehörigkeit wechselt von der Familie des Vaters in die Familie des Ehemannes – auch noch zu Beginn des 21. Jahrhunderts. Der Geburtsort interessiert nicht. Der Heimatort bedeutet Verbundenheit. Wurzeln. Tradition. Tradition im Mannesstamm. Der Heimatort ist schriftlich festgehalten, er signalisiert eine verbrieft bekundete Herkunft und Dazugehörigkeit. Früher garantierte der Heimatort die Sicherheit, falls man einmal „armengenössig" werden sollte. Allein dieses uralte Wort weist schon auf die Geschichtsträchtigkeit der Institution „Heimatort" hin. Geboren werden kann man überall – doch einen Heimatort zu haben ist ein Schweizer Privileg …. Und wenn eine Familie einen zweiten Heimatort aufweist, dann hat sich ein geduldiger Vorfahre mitsamt seiner Familie dort einbürgern lassen. Hat sich dort eingekauft. Hat dieselben Verfahren durchlaufen, wie ein Ausländer. Musste jahrelang in der Gemeinde wohnhaft sein, um sein Begehren stellen zu dürfen.

Doch diese wehrhafte Bastion der Schweizer der Schweizer Tradition beginnt nach dem Milleniumswechsel aufzuweichen. Schon längst hat man die „Armengenössigen" zu Sozialhilfebezügern umbenannt und diese den jeweiligen Wohngemeinden zugewiesen. Die Institution Heimatort als letzte Rettung bei sozialem Abstieg und privater Zahlungsunfähigkeit hat endlich ausgedient. Die Probleme sind geblieben. Alle Lösungen, die Entspannung bringen sollen, öffnen gleichzeitig neue Gräben und Risse in den Verwaltungen der Gemeinden und Kantone. Steuersätze, Finanzausgleich zwischen „armen und reichen" Kantonen, steigende Ansprüche an die Sozialhilfe, Erneuerung und Anpassung der Amtsstellen, parteipolitisches Geplänkel, das daraus resultierende Tauziehen um politischen Einfluss – und neuerdings das Säbelrasseln und der Druck der Europäischen Union gegenüber der Schweiz. Die Risse und Gräben öffnen sich allerorten.

Die Grosseltern von Erika Martignoni hatte es irgendwann nach Winterthur verschlagen. Der Grossvater war Arbeiter gewesen – ein „Büezer" – in der florierenden Winterthurer Maschinenindustrie. Er war mit Leib und Seele Gewerkschafter und Mitglied der sozialistischen Partei – wie schon angeblich sein Vater. Doch der Sohn Ueli, Erikas Vater, hatte anscheinend eine zu grosse Portion sozialistischer Politik mitbekommen und wollte nichts mehr davon wissen. Martignoni Junior hatte sich vorgenommen, seiner Familie mit bescheidenen Mitteln ein bequemes Leben zu bieten, nach dem Beispiel der „besseren Leute". Nicht der „Mehr-Besseren", die waren schon zu hoch und zu vermögend, als dass ein Ueli Martignoni je in seinem Leben heranreichen konnte. Doch ein bisschen besser leben als die Grosseltern – das lag drin. Die Wirtschaft in den Sechzigern bot viele Möglichkeiten.

Die Familie war aufs Land gezogen. Fleissig sein, lernen, verlässliche Arbeit abliefern. Der gelernte Textilmaschinen-mechaniker Ueli Martignoni fand eine Stelle bei einer weitbekannten Spinnerei und Weberei im kleinen zürcherischen Turbenthal. Mit der Zeit kam zum klein-bürgerlichen Wohlstand ein Reihenhäuschen zum Arbeitervorzugspreis mit besonderen Konditionen. Es gab auch einen kleinen Garten, wo die Frau Gemüse ziehen und das Kind an der frischen Luft spielen konnte. Häusliches Glück im kleinen Massstab, von der Fabrikleitung gesponsert – man trug schliesslich Verantwortung für seine bescheidenen aber arbeitsamen und treuen Fachkräfte, und man schaffte somit eine solide Bindung an die Firma. Als Erika 1967 in die dritte Klasse der Primarschule eintrat, begann ihre Mutter nachmittags in der Stoffkontrolle der Weberei zu arbeiten. So mehrte sie den bescheidenen Wohlstand mit ihrer Arbeit. Sie mehrte ihn ebenfalls mit sparsamer Haushaltführung, mit eigenem Obst und Gemüse, und mit Selbstgenähtem – schliesslich hatte man die Möglichkeit Stoffe zu Preisen mit Mitarbeiterrabatt zu beziehen. Man konnte es sich sogar leisten kurze Ferienreisen im Sommer zu unternehmen. Mit der Bahn – selbstverständlich. Mit Unterkunft in Ferienheimen von der Fabrikdirektion zu ermässigten Preisen vermittelt. Ferien – die

Schweizer Zivilbevölkerung hat Ferien – Urlaub gibt es nur für Soldaten.

Eines Tages in den siebziger Jahren reichte es dann sogar für das heiss ersehnte, eigene Auto. Erika erinnert sich gut – ein gebrauchter Ford Cortina, beige, mit Sitzbänken in der gleichen Farbe wie der Aussenlack – Erika war damals dreizehn Jahre alt gewesen. Mit dem Einzug des Autos in den Martignoni-Haushalt begann eine Reihe neuer Familienrituale: Auto waschen, schamponieren, polieren, Fensterscheiben putzen, Armaturen abstauben, Innenraum mit dem Staubsauger sauber halten – wie gut, dass man vor dem Häuschen einen genug grossen Standplatz hatte. Nun begann der Traum von einer Garage für das neue Wohlstandssymbol.

Wohlstand. Sich das Leben erleichtern. Mehr Zeit haben. Wofür? Um mehr zu arbeiten, damit man sich mehr Dinge leisten konnte, die einem das Leben erleichterten, damit man mehr Zeit hatte, um zu arbeiten, um mehr zu verdienen, um …?

Die Wohlstandsspirale. Der Elektrokochherd. Die Waschmaschine. Das Transistorradio. Der Fernseher – schwarzweiss. Wohlstand. Das Auto. Die Filterkaffee-maschine. Die elektrischen Lockenwickler für Mutters Frisur. Der Toaster und das Raclette-Tischgerät – und der elektrische Doppelgrill, ein Gerät in dem sowohl saftige Steaks als auch die „Doppeldeckertoasts Hawai" gelangen. Das Gerät ist längst aus den Küchen verschwunden – der Toast „Hawai" jedoch, erlebt eine nostalgische Renaissance.

Wohlstand. Es sich leisten können. Die Campingausrüstung und die Ferienreisen nach Italien und Spanien. Neuartige Rezepte aus Mutters Küche: Truthahnschnitzel und „Riz Casimir". Erika erinnert sich gut an das wachsende Wohlstandbewusstsein ihrer Eltern, an den beruflichen Aufstieg ihres Vaters in bescheidenem Rahmen, der es ermöglichte auch etwas Erspartes auf die Seite zu legen. Erika erinnert sich aber auch an die Wirtschaftskrise in den Siebzigern und die Kürzungen in den Neunzigern. Doch da war sie schon verheiratet und die Eltern sahen mit wachsender Sorge einer ungewissen Zukunft entgegen. Die Fabrik stiess kostenintensive Geschäftsbereiche ab. Man schloss einen Nebenbetrieb, ging sogar so weit eines der Fabrikgebäude abzubrechen. Auf dem Areal steht jetzt ein Seniorenheim. Ihre Eltern können sich dort eine Wohnung jedoch nicht leisten. Ihre Eltern haben das Häuschen verkauft und sind vom Land in die Stadt, in eine billigere Wohnung, gezogen. Da sei alles näher, und ehemalige Freunde habe es auch in die Stadt verschlagen. Doch die Freunde werden immer weniger und die Nachbarschaft lärmiger, die Kinder frecher und die Sprachen der Leute unverständlicher. Das Häuschen in Turbenthal wird jetzt von einer Familie aus Ex-Jugoslawien bewohnt – wie so viele andere ehemalige Arbeiterhäuschen – erträumtes bescheidenes, gehütetes Familienglück der kleinen Leute.

Aus der Arbeitertochter Erika wurde eine kaufmännische Angestellte. In den Büros lösten elektrische Geräte die mechanischen, klobigen Maschinen ab. Die junge Angestellte erzählte stolz, wie sie mit den neuen IBM-Kugelkopf-schreibmaschinen und den Olivetti-Rechnern arbeitete, wie sie den Telex bediente und wie „wahnsinnig lässig" diese neuen Fotokopierer waren, da man nicht mehr mit den umständlichen Wachsmatrizen hantieren musste. „Lässig". In den Siebzigern fanden junge Leute im Zürcherischen noch vieles „lässig" oder schlichtweg „läss". Die neue Technik war „lässig", die Autos, das Vergnügen, die neue Freiheit, die man plötzlich dank guter Ausbildung und guten Verdienstmöglichkeiten hatte.

Dann kam die Erdölkrise, und mit ihr der Schock, das Bewusstsein der Endlichkeit, die Arbeitslosigkeit und die autofreien Sonntage. Doch zu jener Zeit ging Erika noch zur Schule und genoss es, zusammen mit ihrem Freunden, sonntags auf den autofreien Strassen Rollschuh zu fahren. Aber auch diese Zeit ging vorbei und der Sonntagsverkehr nahm wieder zu. Erika Martignoni begann ihre Berufslehre und die Gewohnheiten der Schweizer Bevölkerung kehrten zurück.

Anfangs der Achtziger wurde aus Erika Martignoni Erika Hasler. – Sich kennen lernen. Sich verlieben. In der richtigen Zeit. So wie es alle taten. Max Hasler, Absolvent des Technikums Winterthur, junger Ingenieur, aus dem Zürcher Oberland. Eine grossartige Karriere für einen talentierten Bauernsohn. Nicht gerade üblich, doch man konnte es sich leisten. Bauernfamilie. Bäuerliche Traditionen und Lebensweisen. Landverbunden. Die Nachfolge war auch schon geregelt. Der ältere Bruder, Hans, würde einmal den Hof übernehmen – er war auch der Richtige dafür. Die Schwester Sylvia wollte in die Krankenpflege. In Winterthur kreuzten sich die Wege von Max und Erika am sommerlichen Stadtfest. Das Winterthurer „Albani-Fest" zieht immer noch Leute aus der weiteren Umgebung an. Drei Tage lang ist die Stadt im Rausch des Vergnügens, und natürlich auch anderer Mittel, die diesen Zustand erzeugen. Ans „Albani-Fest" kam man sogar aus Frauenfeld angereist. Die Jugendlichen schlugen sich die Nacht um die Ohren und nahmen den ersten Zug am Morgen wieder zurück. Am „Albani-Fest" war schon immer Jung und Alt auf der Gasse. Altstadtanwohner, die ihre Ruhe haben wollen, müssen an jenem Wochenende wegfahren. Das Fest war schon immer „lässig", da konnte es schon passieren, dass man sich über den Weg lief, sich in gelöster Laune bei Bier und Bratwurst traf, oder am Kettenkarussel oder der Achterbahn. Man war mit der Clique unterwegs, das gab Mut und machte kontaktfreudig. Gewisse Kontakte hielten lange. Führten sogar zu einem gemeinsamen Leben. Heute gibt es am „Albani-Fest" ausser Bier und Bratwurst alle vorstellbaren exotischen Köstlichkeiten, und man könnte sich durch die ganze bunte Vielfalt an Speisen aus aller Welt satt essen, wenn man denn soviel essen könnte. Wer sich durch all die Köstlichkeiten durchprobieren möchte, der muss schon im Voraus gut organisieren. Das Leben ist bunter und bequemer geworden, die Jugendlichen steigen nun in Nachtbusse und Nachtzüge ein, das ist praktisch, da kann man nach dem Winterthurer Fest noch in Zürich weiter durch die Bars ziehen.

Irgendwann in den achtziger Jahren, nach Hochzeit, Wohnungsbezug und ernsthaft durchgerechneter Lebens- planung, kündigte sich bei Erika und Max Nachwuchs an. Sie hatten sich Zeit gelassen, hatten beide gearbeitet und Geld gespart, hatten sich das eine und andere Vergnügen geleistet – gutes Essen in Restaurants, Auslandreisen mit Übernachtungen in Hotels. Die Arbeiterfamilie Martignoni war erfreut und aufgeregt über die Tatsache, dass man nun Grosseltern war. Die Bauernfamilie Hasler fand, es sei endlich an der Zeit gewesen, dass die Jungen ihre eigene Familie gründeten – die Leute im Dorf hätten schon geredet. Dem ersten Kind folgte ein zweites, ein drittes. Im Freundeskreis ist es üblich geworden, drei Kinder zu haben – man konnte es sich leisten. Man konnte es sich auch leisten, einen Hausbau in Angriff zu nehmen.

Die Achtziger vergehen. Die Neunziger bringen dem Ingenieur Max Hasler neue Herausforderungen. Max erkennt die Zeichen der Zeit und ist erfolgreich. Dem Haus folgt ein Ferienhäuschen. Ein grösseres Auto muss her wegen der Kinder. Die Kinder brauchen plötzlich nebst der jährlich wechselnden Skiausrüstung und den Kosten für die Sportferien, selbstverständlich auch noch ihre Dreiräder, Roller, Kinderfahrräder, Sportfahrräder, Skateboards, die neuen Rollerblades, Sportsachen und Spiele für Sommer und Winter. Man unterstützt die Hobbies der Kinder, lässt sie Tennis und Klavier spielen, die Mädchen nehmen den obligaten Ballettunterricht, als gäbe es nichts anderes. Eine Familie ist kostenintensiv – und auf einmal erscheinen diese neuen elektronischen Dinge, die man haben muss, um mitzuhalten. Die Zeit der Computerspiele und der ersten Mobiltelefone beginnt …. und Max Hasler bekommt gesundheitliche Probleme, die ihn zwingen sein Lebenstempo zu drosseln und seinen Expansionsdrang zu begrenzen. Eine schwierige Situation für Max, den Ehrgeizigen – sich bescheiden zu müssen und seinen Kindern beizubringen, die Anzahl ihrer materiellen Wünsche entweder einzuschränken oder sich vielleicht nach bezahlter Ferienarbeit umzusehen und nicht in der freien Zeit herumzuhängen. Die Teenager haben aber andere Ansichten über den Lebensalltag, denn an sie werden immer grössere Anforderungen gestellt. In der Schule, beim prestigeträchtigen Hobby. Kinder haben überall Leistung zu erbringen, werden aber von allen Seiten abgelenkt. Manchmal wollen sie einfach nur am Samstagmorgen im Bett liegen bleiben und nicht schon wieder Französisch repetieren, nicht schon wieder Nachhilfeunterricht in Mathe bekommen, nicht auf ihren Musikinstrumenten üben, nicht für die Geographieprüfung büffeln, sich nicht mehr bei den Pfadfindern engagieren müssen.

· · · · • • · · · ·

Es ist das Jahr 2007. Erika geniesst ihren Cappuccino in einem trendigen Café der Winterthurer Altstadt und erinnert sich, wie stolz sie damals, 1980, war. Süsse zwanzig war sie damals gewesen. Sie war zu ihrer ersten Abstimmung gegangen, als es damals um die Gleichberechtigung von Mann und Frau ging. Wohlgemerkt, in dieser Reihenfolge geschrieben... Es war Erikas erste Tat als mündige, erwachsene, volljährige, handlungsfähige Staatsbürgerin. Und doch dauerte es noch eine geraume Weile, bis die Mühlen des Gesetzes all die notwendigen juristischen Texte gebrauchsfertig gemahlen hatten. Damals war sie schon einige Monate verheiratet gewesen. Die Trauformel wies noch den alten Wortlaut auf: „Der Mann bestimmt den Wohnort, die Frau führt den Haushalt". Nervös war sie damals auf dem Standesamt – dem

Zivilstandsamt – gewesen. Am liebsten hätte sie der Standesbeamtin – ja, es war eine Frau – ins Gesicht gelacht, und sie gefragt, ob sie selbst nach dieser Formel lebte, aber vielleicht war die Frau ledig, oder sogar „unverheiratet". Allein dieses Wort störte sie sehr. Eine juristische Spitzfindigkeit des Zivilstandswesens. Unverheiratet hiess, dass eine Ehe entweder für ungültig erklärt worden war, oder dass einer der Ehepartner als verschollen galt, in Kriegszeiten ein alltäglicher Umstand, in den Achtzigern eher selten. Doch ledig, das wurde man nie wieder, wenn dieser Stand einmal aufgegeben war. Ein ganz feiner Unterschied war es, den das Wort „ledig" einflüsterte. Ledig aller Sorgen, frei und ohne Anhang, selbständig.....

Viele der Wörter, die mit einem „Un-" beginnen, weisen einen Makel auf, ein Fehlen, einen Zustand, der durch die Definition der Gesellschaft nicht richtig ist – un-richtig. Es gab damals noch keine „Singles", es gab nur die „Alleinstehenden", von denen man annahm, dass sie allein, isoliert und einsam dahinlebten und „un-produktiv" waren. Die Anrede „Fräulein" war gerade auf dem Rückzug, und es löste immer noch allgemeines Schmunzeln aus, mit „Frau" ein sehr junges, weibliches, und nicht verheiratetes, Wesen anzusprechen.

Erika erinnert sich an eine absurde Situation im schwiegerelterlichen Haus. Übrigens hatten die Schwieger-eltern bei der Abstimmung um die Gleichberechtigung mit „Nein" gestimmt, sogar der nie verheiratete Onkel, der ewige Junggeselle, hatte sein „Nein" in die Urne gelegt. Eigenartig – auf diesem Onkel lastete nie das Verdikt „nicht verheiratet"....und die Bezeichnung „Junggeselle" hatte etwas beneidenswert Geniesserisches. Auf Erikas Frage nach dem

Grund der Nein-Stimme, hatte man ihr geantwortet: „Wir hatten das früher auch nicht"... Wobei noch angefügt wurde: „.....und es ist gut gegangen." Erika erinnert sich noch gut an die Gefühle, die sie nach dieser Antwort erfasst hatten. Ärger und das Gefühl nichts gegen solche Ansichten tun zu können. Es hätte nicht einmal Sinn gemacht zu protestieren, der Graben zwischen den Generationen war tief.

Dann kam der Besuch aus Graubünden, als Erika gerade einige Tage auf dem Bauernhof der Schwiegereltern verbrachte. Eine Freundin der Schwiegermutter hatte sich angekündigt. Ebenfalls Bäuerin. Bei schönstem Sommerwetter traf sie ein und wurde vorbildlich mit Kaffee und Gebäck auf der clematisbewachsenen Terrasse bewirtet. Man genoss die Aussicht auf Alpenpanorama und den Zürichsee, und um den Tisch herum tobten vier kleine Kinder. Höflich wurde die schwiegermütterliche Freundin von Erika begrüsst, die Schwiegermutter selbst kam mit der Kaffeekanne, und schon war man mitten in der interessanten Frage, wem denn all die Kinder gehörten – und wem gehörte denn die Frau? Erika stellte erstaunt fest, dass die von der Freundin an ihre Schwiegermutter gerichtete Frage sie selbst, Erika, betraf. Doch bevor sie auch nur zum Sprechen ansetzen konnte, hörte sie die Schwiegermutter die komplexen Familienverhältnisse erklären. Komplex für die aus einer Kleinstfamilie stammende Erika, jedoch klar durchschaubar für die Graubündner Freundin.

„Aha", sagte diese anschliessend, und wies dabei auf die einzelnen, herumkrabbelnden Geschöpfe, die Erika mit Mühe im Zaun hielt. „Das sind also die Kinder vom Hans, von Sylvia und vom Max."

Erika runzelte die Stirn. Hans, Sylvia und Max waren die Kinder ihrer Schwiegermutter. Max war Erikas Ehemann und Hans und Sylvia Schwager und Schwägerin. Sie wollte wieder den Mund öffnen und sich ins Gespräch einmischen, als sie die Bündner Bäuerin weiter fragen hörte:

„Und sie?" mit Kopfnicken wurde zu Erika gedeutet: „…..gehört sie Hans?" Erika schaute sich um, und versuchte zu verstehen, wen die Bauersfrau wohl gemeint haben konnte, als sie ihre Schwiegermutter antworten hörte:

„Nein, sie gehört Max."

Erika hielt den Atem an. Nach aussen hin lächelte sie. Von aussen betrachtet, und wie sie da stand mit einem Kleinkind auf der Hüfte, glich sie einem lebendigen Madonnenbild. Der Vergleich hinkte. Im streng reformierten Zürich haben Madonnenbilder nichts zu suchen.

Sie gehörte Max. Sie war demnach weder Mutter ihrer eigenen Kinder, noch hatte sie überhaupt einen Namen. Sie war nicht einmal eine Frau. „Sie" gehörte schlicht und einfach Max. Max gehörte auch das Wohnhaus, die Wiesen, einige Hoftiere, die Geräte und die Maschinen – und eben auch „sie". Das bäuerliche Inventar ist erst mit der Ehefrau komplett. Vielleicht leben sogar noch die „Junge" und die „Alte" auf dem gleichen Hof. Dann ist eine von ihnen die „Meisterin" – je nachdem, ob der „alte" oder der „junge" Bauer den Hof führt. Die „junge

Ehefrau" im bäuerlichen Haushalt ist grundsätzlich brauchbar für die Arterhaltung, für den Unterhalt von Haus, Garten und Geflügelhof, für die Sorge um Verpflegung und Wäsche und als Arbeitshilfe der „Alten".

Erika betrachtete die krabbelnden Kinder, sah die beiden älteren Bäuerinnen bei Kaffee und Kuchen schwatzen, sah die blühenden Bäume, die Hühner auf dem Hof, hörte das Plätschern des Brunnens in der Einfahrt. Die Welt der älteren Frauen war in Ordnung. Sie hatten zwei Weltkriege miterlebt und überlebt. Sie hatten einen gewissen Status und einen bescheidenen, damit verbundenen, Wohlstand erreicht. Erikas eigene Welt hatte noch nicht einmal begonnen zu existieren. Es war die Welt ihres Ehemannes, sogar die Welt ihrer Kinder, denen sie eine Zukunft bieten sollte. Wer bot Erika Hasler eine Gegenwart?

· · · · · ● · · · ·

Zwanzig Jahre später – trinkt Erika Hasler ihren Cappuccino in dem trendigen Café der Winterthurer Altstadt. Zwanzig Jahre später hat Erika Hasler endlich ihre Gegenwart und sogar eine Zukunft. Sie hat die alte Welt der Vergangenheit ruhigen Gewissens hinter sich gelassen. Sie hat ihre Aufgabe erfüllt. Die Kinder haben ihre eigene Gegenwart und eine eigene Zukunft. Ob ihr Mann, Max, dies alles auch hat – fragt sie sich nicht. Ihre Gegenwart hatte sie damals ihrem Max geschenkt, und der hatte sie angenommen, als wäre es die selbstverständlichste Sache der Welt. Ohne Absprachen und ohne Rücksicht auf die historische Volksabstimmung um gleiche Rechte. Erika hatte Max gehört. Das ist jetzt vorbei.

Februar 2007. Die ehemalige erste Bundesrätin der Schweiz, Elisabeth Kopp, versucht ihre Vergangenheit zu bereinigen, Dinge die geschehen sind zu bewältigen, Dinge, die nicht hätten geschehen dürfen zu berichtigen. Es ist auch die Vergangenheit der Sandwichgeneration. Erika Hasler wischt die Erinnerungen weg. Es hat keinen Sinn in Vorwürfen zu verharren. Erika Hasler hat jetzt eine Zukunft.

16. Kapitel

Eliane und der Chat –
„Spüren schreibt man ohne H"

Erinnerungen einer Chat-Queen – Wie Schreibfehler die erotische Anziehungskraft untergraben können – Der Chat als Vergnügungsquelle und Intelligenztest.

Sie rieb sich die Augen vom langen Chatten mit wildfremden Männern; sie hatte viel zu lange fasziniert auf den Bildschirm gestarrt, obschon sie eigentlich keine grossen Erwartungen hegte. Zu viele der Männer, mit denen sie sich online unterhalten hatte, schrieben immer wieder das Wort spüren mit einen h …" spühren" … Es schüttelte sie. Die ganze Sympathie konnte mit diesem einen Anschlag auf den Buchstaben H weg sein. Begraben unter der Taste H. Weggetippt. Angeschlagen, und durch das Antippen des Zeigefingers gesprengt, ….. da spielte es nicht einmal eine Rolle, ob der Betreffende mit Zehnfingersystem schrieb oder nicht.

Es war ein netter Zeitvertreib, aber nachdem sie in jener Woche schon zwei langweilige Rendezvous mit ebensolchen Partnern aus dem Chat hinter sich hatte, war sie nur noch virtuell unterwegs. Ihre nach der Scheidung neu gewonnene Jungfräulichkeit war deshalb nicht im Geringsten gefährdet. Sie lehnte sich zurück und ließ den gesamten Abend noch einmal in Gedanken Revue passieren.

Eigentlich hatte sie nur Lust darauf gehabt verwöhnt zu werden – auf Champagner, bittere Schokotrüffel, Orangen, Trauben und Erdbeeren – sie wollte sich an einen vibrierenden Körper anlehnen, die Berührung erfahrener Hände fühlen – kurz und gut, das Dekor war einerlei, sie hatte Lust auf Sex. So einfach war das. So bestechend simpel auf den Punkt gebracht. Und doch wollte sie es in dieser einfachen Wahrheit, oder wahrhaften Einfachheit, nicht erkennen. Noch nicht…

Die Müdigkeit nach einem weiteren langen Arbeitstag, die Freude auf das bevorstehende Wochenende, das nach Hause kommen in eine nach ihrem Geschmack eingerichtete und aufgeräumte Wohnung, wo endlich keine verstreuten Gegenstände der chaotisch ex-ehemännlichen Provenienz herumlagen, keine McDonalds Pappbecher, die auf die Gegenwart von Teenagern schliessen liessen, sondern ein zu Hause, wo sie eine gepflegte Atmosphäre erwartete, in der sie sich mit Dingen umgab, die sie liebte und von denen jedes einzelne eine besondere Bedeutung in ihrem Leben hatte. Mochten ihre Kinder die Ansammlung von zerknüllten Papiertüren, klebrigen Eisteebechern und ausgelutschten Ketchupbeuteln als pittoreskes Stillleben empfinden – für sie war und blieb es Müll, genauso wie das vorher darin enthaltene Essen.

Ihre Gedanken wanderten weiter zu dem entspannenden Bad, dass sie sich nach dem Feierabend gönnte: Duftendes Wasser, ein Glas spritzigen Weissweins im funkelnden Kristallkelch, dazu diese sündhaft gut schmeckenden, schmelzenden, kleinen Köstlichkeiten aus geheimnisvoll dunkler Schokolade, die Musik venezianischer Barockkonzerte – das Leben war schön.

Als das Handy zu klingeln begann, wurde das Leben sogar noch schöner und noch strahlender. Sie hatte den Anruf bereits erhofft, hatte sich darauf gefreut, hatte ihn herbeigesehnt, obwohl sie genau wusste wann sie ihn erwarten durfte.

Flugpläne und Reisezeiten sind unbestechlich. Doch nun meldete sich der Mann, für den sie seit einigen Monaten Gefühle empfand, wie sie es nicht mehr für möglich gehalten hätte. Silvio. Sie genoss seine Stimme, seine Begeisterung, mit der er von einem bevorstehenden Auftrag sprach – sie genoss die Erinnerung an ihr letztes gemeinsames Treffen. Er müsse sich wieder verabschieden, hörte sie ihn sagen, der Anschlussflug wartete bereits, doch er hätte einfach bei ihr anrufen müssen, sie hätte ihm so gefehlt...ihre Stimme, ihre Nähe, ihre Leidenschaft! Sie sehnte sich danach ihn zu küssen, ihn zu umarmen, ihn zu spüren... und sie wandte sich ihrer Lieblingsfrage zu, was dieser Mann wohl in ihrem Leben bedeutete. Mit Sicherheit war er ihr neues Lebensgefühl, ihre wieder gefundene Freude und ihr Genuss. Die Tatsache, dass sie sich nur wenig sahen, dass eine gemeinsame Zukunft ausgeschlossen war, machte diese Art der Beziehung intensiver, verlieh ihr einen knisternden Reiz. Genau das Richtige in ihrer Situation. Genau das Richtige zu Beginn einer neuen Lebensphase. Genau das Richtige nach einer viel zu langen, gleichzeitig erschöpfenden und langweiligen Ehe- und Familienphase.

Das Leben bot jetzt plötzlich Seiten, von denen sie nicht einmal geträumt hatte. Solche Seiten hatten nie in ihrem Bewusstsein existiert. Jener Mann, der jetzt am anderen Ende Welt zu seinem Anschlussflug hastete, war ihr ein guter Freund, ein verständnisvoller Ratgeber, ein leidenschaftlicher und zärtlicher Geliebter, ein Kumpel, der sie mit seinen verrückten Ideen zum Lachen brachte, ein ganzer Kerl, erfahren, intelligent, weltgewandt und gut aussehend. Es gab keine Verpflichtungen, keinen Alltagskram, keine Besitz-ansprüche. Was wollte – was brauchte sie denn noch mehr?

Irgendwann muss ich im Leben doch etwas Gutes getan haben, dachte sie, als sie aus der Badewanne stieg und sich in ein Frotteetuch wickelte. Neues Leben, neue Umgebung, neue Freunde. Aus diesem Grund hatte sie mit dem Chatten im Internet angefangen. Sie entdeckte eine überraschende Welt, hatte Spass und steigerte sich oftmals hinein, so dass der Chat bereits zu einer Gewohnheit wurde. Doch war sie jemanden Rechenschaft schuldig darüber, was sie nach Feierabend tat? Keineswegs. Ausserdem war sie sich bewusst, dass ihre Spontaneität zwar ihre grosse Stärke – aber auch eine grosse Schwäche war. Sie hatte beschlossen, sich über ihre neuen Gewohnheiten keine Sorgen zu machen – und überhaupt – ihr neuer Job beschäftigte sie so sehr, dass vielfach keine Zeit fürs Vergnügen blieb. Oft war sie nach einem dieser intensiven Arbeitstage so müde, dass sie abends einfach nur ins Bett fiel und einschlief.

Mit der Zeit geschah das Einloggen in den Chatroom immer seltener, obwohl sie immer noch von Neugier getrieben war und auch hin und wieder einen erotischen Talk nicht verschmähte. Mit einem Lächeln erinnerte sie sich an den jungen Elektroingenieur, der sich als beflissen in Tantrapraktiken erwiesen hatte. Die Erinnerung an ihren Höhepunkt am Ende jenes Chats genoss sie immer noch unvermindert. Er hatte sie zum Schluss um ein Treffen gebeten, hatte sie richtig angefleht, die gemeinsame Cybersexerfahrung in eine physische umzusetzen – sie wollte nicht. Sie wollte sich den Reiz des Unbekannten bewahren, obwohl die Vorstellung an eine Liebesnacht mit diesem Mann ungemein reizte….

Doch an diesem Abend tummelten sich wohl nur die einsamen Seelen im Chat. Ein ausgetrockneter Jurist, der sich nach zwei oder drei gezielten Fragen als Compliance Sachbearbeiter eines Pharma-Unternehmens entlarvte. Was für ein Angeber! Dachte wohl, er könne sie mit dem Wort Jurist beeindrucken. Wie gut, dass sie ihm nicht verraten hatte, was sie beruflich machte! Sie kicherte in sich hinein. Der Typ war sicher hager und knochig, hatte einen grossen Adamsapfel, der beim Sprechen hüpfte, dazu eine Halbglatze und Schuhgrösse extragross! Sie schüttelte sich.

Einen Mausklick weiter, sah sie, wer ihr Profil aufgesucht hatte und seufzte vor Langeweile. Ein achtzehnjähriger Ägypter! Das war wohl einer der jungen Wilden, die ihr ganz offen schrieben, dass sie mit einer „älteren und erfahrenen Frau" ins Bett gehen wollten. „Ältere" Frauen (wie sie diese Wortkombination hasste!) seien eben heisser, williger und nicht so gehemmt wie die jungen Tussis, welche Liebesgesäusel ins Ohr und stundenlanges Vorspiel brauchen! Sie war überrascht, wie oft sich solche Jungs bei ihr meldeten. Weniger überrascht war sie, wenn sie manchmal mit ihnen übers Internet sprach, was sie da zu lesen bekamt. Eigentlich waren die doch alle noch Kinder. Hielten sich für geile Machos und waren doch nur naseweise Jüngelchen. Anderseits waren manche Gespräche unverhofft tiefgründig, und die Jungs bedankten sich sogar dafür! Ich werde noch zur Seelsorgerin im Internet! „Fragen Sie unsere Beraterin – erfahren in Sex und

Herzensangelegenheiten!" „Die Priesterin der Liebe erteilt Einweihungen!"

Sie klickte sich weiter durch die Liste der Suchenden. Ein Chatpartner meldete sich. „Du gerne flirt?" las sie auf dem Bildschirm. Oh, mein Gott....... Der zweite Satz folgte sogleich: „Du gerne Italo Mann?" Sie lachte laut auf. Süditaliener, Mitte dreissig, ganz passabel aussehend auf dem Foto – wenn sie heute eine heisse Nacht haben wollte – sie brauchte nur einen Treffpunkt abzusprechen, ins Auto zu steigen ... und vorher vielleicht noch in die verführerischen Dessous zu schlüpfen. Ob er auf Highheels und Netzstrümpfe stand? So wie er schrieb, war ihm das wohl ziemlich egal – Hauptsache Frau. Sie schrieb italienisch zurück, wollte ihn nicht brüskieren. Sie war nicht von der fiesen Sorte. Zumindest war der Junge intelligent genug, um mit einem Computer umzugehen, und selbstsicher genug, um eine Frau schriftlich zu kontaktieren, deren Sprache er nur schlecht beherrschte. Er wollte „fare l'amore", doch die Lust dazu war ihr gerade vergangen.

Sie hatte genug für heute, doch die Neugier nagte weiter. Schlimm genug diese Neugier, die sie immer wieder in heikle Situationen brachte. Da blinkte wieder die direkte Anzeige. Wer war das wohl? Vielleicht...na ja...die Hoffnung stirbt zuletzt... Kaum hatte sie geklickt, da kam schon die etwas ungewöhnliche Begrüssung:

„hallo, ruby66, bist du ein juwel oder eine mörderin? warst du es, die den kennedymörder lee harvey oswald erschossen hat?"

Das war wenigstens mal eine pfiffige Anfangsstrategie, nicht der übliche Eröffnungszug den die meisten Männer benutzten und sich dabei geistreich und schlagfertig fühlten – die sich auch noch mit der Zahl 66 ihres Nicks auf plumpe Art anbiederten: „Gleich zur Sache, Baby!" (*smile*) Alles Zahlenlegastheniker diese Jungs, sahen 66 und lasen 69, diese geilen Böcke! Dabei war die Zahl 66 doch nur ihre Hausnummer – weil ihr bei der Registrierung nichts Besseres eingefallen war. Der Name Ruby schien beliebt, es gab schon mehrere davon im Chat, und da sie keinen anderen wollte, musste sie eben eine Zahl anhängen. Ruby. Sie liebte alle rubinfarbenen Steine, Glasgegenstände, und manchmal auch schweren roten Wein! Das funkelnde, durchscheinende Farbenspiel hatte etwas Verführerisches, Erotisierendes…

Der neue Mann in der Leitung schien zumindest intelligent zu sein. Jedenfalls schien seine Allgemeinbildung in Ordnung zu sein – wenigstens wusste er, dass Jack Ruby seinerzeit den mutmaßlichen Kennedymörder Oswald bei laufender Fernsehkamera erschossen hatte. Das war anno 1963 gewesen, das liess vermuten, dass der Chatter ein eher älteres Baujahr war. Besser so – sie hatte genug von den jungen Unschuldslämmern, für die sie Lehrerin zu spielen hatte. Sie war neugierig geworden, entschied sich für das kostbare Juwel und tippte schnell eine Antwort:

„hallo, Uncle Toby, oder bist du eher Opa Toby – oder etwa Sir Toby? Was wär dir denn lieber? Ein teures Juwel, das du dir nicht leisten kannst, oder eine gefährliche Frau mit männerfressenden Neigungen?"

Heute wollte sie andeutungsweise den Vamp spielen, ohne Highheels. Den historischen Vamp in venezianischem

Seidenbrokat. Sie war neugierig, wie der Unbekannte darauf reagieren würde. Gleich schickte sie den nächsten Satz nach:

„…oder wäre dir eine Kurtisane aus dem barocken Venedig lieber? In Samt und Seide – diskret maskiert, duftend nach teuren Essenzen aus dem Orient? Mit erlesenem Schmuck aus funkelnden Rubinen, der sich an die weiche Haut von Hals und Schultern schmiegt und in der geheimnisvollen, weichen Tiefe unter der Spitzenflut des Kleides versinkt?“

Sie wünschte sich plötzlich, dass der Unbekannte darauf reagierte. Sie hatte diese Kurtisanen-Nummer bisher nur an einen einzigen Chatpartner verschwendet, leider an einen geistig unterbelichteten Mann, obwohl der sich nach dem schlauesten der drei Musketiere nannte. Er war so stolz auf seinen Körper gewesen, auf seine durchtrainierten Muskeln – er ahnte nicht, dass sie Muskeln sterbenslangweilig fand… Bekanntlich machen sich Muskel- und Hirnmasse die Energiezufuhr streitig. Beides sollte ausgewogen sein. …und was den Rest des Körpers betraf, da vertraute sie ganz und gar den eigenen Fähigkeiten.

Komm mein Junge, dachte sie, trank einen weiteren Schluck Wein und lehnte sich zurück – komm, ich will dich lesen…

17. Kapitel — GeschiCHten:

Medien- und Körperwahn

Der Sinn und Wahnsinn der plastischen Chirurgie – Von entfernten Körperteilen eines Filmstars – Der „Vierziger Service" und andere, drastische Sprachgewohnheiten.

Die Medien posaunten es laut heraus. Sowohl im Druck als auch online wurde es jedem Bürger, und vor allem jeder Bürgerin der gesamten Welt, vor die Augen gehalten, unter die Nase gerieben, mit dem Finger darauf gezeigt – und war nicht von der Hand zu weisen. Die Ausdrücke der Körpersprache eigneten sich in diesem Fall besonders gut für die Berichterstattung, denn es ging um einen Körper. Einen Körper, der aus der Menschheitsmasse herausragte, einen Körper von öffentlichem Interesse. Den Körper schlechthin. Zumindest nach Meinung einiger Männer. Von einem engelsgleichen Körper war die Rede, dessen Formen – französisch ausgedrückt – hübsch waren. Hübsch, schön anzusehen, nett. Und nun das. Angelina Jolie hatte sich eine Brust entfernen lassen...

... oder deren zwei. Die Kommentare gingen in dieser Hinsicht etwas auseinander, doch der Kern der Aussage war banal brutal: Die Brust ist weg – und das, was sich auf den Pressefotos immer noch mehr als verführerisch unter dem grosszügig ausgeschnittenen Sommerkleid der Schauspielerin wölbte, sollte nun alles künstlich sein.

Viele Frauen reagierten schockiert. Viele Männer zuckten mit den Schultern und meinten, man würde ja nichts merken. Keine äusserliche Veränderung, also war doch alles in bester Ordnung. Der Rest der Menschheit erging sich mehr oder weniger leidenschaftlich in einer Pro und Kontra-Diskussion der gesundheitlichen Gründe – und eine verschwindend kleine Anzahl von Erdenbürgern mochte sich vielleicht fragen, ob die Medienberichte wohl auch der Wahrheit entsprachen. Diese verschwindend kleine Anzahl von Erdenbürgern – denn dies war ein Ereignis von weltumspannender Tragweite – behielt ihre Gedanken jedoch für sich und konzentrierte sich auf ihr eigenes Leben. Sicher aber war, dass die Frage nach dem Grund, der Motivation zu einem solchen Schritt, niemanden unbewegt liess. Man konnte aus der Unzahl sich ähnelnder Texte jeweils erfahren, dass sich die hübsche Schauspielerin aus Angst an Krebs zu erkranken, eine Brust abnehmen liess, oder auch deren zwei. Von nun an würden Implantate Haut und BH-Körbchen füllen. Der dazu befragte Schauspieler-Ehemann wurde lobend erwähnt, dass er seiner Frau bei ihrem Entschluss und in der nachfolgenden Zeit beigestanden hätte. Er sei ihr eine grosse Unterstützung gewesen. Jawohl, Brad hatte Angelina „bei ihrem Entschluss unterstützt."

Schon wieder amerikanischer Übersetzungsterror. Ständig wiederholte Modewörter aus der Geschäftswelt wie „Herausforderung" und „Unterstützung". War der berühmte Ehemann seiner Frau nun eine Hilfe? Helfen ist out, helfen klingt mitleidsvoll altertümelnd; helfen ist etwas für die Heilsarmee und bei Katastrophen. Unterstützen ist in. Unterstützen kann man sogar ohne wirklich zu helfen. Das ist praktisch. Um unterstützt zu werden muss der zu Unterstützende nämlich erst der Unterstützung würdig sein.

Das ist wie kreditwürdig – und dann ist man nämlich Kunde. Wer nicht kreditwürdig ist, der ist ein armes Schwein und hilfsbedürftig aber niemals der Hilfe würdig. So ist das im Leben, doch der hübschen Angelina ist sowieso nicht mehr zu helfen, denn so etwas wie Hilfe braucht sie nicht, Angelina ist schliesslich unterstützungswürdig. Ihr Ehemann hat es bezeugt.

Der verschwindend geringe Rest der Menschheit fragte sich zudem, ob dies alles ein Experiment war, um den perfekt funktionierenden Menschen – das heisst die perfekt funktionierende Frau – sozusagen in Teilen herzustellen. Obwohl, wie verhielt sich das „perfekte Funktionieren" zu gesunden Brüsten, die gerade abgeschnitten wurden? Gesunde Körperteile vom gesunden Körper getrennt. Aus Angst, vielleicht einmal an Krebs zu erkranken …

Aus Angst tut ein Mensch vieles, das er in einer ausgeglichenen Gemütslage nicht tun würde – aber so weit zu gehen, um sich gesunde Teile des Körper amputieren, abschneiden, wegsägen zu lassen, damit man keine Angst mehr vor einer eventuellen Krankheit haben muss? Wohlverstanden, dies war keine vorbeugende Massnahme, damit Organe und Körperpartien gesund und erhalten blieben, sondern es wurde Teile vom übrigen Körper getrennt, damit ….ja, was nun? Was blieb nach der Amputation gesund? Die gesunden Brüste, die nun herausgeschnitten waren? Der restliche Körper, der nun mit Fremdkörpern behaftet wurde und dabei einem erhöhten Infektionsrisiko ausgesetzt war? Gewebe, Organe, schöne Körperformen, die nun weg sind und weg bleiben, damit man sich nicht mehr fürchten muss vielleicht, eventuell, möglicherweise einmal eine Krankheit zu bekommen, an der eine nahe Verwandte litt? Was wäre wohl geschehen, wenn diese Verwandte an einem Hirntumor gelitten hätte? Welchen Entschluss hätte da die hübsche Angelina gefasst? Hier bleibt alle Theorie grau, wie die besagten Hirnzellen.

Der verschwindend geringe Rest der Menschheit, der sich zu diesem Thema sehr private Gedanken machte, schweifte sinnend durch den Lauf der Zeit, in die Vergangenheit und zum Lebensgefühl der Deutschschweizer der Siebziger Jahre. Damals hatte noch Aufbruchsstimmung geherrscht! Alles war möglich: Mondlandungen und Frauenstimmrecht. Dazu kam auch gleich zu Beginn der achtziger Jahre die in demokratischer Abstimmung beschlossene Gleichsetzung von Mann und Frau. Schweizer Männer und Frauen vor dem Gesetz gleich. Gleichzeitig ein ungebrochener Fortschrittsglaube an Technik und Wissenschaft. Die ersten Tiefkühlgeräte für den Privathaushalt. Die Umbenennung der „wilden Ehe" in „Konkubinat". Wer das wohl erfunden hat? Ging es in der „wilden Ehe" etwa wilder zu als danach im eheähnlichen Konkubinat? Und wer war da die Konkubine? Ein weibliches Wort. Mit keinesfalls unterstützungswürdiger Bedeutung – eher hilfsbedürftig, und mit dem erhobenen Zeigefinger der Moral grundsätzlich abzuweisen. Der Duden bietet unbestechlich viele verschiedene Varianten dieses Wortes, doch in einem sind sie sich völlig gleich. Von der Nebenfrau über die Geliebte bis zum Betthasen – eine Konkubine ist etwas fürs Bett und ohne Anspruch auf Rechte. Eine Konkubine steht im hellen Gegensatz zur vertraglich, rituell oder sonst irgendwie dem allgemeinen Gewohnheitsrecht entsprechend vermählten Haupt-Ehefrau.

Der Fortschritt der Siebziger machte natürlich auch vor dem Gesundheitswesen nicht halt. Um den neuen Anforderungen an Leistung und Mobilität bei „Arbeit, Sport und Spiel" zu genügen, wäre es doch praktisch gewesen, wenn Frauen ab Vierzig von lästigen körperlichen Beschwerden verschont würden, die mit dem Vorgang des Älterwerdens einhergingen. „Praktisch" – auch ein Lieblingswort der Siebziger, und doch weit entfernt von „effizient"... Man nahm an, dass Frauen jenseits der Vierzig Gelegenheit erhalten müssten, in ihren Körpern Ordnung zu schaffen. Aufräumen für einen neuen Lebensabschnitt. Ausräumen, was nicht mehr benötigt wurde – sozusagen ausmisten, entrümpeln, ausrangieren. Hinaus mit der Gebärmutter, die nicht mehr zum Gebären taugt! – Ein drolliges Scherzwort bahnte sich seinen Weg aus dem rauchigen Bierdunst der Stammtischrunden. In Werkstätten, Produktions- und Lagerhallen, auf Baustellen und sogar in Büros sprach die Männerwelt leise grinsend vom „Vierziger-Service". Wäre ja sowieso nicht mehr viel los ab Vierzig, da könne man doch sauber abräumen und überflüssige, wartungsbedürftige Organe entfernen. Wie einen Blinddarm, der taugt doch auch zu nichts. Oder die Mandeln. Die werden doch schon seit Generationen aus Patientenhälsen geschnipselt. Der „Vierziger-Service". Als wäre ein Frauenkörper ein Auto. Doch halt: Autos und Maschinen, alle technischen Konstruktionen – sie brauchen regelmässige Pflege und Wartung, um reibungslos funktionieren können. Jedes Rädchen, jede Schraube am richtigen Ort, ordnungsgemäss geschmiert, geölt, und in stundenlanger Arbeit liebevoll instand gesetzt. Der Vergleich mit den Autos hinkte bedenklich, was vielleicht am literweise konsumierten Bier lag. Keinem dieser Stammtischherren wäre es in den Sinn gekommen dem Motor eines nicht mehr brandneuen Gebrauchtwagens, etwa die Kurbelwelle zu entnehmen, in der Absicht die Maschine von überflüssigem Ballast zu befreien, damit sie für die nächsten dreissig bis vierzig Jahre störungsfrei arbeiten möge...

18. Kapitel

Eliane und der falsche Film

Von Szenen, die nur in schlechten Fernsehserien passieren – Die Erkenntnis, dass die Szenen zwar schlecht, jedoch real sind – Ein Tanzabend vor Weihnachten – Der Mann im Bett und der Mann an der Tür – Der Wiedergänger.

Eliane hörte wie ein Schlüssel ins Schloss geschoben und umgedreht wurde, und sie dachte, dass jetzt wohl der richtige Moment für einen abgedroschenen Satz gekommen war. Einen Satz wie: „Das darf doch nicht wahr sein", oder „Das träume ich alles nur". Sollte sie perplex, verdattert oder nur erstaunt sein? Sollte sie hysterisch lachen oder schluchzen? Sollte sie denken, dass sie im falschen Film war, oder dass solche Dinge nur in kitschigen Fernsehserien mit schlechten Schauspielern vorkämen, aber sicher nicht im richtigen Leben und sicher nicht mit ihr als Hauptdarstellerin? Es war wohl ihr Gehirn, welches selbstständig entschied, dass der Vergleich mit dem Film der beste sei, denn wie ein Film zog plötzlich der vergangene Abend und die darauffolgende Nacht an Elianes innerem Auge vorbei. In aller Deutlichkeit, in aller Schärfe. Und jetzt sass sie in einer dummen und peinlichen Situation, sass in ihrem dunkelroten Kimono auf dem Sofa in ihrem Wohnzimmer und sass in der ersten Reihe der Komödie ihrer eigenen Gegenwart. Eine Lachnummer, skurril, surreal und mitten aus dem Leben gegriffen, ihrem eigenen Leben. Doch das Geräusch des Schlüssels war weder skurril noch surreal, es war einfach da, und es zeugte von der simplen Wirklichkeit, die sich von aussen den Zugang in die Wohnung verschaffte. Der Film in Elianes Kopf begann von vorne:

Es war Samstag, und es war der 23. Dezember. Eliane war mit dem Auto unterwegs. Sie fühlte sich leicht und fröhlich und attraktiv. Sie hatte sich bei ihrer Friseuse die Haarfarbe auffrischen lassen. Das Haar glänzte nun und fiel in lockeren, seidigen Hollywoodwellen auf ihre Schultern. Aus dem Lautsprecher des Autoradios tönte ganz unweihnachtlicher Disco Fox und auf dem Beifahrersitz lag die Plastiktüte mit den eben erstandenen Stiefeln. Schwarzers Leder, kniehohe Schäfte, schmale Spitze und Zwölf-Zentimeter-Mörder-Stilettos. Auch noch mit Preisnachlass, da einzelnes Restpaar. Wer kauft schon solche Dinger in Grösse 40? Eliane konnte es kaum erwarten das Auto zu parken, die Wohnungstür hinter sich zu schliessen und sofort in die Wunderstiefel zu schlüpfen.

„Hey", sagte sie kurze Zeit später zu ihrem Spiegelbild und wiegte die Hüften in den engen Jeans, „du bist sexy! Du solltest den Abend nicht alleine vertrödeln. Es wird sich doch wohl jemand finden lassen, der mit dir heute ausgeht?"

Dem provokativen Satz folgte ein kleiner Seufzer im Bewusstsein, dass der ideale „Jemand" ausgerechnet diesen Abend nicht abkömmlich war. An diesen Abend nicht und am morgigen Abend nicht – und übermorgen auch nicht. Plötzlich war die Freude über das attraktive Aussehen, über die neuen Stiefel und die ganze verheissungsvolle Freiheit ziemlich getrübt weil jener „Jemand", der ihr Freund war, die kommenden Abende nicht mit ihr verbringen würde. Mit einem bitteren Seitenblick in den Spiegel, dachte Eliane daran, dass derjenige, der sich ihr Freund nannte, die Feiertage mit seiner Familie zusammen sein würde. „Im Schosse der Familie", sagte sie zynisch zu der Frau im Spiegel, „Wie sich das schon anhört... Als ob seine „zukünftige Ex" ihn in ihr Bett und ihren Schoss lässt!..."

Die Kinder hatten natürlich ein Anrecht auf ihren, von der Mutter getrennt lebenden, Vater – insbesondere während der Weihnachtsfeiertage. Er hatte betont, wie wichtig es war, dass die Kinder ihn regelmässig sähen, ihn als guten Vater akzeptierten, aber auch als einen konsequenten und durchgreifenden Menschen, der sich nicht alles bieten lässt. Eliane hegte im Stillen die Überzeugung, dass es den Kids von Herzen egal war, ob der Vater sich nun von der Familie getrennt hatte – Hauptsache sie konnten weiterhin in dem Haus mit Garten wohnen und hatten ihre Mutter wie immer um sich. Und Daddy brachte zu Weihnachten Geschenke. Auf diese Art musste wohl das Märchen vom Weihnachtsmann entstanden sein – aus der Erklärungsnot oder dem Sarkasmus geschiedener Mütter am Weihnachtsabend. Eliane mischte sich nicht ein. Sie hatte keine Lust mehr auf pubertierende Teenager und wollte auch niemals der Exfrau ihres Freundes über den Weg laufen. Sie akzeptierte seine Vaterpflichten, sie fügte sich seinem Kinderhüte-Zeitplan, und sie war durchaus bereit spontane Änderungen im Freizeitprogramm durchzuführen, wenn „Madame Ex" mehrmals Termine und Verabredungen durcheinander brachte. Eliane hatte „Madame Ex" im Verdacht, dies aus purer Rache an einer potenziellen Freundin ihres Ex-Mannes zu tun. Warum sich wohl „Madame Ex" nicht selbst einen neuen Mann zulegte? Angeblich sah sie noch immer gut aus, war gepflegt und hatte genügend Zeit, wenn ihr Ex sich an den Wochenenden um die Kinder kümmerte. Eliane atmete tief durch, schob die Gedankenwolken zur Seite und ging mit wiegendem Schritt in ihren neuen Stiefeln ins Wohnzimmer. Sie schaltete den Computer ein, wählte ihren Lieblings-radiosender, und als sich der Raum mit angenehmer Musik füllte, loggte sie sich in eine Chatplattform ein. „Das wäre doch gelacht, wenn ich nicht innerhalb von zwei Stunden auf der Piste wäre."

Zwei Stunden später, und nach Chats auf drei Plattformen, war sie gleichermassen verärgert, erstaunt und gelangweilt. Sie wies sich selbst zurecht als naiv und für ihr Alter als urteilsunfähig. Sie drehte die Musik laut auf, zog die Stiefel aus und machte sich in der Küche daran etwas Essbares zusammenzustellen. Sie würde zu Hause bleiben und sich einen gemütlichen Abend machen, lesen, ein Glas Wein trinken, die nächsten Tage planen, träumen, ein Bad nehmen und irgendwann müde ins Bett sinken. Es war schliesslich schon acht Uhr vorbei….

„So ein Quatsch", dachte sie als sie Gemüse in die Pfanne mit kochender Bouillon schnipselte, „so ein Blödsinn! Da hocken alle Männer tatsächlich bei Mutti und helfen Weihnachts-plätzchen backen! Ich glaub's nicht!"

Sie warf Kartoffelwürfel die in die Brühe und äffte einen ihrer Chatpartner nach: „Du, sorry, aber heute kann ich nicht – weisst du, morgen ist Heiligabend…."

„Ja, – morgen ist Heiligabend", hatte Eliane zurück geschrieben, „mit Betonung auf morgen – da kann man doch heute Abend tanzen gehen. Oder nicht?"

Nein, man konnte nicht. Eliane begann an ihrer Attraktivität und an den männlichen Motiven in Bezug auf diese Attraktivität zu zweifeln. Es konnte doch nicht sein, dass plötzlich aus all den liebeshungrigen Jungs, die sie immer gleich sofort treffen wollten, und die ihre Mailbox mit allerlei Vorschlägen und Anregungen füllten, jetzt plötzlich kuschelige, tannenbaumschmückende und zimtsternbackende Weihnachtsmänner geworden waren! Eliane zupfte frische Kräuter in den Topf und die liess die Suppe sanft köcheln. Sie schnitt einige Stücke knuspriges Baguette in Stücke und machte sich daran die Weinflasche zu öffnen.

Das Glas Wein, die warme Mahlzeit und einige Seiten Lektüre hatten sie wieder einigermassen mit der Welt versöhnt. Sie räumte die Küche auf, zündete Kerzen an, und es wäre der perfekte Moment gewesen sich ein weiteres Glas Wein einzuschenken und mit dem Lesen fortzufahren, doch Elianes Blick blieb an ihrem Computer hängen. Als würde sie magisch von diesem Ding angezogen, das ruhig und schwarz vor sich hin glänzte, ging Eliane zu dem kleinen Tisch, auf dem das Notebook bereit stand, und klappte den Deckel hoch. Überraschend schnell war der Internetbrowser geöffnet und überraschend schnell war sie wieder in der Chatplattform eingeloggt, die sie vorher so verärgert verlassen hatte. Eliane verzichtete nun darauf individuelle Profile aufzurufen, und meldete sich gleich im Gemeinschaftschat an. Es gab etwa sechs Personen, die sich dort bereits unterhielten, Geplänkel, das sich um alles und nichts drehte. Eliane schrieb artig ihr „Hallo zusammen, ich bin neu hier und hab mich gerade angemeldet", worauf sie mehrere „Hallos" erntete und ihr ein schöner Abend gewünscht wurde. Damit hatte sich der Hauptteil der Unterhaltung bereits erschöpft. Ebenso wenig versprechend verliefen die folgenden zehn Minuten. Doch plötzlich wallte Leben auf im langweiligen Chat: Zwei neue Männer waren eingestiegen. Die Unterhaltung wurde spritziger und schon sehr bald fingen die beiden an mit Eliane Fragen und Antworten auszutauschen. In grossherziger Laune übersah Eliane die wenig intelligente Einleitung: „Hallo, was machst du so…" und unterdrückte den Wunsch zu schreiben: „Mit dir chatten, was denn sonst? (*zwinkersmile*)" sondern sie ging gleich zur Sache: „Ich suche jemanden, der mit mir heute Abend tanzen geht". Daraufhin entwickelte sich ein reges Frage-und-Antwort-Spiel übers Tanzen, aus dem sich die übrigen Chatteilnehmer geflissentlich heraus hielten. Eliane („Dancing Queen"), „Wonderboy" und „Prince Charming" kommunizierten noch eine Weile belanglos durch den Cyberraum.

Wonderboy: – Hm…ja … tanzen … ja, ich kann Discoswing.

Prince Charming: – Was tanzt du am liebsten?

Wonderboy: – Also … na ja … heute kann ich nicht mehr weg, aber wir könnten für ein anderes Mal etwas abmachen…

Prince Charming: – Wo geht man denn um diese Zeit hin?

Plötzlich blinkte in der rechten unteren Ecke des Bildschirms eine Meldung. Eliane wurde neugierig. Die Meldung verkündete ihr, dass Prince Charming einen Privatchat mit ihr wünschte, und ob sie dem zustimme. Eliane klickte auf „Ja". Aha, da gab es also noch eine Funktion, die sie bisher nicht gekannt hatte. Man konnte im gemeinsamen Chat bleiben und sich gleichzeitig mit einzelnen Chatpartner privat unterhalten – clever. Fünf Minuten später war die Sache beschlossen. Prince Charming würde sich gleich abmelden, ins Auto springen und etwa in einer dreiviertel Stunde an Elianes Tür läuten. Eliane verabschiedete sich wenigstens noch aus Höflichkeit von den anderen Chatteilnehmern. Wonderboy schien vor den Kopf gestossen. – „Was? Du gehst jetzt echt mit dem Prinzen noch weg?" – schrieb er. Eliane fühlte sich einerseits verpflichtet ihn wegen seiner Enttäuschung zu trösten, anderseits war doch die Sache von Anfang an sonnenklar gewesen, oder nicht? Sie hackte noch kurz eine mit Schreibfehlern behaftete Antwort in die Tastatur. – „Ja, sorry du, aber meine Frage war doch klar: wer geht heute Abend mit mir tanzen? Und du kannst ja nicht – er schon". – Wonderboy schrieb: „Ich verstehe nicht, wie der das immer schafft." – Eliane schrieb: „Tja, so geht es! Entschlossenheit und keine halben Sachen!" – und sie fühlte sich ein bisschen böse dabei. Wonderboy schrieb wieder, wollte noch ein wenig maunzen und die Sache nicht auf sich sitzen lassen, doch Eliane hatte keine Zeit mehr. Schliesslich musste sie sich noch frischmachen, Make-up nachtragen und die abgelegten neuen Stiefel wieder anziehen. Sie hatte gerade noch Zeit den Computer herunterzufahren, schon ertönte die Klingel an der Haustüre. Eliane wurde nervös – eigentlich war es sehr gewagt, sich mit einem völlig unbekannten und unbesehenen Mann an der eigenen Wohnungstür zu verabreden. Allerdings – ihm ging es nicht anders... für ihn war sie genauso unbekannt, und er wusste nicht, was ihn hinter der Wohnungstür erwartete. Sie gab sich einen Ruck, packte Jacke und Handtasche unter den Arm und drückte auf den automatischen Türöffner.

„Hallo, ich bin Eliane, schön, dass du gekommen bist. Gehen wir?" sagte sie zur Begrüssung.

„Hallo, ja – ich bin Daniel. Ok, wir können gleich los."

Ein bisschen Verlegenheit auf beiden Seiten. Ein bisschen Bedenken vor dem eigenen Wagemut, ein Rest Unsicherheit. Wer ist er? Wer ist sie? Aber auch sichtliche Erleichterung auf beiden Seiten über den ersten Augenschein. Er machte ihr ein Kompliment, wenn auch ein knappes: „Gefällt mir, was ich sehe." Sie lächelte und bedankte sich. Er war passabel. Sympathisch. Nicht gerade ein Mann für den „Wow!"-Effekt, doch grossgewachsen und schlank. Er bewegte sich sicher, und er benutzte eines jener Parfums, denen Eliane nicht widerstehen konnte. Er war noch nicht einmal vierzig Jahre alt und seine dunklen, kurz geschnittenen Haare begannen sich zu lichten. Er trug enge Jeans und ein T-Shirt unter einem taillierten Hemd mit schräg verlaufenden, feinen Streifen. Modischer Freizeitlook, dem Trend entsprechend und in Ordnung.

Sie fuhren in die Stadt und unterwegs fragte er sie, ob er sich vielleicht später, wenn sie von Tanzen zurück kämen, ein wenig in ihrer Wohnung aufs Ohr legen durfte, denn es sei ja jetzt schon ziemlich spät und er wolle auf der Rückfahrt nach Hause keinen Unfall aus Müdigkeit riskieren. Eliane schluckte erst, bevor sie so unbefangen wie möglich antwortete:

„Ja, klar. Kein Problem. Das klingt vernünftig." Doch insgeheim hoffte sie, dass es nicht notwendig sein würde.

Sie betraten ein Tanzlokal, das als einziges bis sechs Uhr morgens geöffnet hatte, und welches auch sporadisch Salsakurse anbot, wie am Eingang kitschige Plakate mit kurvig verführerischen Latinas darauf, verkündeten. Zwei türkische Türsteher und ein Kassierer empfingen Eliane und ihren Begleiter mit kehligem, schwer verständlichem Deutsch, und man lotste sie an die Bar. Die Bar und die Tanzfläche waren nur spärlich beleuchtet, doch die Drinks waren gut und die Musik sogar überraschend gut. Eliane bestellte einen Caipirinha, um sich ein wenig aufzulockern, doch am liebsten hätte sie auf dieses Ritual verzichtet. Es war schon spät und sie wollte endlich tanzen. Platz genug war vorhanden. Der Boden bestand aus dunkel gestrichenem Beton und war mehr oder minder eben. Um den Raum grösser erscheinen zu lassen, waren an der hinteren Wand grosse Spiegel angebracht, die bis zur Decke reichten. Es waren nur wenige Gäste da. Am Rand der Tanzfläche standen zwei junge Afrikaner und nippten an Cola-Dosen. ‚Asylbewerber?' fragte sich Eliane. Etwas weiter weg wiegte und drehte sich eine junge Thai zur Musik, wobei ihr nicht so sehr am Rhythmus gelegen schien. Irgendwo im Hintergrund konnte man weitere Gäste wahrnehmen.

· · · · ● ● · · · ·

Einige Stunden später schloss eine glücklich und müde getanzte Eliane die Tür zu ihrer Wohnung wieder auf. Hinter ihr, Daniel.

„Also", er räusperte sich, „also, wenn es für dich in Ordnung ist, dann schlafe ich mal eine Runde und zische dann ab, ok?"

„Ja, sicher. Das ist in Ordnung", sagte Eliane tapfer und ohne sich anmerken zu lassen, dass es für sie gar nicht in Ordnung war. Doch versprochen, war versprochen, und schliesslich hatten sie zusammen einen wunderbaren Tanzabend erlebt, einen von der Sorte, von denen sie sich noch ganz viele weitere wünschte – am liebsten viermal pro Woche.

„Ich lege dir ein Handtuch und ein Kopfkissen bereit", sagte sie schnell, um ihre Unsicherheit zu überspielen, „du kannst duschen und dich hinlegen. Ich bin dann im Wohnzimmer."

Er schaute durch die Schlafzimmertür, dann sah er zu ihr. „Aber das Bett ist doch gross genug…"

„Ja, schon. Aber ich kann nicht schlafen, wenn jemand neben mir liegt."

„Aha. Interessant."

„Ja,….ehm… ja, das ist neu…. seit ein paar Jahren….. seit ich alleine lebe…. weisst du…. Hier ist das Handtuch."

Sie drückte ihm schnell das Frottiertuch in die Hand. Er zuckte nur mit den Schultern und ging ins Bad. Bald hörte sie das Rauschen der Dusche. Sie machte sich inzwischen mit dem Kissen zu schaffen, und damit sie beschäftigt blieb räumte sie noch einige Kleinigkeiten in der Küche weg. Sie hörte die Badezimmertür aufgehen und Daniel stand in der Küche.

„Das Bad ist wieder frei", verkündete er fröhlich. Eliane lächelte nervös.

„Ja, dann werde ich also auch noch duschen gehen. Du kannst dich schon hinlegen. Ich lösche das Licht im Gang."

Sie verschwand schnell im Bad. Eigentlich mochte sie es gar nicht, in eine nasse Wanne zu steigen, in der zuvor jemand geduscht hatte. Sie mochte auch weder ihr Bad noch ihr Bett teilen – aber das war anscheinend der Preis für den herrlichen Tanzabend. Eliane liess das Wasser geniesserisch an ihrem Körper herab rinnen und schwelgte ein wenig in den noch frischen Erinnerungen. Daniel hatte nicht zu viel versprochen. Er war ein ausgezeichneter Tänzer. Er beherrschte alle ihre Lieblingstänze und führte die Figuren gekonnt. Es wäre perfekt gewesen, wenn er jetzt nach Hause gefahren wäre, und wenn sie sich vielleicht künftig weiter zum Tanzen treffen könnten. Nun gut, sie wollte nicht so sein, und nicht an einem Unfall aus Müdigkeit die Schuld tragen. Sie beschloss Daniel nach zwei Stunden zu wecken und höflich aus der Wohnung zu komplimentieren. Mit diesem Entschluss drehte sie den Duschhahn zu. Dann führte sie ihr tägliches Badezimmer-Ritual aus, vom Zähneputzen bis zum Wanne austrocknen. Danach wickelte sie sich in den dunkelroten Kimono, öffnete leise die Tür und trat auf den Gang hinaus. Mit einem kurzen Blick ins Schlafzimmer stellte sie fest, dass das Bett leer war. Sie ging ins Wohnzimmer. Da sass Daniel am Tisch, die angefangene Weinflasche vor sich, dazu zwei saubere Gläser und ein Schälchen Oliven. Eliane war sprachlos. Daniel strahlte sie an.

„Da bist du ja! Weisst du, ich bin viel zu aufgeregt zum Schlafen, ich dachte wir könnte noch ein Gläschen zusammen trinken. Die Flasche stand auf dem Küchentisch, und die Oliven waren im Kühlschrank – du hast doch nichts dagegen? Gläser habe ich auch gefunden. Deine Küche ist ja nicht so gross…"

Eliane nickte. Sie wusste nicht, was sie denken sollte, sie hatte nur das Gefühl es nicht zu mögen, wenn fremde Männer in ihrer Küche herumkramten. Anderseits – er hatte vielleicht recht, an Schlafen war im Moment trotz Müdigkeit nicht zu denken. Mit einem Schulterzucken und einem „Ok" setzte sie sich zu ihm. Er nahm die Flasche und schenkte ein. Argentinischer Weisswein. Sie hatte die Flasche aus Neugier gekauft und heute Abend erst aufgemacht. Der Wein schmeckte angenehm und süffig. Die ersten Schlucke verstärkten das Müdigkeitsgefühl, liessen sie wohlig entspannt zurücklehnen und geniessen. Nicht denken. Denken konnte sie morgen wieder. Oder war morgen nicht jetzt schon heute? Nein, lieber nicht denken… Sie setzten sich aufs Sofa.

„Weisst du", sagte Daniel, „wir könnten jetzt miteinander schlafen, aber was hätten wir davon? Nur Sex…" Seine Finger streichelten Elianes Hals und sie waren wunderbar in ihrer Berührung. Himmlisch sanft und irdisch erregend. Sie überliess sich völlig dieser Berührung. Den Fingern folgten Lippen, die jeden Zentimeter ihrer empfindlichen Haut an Hals, Nacken und Schultern abtasteten. „Wir hätten sicher schönen Sex", fuhr Daniel leise fort, „ja – mit dir müsste es herrlich sein ... Doch es wäre wieder einfach nur Sex...." In Elianes Kopf begannen sämtliche Warnglocken Sturm zu läuten, alle Alarmsirenen heulten und Leuchtsignale blinkten in wildem Rot: ACHTUNG! Doch sie liess sich in diese zart elektrisierenden Berührungen fallen und durch rosafarbenen Nebel hindurch hörte sie Daniel weiter philosophieren: „Mit dir wäre Sex sicher schön... ja..." er seufzte, „...aber ich kann doch nicht immer nur schönen Sex haben..." Die Alarmglocken drohten zu zerspringen und Elianes Körper war nahe daran vor Wonne zu explodieren. Daniels Lippen küssten ihren Nacken und seine Fingerspitzen strichen über die Haut an ihrem Halsansatz. Er seufzte wieder: „Frauen wollen immer nur Sex – aber ich möchte Liebe. Ich möchte Vertrauen und ich will eine schöne Beziehung..." Eliane hörte ihn, sie nahm die Worte wahr, verstand sie sogar. Seine Stimme umschmeichelte sie wie weicher dunkler Samt, und es war ihr herzlich egal, was er sagte, sie wollte nur diese Berührungen immer weiter spüren, er sollte niemals aufhören sie so zu berühren...

Er küsste sie flüchtig und stand vom Sofa auf. „Du, ich gehe noch schnell ins Bad und lege ich mich dann hin." Er sah kurz auf seine Armbanduhr. „Es ist schon sechs Uhr, und ich bin wirklich ziemlich fertig. Es wäre blöd jetzt nach Hause zu fahren." – Was? Eliane hörte die Worte, doch wo war der Sinn? Warum sagte er so etwas? Lieber nicht denken. Der rosafarbene Nebel umhüllte sie immer noch mit solcher Wärme, dass sie diesen Mann, der sich auf selbstverständlichste Weise in ihrer Wohnung breit zu machen begann, auch noch umsorgte wie ein hilfloses Kind. Sie deckte ihn sogar zu, zog die Jalousie herunter, damit ihn die aufgehende Sonne nicht störte und betrachtete ihn lange während er friedlich einschlief. Dann zog sie sich eine bequeme Kapuzenjacke über den Kimono und setzte sich im Wohnzimmer aufs Sofa. Sie musste nachdenken. Trotz rosa Nebel hatten die Warnsignale in ihrem Kopf nicht aufgehört sich bemerkbar zu machen. Vielleicht müsste sie die Alarmzeichen aufmerksamer beachten? Sie schüttelte den Kopf, strich die Haare nach hinten, und zwang den rosa Nebel sich ein wenig zu lichten. Bestandsaufnahme: Sie hatte letzte Nacht tanzen gehen wollen, sie war tanzen gegangen. Es war ein wunderbarer Tanzabend mit zusätzlichen Extras geworden. Das wäre alles in Ordnung gewesen, wäre da jetzt nicht der Mann in ihrem Bett, der sich darin vom besagten Tanzabend ausruhte. Doch Abmachung war Abmachung – schliesslich hatte sie zugestimmt, dass er sich bei ihr „kurz aufs Ohr legen durfte" – wie er sich ausgedrückt hatte, um nicht übermüdet etwa eine Stunde lang nach Hause fahren zu müssen. So weit so gut, das war nur anständig und soweit bestens in Ordnung. Soweit eben überhaupt nicht in Ordnung! Ihr Bett gehörte ihr und sie fühlte sich eigenartig überrumpelt, dass darin jetzt plötzlich jemand schlief, den sie dazu nicht eingeladen hatte. Der Mann hatte sich selbst dazu eingeladen. Ganz selbstverständlich. Nun, man weist niemandem die Tür, der übermüdet ist, nur weil er aus Gefälligkeit und spät nachts Tanzen gegangen war. Aber … das lief jetzt alles verquer. Dazu noch diese seltsamen Aussagen über Sex und Beziehungen… Sätze, die man vielleicht gerade noch einer romantisch veranlagten, sechzehnjährigen Mittelschülerin kopfschüttelnd glauben mochte. Aber einem erwachsenen

Mann? Gemäss seiner eigenen Aussage war dieser Mann siebenunddreissig Jahre alt, und sofern er sonst jüngere Frauen bevorzugte, dann war die Säuselmasche von Liebe, Vertrauen und Beziehung sicher in den meisten Fällen erfolgreich. Er müsste doch intelligent genug sein, um zu sehen, dass sie kein junges Hühnchen mehr war! Vielleicht war er es aber nicht... Intelligent... Vielleicht sah er es nicht, vielleicht war er nicht in der Lage etwas anderes zu sehen, als sein eigenes Weltbild, zu dem seine eigenen Verführungskünste und die entsprechenden Theorien gehörten. Eliane schämte sich zuzugeben, dass sie an diesen Verführungskünsten grossen Spass gehabt hatte – aber sie wollte nur diesen Spass und kein Säuseln von Sehnsucht nach einer kuscheligen Beziehung! Es wurde Zeit das Problem zu bewältigen. Daniel musste raus. Sie hatte keine Lust auf ein gemeinsames Frühstück. Wo auch, in der kleinen Einpersonen-Wohnung? In der Küche stand ein einziger Stuhl an einer antiken Kommode, die als Tisch und Aufbewahrungsmöbel diente. Schick fügte sich das gute Stück ein in den Mix aus moderner Einrichtung und einzelnen antiken Blickfängern. Eliane war stolz auf ihre Wohnung und auf die Art und Weise, wie sie die sechzig Quadratmeter eingerichtet hatte, dazu noch fast ohne Geld auszugeben. Im Wohnzimmer stand ein ovaler Tisch auf einer Mittelsäule, dazu gab es zwei antike Stühle, von denen Eliane den zweiten dazu benutzte, um ihre Füsse hoch zu lagern, oder sie schob den Stuhl als Beistellmöbel zum Sofa, wenn sie ein Teetablett zu platzieren wünschte. Der Tisch stand am Fenster, das in den Garten führte, und er war nur in den seltensten Fällen dazu gedacht einem Gast als Bewirtungsplattform zu dienen. Eliane hatte in ihrem Leben genug Gäste zu bewirten gehabt und sie hatte keine weitere Lust zu dieser Art Freizeittätigkeit. Sie hatte ebenfalls keine weitere Lust diesen Tisch nun abzuräumen, um darauf für zwei Personen zum Frühstück zu decken. Worauf sie grosse Lust verspürte, war ein bisschen Schlaf, dann ein schönes, warmes Bad, das nach Lavendel oder Orangen duften würde, Musik, welche die Räume der Wohnung erfüllen würde, und danach ein wenig Organisation für den nun schon angebrochenen 24. Dezember. Schliesslich war Heiligabend. Sie würde gemütlich zu Abend essen und vielleicht eine Mitternachtsmesse mit Orgelkonzert besuchen. Musik war schon eine Messe wert. Danach würde sie zufrieden nach Hause zurückkehren und wie jedes Jahr, eine Aufnahme von Händels Messias auflegen, ein Glas Wein trinken, und die ganzen zwei Stunden, die das Oratorium dauerte, auf dem Sofa liegend jede einzelne Note dieser herrlichen Musik geniessen. Doch bevor sie zu diesem individuellen Lebensrhythmus zurückkehren konnte, musste sie den Mann in ihrem Schlafzimmer wecken und ihn anständig aber schnell, hinaus befördern…

Und nun drehte sich der Schlüssel, wie in Zeitlupe, ein weiteres Mal im Schloss, und die Türklinke bewegte sich. In die Stille hinein keckerte draussen eine Elster – ein unwirkliches Geräusch in einer höchst wirklichen Situation. Der Film in Elianes Kopf brach ab – der falsche und doch richtige Film. Dies war Realität, bar jeglicher romanhafter Klischees. Eliane stand auf und ging schnell zur Wohnungstür. Es erstaunte sie, dass sie nicht einmal Herzklopfen verspürte. Keine Nervosität, kein ängstliches Flattern. Die verworrene Situation gewann plötzlich eine erleuchtende Klarheit, die Eliane folgerichtig handeln liess. Mit einem Griff öffnete sie Tür, zog ihren ein wenig verwunderten Freund in die Wohnung und bedeute ihm leise zu sein. Sie nahm ihm seine Sporttasche ab und flüsterte:

„Komm ins Wohnzimmer, im Bett liegt jemand und schläft."

Silvio hielt geistesgegenwärtig den Mund, liess sich zum Sofa führen und wartete, dass Eliane loslegte.

„Ja – also – ich war gestern Abend tanzen und es wurde ziemlich spät…"

Silvios Augen nahmen den scharfen Managerblick an, mit dem er seine geschäftlichen Widersacher in Grund und Boden zu brennen pflegte, doch je weiter Elianes Erzählung fortschritt, die er zwecks Klarheit durch einige Fragen zu präzisieren versuchte, nahm die Geschichte eine unterhaltsame Wendung an. Der harte Führungskraftblick wich einem amüsierten Flackern und einem fast zärtlichen Leuchten.

„Ok, ich verstehe", resümierte Silvio, „kein Problem. Also, dann schmeiss ihn jetzt raus, – ich habe nicht lange Zeit. Ich bin ja so froh, dass ich mich heute Morgen doch noch frei machen konnte."

Er strahlte sie an, nahm sie in die Arme und küsste sie auf den Mund. Elianes Körper versteifte sich. Sie löste sich aus der Umarmung. „Ich kann ihn doch nicht einfach so hinaus werfen! Am Ende baut er noch aus Müdigkeit einen Unfall."

„Das ist nicht dein Problem. Man kann einen Powernap auch auf einem Parkplatz machen. Komm jetzt, der Typ muss weg.

Ich kann nicht lange bleiben. Es ist Zufall, dass ich mich überhaupt heute loseisen konnte. Ich hab doch den Kids versprochen, dass wir gemeinsam Heiligabend feiern".

„So, und wegen deinen „Kids" muss ich jetzt spuren? Ich wusste ja nicht, dass du aus heiterem Himmel hier aufkreuzt!"

Eliane fauchte. Glaubte denn ein jeder hier einfach so über sie und ihre Wohnung verfügen zu können? Nur weil gerade ein wenig Zeit übrig war, die man mit der lieben Eliane verbringen konnte?

„Ach komm," versuchte Silvio zu beschwichtigen, „freust du dich denn kein bisschen, dass ich dich überrasche?"

„Oh, Mann....!!"

Eliane fühlte sich veralbert. Da sass er neben ihr, wie vom Himmel gefallen, und eigentlich freute sie sich sehr, aber der schlafende Mensch in ihrem Bett störte dabei unsagbar. Gleichzeitig schämte sie sich für die dumme Situation, die eine wunderbare Szene in einer zweitklassigen Seifenoper auf einem privaten deutschen Fernsehsender abgegeben hätte. Silvio stand entschlossen auf und ging zur Tür.

„Was machst du?" rief Eliane mit unterdrückter Stimme.

Die Gegenwart einer schlafenden Person hatte bisher unwillkürlich den Ton der Unterhaltung gedämpft.

„Was ich mache?" fragte Silvio, nun zur normalen Sprechlautstärke zurückkehrend, „ich schmeisse den Typen raus, was sonst?"

Mit energischem Schritt ging er durch den Flur ins Schlafzimmer. Eliane sprang auf. „Scheisse!!!" Sie fühlte sich gerettet und verraten zugleich, und sie hätte nicht sagen können, was ihr mehr gegen den Strich ging. Als sie Silvio eingeholt hatte, sah sie wie er den schlafenden Daniel an der Schulter rüttelte – wenigstens nicht allzu rüde, stellte sie fest. Daniel brummte etwas und öffnete schlaftrunken die Augen.

„Hey, – was ist los?"

„Aufstehen, junger Mann", verkündete Silvio, „es ist genug geschlafen. Zieh dich bitte an und geh nach Hause."

Daniel blickte von Silvio zu Eliane und erfasste langsam die Lage.

„He, was soll das? Du kannst mich hier nicht einfach hinaus werfen!"

„Doch, doch das kann ich sehr gut. – Jetzt raus aus dem Bett und mach, dass du hier schnell weg kommst."

„Du hast hier nichts zu befehlen", schnauzte Daniel, „es ist ihre Wohnung – und es ist ihre Entscheidung!" Mit einem trotzigen Kopfnicken wies Daniel auf Eliane, die im Türrahmen stand, und sich in Grund und Boden schämte.

„Komm, Daniel, bitte", sagte sie mit leiser Stimme, „es ist besser, wenn du jetzt gehst."

Daniels Augen funkelten sie böse an.

„Du schmeisst mich also raus, eh? Stehst voll unter der Fuchtel von diesem Typ da? – Lässt dich herum kommandieren von so einem, eh? Kein bisschen Rückgrat!"

Er wollte sie beleidigen, war wütend auf sie und auf den Mann, der sich erlaubt hatte ihn zu berühren und zu wecken. Man sah, dass er diesen Mann am liebsten in Gesicht geschlagen hätte, doch dass er ihn richtigerweise als den Stärkeren einschätzte. Ausserdem begann er sich zu fürchten als ihm bewusst wurde, dass er alleine gegen zwei war. Wie ein in die Enge getriebener Hamster fauchte er noch ein wenig herum, sammelte dabei seine Sachen vom Boden und bemühte sich möglichst würdevoll in die Jeans zu steigen. Eliane entfernte sich, konnte diesem Theater nicht mehr länger zusehen. Silvio folgte ihr, hielt aber Daniel weiter mit seinem befehlsgewohnten Chefblick fest. Es wirkte. Daniel brummte weiterhin vor sich hin, während er seine Schuhe zuband und die Jacke unter den Arm knüllte.

„Wenn mir etwas passiert unterwegs, dann seid ihr schuld daran, ihr Feiglinge!" schmetterte er ihnen nach als er durch die von Silvio offengehaltene Tür hinaus stolperte und endlich aus dem Haus verschwand. Silvio schloss die Wohnungstür, nahm die unglücklich drein schauende Eliane in die Arme und lachte. Er lachte laut und befreiend und Eliane dachte, dass mit diesem Lachen die ganze Welt wieder ein bisschen in Ordnung gekommen war.

„Und was machen wir jetzt? Ich müsste jetzt eigentlich die ganze Wohnung putzen und die Bettwäsche waschen und überhaupt……"

„Ach was", winkte Silvio ab, „erstens lasse ich mir die Freude dich zu sehen nicht vermiesen, und zweitens ist mir die Bettwäsche egal."

Was folgte waren einige schöne Stunden, und danach ein angenehmer fröhlicher Tag mit friedlich besinnlichem Abend. Daran schlossen sich zwei entspannende freie Festtage an. Eliane hatte die Zeit zum Nachdenken genutzt und hatte sich geschworen, nie wieder in dumme Geschichten hinein zu stolpern. Oder hinein zu tanzen... Sie nahm sich mit grosser Ernsthaftigkeit vor, künftig auf die Alarmglocken in ihrem Kopf zu achten und bei spontanen Tanzabenden besser aufzupassen. Sie war felsenfest überzeugt, dass sie aus der Geschichte mit Daniel eine bedeutende Lehre gezogen hatte, um genügend gewappnet zu sein, und um überlegt und klug handeln zu können. Mehr oder weniger ….

· · · • • • · · ·

Der 27. Dezember war ein normaler Arbeitstag. Eliane war schon früh ins Büro gegangen und hatte den ganzen Tag lang in aller Ruhe ihre Routinearbeiten erledigt. Arbeit zwischen den Festtagen tat gut. Es war ruhiger als sonst in der Kanzlei, doch die Gerichte arbeiteten auch während des Jahreswechsels und so musste eine Minimalbesetzung an Mitarbeitern anwesend sein, um sofort reagieren zu können falls etwas Wichtiges vorfiele.

Am späten Nachmittag, während sich Eliane auf den baldigen Feierabend freute, klingelte ihr Handy. Auf dem Display erschien Daniels Nummer. Erst wollte sie den Anruf nicht beachten, doch dann sagte sie sich, dass Daniel noch eine Chance verdient hätte, und dass sie sich für das unsanfte Hinauskomplimentieren drei Tage zuvor entschuldigen konnte. Dann wäre die Sache erledigt und sie würde nie wieder etwas von ihm zu sehen oder zu hören bekommen. Sie meldete sich.

Daniels Stimme tönte angenehm und beruhigend aus dem Handylautsprecher. Daniel lachte sogar darüber, was vorgefallen war, und er sprach über den Tanzabend und den grossen Eindruck, den Eliane bei ihm hinterlassen hatte. „Ja, … ok … die Geschichte am Morgen war vielleicht nicht so toll gewesen (*zwinker*) – aber darüber sei er jetzt hinweg … ja, doch – (*grosszügiges, edles Kopfneigen, wenn man es durchs Telefon hätte sehen können*) – und überhaupt … er würde sie gerne zu einem Glas Wein einladen … so als … nun ja … Versöhnung. Es hätte ihn auch vorher so gedrängt bei diesem Blumenladen anzuhalten (*schmunzel*) – und einen Blumenstrauss zu kaufen (*jaa*) – und dieser Blumenstrauss würde jetzt auf dem Beifahrersitz neben ihm im Auto liegen, und er, Daniel, fahre jetzt auf der Autobahn und würde bald in die Nähe der Abzweigung, in Richtung Uster oder St. Gallen kommen... Ja, wie sollte er sich da entscheiden, in welche Richtung er fahren soll, wenn doch dieser Blumenstrauss da liegt und so herrlich duftet…?"

Eliane wurde von Panik erfasst. Nur das nicht! Nicht wieder! Bleib wo du bist und nimm die Abzweigung zu dir nach Hause!!! Laut sagte sie, dass sie es bedauerte, aber dass sie noch am Arbeiten wäre, und es würde noch eine ganze Weile dauern, bis sie nach Hause gehen könne. Er liess das nicht gelten, sagte er hätte Zeit, viel Zeit – es würde ja niemand auf ihn warten (*seufz*) – er hätte nur so sehr an sie denken müssen, dass er die Blumen gekauft hatte, und was sollte er alleine mit einem Blumenstrauss anfangen? Auf Elianes Vorschlag, den Blumenstrauss doch bei sich zu Hause in eine Vase zu stellen, ging er nicht ein.

Das Telefongeplänkel ging weiter und ging Eliane bald einmal auf die Nerven. Sie wollte Daniel nicht wieder sehen. Daniel schien das nicht weiter zu stören. Elianes Widerstand hielt ihn nicht davon ab, sie trotzdem treffen zu wollen. Er würde jetzt an diese Abzweigung kommen, sagte er, und sehr bald müsste er sich entscheiden. Eliane meinte, dass diese Entscheidung ganz einfach wäre – in Richtung Uster sei die Autobahn sehr gut ausgebaut, dann wäre er bald daheim und könnte sich einen gemütlichen Abend machen.

„Du hast mir doch erzählt, dass du einen Whirlpool in deinem Haus hast – dann gönn dir doch ein schönes Bad heute", schlug sie vor.

Aus dem Telefon tönte es: „Uupps! Jetzt habe ich die andere Abzweigung genommen … jetzt kann ich nicht mehr zurück … Uiii, das ging jetzt aber schnell…!"

Eliane verdrehte die Augen und hatte Lust das Gespräch einfach zu beenden. Doch ihre Höflichkeit siegte, und zu ihrem eigenen Bedauern sprach sie weiter. Sie meinte, dass Daniel Bescheid wisse, wo es weitere Abzweigmöglichkeiten auf der Autobahn gab, und dass sie nichts dafür könne, dass er jetzt in die falsche Richtung fahre. Er lachte. Dann meinte er, dass dies wohl die magische Wirkung der Blumen sei, die ihn gegen seinen Willen in Elianes Richtung lenkten. Eliane schlug vor, dann solle er die Blumen zum Fenster hinaus werfen, danach würde er bestimmt von der magischen Wirkung erlöst sein.

Einige Minuten später war Daniel an der weiteren Ausfahrt vorübergefahren, wo er noch hätte die Richtung wechseln können. Eliane begann sich zu ärgern. Warum versuchte ihr dieser Mann unbedingt seinen Willen aufzuzwingen? Sie wurde ernst, sagte ihm mit unbeirrbarer Klarheit, dass sie ihn weder heute noch morgen noch irgendwann zu sehen wünsche. Er antwortete: „Dann habe ich aber die schönen Blumen umsonst gekauft…"

Eliane wurde nun wirklich ärgerlich.

„Nein, mein Junge, umsonst bekommt man nichts – man bezahlt oder stiehlt. Und jetzt ist genug geplänkelt – ich muss weiter arbeiten! Ciao."

„Gut, dann warte ich auf dich bei dir vor dem Haus, bis du kommst."

„Nein!!"

„Ach komm … ich kann im Auto warten."

„Dann wirst du dir denn Arsch abfrieren! Sag aber nicht, ich hätte dich nicht gewarnt! Ciao."

Sie schaffte es das Gespräch abzuklemmen, warf das Handy in die Handtasche und atmete auf. Jetzt würde sie noch eine gute Stunde Arbeit anhängen, danach noch die Zeitung durchblättern und sich dann langsam auf den Heimweg machen. Mist! Der Kerl vermasselte ihr den ganzen schönen Feierabend. Irgendwann würde sie nach Hause gehen müssen. Es gab an diesem Tag nicht einmal jemanden, mit dem sie sich hätte zu einem spontanen Feierabend-Drink verabreden können. Alle erreichbaren Freunde machten Urlaub oder waren mit ihren Familien beschäftigt. Ihre eigenen Kinder hatte Eliane am Tag zuvor gesehen und mit ihnen einen unterhaltsamen Abend verbracht. Sie könnte vielleicht ins Kino gehen… Gute Idee! Sie klammerte sich an den Einfall, suchte schnell im Internet das Kinoprogramm durch, doch schon nach einem kurzen Blick war klar, dass sie für das gegenwärtige Filmangebot kein Geld ausgeben wollte. Theater? Nichts. Keine der Winterthurer Bühnen liess sich auf betriebswirtschaftlich ungewisse Unternehmen ein, wie es Vorstellungen zwischen den Feiertagen nun einmal sind. Auch zu dumm, dass sie kein Buch zum lesen dabei hatte. Eliane überlegte weiter. Vielleicht könnte sie irgendwo eine Pizza essen gehen? Mit einem Kaffee und einem Dessert hinterher, hätte sie gut und gerne anderthalb Stunden heraus schlagen können. Anderseits, warum sollte sie überhaupt Geld ausgeben für etwas, das sie gar nicht wollte, nur um nicht nach Hause gehen zu müssen? Und wenn der Typ wirklich so lange auf sie wartete? Eliane verscheuchte solche Gedanken und tröstete sich damit, dass er wohl aufgeben würde, wenn sie sich die nächsten zwei Stunden nicht sehen liess. Ausserdem war sie nach dem Arbeitstag müde und wollte einfach nur ihre Ruhe.

Sie hatte nicht mit Daniels Hartnäckigkeit gerechnet. Er hatte tatsächlich im Auto gewartet. Als er sie die Strasse hinauf kommen sah, stieg er schnell aus und stellte er sich vor die Eingangstür zum Haus, so dass sie nicht an ihm vorbei gehen konnte. Mit dem bezauberndsten Lächeln hielt er ihr den Blumenstrauss entgegen.

„Schön, dich doch noch zu sehen", strahlte er sie an.

Sie blitze ihn verärgert an, seufzte, nahm widerwillig die Blumen und sagte:

„Gut, danke – und jetzt gehe ich alleine da hinein...", sie zeigte auf die Haustür, „...und du gehst wieder zu deinem Auto zurück fährst und nach Hause."

Er strahlte weiterhin. Sie nahm den Schlüssel aus der Jackentasche und öffnete die Haustür. Was sollte sie sonst machen? Sie hatte keine Lust mit ihm in der Kälte draussen zu stehen. Wie befürchtet, schlüpfte er hinter ihr ins Treppenhaus, bevor sie die schwere Glastür zudrücken konnte. Eliane setzte sich auf eine Treppenstufe und machte keine Anstalten ihre Wohnungstür aufzuschliessen. Nach einigen Minuten ging die Haustür auf und eine eintretende Nachbarin grüsste zwar freundlich, wunderte sich jedoch offensichtlich über Eliane und den fremden Mann, die eiligst von den Treppenstufen aufstanden. Eliane schnaubte. So ging das nicht. Um diese Zeit war die Verkehrsfrequenz im Treppenhaus immer hoch, und sie hatte keine Lust zum Gesprächsstoff aller Nachbarn zu werden. Sie steckte den Wohnungsschlüssel ins Schloss – härter als erwartet, und öffnete die Tür. Daniel betrat wie selbstverständlich ihre Wohnung. Eliane kramte gleichgültig eine Vase hervor, füllte sie mit Wasser und stellte den Strauss hinein – die Blumen konnten ja nichts dafür, dass sie ein dummer Kerl gekauft hatte. Danach ging Eliane ins Wohnzimmer und setzte sich an den Tisch. Das Sofa mied sie, sie wollte keine zärtliche Nähe provozieren.

„Und jetzt?" fragte sie und hielt ihre schlechte Laune nicht zurück. „Jetzt hast du mir deine Blumen gegeben, und kannst gehen. Ich bin müde und ich will meine Ruhe."

Er schüttelte lächelnd den Kopf, als wäre sie ein kleines unverständiges Kind, dem man die Welt erklären müsste.

„Jetzt muss ich mich erst ein wenig aufwärmen, es war etwas kalt draussen im Auto. Du wirst mich sicher nicht wieder hinauswerfen, nachdem ich so lange auf dich gewartet habe?"

„Ich habe dich nicht gebeten auf mich zu warten. Ich habe es dir sogar explizit untersagt."

„Ohhh…. Das klingt aber hart…"

„Das soll es auch! Hör zu, ich bin müde, ich muss morgen wieder zur Arbeit und ich möchte jetzt, dass du gehst und mich in Frieden lässt."

Plötzlich stand eine Flasche Wein auf dem Tisch, die er aus seiner Jacke hervor gezaubert hatte.

„Wo hast du Gläser? …. und einen Öffner? Ah, ja – in der Küche!"

Eliane war mit einem Mal viel zu müde, um sich weiter zu wehren. Eine Schwere befiel sie, der sie sich nicht widersetzte.

Sie liess die Arme hängen und lehnte sich im Stuhl zurück. Das durfte nicht wahr sein! Musste sie eigentlich erst die Polizei rufen, um den Typen los zu werden? Und was würde sie als Grund angeben? Da ist ein Mann, der mir Blumen und Wein mitgebracht hat, könnten sie ihn bitte aus meiner Wohnung entfernen? Wie klang das denn? Sie atmete aus und hörte Daniel in der Küche hantieren. Bald hatte er gefunden was er suchte, kam zurück und stellte zwei Gläser auf den Tisch. Sie ärgerte sich noch mehr als sie sah, dass er ihre zwei liebsten Kristallkelche gefunden hatte. Daniel öffnete die Flasche und bald gluckerte blassgoldene Flüssigkeit kristallklar in die Gläser. Er stellte die Flasche auf die polierte Fläche des antiken Tisches, was Elianes Unwillen erneut weckte.

„Warte, so geht das nicht!" Sie sprang auf und hob die Flasche hoch. „Das ist Schellack, das geht kaputt wenn es Wasserringe und Tropfen gibt."

Immer noch mit der Flasche in der Hand holte sie einen Lappen in der Küche, klemmte ein Tablett unter den Arm, kam zurück, wischte über die Tischfläche, wischte über die Flasche, dann stellte sie das Tablett vorsichtig ab und die Flasche mit beiden Gläsern darauf. Ritual einer werterhaltenden Ordnung. Respekt vor materiellen Dingen, die unsichere Zeitepochen und mehrere Generation überlebt hatten. Als müsste sie Tisch und Gläser vor Daniels selbstverständlichem Zugriff schützen, mit dem er sich ihre persönlichen Dinge aneignete – einschliesslich ihrer selbst, Eliane.

„Mit Antiquitäten muss man vorsichtig sein", schnauzte sie unwirsch, „eine Schellackpolitur kann niemand mehr auffrischen, wenn sie mal kaputt ist. Ich kenne zumindest niemanden, der das kann, und es ist ziemlich aufwändig."

„Sorry, du ... entschuldige ... Ich wusste nicht, dass du hier solche Kostbarkeiten hast. Es sieht halt aus wie Grossmutters Stilmöbel aus dem Versandkatalog."

„Hey, willst du mich beleidigen?! Dazu noch in meiner Wohnung, wohin ich dich nicht eingeladen habe? – Tja, das beweist mir nur, dass du keine Ahnung hast. Dieser Tisch ist vielleicht doppelt so alt wie wir beide zusammen, er hat mindestens drei oder vier Kriege überstanden und dazu die Revolution von 1848! Die Geburtsstunde der Helvetischen Konföderation hat dieser Tisch miterlebt! ... und du kommst mir mit „Stilmöbeln"...!!"

Sie blitzte ihn böse an, nahm aber dennoch das Glas entgegen, das er ihr mit um Verzeihung heischendem Hundeblick reichte. Sie trank einen Schluck, ohne darauf zu achten, dass er mit ihr anstossen wollte. Er rückte seinen Stuhl näher an den ihren und nahm ihr das Glas sanft aus der Hand. Jetzt achtete er sogar darauf, beide Gläser sorgfältig auf das Tablett zu stellen.

„Eliane, Eliane", sagte er leise, „warum bist du heute so abweisend? Was habe ich falsch gemacht?"

Es klang so sanft. So unendlich behutsam, wiegend, einlullend. Es wäre so einfach gewesen, sich dieser Stimme zu ergeben, alles zu tun, was diese Stimme verlangte. Diese weiche, samtige Stimme wollte doch nichts Unmögliches. Nur ein bisschen Zärtlichkeit. Eliane riss sich zusammen. Riss sich gewaltsam aus der benebelnden Macht der magischen Stimme in die Wirklichkeit zurück.

„Was du falsch gemacht hast? Du hast noch Nerven so etwas zu fragen? Ich bitte dich mich heute in Ruhe zu lassen und was tust du? Du verfolgst mich. Du betrittst ohne meine Erlaubnis meine Wohnung. Du bist immer noch hier, und du nimmst absolut keine Rücksicht auf meine Wünsche!"

„Aber, Eliane, Eliane… Ich möchte dich doch nur ein wenig verwöhnen. Weisst du, immer muss ich die ganze Zeit an dich denken. Du gehst mir einfach nicht aus dem Sinn. Es ist sehr schön an dich zu denken. Die kleine Unstimmigkeit vom Heiligabend – ok – das war eine dumme Situation. Aber du gefällst mir, und ich möchte mit dir zusammen sein…ja… vielleicht habe ich mich ein ganz klein wenig …. nun ja … verliebt….?"

Sie sah ihn an, als er sie mit sanften Augen und noch sanfteren Händen zu beruhigen versuchte, wie er seinen Stuhl näher an den ihren rückte. Sie nahm wahr wie er den Zeigefinger leicht in den Wein tauchte und wie er damit ihre Lippen berührte, sie den Wein vom Finger küssen liess. Ein zweites Mal, ein drittes Mal. Sie fühlte wieder die unglaublich elektrisierenden Berührungen seiner Hand in ihrem Nacken. Sie liess sich gehen, trank hin und wieder einen Schluck, während er weiterhin sanft zu ihr sprach und sie immer wieder auf diese erregend unschuldige Weise berührte. Die Müdigkeit, die Wärme, der Wein, das schummrige Licht, liessen sie taumeln, sich dem Augenblick ergeben und träumen.

Ein Geräusch schreckte sie plötzlich auf. Ein Handy summte. Es war nicht ihr Handy. Das hatte sie beim Betreten der Wohnung gewohnheitsmässig aus der Handtasche geholt und auf die Ablage im Flur gelegt. Ihr Handy summte nicht. Ihr Handy spielte eine Melodie.

„Sorry, du", flüsterte Daniel und fingerte das vibrierende Kommunikationsgerät aus der Hosentasche, „... ich bin gleich wieder bei dir."

Obwohl sich Eliane gelöst und vom Wein entspannt fühlte, gefiel ihr gar nicht, dass Daniel den Arm um ihre Schultern hielt und gleichzeitig ein Telefongespräch annahm. Sie hörte ihn sagen: „Du, sorry, ich kann jetzt nicht gut reden. – Nein, ich bin nicht zu Hause. – Ich habe noch zu tun."

Eliane hatte ihren Kopf immer noch an Daniels Schulter gelehnt, ihre Hand lag auf seiner Brust. Sie hörte eine weibliche Stimme durch den Handylautsprecher, sie verstand, was die Frau sagte, sie hörte Daniels Antworten darauf, und die Welt um sie wurde auf einmal wieder surreal. Absurd. Verzerrt. Eigenartig schief. Ihre Finger strichen automatisch über den Stoff von Daniels Hemd. Als wären die Finger einer anderen Kraft hörig, begannen sie das Hemd aufzuknöpfen, tasteten über den weichen Stoff des Unterhemdes, fanden eine Brustwarze. Elianes Kopf neigte sich zu ihren Fingern. – Daniel sprach immer noch in einem beschwichtigenden Tonfall mit der Frau. Sanft säuselnd und schmeichelnd wimmelte er sie dreist ab. Er tischte ihr Lügenmärchen auf, treuherzig, unschuldig. Die Frau erwiderte etwas. Sie sprach langsam, als würde sie sich dem Zauber der Stimme ergeben..........

Elianes Mund näherte sich der Brustwarze, sie öffnete die Lippen, knabberte kurz herum, hörte wie Daniel bei der Berührung schwer ausatmete, hörte ihn dann weiterhin mit der Frau sprechen, sanft und beruhigend, so wie er zuvor mit ihr gesprochen hatte – dann biss sie zu. Sie biss kräftig zu, und sie hielt ihre Zähne geschlossen fest. Aus dem Augenwinkel heraus konnte sie sein Gesicht sehen, wie es sich verkrampfte, wie er sich anstrengte, um nicht aufzuschreien, wie er sich beherrschte, um sich nicht zu verraten. Endlich beendete er das Gespräch.

„Hey!! Bist du wahnsinnig!?" Er schob sie brüsk von sich weg, stöhnte, rieb sich die schmerzende Stelle, und beeilte sich das Hemd zuzuknöpfen.

„Ich? – Das trifft wohl eher auf dich zu!"

Eliane stand auf. Am liebsten hätte sie ihm das Weinglas ins Gesicht geworfen, doch da es ihre kostbaren Lieblings-kristallkelche waren, liess sie es sein.

„Du bist so ein hinterhältiger Betrüger! Machst du das mit allen so?!"

Sie war wütend. Sie war auch ein wenig betrunken und sie fühlte sich wehrlos. So wehrlos, dass sie plötzlich zu weinen anfing.

„Geh endlich hier raus!" schrie sie ich an. „Hau ab!! Geh endlich weg und lass mich allein!"

Sie versuchte ihn aus dem Wohnzimmer zu schubsen, doch er hielt sie auf. Sie wehrte sich. Er dirigierte sie nach kurzem Kampf ins Schlafzimmer und legte sie sanft aufs Bett. Sie wurde von Weinkrämpfen geschüttelt, hatte endgültig die Kontrolle verloren, schrie ihn an, dass er endlich weggehen solle, doch er blieb und redete nur leise auf sie ein.

„In diesem Zustand kann ich nicht alleine lassen."

„Doch, doch!.... Genau deshalb musst du mich alleine lassen. Ich ertrage dich nicht! Geh endlich, verschwinde endlich! Verschwinde!!"

Er blieb.

Eine Melodie, ein elektronischer Klingeltanz, liess sich aus dem Flur vernehmen. Das Handy! Eliane sprang auf, wischte die Tränen weg und rannte hinaus. Silvio! Silvio rief an! Silvio ihre Rettung! Sie drückte die Annahmetaste und meldete sich mit zitternder, weinerlicher Stimme. „Ja, hallo? Silvio?"

„Eliane, was ist los? Weinst du etwa…?"

Schniefen. Nochmals.

„Ob ich weine? Was denn sonst? Ich heule die ganze Welt zusammen, weil dieser blöde Kerl mich nicht in Ruhe lässt, weil er ….. weil er ……"

„Eliane? Eliane! Bist du nicht allein?"

„Wie soll ich allein sein, wenn der Typ nicht gehen will?!" Leises Schluchzen. Tränen. Lautes Schluchzen.

Daniel nahm das Telefon aus Elianes Hand. Durch eine Wand aus Tränen hörte sie ihn mit der gleichen sanften Stimme sprechen, wie er vorher mit der Frau geredet hatte, wie er mit ihr selbst geredet hatte. Bei Silvio zeigte es keine Wirkung.

Die folgenden zehn Minuten verliefen dramatisch. Elianes schluchzende Verzweiflung, ihre peinliche Suche nach Papiertaschentüchern, Silvios ins Telefon gebrüllte Wut, Daniels gesäuselte Verteidigungsversuche. Am Schluss war er endlich aus der Wohnung draussen und Eliane hatte noch so viel Selbstbeherrschung, um hinter ihm die Tür abzuschliessen. Das Handy hielt sie dabei immer noch am Ohr. Dann brach sie erst richtig zusammen. Am anderen Ende der Leitung tobte Silvio, hielt ihr vor leichtsinnig zu sein, hielt ihr vor, dass sie dem „Mistkerl" Tür und Tor geöffnet hatte, hielt ihr vor sich nicht genug gewehrt zu haben, hielt ihr dieses und jenes vor, bis sie ihn zuletzt nur noch laut heulend zu beschimpfen begann, dass er keine Ahnung hätte, wie sie sich jetzt fühle, dass er überhaupt keine Ahnung hätte, wie sie sich in letzter Zeit fühle. Er wisse nicht wie das sei, ständig auf jemanden warten zu müssen, ständig das Leben nach den Wünschen anderer ausrichten zu müssen. Sie hätte jetzt genug von all dem, sie hätte die Schnauze gestrichen voll, sie hätte genug von der Ungewissheit, sie hätte genug von Spielchen, sie hätte genug von der bescheuerten Idee dieser Beziehung … und überhaupt …! Daraufhin folgte weiteres Schluchzen und Silvio versuchte sich nun zu entschuldigen. Er bat sie inständig um Verzeihung, bezichtigte sich selbst seiner Unentschlossenheit, machte sich Vorwürfe, versuchte sie zu beschwichtigen, zu beruhigen…

Irgendwann gab der Akku des Telefons auf. Stille breitete sich aus im Raum, nur von Elianes Schniefen unterbrochen. Sie schnäuzte sich, murmelte: „Scheisse …. Shit … verdammt noch mal!" Dann stand sie auf, um das Ladegerät zu holen. Kaum war das Telefon angeschlossen und wieder wieder betriebsbereit, läutete es Sturm. Silvio. Als müsste das Handy jedes Mal die gesteigerte Intensität, die drängende Energie und Kraft weitergeben, mit der Silvio durchs Leben ging, schien es lauter und schneller zu klingeln als bei anderen Anrufern.

„Eliane! Ich bin so froh, dass du abnimmst!"

„Ja und? Was denn sonst? – Der Akku hält nicht ewig."

„Ach so…."

Eliane fühlte Trotz in sich aufsteigen. Sollten sie sie doch alle in Ruhe lassen. Alle. Sie wollte niemanden sehen, niemanden hören. Sie war müde und wollte nur noch schlafen. Silvio hatte Verständnis. Er versprach, sie so bald wie möglich zu besuchen, sobald er die „Kids" wieder abgeben könnte, aber sie wisse ja, wie das während der Feiertage so sei … Ja, natürlich wusste sie, wie das während der Feiertage so sei, zischte sie zurück … sie wüsste ganz genau wie das IST….! Silvio bat noch einmal um Verständnis, und Eliane ärgerte sich noch einmal über seine platten Entschuldigungen.

Endlich war alles vorbei. Der Abend, und danach auch die Nacht. Am anderen Morgen stand Eliane auf und war froh, dass sie ins Büro gehen konnte. Ja nicht in der Wohnung bleiben. Da würde sie erstmal richtig durchputzen müssen…

Die noch verquollenen Augen redete sie in der Kanzlei mit Migräne aus. So liessen sie die Arbeitskolleginnen wenigstens in Ruhe, nachdem sie sie ausgiebig bedauert hatten.

· · · · • • · · · ·

Der Silvester fiel in jenem Jahr auf einen Samstag. Am Freitagabend hatte Daniel die Keckheit besessen, Eliane eine sms zu schreiben und sich bei ihr zu entschuldigen. Es folgte eine weitere sms, und noch eine sms. Nach der vierten sms griff Eliane zum Telefon.

„Du blockierst meinen sms-Speicher", gab sie Daniel zu verstehen, „also wundere dich nicht, wenn ich deine Nummer jetzt auch blockiere …."

Eine Stunde später hatte sie Daniel verziehen, ihm jedoch klar gemacht, dass es jetzt genug sei, und dass sie von ihm nichts mehr zu hören wünsche. Es sei einfach genug! Daraufhin lud er sie zum Silvesterabend zu sich nach Hause ein. Sie beendete höhnisch lachend das Gespräch, drückte einfach die Aus-Taste, klemmte ihn ab. Am Abend loggte sie sich in den Chatroom ein, um auf andere Gedanken zu kommen. Sich im virtuellen Raum mit wildfremden Leuten über Belanglosigkeiten zu unterhalten war immer noch besser, als alleine Trübsal zu blasen. Kaum war sie online sichtbar geworden, wurde sie schon von Daniel angeklickt. Er wiederholte seine Einladung zum Silvesterabend. Was sie den gerne essen würde? Sushi? Japanische Thonhäppchen? Sie schüttelte den Kopf und schrieb klar und deutlich, dass er nicht mit ihr rechnen solle. Nie wieder. Und dass sie Sushi ekelhaft fände. Basta. Ciao. Lebwohl.

Als später in der Nacht Silvio anrief, erzählte sie ihm die die Geschichte und war schon fast belustigt über Daniels Unverfrorenheiten. Als Antwort erntete sie von Silvio nur:

„Wie bitte!? Du hast ihm auch noch geantwortet? Bist du eigentlich wahnsinnig?"

Beleidigt schnauzte Eliane zurück: „Warum fragt ihr mich alle, ob ich „eigentlich" wahnsinnig sei? Also, ich finde, dass „eigentlich" nur ihr beide verrückt seid....".

Silvio fauchte irgendetwas zurück, beschuldigte erst den „Mistkerl", dann gab er sich versöhnlich. Mit weicher Stimme erklärte er, wie leid es ihm tue, dass er jetzt nicht bei ihr sein könnte, wie sehr er sie liebte und wie sehr er wünschte, sie vor allem zu bewahren, das ihr schaden könnte. Er versprach, dass er am nächsten Morgen, wenn die „Kids" einen Besuch bei einer Tante machten, sich schnell abseilen würde – er müsse sowieso einkaufen gehen.

Trotz aller Aufregung, ging Eliane versöhnt und beruhigt schlafen. Noch im Bett machte sie Pläne für einen Silvestereinkauf, und das sie bei sonnigem Wetter einen ausgedehnten Spaziergang unternehmen wollte. Doch am nächsten Morgen, als Silvio eintraf, wurde die Diskussion fortgesetzt. Der „Mistkerl" sei eine Gefahr, betonte Silvio. Der „Mistkerl" würde sie weiterverfolgen, da sollte sie sich keine

Illusionen machen. Der „Mistkerl" liesse sich so schnell nicht abweisen. Der „Mistkerl" war doch wirklich ein Psychopath!

Der „Mistkerl" wurde zu einem Arbeitstitel für Daniel. Silvio liebte es, die verschiedenen Anwärter auf Elianes Sympathien mit treffenden Bezeichnungen der leicht verächtlichen Art zu etikettieren. Der „Jüngling", der „Salsero", der „Finanzhai", der „Discoschwinger", der „Traumtänzer", der „Schönling" oder eben der „Mistkerl". Je beleidigender der Titel, umso grösser war Silvios Angst, er könne Eliane an einen dieser Typen verlieren. Er kämpfte um sie, doch er kämpfte zu langsam und manchmal an den falschen Fronten.

Nachdem sich Silvio gegen Mittag von Eliane verabschiedet hatte – mit allen besten Glückwünschen für ein supertolles, herrliches, erfolgreiches, himmelwärts stürmendes, neues Jahr, mit aller Liebe, mit allem Drum und Dran ... und überhaupt – (*Küsschen, Küsschen*) – dauerte es nicht lange bis Elianes Handy wieder klingelte.

Fast hatte sie es erwartet: Daniel. Der Bursche hatte nichts begriffen. Sie nahm nicht ab. Er versuchte es immer wieder, bis sie die Geduld verlor. Sie wollte ihr Handy nicht ausschalten, es gab schliesslich auch andere und nette Leute, die ihr Nachrichten schickten oder anrufen konnten. Weshalb sollte sie es dann wegen eines unbelehrbaren „Mistkerls" ausgeschaltet lassen? Das Gedudel ging ihr jedoch bald auf die Nerven. Sie meldete sich.

„Hallo Daniel. Ich wünsche dir auch ein gutes und erfolgreiches neues Jahr, und bitte, ruf mich nicht mehr an. Ich werde jetzt auflegen und deine Nummer sperren."

Er liess sich nicht abwimmeln und säuselte, raspelte Süssholz, wiederholte zum x-ten Mal seine Einladung, beschrieb den Weg zu seinem Haus.

„Daniel, ich werde nicht kommen. Bitte, begreif das endlich."

„Aber warum denn nicht? Und was soll ich jetzt mit dem halben Kilo Thon machen? Ich habe doch schon alles für die Sushi eingekauft..." Es klang weinerlich und trotzig. Es klang, als würde nicht verstehen, was die Ursache von Elianes Sinneswandel sein konnte...

„Daniel, ich habe dir gesagt, dass ich nicht zu dir kommen werde und ich habe auch deutlich genug gemacht, dass es mich vor Sushi ekelt!"

Irgendwann war das Gespräch zu Ende und sie igelte sich in ihrer Wohnung ein. Räumte dies und das weg, wischte ein wenig Staub, fegte den Boden, ordnete Wäsche. Die Stunden vergingen. Die Idee mit dem Spaziergang war gestorben. Sie hatte auch keine Lust mehr einkaufen zu gehen. Es wäre noch Zeit gewesen, doch draussen begann es bereits dunkel zu werden. Sie befürchtete sogar, dass sie Daniel begegnen könnte, wenn sie aus dem Haus ging. Sie liess die Jalousien herunter, zündete Kerzen an und fischte aus ihrer Musiksammlung eine CD mit Vivaldis Cellokonzerten. Endlich – Ruhe. Nur noch sie alleine und ihre eigene Welt. Der Tag war so schnell vergangen. Sie ging in die Küche und machte sich daran, ihr eigenes Silvestermenü zu kreieren. Sie setzte Safranreis auf, bereitete eine Sahnesauce mit Cognac und Estragon, legte einige blanchierte Broccoliröschen auf den quellenden heissen Reis und nahm schmunzelnd ein grosses Thonsteak aus dem Kühlschrank, das sie in heissem Olivenöl kross braten würde...... Sushi! So ein Schwachsinn!

Der übrige Silvesterabend verlief ruhig. Sie war viel zu müde von der Aufregung der letzten Tage, so dass sie den Anbruch des Neuen Jahres verschlief. Besser so. Sie freute sich auf die folgenden freien Tage. Sie würde viel lesen und sich wieder mit seriösen Themen, wie der Kulturgeschichte befassen, anstatt im Chat nach spontanen Verabredungen zum Tanzen zu suchen. Wenn das Wetter es zuliess, würde sie auch nach draussen gehen. Vielleicht würde sie doch noch ein wenig chatten, nur so zur Unterhaltung, bis das sogenannte normale Leben nach den Feiertagen wieder Einzug hielt und mit ihm auch alle jene Menschen, die Eliane zu ihren Freunden und Bekannten zählte.

· · · · ● · · · ·

Am zweiten Neujahrstag loggte sie sich wieder in die Chatplattform ein, wohlwissend, dass Daniel sie dort finden könnte. Egal. Sie würde nicht antworten. Draussen begann es leicht zu schneien. Durch die Wohnung wallten die silbernen Klänge von Vivaldis genialer Musik, interpretiert von einer jungen argentinischen Cellistin, die der aufgehende Stern am Himmel der Barockmusik war. Hatte nicht unlängst die Welt der klassischen Musik Vivaldis Barock für sich beansprucht? Vivaldi, Händel, Bach – man hatte sie der Alten Musik entrissen und selbstherrlich in den Olymp der Klassik verpflanzt, wo sie nun zusammen mit Mozart und Beethoven Nektar aus goldenen Bechern schlürfen durften, und wo sie, als Dank für das göttliche Ambrosia des klassischen Himmels, den gehobenen, klassisch gebildeten, Bürgern zu Ansehen verhalfen, die eifrig die Meinungen der Kulturfeuilletonisten nachplapperten. Die Bildungsbürger genossen ihr Ansehen und ihre angelernten Kenntnisse, denn sie wussten jetzt „Bescheid" über „Barockmusik", und sie hatten nur ein mitleidiges Lächeln übrig für die wirklichen, leidenschaftlichen Anhänger der Alten Musik, da diese Art der Kunst keine grossen Konzertsäle zu füllen vermochte – und vor allem keine hohen Subventionen nach sich zog. Wer von den gehobenen Bildungsbürgern kannte schon Kapsberger, Sanz, Cavalli, Dowland, Luigi Rossi? Und wer kannte schon die vielen spätbarocken Neapolitaner, Venezianer und Tschechen, die scharenweise die Musik zu Vivaldis Zeiten beeinflussten? Sie hatten damals schon keine Lobby … schade darum…

Eliane riss sich aus ihren philosophischen Betrachtungen über die Musikszenen, denn am Bildschirm ihres Computers blinkte ein Icon, welches ihr bekannt gab, dass jemand mit ihr in einen Chat eintreten wollte. Eliane wunderte sich, als sie einen weiblichen Nicknamen las. Von Frauen wurde sie üblicherweise nicht angesprochen. Gut, mal sehen, wohin das führen mochte. Ihre Neugier war zumindest geweckt. Nach den üblichen „Hallos" und „Wie geht's denn so", und weiterem belanglosem Geplänkel, rückte die Unbekannte mit der

Sprache heraus. Sie selbst und Eliane hätten einen gemeinsamen Chatbekannten, der ihr, der Unbekannten, so sehr von Eliane vorgeschwärmt hätte, dass sie sie unbedingt kennen lernen wollte. Eliane fühlte sich erst einmal geschmeichelt, doch von irgendwoher erklangen plötzlich Alarmglocken, waren heulende Sirenen und leuchtende Warnlichter vernehmbar. Sie blieb vorsichtig. Blieb bei Belanglosigkeiten, obwohl die Unbekannte immer ernsthaftere Töne anschlug und Fragen stellte. Irgendetwas störte dabei. Eliane wich den Fragen aus. Sie las die Sätze des Gesprächs von neuem durch. Der Chat geriet dadurch ins Stocken. Dann kam ihr ein Verdacht. Sie las noch einmal von vorne. Las aufmerksamer. Schrieb so eine Frau, die eine andere Frau zum virtuellen Schwatz einlud? Würde überhaupt eine andere Frau ihre potenzielle Rivalin dazu einladen, um über einen sogenannten „gemeinsamen Chatbekannten" zu reden? Eliane sah sich noch einmal die Selbstbeschreibung im Profil ihrer Chatpartnerin an. Das war ja ein Männertraum! Langes, blondes, gewelltes Haar! Schlank, schöne Figur mit langen Beinen… Beschrieb sich so eine Frau? Ausserdem, viel zu jung! Sonst stand nicht mehr viel. Keine Augenfarbe. Keine Hobbies. Keine einzige von diesen nutzlosen Kleinigkeiten, die Frauen sonst für so wichtig halten. Nur: „Suche vertrauensvolle, freundschaftliche Beziehung". Aha. Woran erinnerte sie das? Wo hatte sie das schon einmal gehört? Elianes Antworten wurden zusehends kühler und nichtssagender. Der Verdacht schien sich zu erhärten. Aber wie konnte das sein? Gut, man konnte sich unter einem falschen Namen anmelden – aber die IP Adresse des Computers war unbestechlich. Gab es mehrere Computer im Spiel? Schliesslich stellte sie brüsk die entscheidende Frage:

„Raus mit der Sprache: Wer bist du wirklich?!"

Das Resultat, die sogleich folgende Antwort, war erschütternd.

„REINGELEGT!!! Ha ha!!!! Äätsch!"

Eliane zuckte vom Bildschirm zurück, als könnte Daniel aus ihrem Notebook hervorgekrochen kommen und ihr die Ohren wieder mit seiner säuselnden Stimme zupflastern. Daniel! Es war Daniel! Er schien sich krumm zu lachen. Immer von neuem erschien sein „Ha Ha!!!!" auf dem Bildschirm. Dann tischte er ihr die Lösung auf. Natürlich – er musste auch noch damit prahlen, wie er sie betrogen hatte! Er hätte einen guten Bekannten, einen Informatiker, der könne ihm so viele IP-Adressen beschaffen, wie er wolle. Er könne jetzt unter mehreren Persönlichkeiten und Profilen im gleichen Chat auftreten – Ha Ha!!!! Das sei ein Riesenspass, die Leute so hinters Licht zu führen! Die Männer würden auf ihn abfahren wie die Raketen – pfui Teufel, was er da manchmal zu lesen bekäme! Er schrieb immer noch den Bildschirm voll, ohne darauf zu achten, dass Eliane nicht antwortete.

Es war hässlich. Sie betrachtete den Bildschirm und dachte, dass der Typ krank sei, und dass sie wieder einmal viel Glück gehabt hatte. Die Sache hätte auch ein ganz anderes Ende nehmen können. Ohne Daniels Angebereien weiter zu beachten, klickte sie sich durch die Plattform und kündigte auf der Stelle das Abonnement. In der darauffolgenden

Bestätigungsemail wurde sie höflich darauf hingewiesen, dass ihr noch drei Monate zustanden, da sie ein Halbjahres-Abo gekauft hätte, und dass ihr bei sofortiger Kündigung kein Guthaben zurückerstattet werden konnte. Sie schrieb genauso höflich zurück, dass ihr das egal war. Auf die Idee, dass sie Daniels Verhalten bei der Administration des Chats melden konnte, kam sie erst gar nicht. Der Ärger, die Scham und die Ernüchterung über den offensichtlichen Betrug waren viel zu stark. Irgendwann einmal würde es Daniel sicher zu bunt treiben... Eliane überliess die künftige Rache grosszügig Anderen....... Ha ha....!!!

19. Kapitel

Eliane und die Schweizer Italianità

Von mediterraner Küche und dem Gift der Borgia – Schon wieder Ruccola – Ruccola und Pasta – Ruccola mit Pasta –Weitere kulinarische Verbrechen an der Menschheit.

Eliane hat sich mit ihrer Arbeitskollegin Graziella zum Kaffee getroffen. Die beiden Frauen sitzen in bequemen Loungemöbeln eines Restaurants am Winterthurer Bahnhof und Graziella erzählt, was sie eben im Italienischkurs erlebt hatte. Graziella Lombardi ist die Lehrerin des Abendkurses am Dienstag von 18 bis 20 Uhr. Graziella Lombardi jobbt auch bei der Kanzlei, Canonica, Leimbacher, Sutter, wo sie ausser den anfallenden Übersetzungen in Deutsch, Italienisch, Französisch, auch noch Sekretariatsarbeiten für den Tessiner Seniorpartner erledigt. Als ob das nicht schon genug wäre, kümmert sie sich auch noch um den Haushalt ihrer pensionierten Eltern. – Die Schüler ihrer Abendkurse sind ein bunt zusammen gewürfeltes Häufchen aus verschiedenen Altersstufen, Gesellschaftsschichten, Berufen und Nationen. Italienisch zu sprechen ist eben „cool", meinen die Schüler, sei es in den Ferien, im Geschäft – oder auch nur in der Pizzeria um die Ecke.

Gerade amüsiert sich Graziella lauthals über die Ansichten ihrer Klasse, und plaudert lebhaft aus der Schule. Das Diskussionsthema, welches sie heute für die Kursteilnehmer vorbereitet hatte, lautete: „Typisch italienisch – typisch schweizerisch". Graziella ist eine Seconda, geboren und aufgewachsen in der Schweiz, im Kanton Zürich, sie weiss, wovon sie spricht.

„Du glaubst gar nicht, wie viele Klischees immer noch in den Köpfen der Leute herumschwirren."

„Lass mich raten", fällt ihr Eliane ins Wort, „Pasta, Pizza, feurige Liebhaber und vielleicht ein bisschen Kultur?" Graziella schüttelt sich vor Lachen.

„Ja, das kommt etwa hin. Das ist die weibliche Version. Bei den Männern waren es die Autos, der Fussball und natürlich die temperamentvollen, schwarzäugigen, sinnlichen Frauen."

„Sinnlich. Ja, ja… da traute sich wohl keiner von „kurvig" zu sprechen."

Graziella lacht wieder und Eliane schüttelt den Kopf. Dabei sieht sie ihre Kollegin an, die mit ihrer hellen Haut, den blonden Haaren und graublauen Augen so gar nicht dem Bild entspricht, das Männer nördlich der Alpen von südländischen Schönheiten haben. Eliane denkt auch, dass das Märchen vom feurigen Italo-Lover eben auch nur ein Märchen ist. Sie hat so ihre Erfahrungen. Sie hat auch ein zwiespältiges Verhältnis zum südlichen Nachbarland der Schweiz, dessen Sprache sie spricht und dessen Geschichte und Kultur sie besser als die eigene kennt. Sie findet, dass sich das Römische Reich und die Italienische Renaissance viel zu breit machen im Bewusstsein der kulturinteressierten Bürger. Sie findet, dass es viel zu viele italienische Restaurants gibt, und dass der italienische Einfluss auf Design und Mode stark überbewertet wird. Sie mag zwar ihre italienischen Freunde sehr, stösst sich jedoch an den Ungereimtheiten und Gegensätzlichkeiten des allgemeinen Nationalcharakters. Deshalb gefällt ihr die einschmeichelnde Stimme von Eros Ramazzotti, doch sie nervt sich wegen der hochfahrenden Art des Seniorpartners Aurelio Canonica. Der gewiefte Anwalt beherrscht alle Klangstufen auf der Tonleiter des Gefühlsausdrucks zur Manipulation seiner Mitmenschen. Meistens ist er unberechenbar, und je nach Vorteil kehrt er entweder den biederen Tessiner heraus oder befleissigt sich einer weltgewandten, lässigen Italianità, der man schon von weitem ansieht, dass sie nur gespielt ist. Man muss schon mit italienischem Kulturhintergrund aufgewachsen sein, um Aurelio Canonicas Stimmungswechselbad zu ertragen. Während seines langen Anwaltslebens verliessen ihn die Schweizer Sekretärinnen scharenweise wegen seiner aufbrausenden, unhöflichen und widersprüchlichen Umgangsformen. Die Italienerinnen unter den Assistentinnen kündigten jeweils nur wenn sie heirateten oder Kinder bekamen. Aurelio Canonica mag zwar ein unausstehlicher Patriarch sein, der sich keinen Deut um das Wohlbefinden seiner, hierarchisch untergeordneten, weiblichen Angestellten schert, doch er sichert der Kanzlei einen steten Zufluss italienischsprachiger Klienten, und er verfügt über solide Verbindungen zu Wirtschaftskanzleien in Mailand, Rom und New York, die oft und gerne gewisse Unterstützung in der Schweiz benötigen.

Eliane mag auch keine Leute, die ständig von Pasta reden, obwohl sie sich nur einen Teller Spaghetti oder Hörnli mit Fertigsauce zum Abendessen aufgewärmt hatten – oder noch schlimmer: Ravioli aus der Dose. Manchmal erwischt sich Eliane dabei, wie sie die allgegenwärtigen Tomaten-Mozarella-Basilikum Salate zu verabscheuen beginnt. Jeder, der etwas auf sich hält und nicht kochen kann, serviert bei Einladungen Teller mit geschmacksneutralen, wässrig schmeckenden Scheiben aus Gewächshaustomaten und Industriemozzarella, wobei das obligate, zu grosse und etwas angewelkte Basilikumblatt dazwischen geschoben wird. Danach wird das Ganze unter Olivenöl begraben und mit Balsamico-Essig gleichmässig braun gefärbt. Salz und Pfeffer sollten dieses Gericht geschmacklich abrunden, werden allerdings von der wässrigen Neutralität ebenso zugedeckt wie das schlabbrige Basilikumblatt. – Wann hatte sie eigentlich das letzte Mal von Maccheroni gehört? Wohl als sie noch klein war und man diese Nudelart in der Schweiz Makaroni betitelte – mitunter auch die ständig eintreffenden, Maccheroni essenden, Gastarbeiter. Wenn sie ehrlich war, so mochte sie keine Tomaten. Als sie noch ein Kind war, hatte ihr der säuerliche Küchendunst nach Tomatensauce jedes Mal Übelkeit verursacht. Warum nur, meinen bis heute Erwachsene, dass man Kindern eine Freude macht, wenn man ihnen matschige Teigwaren an einer sauren Tunke serviert, deren Spritzer nie wieder aus den Kleider herauszuwaschen sein werden?

Eliane seufzt und gesteht Graziella ihre Erfahrungen mit der italienischen Esskultur. Wieso glauben einige Leute, dass frischer, knackiger, fröhlich hellgrüner Salat unter einer pappigen, klebrigen Brühe aus scharf schmeckendem Olivenöl und braunem Balsamico di Modena zu verschwinden habe? Obwohl – der Balsamico wird zur Wohltat, wenn er die

Bitterkeit von Ruccola überdeckt. Ruccola ist ein Unkraut, das als solches schmeckt und auch als solches zu behandeln ist – nämlich ausreissen und höchstens als gehäckselte Gründüngung im Garten zu verwenden. Ruccola verdirbt jeden gemischten Salat, ist schlimmer noch als Tomaten mit Mozzarella und schlappem Basilikumblatt und gehört als Beilage zu würzigem, schmackhaftem Käse verboten! Doch weil Ruccola ein Unkraut ist, hält es sich hartnäckig, und seit Jahrzehnten unausrottbar, auf den Tellern dieser Welt.

Und warum gibt es zum Nachtisch immer wieder Tiramisu, obwohl Italien so viele herrliche Süssigkeiten zu bieten hat? Eliane kommt ins Träumen, als sie an die Auslagen italienischer Konditoreien denkt, wenn sie sich himmlische Tortenfüllungen aus Zitronencrème vorstellt, oder sich an die Köstlichkeiten einer früheren Sizilienreise erinnert.

„Gibt es auch etwas, das du ausser den Süssigkeiten, an der italienischen Küche magst?" fragt Graziella. Sie selbst isst sich jeweils mit internationalem Bewusstsein und gesundem Appetit durch das Angebot der verschiedensten Restaurants, worauf Wochen strikter Diät folgen.

„Ich finde, dass der Trend viel zu sehr überbewertet wird. Wir versuchen hier doch nur Ferienerinnerungen an Italien aufzufrischen und vergessen dabei, dass es in den Supermärkten nur Massen-Industrieware zu kaufen gibt."

„Dann musst du eben in die italienischen Quartierläden gehen, – aber eben – von denen gibt es nicht mehr viele."

„Ja – das habe ich ein paarmal versucht, und ich bin mir jedes Mal wie ein fremdländischer Eindringling vorgekommen! Ich wette, man will dort die guten Sachen nur an Stammkundschaft verkaufen, und da stört jeder, der neu dazu kommt. Aber ich sage dir, wenn die Stammkunden einmal verschwinden, und wenn es danach keine neuen Kunden mehr gibt, dann verschwindet auch bald der Laden – aber subito! Da gehe ich lieber ins Restaurant. Aber eigentlich ich hole mir lieber in der Quartierspizzeria eine frische Pizza, anstatt dem Kellner zuzusehen, wie er ein Riesenspektakel aufführt, nur um ein paar Scheiben Schinken abzuschneiden. Diese Monstren von Aufschnittmaschinen – der blanke Wahnsinn! Und warum sollte ich mir die Zähne an steinharten, trockenen Käsebrocken ausbeissen? Und warum sollte ich stinkenden Schafskäse gut finden, wenn ich in einem Land lebe, das nach eigener Aussage die besten Käse der Welt produziert?"

Während sich Eliane über den Ungeschmack italienischer Lebensmittel ereifert, zieht Graziella einen Notizblock aus der Tasche und beginnt schnell zu schreiben.

„Das mit dem Käse haben meine Schüler auch gesagt. Ich glaube, ich muss das Thema nächsten Dienstag noch einmal ausschlachten. Essen ist ein wunderbares Thema. Das interessiert die Leute, da fangen sogar die ganz stillen Wasser plötzlich zu diskutieren an."

Eliane nippt an ihrem Kaffee. Es ist ein Schweizer „Café crème", kein Espresso und schon gar kein Ristretto, von dem nur drei Tropfen übrig bleiben, wenn man nach dem Umrühren den Löffel weglegt. Man sieht Eliane an, dass sie unbedingt noch etwas loswerden will.

„Weisst du, was das absolute Horrormenü war?", beginnt sie, als wollte sie Graziella davon berichten, wie sie einem Anschlag mit dem legendären Gift der Borgia entkommen war, „...das war eine Einladung zum Essen bei Henris Cousine. Noch Jahre danach waren wir für eine weitere Einladung schlicht unerreichbar! Es begann mit Antipasti – eine Orgie in Olivenöl! Getrocknete Tomaten überall, steinharte Bruschette – ich hatte noch am nächsten Tag wundes Zahnfleisch – steinharter Parmesan und steinharter Salami. Ich hatte schon genug als der übliche rot-weiss-grüne „Salat" kam – was denn sonst? Klar – mit Balsamico und noch mehr Olivenöl. Dann sollte der Höhepunkt kommen: Die Pasta. Ja, logisch... Warum kann man eigentlich nicht sagen, dass es Spaghetti geben wird? Pasta! ... Henris Cousine ist Vegetarierin ... das auch noch! Graziella, du machst dir keine Vorstellung: Spaghetti al dente. Du ahnst es schon – genau – steinhart! Darunter gemischt war in literweise Olivenöl gedünsteter, fettiger, lampiger, bitterer Ruccola an einer Überdosis von Peperoncini und Knoblauch! Das war's. ...uahhh!... – Von dieser „leichten, mediterranen Mahlzeit" hatten wir die ganze Nacht lang Sodbrennen, und der Knoblauchgeruch ging erst am anderen Abend dank vieler Kaugummis weg!"

Graziella lacht herzlich. Gleichzeitig verzieht sie das Gesicht zu einer Grimasse, als könne sie sich den Geschmack dieser Schreckensmahlzeit nur zu gut vorstellen.

„Dazu servierte der Herr des Hauses den Stolz seines Weinkellers: Einen viel zu schweren Amarone. – Als es ans Nachschenken ging, hatte ich spontan erklärt, dass ich die Fahrt nach Hause übernehmen würde und deshalb keinen Wein mehr trinken konnte! Henri hat es verwundert zur Kenntnis genommen, doch ich hatte das Gefühl schon nach dem ersten Schluck stockbetrunken zu sein."

„Ich wette, dass es zum Dessert Tiramisu gab", wirft Graziella sarkastisch ein.

„Nein," antwortet Eliane, „…schlimmer: Es gab ein „sommerlich leichtes" Melonencocktail – (*ironisches Kopfschütteln*) – mit Grappa! – Wie kann man nur frische, wunderbar duftende Melonen in einem scharfen Schnaps ertränken? – Siehst du, Graziella, deshalb verzichte ich lieber auf die Genüsse der italienischen Küche."

Graziella nutzt die Pause in Elianes Redeschwall und bestellt einen Espresso. Als der Kellner die Tasse vor sie stellt, lässt sie das beinharte, trockene Mandelgebäck, das als italienische Spezialität zum Kaffeegenuss gilt, zurückgehen.

„Ich mag das Zeug nicht", sagt sie mit einem entschuldigenden Lächeln zu Eliane, „entweder man bricht sich die Zähne daran aus oder man tunkt es in den Espresso und DAS geht gar nicht, dann ist der Kaffee weg und das „Guetzli" immer noch hart wie Beton. Im Vin Santo eingeweicht … ok … akzeptabel…"

20. Kapitel — GeschiCHten

Netzwerke

Auch eine Spinne denkt vernetzt – Von der Pflege der Kontakte – Warum nicht nachsehen wer geschrieben hat, anstatt „die Mails zu checken" – Intel inside …

Die Menschheit hängt im Netz. In den Netzen. Wie die Fliegen, die von Spinnen in einem Netz gefangen werden, um später, bei Appetit, ausgesaugt zu werden. Danach fällt die nutzlos gewordene, da leblose, Hülle durch die Maschen des Netzes. Irgendwohin. Die Spinne interessiert das nicht. Der Fliege ist es nicht gut bekommen, dass sie sich vernetzt hatte. Der Spinne schon. Sie baut ihr Netzwerk weiter aus.

In diesem Zusammenhang wird der Begriff „soziales Netzwerk" zur Horrorvorstellung – nichtsdestotrotz, die moderne Gesellschaft ist stolz darauf, vernetzt zu sein. Man bringt sogar dem Nachwuchs bei vernetzt zu denken, man ist stolz auf ein derartiges Talent. „Vernetzt denken" – ein neues Schlagwort, welches die Welt angeblich braucht. Man gewinnt den Eindruck, dass erst nach Erfindung des Schlagbegriffs das vernetzte Denken überhaupt ermöglich wurden – was taten denn all die Leute vorher? Nun – man berücksichtigte alle Einzelheiten und bezog sie in seine Überlegungen mit ein – doch mit solchen Satzkonstruktionen sind viele der heutigen Menschen bereits überfordert, deshalb müssen sie lernen „vernetzt zu denken".

Allmählich stellt sich die Frage nach dem Netz und nach dessen Erbauern. Wer vernetzt denkt, wer vernetzt ist – der ist umgeben von feinen Netzfäden, welche die Gedanken in bestimmte Richtungen lenken und daran ziehen. Deren Verlauf zu folgen man gezwungen wird. Wer selbständig denken möchte, müsste der dann nicht genau diese Fäden des Netzes zerstören oder wenigstens meiden? Es keimt die leise Ahnung, dass jenes viel beschworene Mantra vom unabdingbaren vernetzt-Sein, vernetzt-Denken eine gefährliche Sache für unabhängige Gedanken und Schlussfolgerungen ist. Manche Menschen zeigen eine unwillkürliche Abneigung dazu, sich in sozialen Netzwerken einzuschreiben, doch es sind nur Wenige. Sie wissen – das Spinnennetz lässt grüssen…

Es gibt so viele solcher Mantras, mit denen man sich tagtäglich – oft bereit- und freiwillig – das Gehirn bis zur makellosen Sauberkeit waschen lassen kann.

Der Sprachgebrauch wandelt sich. Man spricht von „…gut vernetzten Zeitgenossen, die ihre sozialen Kontakte pflegen". Nun – sind die sozialen Kontakte krank, dass sie Pflege brauchen? Könnte man stattdessen nicht einfach mit verschiedenen Menschen befreundet sein, ohne dabei an „Facebook-Freunde" zu denken? Und warum kann man nicht von Zeit zu Zeit nachsehen, wer geschrieben hat – anstatt „Mails zu checken"?

Die Sprache ist Vermittler und Mittel zugleich – dies wissen diejenigen besonders gut, die sie täglich manipulieren. Manchmal kann es erschreckend sein, wenn man sich diese Manipulation bewusst macht. Es ist noch nicht lange her, als Werbespots für Computer über die Fernsehbildschirme flimmerten. Ist es zehn, ist es fünfzehn oder zwanzig Jahre her?

Auf alle Fälle war dies noch vor der Zeit der Datenklau-Affären und vor den Schreckensberichten über elektronische, virtuelle Überwachung. Es wurde so mancher, der Bedenken äusserte, als Spinner und Verschwörungstheoretiker abgestempelt. Doch zurück zur Werbung: Wie hiess es doch am Schluss jenes Spots – geflüstert von einer geheimnisvollen Frauenstimme? „Intel inside" ….. Flüstern – steht für etwas, das nicht laut ausgesprochen werden darf. „Intel" – steht für „Intelligence", was natürlich sofort mit „Intelligenz" gleichgesetzt wird, und im deutschen Sprach-Denk-Raum mit Klugheit und geistiger Gewandtheit in Verbindung gebracht wird. Im englischen Sprachumfeld jedoch, bezeichnet „Intelligence" auch Information beschaffen, Nachrichten einholen, auskundschaften, Spionage – „Intelligence" abgekürzt „Intel" genannt von jenen, die berufsmässig damit zu tun haben – bei öffentlichen und politischen Personen angefangen. „Intel inside…" im mysteriösen Flüsterton …. War dies möglicherweise nur eine Vorbereitung auf das, was später nachfolgen sollte und was uns gegenwärtig eine Flut von Presseartikeln über stets dreistere Ausspionierungen beschert? „Intel inside" … your computer? Der „transparente", der „gläserne" Mensch. Wieviel gläserne Transparenz ist zumutbar und wieviel davon wird allgemein akzeptiert? Anscheinend viel, denn seit dem Siegeszug der Internetforen und der Smartphones ist Anwesenheit einzelner Menschen sichtbar und lokalisierbar. Neugierige und Eifersüchtige haben nun ganz andere Möglichkeiten ihren Auserwählten nahe zu sein. Der virtuelle Chatraum bietet wunderbare Möglichkeiten zur individuellen Überwachung – wer würde schon das böse Wort „Stalking" benutzen?

Ein willkürliches Beispiel:

A: „Du hast mir im Chatraum nicht geantwortet, als ich dich angeklickt hatte! Warum?"

B: „Wahrscheinlich deshalb, weil ich nicht eingeloggt war. Ganz einfach."

A: „Nein! Ich habe es genau gesehen, dein Status war auf Grün!"

B: „Ach, Quatsch. Das war doch nur die Anzeige seit dem letzten Login. Du hättest nur aktualisieren müssen, dann hättest du schon gemerkt, dass ich nicht da war."

A: „Du lügst!!"

B: „Nein, ich lüge nicht – aber du gehst mir langsam auf den Geist mit deinem Stalking!"

Stalking: Jemanden verfolgen, jemanden beschatten, jemandem unerwünscht die eigene Gegenwart aufdrängen bis …

Die Spinne, die mitten im Netz sitzt, und mit ihren acht Augen das Geschehen um sich herum beobachte, dient als Bild der virtuellen Welt, in der viele andere, menschliche Spinnen Tag für Tag vor den Bildschirmen ihrer Computer sitzen und ebenfalls darauf warten, dass ihnen „etwas ins Netz geht"? Dazu passend die moderne Architektur der Wohnhäuser mit den grossen, hohen Fenstern. „Aquarium-Häuser" nennt der Volksmund diesen Baustil. In den Aquarium-Häusern leben Menschen transparent – deshalb ziehen sie nachts die Vorhänge zu oder lassen die Jalousien herunter.

Das Netz der Spinne ist bedrohend. Aber auch ein Aquarium ist schliesslich nur ein Gefängnis für Lebewesen, die sonst irgendwo in freien Gewässern schwimmen würden.

Ein „Hoch" deshalb auf den Volksmund, der da gar nicht so auf den Mund gefallen, und der erstaunlich sicher mit seinen Ausdrücken immer wieder ins Schwarze trifft … in die Mitte des Netzes…

21. Kapitel

Eliane - und die temporäre Verblendung

Der Klingelton des Schicksals – Der Gelehrte – Die Korrespondenz der Madame de La Fayette mit Monsieur de La Rochefoucauld – Ein Mann mit Grundsätzen und Prinzipien – „Nouvelle Vague" in der Badewanne – Oh, du gefährliche Weihnachtszeit.

Durch die Stille eines nächtlichen Raumes verbreiteten sich auf einmal Klänge einer beschwingten Salsamelodie. Es war vier Uhr morgens und der optimistische, und zu anderen Gelegenheiten Erfreuliches verheissende Klingelton von Elianes Handy lärmte unpassend fröhlich aus ihrer Handtasche. Das an sich unschuldige Liedchen löste eine Reihe von unerwarteten Reaktionen aus, die bald in einer dramatischen Situation gipfeln sollten. Nun kommen aber Reaktionen meistens unerwartet, ausser man hat sie im Voraus selbst herbeigeführt, indem man die Situation manipulierte, was jedoch immer einen anrüchigen Beigeschmack hat… Doch auch dann sind die Reaktionen nicht immer vorhersehbar und können sehr dramatisch werden. Auch dann können sie sich zu einer Kette zusammenfügen, die in jedem Fall dramatisch ist. So wie im Fall der unschuldigen Salsamelodie in der Stille des nächtlichen Raumes – eine Situation, die definitiv dramatische Reaktionen und Auswirkungen nach sich zog. Dramatisch, pathetisch – im Endeffekt jedoch klärend und befreiend – doch das merkt man leider immer erst am Schluss…

Eliane war sofort hellwach. Sie sprang aus dem Bett, mit einem jener halbgezischten, halb unterdrückten Wörter auf den Lippen, mit denen man im Allgemeinen verfahrene und unangenehme Sachlagen zu bezeichnen pflegt. Die Finger noch vom Schlaf ungeschickt, öffnete sie den Reissverschluss ihrer kleinen Handtasche, was zur Folge hatte, dass das der deplatzierte Klingelton nur noch lauter plärrte. Endlich drückte sie die Annahmetaste, rannte aus dem Zimmer auf den Gang hinaus und bemühte sich leise zu sprechen. „Ich kann jetzt nicht, Silvio, ich rufe dich später an." Sie wollte schon aufhängen, als sich Silvios Stimme noch einmal meldete. „Ach so.... du bist also noch nicht wieder zurück? Ich habe mir ein wenig Sorgen gemacht um dich ... und ... ich hatte Sehnsucht nach dir...."

„Ok..." flüsterte Eliane, „ich rufe dich später an!"

Um vier Uhr morgens am einem Sonntag, in einer kleinen, über den Ladengeschäften der autofreien Innenstadt gelegenen Altwohnung, in einer Strasse, wo es keine Ausgehlokale gab – glich jeder auch noch so leise geflüsterte Laut einem Dröhnen aus Discolautsprechern. Ausserdem knarrte der antike, zu Elianes Ehren hochglanzpolierte Parkettboden bei jedem Schritt und jeder Bewegung.

Mit deutlich erhöhtem Pulsschlag, kehrte Eliane in den Raum zurück, wo ebenfalls ihr zu Ehren das Lager inszeniert war, auf dem sie sich durch Wogen schierer Lust hätte von einem Höhepunkt zum anderen empor heben lassen sollen... Sollen. Vielleicht hatte es am verpflichtenden Unterton dieses Wortes gelegen, dass die Wogen eher dahergeplätschert kamen als über ihr zusammen zu schlagen. Wie dem auch sein mochte – auf dem Liebeslager sass nun Viktor in Hemd und Hose und schlüpfte bereits in die Socken.

„Zieh dich an."

Der Befehl kam sachlich und unmissverständlich.

„Wie bitte?"

Eliane setzte sich auf das Bett, hielt sich schnell einen Zipfel der Decke vor den Körper, um die Peinlichkeit zu verbergen, die einen unweigerlich befällt, wenn man sich nackt vor einer angezogenen Person vorfindet.

„Zieh dich an. Ich fahre dich nach Hause."

Sie hörte die Worte. Doch diese Worte konnte nicht Viktor gesagt haben. Und warum war er plötzlich angezogen? Er konnte nicht sie gemeint haben? Oder doch? Wer denn sonst... Als sich Eliane nicht rührte, sammelte Viktor ruhig ihre Kleider von Boden und legte sie aufs Bett. Er stand nun vor ihr und sah auf sie herab. Unangenehm. Die Situation, in der ein schlecht gelaunter, angezogener Mann, in seiner eigenen Wohnung vor einer ausgezogenen, sitzenden und verdatterten Frau steht, ist in jedem Fall unangenehm.

„Ich bringe dich nach Hause. Ich will dich hier nicht mehr sehen. Du hast dich nicht an die Regeln gehalten."

„Regeln? – Welche Regeln? – Wovon redest du....? Was heisst hier nicht mehr sehen?"

Verwirrung. Peinliche, üble Verwirrung. Als hätte jemand mit einer unsichtbaren Fernbedienung das Programm gewechselt. Von Begehren auf Zurückweisung. Von Verliebtheit auf Verachtung. Als hätte ihr jemand eine Ohrfeige verpasst, oder einen Kinnhaken, der einem zärtlichen Kuss folgte. Eliane begann sich anzuziehen, um wenigstens ihre Würde zu wahren.

„Kannst du mir bitte dein Verhalten erklären?" fragte sie, als sie sich wieder gefasst hatte und Kampfgeist aufsteigen spürte. Viktor verzog nur die Lippen zu einem schiefen Grinsen.

„Es geht hier nicht um mein Verhalten, sondern um deines. Du hast dich nicht an die Regeln des sorgsamen Umgangs gehalten. Wenn du dein blödes Handy schon unbedingt mitnehmen musstest, so hättest du es ausschalten sollen …… und schon gar kein Gespräch annehmen, solange du mit mir zusammen bist!"

Eliane war fassungslos.

„Ich stelle mein Handy nie ab", konstatierte sie leise, „es ist immer auf Empfang."

„Das ist unnötig, wenn du mit mir die Nacht verbringst."

Eliane war sprachlos.

Es war doch nur ein Handy! Ja, es mag unangenehm sein, wenn man mitten in der Nacht von einem Salsaklingelton geweckt wird, aber das ist doch keine Tragödie, dann dreht man sich eben um und schläft weiter. Was ist denn da so schlimm daran, und warum jetzt diese Überreaktion? Schliesslich wusste Viktor, dass Eliane noch liiert war, so lange kannten sie sich ja noch nicht. Warum jetzt diese Kälte und dieser Rausschmiss? Sie begann eine verwirrte Rechtfertigung zu stammeln, doch er schnitt ihr das Wort ab.

„Beeil dich, bitte", hörte sie ihn mit leiser doch umso härterer Stimme sagen, „ich bringe dich jetzt anständigerweise nach Hause und dann will ich ein wenig Schlaf nachholen. Ich habe noch viel zu tun."

Eliane fühlte sich elend. Elend und verwirrt. Anstatt wütend zu werden, zog sie sich fertig an, nahm die Handtasche und trippelte brav hinter Viktor zur Tür. Einerseits hätte sie gerne darauf verzichtet von ihm nach Hause gefahren zu werden, anderseits hatte sie kein Geld dabei für ein Taxi. Ausserdem hätte sie einen Schlüssel gebraucht, um überhaupt aus Viktors Wohnung und aus dem Haus auf die Strasse gelangen zu können. Also keine Möglichkeit für irgendeinen theatralisch würdevollen Abgang nach dieser Szene. Wie hatte sie auch nur so dumm sein können, dass sie nicht einmal ihr Portemonnaie mitgenommen hatte? Ihr Mini-Handtäschchen enthielt lediglich Puderdose und Lippenstift, ihren Hausschlüssel, ein Spitzentaschentuch, und zwei Tampons in einem winzigen Seitenfach. Und natürlich ihr Handy, das nach Viktors Ansicht völlig unnötig war.

Blind und naiv wie ein frischverliebter Teenager beim ersten Date, war sie gewesen. Völliges Vertrauen in den verständnisvollen, grosszügigen und erfahrenen Liebhaber hatte sie gehabt, der sich nun gerade als herrschsüchtiges Monster entpuppte. Dazu kam noch der ganze bescheuerte Aufzug, an dem ihr zuerst so viel gelegen war: Ganz in Weiss – es sollte doch ein erstes Mal für sie beide werden. Die erste gemeinsame Liebesnacht. Mystischer Sex in höheren Sphären, tantrische Offenbarungen und endlose Orgasmen. Deshalb war vereinbart worden, dass Eliane weiss gekleidet wie eine Braut auf der Bildfläche erscheinen sollte, und dass sie aus diesem Grund vom Gentleman höchst persönlich abgeholt und mit einem Auto ins Liebesnest kutschiert werden würde. Schliesslich war Winter. Nur deshalb hatte Eliane die weisse, elegante und eng anliegende Sommerhose angezogen, nur deshalb trug sie darunter weisse Strümpfe mit Spitzenabschluss, welche den Blick freiliessen auf einen hauchfeinen Spitzenslip. Nur deshalb fror sie in dem weissen, seidenen Trägertop unter der weissen Kunstfelljacke. Nur deshalb schlitterte sie in der Dezemberkälte durch Schneematsch in weissen, mit Strass besetzten Riemchen-sandalen auf Highheels über den vereisten Gehsteig. Sich derart zum Affen zu machen…! Eliane biss sich auf die Lippen und trottete traurig hinter Viktor her. Er hatte das Auto mehrere Strassen weiter weg geparkt – natürlich, es gab ja keine Parkplätze mehr in dieser blöden Stadt, in der alle mit Fahrrädern unterwegs waren. Ja, auch Viktor! Noch vor wenigen Stunden war er der gebildete und rücksichtsvolle Gelehrte gewesen, als den sie ihn kennen gelernt hatte. Noch vor wenigen Stunden hatte er das Auto in der gelben Zone vor dem Haus geparkt, hatte sie direkt vor dem Hauseingang aussteigen lassen, hatte sie die Treppe hinauf in die Wohnung geführt, ihr ein Glas Champagner angeboten und hatte dann das Auto weggestellt während sie auf ihn wartete. Das war nur einige wenige Stunden zuvor gewesen, in einem anderen Jahrhundert, auf einem anderen Planeten.

Sie hängte sich bei Viktor ein, vortäuschend der Boden sei zu glatt und sie wolle nicht stürzen. Er liess es stoisch geschehen.

Schliesslich war man das einer Dame schuldig, vor allem wenn man mit ihr noch vor zwei oder drei Stunden geschlafen hatte. Eliane benutzte nun die wieder erlangte körperliche Nähe dazu, sich bei ihm zu entschuldigen und ihn wieder einigermassen weich zu stimmen. Es bewies jedoch nur, wie schlecht sie ihn einschätzte. Wie lange kannten sie sich überhaupt? Zwei oder drei Monate? Wann erkannte man den Charakter eines Menschen? In Elianes Kopf drehten sich konfuse Gefühlsfetzen, durchmischt mit hin und wieder klaren Gedankenblitzen. Funken, die mit ihrem flackernden Licht versuchten das Chaos zu vertreiben.

Viktor schwieg und Eliane versuchte zu sprechen. Er blieb kühl. Dann legte er ihr mit wenigen Worten dar, wie tief sie ihn verletzt hätte, da sie das Klingeln ihres Handys nicht kurzweg abgestellt hatte – wenn sie schon unbedingt dieses Ding dabei haben musste – und dass es der Höhepunkt der Frechheit war, das Gespräch auch noch anzunehmen. Eliane versuchte sich noch einmal schwach zu verteidigen.

„Ich stelle mein Handy nie ab. Ausserdem hat es eine Fehlfunktion wenn ich es später wieder einschalten will."

„Du leidest unter einer Erreichbarkeits-Obsession", kam es trocken zurück, „und wenn dein Handy defekt ist, dann kauf dir ein neues."

„Ich leide unter keiner Obsession und ich habe nicht genug Geld, um es aus dem Fenster zu schmeissen – zum Beispiel für den jährlichen Kauf eines neuen Handys!"

Endlich flackerte ein kleines bisschen Trotz in Elianes Antwort auf.

„Und überhaupt, es hätte ja ein Notfall sein können, wenn man zu einer so ungewohnten Zeit angerufen wird."

„In einer Notfallsituation ist eine sms die wirkungsvollere Nachricht, da man gleichzeitig auch die Art des Notfalls und den Ort des Ereignisses angeben kann – und du kannst die gespeicherten Daten jederzeit wieder abrufen. Ich verlange lediglich einen verantwortungsvollen Umgang mit deinen Kommunikationsmitteln."

Sie sah ihn an, als wäre er ein seltenes Insekt. Einen letzten Selbstverteidigungsversuch wollte sie noch unternehmen:

„Die meisten Leute, die ich kenne, würden ein Telefongespräch zu dieser Zeit annehmen, auch in Situationen, in denen ein Anruf ungelegen kommt, und….."

„Ich gehöre nicht zu den „meisten Leuten", schnitt Viktor ihr das Wort ab, wobei er das Wort „ich" betonte, – „und bis vor kurzem hielt ich auch dich für etwas Besonderes."

Das sass. Wie ein Schlag in den Bauch. Sie war also nichts „Besonderes" mehr und somit der Aufmerksamkeit eines „besonderen" Mannes, wie er sicherlich einer war, nicht mehr würdig. Sie hatte sich durch das Annehmen eines Telefongesprächs zu einer durchschnittlichen Person degradiert. Schlimmer noch – zu einer „Natel-Tussi", einer handybesessenen Göre wie alle anderen, wenn auch älter und vielleicht besser gebildet. Doch was war diese Bildung wert?

Nichts. Bildung hat nur Bestand, wenn von einem universitären Diplom gekrönt und somit gerechtfertigt. Alles andere ist purer Amateurismus. Laienspielereien. Du gehörst nicht in meine Kreise. „…bis noch vor kurzem hielt ich auch dich für etwas Besonderes." Punkt. Abschluss. Ausschluss. Dieser grammatisch korrekt beendete und doch so vieles offen lassende Satz traf sie unverhofft hart. „…auch dich…" Dieses kleine Wörtchen „auch" war boshaft. Da war kein Rest übrig geblieben von jener „königlichen Geliebten, der Hohepriesterin der Lust, vor der ein Mann sich freudig zum Mysterium des Liebesaktes auf den weichen Opferaltar legt", nichts mehr von dem „Heiligen in der Frau", kein Deut von „Erhabenheit, die erregt…" – Sie war jetzt nur eine dumme Gans unter vielen. Eine eingebildete Zicke, die klug scheinen wollte, und die mit ihren fantasiereichen Vorstellungen nur noch überspannt wirkte, da keine fünfundzwanzig mehr.

Die Kälte der Jahreszeit und die abweisende Kälte Viktors liessen Eliane am ganzen Körper zittern. Je mehr sie dieses Zittern zu beherrschen versuchte, umso mehr verkrampfte sie sich. Als sie nun endlich vor ihrem Haus angekommen waren, konnte sie nicht umhin Viktor zu fragen, ob er sie anrufen werde, ob sie sich noch einmal wieder sehen würden? Er müsse darüber nachdenken, erwiderte er, und – es käme ganz auf sie an. Als sie wissen wollte, was sie denn tun müsse, um ihn zu versöhnen, zuckte er nur mit den Schultern – keine Ahnung, das werde sie schon selbst herausfinden müssen.

Dann bat er sie, doch endlich auszusteigen, er müsse jetzt gehen und der Zeitpunkt sei auch günstig, um das Auto zurückzubringen, das er ja schliesslich nur ihretwegen gemietet hatte. Diese „Mobility"-Fahrzeuge seien zwar sehr praktisch, wenn man kein eigenes Auto hatte, aber man musste auf die Pünktlichkeit bei der Abgabe achten, sonst...

Eliane stieg aus, stand da wie vom Donner gerührt, traute ihren Augen und ihren Ohren nicht und sah Viktor sogar noch zu wie er das – eigens zum Zweck ihres Abholens gemietete – Auto wendete, die Quartierstrasse entlangfuhr und an deren Ende in die Hauptstrasse einbog. Sie hörte wie der Motor beschleunigte, wie sich das Geräusch im zweiten und danach im dritten Gang änderte, bis es schliesslich ganz verstummte. Viktor hatte nicht einmal abgewartet, bis Eliane die Haustüre aufgeschlossen hatte und sicher dahinter verschwunden war. Die Rolle des Gentlemans war zu Ende gespielt. Eliane stand mit dem Hausschlüssel in der Hand vor der Tür, starrte auf die Strasse und der schmelzende Schnee durchnässte den Saum ihrer nicht mehr schneeweissen Hose.

Ein kalter Windstoss trieb sie doch noch ins Haus und in die Wärme ihrer Wohnung. Als sie im Flur das Licht anmachte, schien ihr als erwache sie aus einem schlimmen Traum. Im Spiegel nahm sie ihr Bild wahr. Ein weisses, zerzaustes, verwirrtes Vögelchen. Ein verschrecktes Wesen mit schmutzig nassen Hosensäumen. Als hätte dieses lächerliche Spiegelbild ihren gelähmten Verteidigungswillen geweckt, holte sie Atem, schälte sich schnell aus der Jacke, die sie einfach auf den Boden fallen liess und rannte ins Badezimmer. Plötzlich hatte sie nur noch den Wunsch sich zu waschen, die Erlebnisse der letzten Stunden unter der Dusche abzuspülen, sich zu reinigen von Beleidigung und Verletzung. Mit viel zu viel Shampoo wusch sie Körper und Haare, liess das Wasser lange an sich herab rinnen. Als sie ihre Haut mit dem Frotteetuch abrubbelte, fühlte sie bereits Wut. Als sie sich die Haare trocknete war ihr zum Heulen, und als sie sich endlich im Jogginganzug unter die Bettdecke wühlte war sie nur noch erschöpft. Dösen. Schlafen. An nichts denken. In angenehme Bewusstlosigkeit hinüber gleiten. Die peinlichen Szenen vergessen. Verdrängen. Sie schlief ein, schlief zu müde, um zu träumen.

Das Handy klingelte... Die gleiche, leichte, schwingende, fröhliche Salsamelodie durchschnitt schmerzhaft die Stille des Morgens. Mit einem Satz war Eliane aus dem Bett und aus der heraufdämmernden Ruhe gesprungen. Silvio. Silvio rief an, war besorgt, konnte nicht länger warten bis sie sich selbst bei ihm meldete.

„Aber ich habe dir doch gesagt, dass ich dich später dir anrufen werde! Warum rufst du trotzdem an?"

„Schon mal etwas von „Ausschalten" gehört? Man kann ein Handy auch abstellen, wenn man nicht gestört sein will. Dann hätte ich gemerkt, dass du noch … nun ja … beschäftigt bist."

„Ich stelle mein Handy nie ab!!!"

Hatte sie das wirklich ins Telefon geschrien? Am anderen Ende der Leitung herrschte einen Moment lang Stille.

„Eliane, geht's dir gut? – Wo bist du eigentlich…?"

„Nein! Es geht mir nicht gut! Es geht mir kein bisschen gut! Ich bin blöd und ich bin naiv, ich bin albern und ich mache nur noch alles falsch!"

„Eliane...?"

. . . . . ● ● . . . .

Am Abend läutete Silvio an Elianes Tür. Er hatte einen Strauss roter Rosen mitgebracht, eine Flasche Wein und ein kleines, feines Picknick. Eliane brachte vor Rührung kein Wort heraus. Sie sah mitgenommen aus, hatte rot geränderte Augen und liess die Schultern hängen. Silvio gab sich jede erdenkliche Mühe, um sie aufzuheitern.

„Warum tust du das?" fragte sie, „eigentlich solltest du mich ins Pfefferland wünschen, doch du bringst mir stattdessen Rosen."

Er sah sie lange an. Blauer Blick in braune Augen, gerade, ehrlich. Ein Blick, in dem eine Menge an Gefühlen miteinander stritt – vor allem Mitgefühl und Ärger.

„Ich kann nicht anders", sagte er schliesslich, „ich bin ein sturer Egoist und ich brauche dich. – So einfach ist das."

Eliane wollte schon zum Sprechen ansetzen, doch er fuhr fort:

„.... und du hast auch einen Dickkopf, der sich sehen lassen kann. Ausserdem ist es jetzt wieder zwischen Weihnachten und Neujahr, und ich habe ich Angst, dass du etwas anstellst."

Silvio machte sich daran die Flasche zu entkorken und die Lebensmittel auszupacken.

„Entschuldige, dass ich mich in deiner Küche zurechtfinde...."

Er öffnete die Schränke, nahm Gläser und Teller heraus, richtete Speisen an und wies Eliane an, die Sachen ins Wohnzimmer zu tragen. Sie gehorchte, als hätte sie schon immer nur seine Befehle ausgeführt, als wäre er in ihrer Wohnung selbstverständlich zu Hause. Sie setzten sich an den Tisch, wobei Silvio einen Monolog hielt und Eliane wortlos nickte. Er analysierte geschäftsmässig den Verlauf der vergangenen drei Monate, und definierte klar Elianes temporäre Verblendung verursacht durch einen Mann, der zwar ein hervorragender Fachmann auf dem Gebiet der Geisteswissenschaften sein mochte, jedoch auf dem Gebiet des menschlichen Einfühlungsvermögens und der allgemeinen humanen Eigenschaften eine komplette Null war. Silvio betitelte, in seiner unnachahmlichen Art, Viktor einen „Trottel", einen „Psychopathen", einen „Irren". Er verwendete noch viel schlimmere Bezeichnungen für seinen Rivalen, was Eliane jedoch geflissentlich überhörte. Sie nippte hin und wieder am Wein und wartete geduldig bis der gewaltige Wort-Tsunami nachliess.

„Es hat ja alles ganz hübsch angefangen", sagte sie leise, „ich habe mich im Chat ganz wunderbar mit ihm unterhalten. Er war der erste Mann, mit dem ein tiefer gehendes Gespräch über das 17. Jahrhundert in Europa möglich war." Silvio knurrte etwas, entschied sich jedoch zu schweigen. Eliane fuhr fort:

„Ja, und da haben wir uns getroffen, das weisst du ja – ich habe dir nie etwas verheimlicht – und dann schrieben wir uns jeden Tag Emails, und das war wie eine moderne, elektronische Neuauflage barocker Korrespondenz. Weisst du, so wie La Rochefoucauld und Madame de La Fayette ….“

Silvio knurrte wieder etwas, dass sowohl Bestätigung als auch Verwünschung sein konnte, oder auch, dass ihm eine dreihundert Jahre alte Korrespondenz von Herzen egal war.

„….und durch diese Schreiberei hat sich dann etwas ganz anderes entwickelt, das weiss du ja auch...“ Sie seufzte. „Es hatte sich alles so schön angefühlt.“

„Du hast dich blenden lassen.“

„Und wenn schon. Da war eine Beziehung, die zum Greifen nah war. Sofort – und nicht noch ein Jahr warten, und vielleicht noch eines….“

Es klang vorwurfsvoll. Es war auch ein wenig so gemeint. Nun seufzte Silvio.

„Meine liebste, süsseste Prinzessin, du weisst doch, dass ich mich bemühe die Scheidung vorwärtszutreiben.“

„Ja, das tust du seit wir uns kennen, aber bis jetzt lebst du getrennt und weisst nicht wirklich, was du willst.“

„Jetzt bis du aber ungerecht. Ich muss doch auf die Kinder Rücksicht nehmen.“

„Wozu denn? Du lebst schon jahrelang nicht mehr mit deiner Familie zusammen. Wozu musst du noch auf die Kinder Rücksicht nehmen? – Doch nur weil deine zukünftige Ex das so will."

Silvio stutzte, setzte sein Glas ab, lachte schliesslich.

„Zukünftige Ex? Das ist gut. Das muss ich mir merken!" prustete er los. Eliane wusste nicht, ob sie beleidigt sein oder schweigen sollte. Sie fühlte sich benommen. Der Wein, die vergangene Nacht, all die intensiven, unerwarteten Erlebnisse, die sie nur durcheinander brachten. War es das alles wert?

Sie sprachen noch lange. Sie sprachen von ihrer nicht alltäglichen Beziehung, von den Schwierigkeiten, die sich ergaben, wenn Silvios Familie seine Gegenwart einforderte und wenn Eliane dabei auf der Strecke blieb. Sie sprachen bis Silvio auf die Uhr sah und brüsk meinte, er müsse jetzt gehen, morgen sei schliesslich Heiliger Abend, und er würde bei seiner Familie erwartet, zusammen mit Grosseltern und Verwandten, und sie würden dann zusammen Heiligabend feiern und er müsse noch Fleisch für den Grill besorgen, und …. tja… ähm … (*hüstel*)… Morgen würde er nicht zu Eliane kommen können, aber vielleicht würde er sich frei machen können, um sie anzurufen. Eliane schluckte trocken. Immer die Familie. Es genügte nicht, dass sich Silvio getrennt hatte. Die Familie, das hiess die Immer-noch-Frau, würde alle Mittel anwenden, um Silvio Gewissensbisse und Schuldgefühle einzuimpfen, dass er „seine Familie verlassen hatte". Wie vorwurfsvoll das klang! Als hätten sie niemals Streit oder Auseinandersetzungen gehabt. Anscheinend sprach die Frau nie von sich selbst, sondern nur von der Familie. Keine Rede davon, dass Silvio sie verlassen haben könnte, weil er es nicht mehr mit ihr aushielt. Nein. Die Familie! Das sass. Mitten ins schlechte Gewissen hinein. Jahrelang. Die Kinder! Immer die Kinder! Die Familie! Die heilige Familie – wie passend zu Weihnachten! Eliane wandte ein, dass Silvio die Geschenke für die Kinder auch per Post schicken könnte, doch sie erntete nur einen zurechtweisenden Blick.

„Die Kinder freuen sich, wenn ich zu Besuch komme." konterte Silvio.

Dagegen gab es kein Argument. Die Kinder freuen sich. Wer wollte da schon etwas anderes behaupten? Sakrileg.

„Ja, klar", sagte Eliane mit einer Spur Gift in der Stimme. „Nur schade, dass ihr keinen Hund habt, da wüsstest was wirkliche Wiedersehensfreude ist."

Er machte den Mund auf, um die Freude seiner Kinder an seiner Person mit weiteren Tatsachenberichten zu untermauern, doch sie liess ihn nicht zu Wort kommen.

„Ist schon in Ordnung. Ich bin es ja gewöhnt. Ich bleibe auch brav zu Hause, koche mir ein hübsches Abendessen und werde wie jeden anderen Heiligabend auch die CD mit Händels „Messias" auflegen – da bin ich zwei Stunden lang mit Zuhören beschäftigt."

„Ich dachte ja nur … an letzte Weihnachten … da war es auch eher turbulent…"

Eliane erinnerte sich. Sie erinnerte sich ungern. Das war eine andere Geschichte gewesen. Nicht minder ärgerlich.

· · · · · ● · · · · ·

Der Heilige Abend ging ereignislos vorüber. Anstelle von Händels Messias, entschloss sich Eliane eine Mitternachtsmesse zu besuchen, während der Bachs Weihnachtsoratorium aufgeführt wurde. Die Klänge der lebendigen Musik, die nicht bis ins letzte Detail am Mischpult ausgewogen war, hatten eine erfrischende Wirkung auf ihr Gemüt. Allerdings hatte sie in der Kirche ein Paar beobachtet, das eine gewisse Ähnlichkeit mit ihr und Viktor aufwies. Die Beobachtung verstörte sie, und es wurde ihr auf einmal bewusst, dass sie Viktor noch nie bei Tageslicht gesehen hatte. Es hatte in den drei Monaten ihrer Bekanntschaft mehrere Treffen gegeben, die meisten davon in irgendeinem Café nach Büroschluss. ‚Ich habe ihn nie bei Tageslicht gesehen,‘ stellte Eliane erstaunt fest, und die Erkenntnis war ihr unangenehm.

Am darauffolgenden Weihnachtstag erhielt sie eine sms von Viktor, und am späten Nachmittag einen Anruf von Silvio. Er wäre jetzt seiner Familienpflichten ledig und unterwegs zu sich nach Hause. Ob er sie am Abend noch sehen dürfe? Sehr gerne, sicher. Wann immer er wolle, sie hätte keine Verabredungen – und im Kühlschrank wäre auch noch etwas Feines für den kleinen Hunger.

Einige Stunden später stand Silvio im Eingang zu Elianes Wohnung und legte den Mantel ab. Aus einer Tüte holte er eine Champagnerflasche und ein Weihnachtsgeschenk für Eliane hervor. Sie freute sich. Dann berichtete sie ihm von der sms.

„Viktor hat geschrieben. Es wäre jetzt Weihnacht, und das sei die Zeit des gegenseitigen Verständnisses und Verzeihens. Er würde mir von Herzen mein Verhalten von neulich verzeihen. Ich müsste mich nur entscheiden. Es genügte mein Leben aufzugeben, und er würde mich mit offenen Armen empfangen und für mich da sein."

„Und was hast du geantwortet?" Die Frage sollte harsch klingen, doch es schwang ein banger Unterton mit.

„Ich habe ihn angerufen. Schreiben kam mir viel zu künstlich vor. Viel zu unpersönlich"

„Aha".

„Er sagte, dass die Entscheidung bei mir läge, und dass er mich nicht beeinflussen wolle."

„Das klingt an sich ganz höflich … aber was hast du geantwortet?"

„Ich bin völlig verwirrt. Zuerst kann er mich nicht genug in die höchsten Höhen heben und dann massregelt er mich wie ein Schulmädchen. Dann will er nichts mehr mit mir zu tun haben, und dann wieder nimmt er Kontakt auf…ich verstehe das nicht."

„Na ja, meine Liebe – dir kann eben keiner widerstehen – leider auch Idioten nicht!"

„Silvio – bitte…!" Eliane schüttelte den Kopf über einen weiteren von Silvios sehr direkten Sprüchen an die Adresse seiner Rivalen in Elianes Gunst. Immer wieder titulierte er die entsprechenden Männer mit den unterschiedlichsten Kraftausdrücken. Mehr oder minder fantasievoll. Zu Ehrverletzungsklagen hätte es allemal gereicht, hätten einige betroffene Herren davon erfahren. Doch, auch die betroffenen Herren waren jeweils verwirrt, wenn Eliane die Karten offen auf den Tisch legte und ihren zeitweiligen Liebhabern erklärte, sie hätte einen Freund und würde mit ihm eine offene Beziehung leben. Ob das denn klappe, fragten die Lover. Bis jetzt, ganz gut, pflegte Eliane zu antworten. Bis jetzt hatte es auch ganz gut geklappt, wenn auch emotional die Sache eher anstrengend war. Eliane ertappte sich in letzter Zeit oft dabei, dass sie sich vielleicht doch eine stabilere Beziehung wünschte. Eine Beziehung, die sich zwar mit weniger Leidenschaft abspielte, wo sie jedoch von ihren sich allmählich häufenden und erschöpfenden Eifersuchtsanfällen verschont bleiben würde.

Eifersucht. Ein Gefühl, das einem das Innerste verätzt wie scharfe Säure. Ein Gefühl, das verkrustete Narben hinterlässt und Wunden, die immer wieder aufbrechen. Silvio schien damit besser umgehen zu können. Silvio war gegen Eifersucht besser gewappnet als die sensible Eliane. Silvio verschaffte sich Luft, indem er über Elianes Bekanntschaften maliziös giftete und die temporär Auserwählten mit wüsten Ausdrücken abstempelte. Dann fand er wieder zur Alltagsroutine zurück und konzentrierte sich pragmatisch aufs Nächstliegende. So hatte ihre Beziehung begonnen und so war es von Anfang an zwischen ihnen beiden abgemacht gewesen. Wie lange kannten sie sich schon? Es würden bald sechs Jahre sein – die Zeit verging viel zu schnell. Eine offene Beziehung. Ein Experiment. Es gab Paare, die mit einem solchen Modell Erfolg hatten. Doch wie viele solcher Paare mochte es geben? Jeder Einzelne sollte seine Lust auch mit anderen Partnern ausleben dürfen. Zu Beginn hatte das ganz gut funktioniert. Zu Beginn hatte auch Eliane den grossen Vorsprung gehabt. Zu Beginn ihrer Freiheit hatte sie grosses Vergnügen daran, umworben und begehrt zu werden. Nun begann sie festzustellen, dass sie keineswegs jene grosszügige Frau war, die ihrem Freund und Liebhaber jenes abwechslungsreiche, aufregende Liebesleben wünschte, welches sie selbst führte. Sie begann sich zu fragen, ob sie nun auch zu den beleidigten und nörgelnden Freundinnen und Lebenspartnerinnen gehörte, die ihren Männern keine Seitensprünge verziehen – mit dem Unterschied, dass in Elianes und Silvios Beziehung die Seitensprünge abgesprochen, offen, und beiderseitig legalisiert waren. Es klappte trotzdem nicht. Die Eifersuchtsgefühle, die Eliane niemals für derart intensiv gehalten hätte, wurden zeitweise übermächtig und laugten sie aus. Hatte sich Eliane mit Silvio gestritten, was in letzter Zeit öfters vorkam, und hatten sie sich danach versöhnt, so kam es ihr jedes Mal vor, als müsste sie ihre Gefühle aus grosser Tiefe wieder in die Ebene der Wahrnehmung hieven. Nach jeder Eifersuchtskrise fühlte sie sich jedes Mal lange Zeit kalt und emotionslos.

„Die Geschichte mit Viktors Frau gibt mir auch zu denken", fuhr Eliane nach einer Pause fort, „...er erzählte mir, dass er sie verlassen hätte als sie schon sehr krank war."

„Ich sagte doch schon, dass der Typ pervers ist..."

„Er hatte sich um die Kinder kümmern müssen..."

„Gut ….. Aber trotzdem….."

„Ja, aber wenn man derart von Schicksalsschlägen gebeutelt wurde, ist das Leben nicht einfach. Seine Mutter war doch gestorben als er selbst noch ein kleines Kind war."

„….und seitdem rächt er sich dafür an allen Frauen, die seinen Weg kreuzen – oder wie?"

„Jetzt bist du aber sehr ungerecht!"

„Und du verteidigst den Kerl auch noch die ganze Zeit! Sieh doch bitte den Tatsachen ins Gesicht: Er hat dich hinaus geworfen – und jetzt spielt er den Grosszügigen. Weihnachten – Zeit des Vergebens! Was für ein Kitsch! Da wird einem ja schlecht."

Eliane seufzte und fühlte sich hilflos. Sie wollte Viktor keineswegs verteidigen, sie glaubte nur einen grösseren Rahmen zu sehen, in dem verschiedene Verhaltensweisen möglich waren. In diesem Zusammenhang sagte sie:

„…. er sagte, dass er sich immer noch gut an seine Mutter erinnern könnte. Sie soll sehr schön und lieb gewesen sein….."

Silvio zuckte mit den Schultern.

„...na ja ... jede Mutter ist lieb und schön, wenn sie einem wegstirbt und man ist noch ein kleines Kind. Da hatte sie einfach keine Gelegenheit sich von der ungemütlichen Seite zu zeigen."

„Irgendwie denkst du manchmal zu pragmatisch, findest du nicht?" sagte Eliane mit einem Seitenblick zu Silvio.

„Aber es ist doch so! Für ein Kleinkind bedeutet die Mutter alles, da kann sie sonst eine gemeine Hexe sein. Und jetzt hat der Typ ein Psychoproblem, wenn er sich von Frauen verlassen fühlt. Geh diesem Irren aus dem Weg, Eliane, – bitte, geh ihm aus dem Weg..."

Es klang beschwörend, und gleichzeitig legte Silvio so grosse Zärtlichkeit in seine Worte, dass es Eliane Tränen in die Augen trieb.

„Mein Gott, jetzt werde ich noch sentimental!" Sie stand brüsk auf. Ihr Blick fiel auf die Champagnerflasche auf dem Tisch.

„Mach doch bitte die Flasche auf. Ich nehme schnell ein Bad und dann sehen wir weiter, was wir mit dem angebrochenen Abend machen."

Silvio grinste. Ja, das war seine Eliane. Mutig, kämpferisch, auch wenn sie sich im tiefsten Wesen verletzt und einsam fühlte. Er ging in die Küche und machte sich an der Flasche zu schaffen.

Im Bad öffnete Eliane den Wasserhahn über der Wanne und hörte das Rauschen des Wassers. Es entspannte sie. Einlaufendes Wasser in eine Badewanne war immer ein wohltuendes Geräusch. Ein Geräusch, das Lösung verhiess und schwarze Gedanken wegspülte. Dazu würden einige Tropfen Zitronenöl die Stimmung aufhellen. Sie lag schon im warmen Wasser, als Silvio mit vollen Champagnergläsern ins Bad kam. Die Szene erinnerte an französische Filme aus den sechziger Jahren. Sie nippte am Champagner in der Wanne liegend, er schlürfte den perlenden Wein auf dem Toilettendeckel sitzend, die Ellbogen auf seine Oberschenkel gestützt, dabei sah er sie nachdenklich an. Dann sagte er etwas Belangloses, liess einige seiner Sprüche fallen, um sie zum Lachen zu bringen. Es gelang.

Dann klingelte Elianes Handy. Die unschuldige, leichte und fröhliche Salsamelodie unterbrach die melancholische Nouvelle-Vague-Filmszenerie in Elianes Badezimmer. Silvio erhob sich und holte das dudelnde Gerät von der Ablage im Flur. Er warf einen kurzen Blick aufs Display.

„Es ist der Andere. Willst du abnehmen."?

Eliane nickte wortlos und streckte die Hand nach dem Telefon aus. – Viktor. Tatsächlich. Er rief an.

Silvio entfernte sich diskret in die Küche, wo er den Inhalt des Kühlschranks inspizierte und danach begann Häppchen auf einer Platte anzurichten. Sorgfältig schichtete er Pastetchen neben gefüllte Oliven. Dazwischen verteilte er dünn geschnittenen Rohschinken und mundgerechte Käsestückchen.

Sollte er noch das geräucherte Forellenfilet dazu servieren? Vielleicht später. Er schnitt noch ein Baguette in Stücke und bestrich diese mit rotem Pesto. Dann betrachtete er zufrieden das Stillleben aus genussverheissenden Kleinigkeiten. Er dachte dabei, dass es doch schade sei, dass er noch nie mit Eliane zusammen eine Mahlzeit zubereitet hätte. Sie hatten noch nie miteinander gekocht, dabei verstanden sie beide viel vom guten Essen und von Zubereitungsmethoden. Essen war für beide eine geniesserische Tätigkeit mit viel Kultur verknüpft. Doch sie hatten niemals in den ganzen Jahren ihr Essen zusammen bereitet. Sie hatten sich entweder in Restaurants getroffen, oder eines dieser kleinen Picknicke aufgetischt. Es war höchste Zeit, dass sie einmal ein richtiges Menü miteinander kochten. Es würde sicher sehr viel Spass machen. Vielleicht war es endlich an der Zeit gewisse Dinge in der Beziehung zu ändern. Er würde es sich genauer überlegen. Er würde ganz genau über die Bücher gehen und die nächsten Schritte festlegen. Es war an der Zeit… doch warum sprach Eliane immer noch ins Telefon? Ging das jetzt nicht ein bisschen zu lange?

„Liebes, mach doch bitte bald Schluss mit dem Gespräch, das Essen ist angerichtet", rief er laut aus der Küche, im klaren Bewusstsein damit den „Anderen" auf sich aufmerksam zu machen. Strategie. In punkto Strategie konnte ihm keiner so schnell etwas vormachen. Gute Strategie war Gold wert.

„….nein, ich bin ich nicht alleine…." hörte er Eliane im Badezimmer sagen. Dann: „….warum sollte ich alleine sein? Du wolltest mich ja nicht mehr sehen. Schliesslich gibt es noch andere Leute, die sich freuen, wenn sie in meiner Gesellschaft sind."

Es klang scharf. Angriffslustig. In der Küche spitzte Silvio die Ohren. Elianes Stimme klang jetzt lauter und härter.

„Ja. Natürlich ist mein Freund da. Warum sollte er nicht?"

Pause.

„Nein! Das ist nicht wahr! Das ist deine Interpretation und hat mit mir nichts zu tun… Und…"

Pause. – Anscheinend war ihr der „Andere" ins Wort gesprungen.

„Nein. Das kann man so nicht sagen, das war….."

Pause.

„Nein! Nein! Ich verfolge keine Strategie! Hab nie welche verfolgt, ich kann das nicht, ich handle spontan, verstehst du?!"

Pause.

„Bitte – hör mir doch zu, Viktor… Wir sind doch zwei erwachsene Menschen… Viktor, das ist eine ziemlich wüste Beschimpfung und das muss ich mir nicht anhören!"

Silvio hielt es nicht mehr aus in der Küche. Mit wenigen Schritten war er im Badezimmer, deute auf das Handy. „Darf ich…?" Eliane gab ihm das Gerät wortlos. Aus dem Lautsprecher tönte immer noch Viktors Stimme.

„So, jetzt hörst du mir mal zu, " sagte Silvio mit seiner Chefstimme in das Telefon. „Jetzt klemmst du einfach ab, hängst auf, und lässt Eliane künftig in Ruhe, verstanden?... Ja, ich bin ihr Freund... Nein, das interessiert mich einen feuchten Dreck... und nochmals nein, ich rede nicht mit Idioten!"

Aus. Er drückte auf die rote Taste. Das Gespräch war beendet. Silvio legte das Handy auf den Waschtisch und reichte Eliane das Badetuch. Sie lag in der Wanne, den Kopf an den Rand gestützt und kämpfte gegen Tränen. Was für eine peinliche Szene! ...und sie selbst mittendrin. Sie selbst – die Ursache all dieser Verwirrung. Sie hasste es, wenn Silvio in diesem aggressiven Ton mit Leuten sprach, sie hasste es, sich wie eine dumme Gans vorzukommen, sie hasste es, wenn die Gefühlswogen wieder einmal über ihr zusammenschlugen. Das musste ein Ende haben. Das musste aufhören. Es tat weh, es war anstrengend und es verursachte Falten im Gesicht.

Sie riss sich zusammen und öffnete die Augen. Da stand Silvio über ihr mit dem Badetuch in der Hand, sie selbst war ein Häuflein Elend, auf dem Waschtisch lag das vermaledeite Handy neben Zahnputzutensilien und Deo, und den Toilettendeckel zierten zwei benutzte Champagnerkelche. ‚Wieso bringe ich mich immer wieder in solche Situationen?' dachte Eliane als sie seufzend aus der Wanne stieg und das Tuch um sich wickelte.

Kurze Zeit später sassen sie beide im Wohnzimmer bei Häppchen und weiteren Gläsern Champagner.

„Nun? Was gedenkst du zu tun?" fragte Silvio. Eliane zuckte mit den Schultern.

„Nichts weiter. Ich werde ihm die Bücher zurückgeben, die er mit geschenkt hat. So hat er es gewünscht."

„Er hat dir Bücher geschenkt und fordert die jetzt zurück?" Silvio schüttelte ungläubig den Kopf. „...der Typ fordert im Ernst Bücher zurück?" Er schüttelte den Kopf und Eliane seufzte.

„Ich hätte sie nicht behalten."

„Darum geht's doch gar nicht…."

„Ich weiss….."

„Was für ein Geizhals!... Ich glaube, meine Süsse, du wärst ziemlich auf die Welt gekommen, wenn du dich näher mit diesem Irren eingelassen hättest. Was für ein … entschuldige … War der so gut im Bett, dass du ihm dermassen blind gefolgt bist? … Ist schon gut, sorry … sorry… sorry…" beschwichtigte Silvio auf Elianes bösen Blick hin. „Ich hatte ganz vergessen, dass der Typ ein Universitätsdiplom hat... Aber das habe ich doch auch… ich meine, ein Universitätsdiplom … Ja, ja, – ich weiss – im falschen Fach… Aber auch darüber gibt es viel Geschichtliches zu erzählen... Ok, vielleicht sollten wir das nachholen ... na ja … wir haben noch nie so richtig Zeit gehabt..."

Sie sprachen noch lange an jenem Abend. Gingen die Jahre ihrer Beziehung durch. Erinnerten sich an die Anfänge. Es wurde ein Gespräch mit vielen „weisst du noch...?" An einige der Szenen wollte Eliane nie wieder erinnert werden, andere trieben ihr Tränen in die Augen oder machten sie lachen. Auch der Beginn des eben beendeten kurzen Zwischenspiels mit Viktor kam noch einmal zur Sprache, als Silvio erwähnte, wie er an dem besagten Abend Eliane eigenhändig mit seinem Auto ins Theater gefahren hatte, wo sie mit Viktor verabredet war. Sie sollte sich keine Erkältung holen in dem nassen Winterwetter. Dabei hätte Silvio neben Eliane im Theater sitzen sollen. Sie hatte zwei Karten und wollte ihn voller Begeisterung in die Welt barocker Opern einführen. Doch Silvios getrennte Gattin war wieder einmal schlechter Laune gewesen, hatte Wind vom Theaterbesuch bekommen und hatte spontan ihre Pläne geändert, so dass Silvio just an jenem Abend die gemeinsamen Kinder zu hüten hatte. So kam es, dass Eliane im Theater nicht neben Silvio sass, sondern neben ihrer neuesten Bekanntschaft aus dem Chat. So kam es, dass Viktor nach dem Opernbesuch Eliane auf ein Glas Wein einlud, und dass die Dinge ihren Lauf nahmen....

„... und ich liess dich auch noch mit dem Kerl in die Oper gehen!" Silvios Hand strich Eliane zärtlich übers Haar. „Wenn du das nächste Mal in die Oper gehst, meine schöne Diva, dann nur mit mir – nur mit mir. Wir werden das bestausehendste Paar sein. Ich werde dich auf dem Silberteller präsentieren, was heisst hier Silber – auf einem Goldtablett!! – Es wird ein grosses Drama sein!"

Eliane nickte schniefend, versuchte über den absichtlich grossspurigen Trostversuch zu lächeln. Von grossen Dramen hatte sie allerdings gegenwärtig genug, und kein Verlangen auf neue. Im Augenblick wollte sie nur Ruhe und ausreichend freie Zeit, um sich von den Peinlichkeiten der letzten Ereignisse zu erholen und zu ihrer Würde zurückzufinden. Sie ahnte nicht, dass das grosse Operndrama bereits im Begriff war sich mit einer anderen Ouvertüre anzukündigen und mit Pauken und Trompeten in ihr Leben hineinzuplatzen.

Opern beginnen mit Ouvertüren, welche das Publikum auf die Geschehnisse auf der Bühne einstimmen. Die Ouvertüren folgen oft den dramatischen Erzählsträngen der Oper und weisen auf jene Gefühle hin, welche beim Zuschauer geweckt werden sollen. Doch im Drama des eigenen Lebens ist man Akteur und nicht Zuschauer. In der Oper des eigenen Lebens gibt es keine Ouvertüren, keine Zwischenstücke und keine ankündigenden Fanfaren. In der Oper des richtigen Lebens sind die Helden glücklicherweise nicht immer Tenöre, und die Heldinnen singen gewiss kein hohes C, wenn ihnen das Wasser bis zum Hals steht. Und da Eliane in der Wirklichkeit lebte und nicht in den Kulissen einer Opernbühne, so konnte sie nicht ahnen, dass mit einer Oper vieles enden würde. Allerdings würde mit einer Oper auch vieles beginnen. Zum Beispiel ein neuer Lebensabschnitt. Mit vielen neuen, schönen, spannenden, erfreulichen und reichhaltigen Erlebnissen. Ohne Drama. Eigentlich schade, dass in der Oper des Lebens keine Fanfaren das Nahen des prinzessinenrettenden Helden ankündigen.

Einige Wochen später stellte Eliane fest, dass Viktor im Chat ihr Profil angeklickt hatte. Noch später erhielt sie von ihm per Email eine Einladung für Facebook, und auf dem Handy erschienen zwei sehr eigenartige sms von seiner Nummer. Danach entdeckte sie ein weiteres Email, welches ihr seine neue Wohnadresse verkündete. Eliane ärgerte sich. Was sollte das? Verfolgte er sie? Im ersten Ärger schrieb sie eine Antwortmail. Sie fragte, was das zu bedeuten hatte. Er solle doch geradeheraus sagen, was er wolle, statt solche Spielchen zu spielen. Seine Antwort war kurz: Das hätte nichts mit ihr zu tun, ihre Adresse sei in seinem Email-Verteiler hängen geblieben. Sie solle sich nichts einbilden – er hätte jetzt eine liebe Freundin und sei glücklich.

Eliane kochte vor Wut. Sie bedachte Viktor gleich mit mehreren von Silvios Kraftausdrücken. Dann klickte sie in der Email auf „Antworten" und schrieb:

„Bereinige bitte deinen Adressverteiler und alle anderen Kontakte auf den neuesten Stand und lösche meine Angaben daraus! ….
…..und gehe das nächste Mal VERANTWORTUNGSVOLL mit deinen Kommunikationsmitteln um!"

Es fühlte sich gut an. Sehr gut. Es war grenzenlos befreiend. Es schien ihr, als könnte sie nun tiefer durchatmen, als fühlte sie frische und erneuernde Luft durch ihren ganzen Körper strömen. Es tat einfach gut.

22. Kapitel

Eliane und Parallel-Universen

Der Online-Chat – Nebeneinander leben –Beziehungen, Familien, Generationen: Fremde Welten, die sich nur selten berühren – Von Traumtänzern, Prinzen und einigen Fröschen – Elianes Fazit.

Der Bildschirm färbte sich in den bekannten Farbtönen, und das Logo der online Chatplattform zoomte in den Vordergrund. Der Cursor begann im weissen Login-Feld zu pulsieren. Ein erwartungsvolles Kribbeln erfasste Eliane, als sie ihre Benutzerdaten eintippte. Sie freute sich zu sehen, welche vertrauten und welche neuen Profile ihr die Plattform anbieten würde. Sie war begierig zu sehen, wer sie virtuell besucht hatte, und wer vielleicht Nachrichten oder „Möchte-dich-kennenlernen"-Klicks hinterlassen hatte. Sie war vor allem neugierig darauf, welche vertrauten Profile online waren. „Status auf Grün". Anwesend. Die Anwesenheit für alle anderen gut sichtbar. Einige reale Männer, die sich hinter den Nicknamen versteckten, hatte sie schon kennengelernt und getroffen. Doch mit dem grössten Teil der Schreiber hinter den Profilen chattete sie nur gelegentlich. Es war gut so. Sie hatte kein Verlangen nach einem Date, kein Bedürfnis nach einem Treffen von Angesicht zu Angesicht. Es war viel spannender sich online zu unterhalten, wenn man gerade Lust dazu hatte, ohne Vereinbarungen treffen zu müssen, ohne Anreise und Rückfahrt zu planen, oder Lokalitäten abzusprechen. Eliane empfand diese ganze Dating-Logistik als mühsam. Es war doch viel angenehmer, sich ein wenig übers Netz zu unterhalten, ohne viel preisgeben zu müssen, und sich danach bequem auf dem Sofa auszustrecken und den Rest des Abends lesend oder musikhörend zu verbringen. Die Männer hätten manchmal gerne mehr von ihr gehabt. Drängten darauf, sie zu sehen oder wenigstens anzurufen, um ihre Stimme zu hören. Sie suchten entweder Abenteuer oder tatsächlich die Partnerin fürs Leben. Nach anfänglicher Schüchternheit und einigen, meist unfreiwillig komischen Missverständnissen, hatte Eliane die Spielregeln des Chats begriffen und orientierte sich schnell in der neuen virtuellen Welt.

Im Chat waren alle Altersklassen vertreten, und natürlich gingen die jungen Chatter direkter vor. Es gab auch sehr viele Frauen in Elianes Alter, und diese Profile wurden ausserordentlich gern von den jungen Männern angeklickt. Es war die Zeit nach der Milleniumswende. Es war die Zeit der jungen Lover reiferer Frauen. Es war die Zeit von Demi Moore und Ashton Kutcher, es war die Zeit der „sexy Moms" und der „Cugars". Die Mitvierzigerinnen fanden es durchaus amüsant einen dieser jungen Wilden hin und wieder in ihr Bett und ihr Leben zu lassen, doch das Ende solcher Episoden war absehbar. Für die jungen Männer hatten diese Geschichten noch ganz andere Gründe. Man wollte sich beweisen, man wollte vor dem Freundeskreis angeben können, dass man auch imstande war „ältere und erfahrene", sogar erfolgreiche, Frauen zufriedenzustellen. Man wollte auch etwas dazulernen. Manchmal hatten diese jungen Männer auch einfach genug davon, ständig den Anforderungen ihrer noch sehr jungen Freundinnen genügen zu müssen. Die jungen Frauen, die vor kurzem noch Mädchen gewesen waren, orientierten sich oft an virtuellen Vorbildern aus der Welt der Prominenz, sie waren selbstbewusst und ehrgeizig, manchmal aggressiv und gleichzeitig ängstlich. Sie stellten Forderungen an ihre Freunde, denen immer zu genügen hart an die Grenzen dessen ging, was die jungen Männer zu leisten imstande waren. Es schien als hätte sich die Wandlung vom Kind zum Erwachsenen bei beiden Geschlechtern viel zu schnell vollzogen. So trösteten sich die gerade flügge gewordenen Männer in den Armen der älteren Frauen, die viel gaben und wenig verlangten. Die Jungs in ihren Zwanzigern, die Frauen in den Vierzigern – es klappte ganz gut, sofern man sich nur zum Vergnügen traf, und sofern diese Beziehungen der unendlichen Leichtigkeit nach kurzer Zeit beendet wurden.

Der Chat ermöglichte ein Eintauchen in viele verschiedene Parallel-Universen. Das Nebeneinander von realer und künstlicher Welt konnte durchaus auch gefährlich sein – die Sucht danach, war dabei das geringste Übel. Es tummelten sich Leute im Chat, die tatsächlich nur Freundschaften suchten, die sich ein bisschen unterhalten wollten, oder einen Lebenspartner zu finden hofften. Es gab aber auch diejenigen, die sich auf Wege abseits des gesellschaftlich anerkannten Partnerschafts-verhaltens begaben, die ihre Fantasien ausleben wollten und denen es schlichtweg im eigenen Leben zu langweilig war. Es gab die Trostsuchenden und die Trostspendenden, es gab die Jammerer und die Pessimisten, es gab die Undurchdringlichen und leider auch die professionellen Täuscher und Betrüger.

Es gab natürlich auch viele desillusionierte Ehemänner, die sich eine Parallelwelt zu ihrem Arbeits- und Familienalltag aufbauten. Im Chat konnten sie diesen beiden Hamsterrädern der Verantwortung entfliehen. Anderseits versuchten gelangweilte Gattinnen der oberen Gesellschaft einige spannende Momente zu erhaschen, und „schöne Stunden zu geniessen ohne das Bestehende zu gefährden". Wer war nun für dieses Verhalten zu verdammen – und wenn ja, warum? War der oder die eine mehr zu verdammen als der oder die andere? Vielen Menschen gab der Chat auf eine unverbindliche Art die Möglichkeit sich auszusprechen und Themen anzuschneiden, die man sonst tunlichst vermied. Auf diese Art konnte den Chatplattformen sogar ein Lob gespendet werden. Der Chat als Psychohygiene, als Ventil gesellschaftlicher Zwänge und Auflagen. Der Chat als Lebenserfahrung.

Im Zeitalter des Chattens erschienen plötzlich Plattformen für alles und alle. Sogar Mütter von Kleinkindern schlossen sich virtuell zusammen, denn so konnte man sich die Alltagsprobleme mit anderen Müttern vom Herzen schreiben; man war von verständnisvollen Gesprächspartnerinnen umgeben, holte sich Rat und konnte sogar mit dem schlafenden Baby im Arm mal schnell an den Computer, während der Geburtstagskuchen im Backofen aufging und die grösseren Kinder ihre Schulaufgaben machten.

Parallel-Universen allerorten. Zusammen leben und nebeneinander leben. Das Universum der Fünfzigjährigen gegenüber dem Universum der Dreissigjährigen – parallel und unüberbrückbar. Der drängende Ehrgeiz der Dreissigjährigen, alles schaffen zu können, wenn sie nur wollten, wenn sie sich nur genug anstrengten. Junge Leute, die dem Glauben verfallen waren, dass das Leben nur eine Frage der guten Planung und

Organisation war... Die Fünfzigjährigen wussten es inzwischen besser, doch niemand hörte ihnen zu. Hatten sie selbst mit dreissig Jahren auf den Rat der Älteren gehört? Genauso wenig. In ihren jungen Jahren war es schliesslich im Trend gewesen, sich gegen das „Establishment" aufzulehnen – und das Establishment war damals um die Fünfzig gewesen. Heute sind im Establishment sämtliche Altersstufen vertreten, und man kämpft nicht mehr dagegen – heute hat man den Ehrgeiz dazuzugehören.

Die Generationen existieren nebeneinander, und doch verschieben sich die Grenzen. Die Menschen bleiben beim Älterwerden jünger und leistungsfähiger. Man gehört mit Vierzig nicht zum alten Eisen. Mit Vierzig gleicht das Lebensgefühl dem der Dreissigjährigen, wobei Dreissigjährige gerade ihre Ausbildung abschliessen, eine Weiterbildung beginnen, und sich grösstenteils noch wie trotzige Kinder aufführen. Wann gründet man eine Familie? Bei den Frauen „tickt die biologische Uhr". Die Elternpaare werden zusehends älter. Mit Mitte dreissig das erste Kind, einige Jahre später ein zweites, dann vielleicht noch ein drittes – und in voll erblühter Pubertät des Nachwuchses kämpft die Mutter bereits mit Wechseljahrproblemen und beide Eltern sind in Gefahr ins Burnout zu schlittern.

Noch eine andere Wandlung vollzieht sich fast unbemerkt im Land. Die einst so penibel gepflegten Häuser, Vorgärten und Zufahrtstrassen in ländlichen Wohngebieten beginnen vernachlässigt auszusehen. Da hat sich der Generationen-wechsel noch nicht vollzogen und die meist älteren Bewohner jener Häuser können die zusätzliche körperliche Leistung nicht mehr aufbringen, um die Umgebungen ihrer Häuser so akkurat aufrechtzuerhalten wie vor Jahren einmal. Plötzlich sind keine Geranienkistchen mehr an den Fassaden zu sehen, plötzlich spriesst im Vorgarten Unkraut, plötzlich sind Ziersträucher in Höhe und Breite gewachsen und niemand schneidet das wuchernde Geäst zurück. Vielleicht gehörten die hölzernen Fensterläden wieder neu gestrichen, das Garagentor neu gemalt oder gar ersetzt, die Hauseingangstür erneuert. Im Sommer, bei strahlendem Sonnenwetter, sieht alles nicht so schlimm aus. Es wirkt sogar malerisch romantisch. „Shabby Chic" würden es die Stadtbewohner nennen. Doch mit der einsetzenden kalten Jahreszeit, dem Nebel und dem grau verhangenen Himmel ist auch der „shabby Chic" nur noch schlichte Vernachlässigung, hässlich anzusehen und durch beginnende Verwahrlosung angenagt. Häuser dieser Art können durchaus neben neu erbauten Wohnblöcken mit Attikaterrassen und riesigen „Aquariumfenstern" stehen. Das Bauen boomt, doch die Häuser der älteren Rentner verstauben, der Putz blättert ab. Hatte man früher auf die Mithilfe der nachfolgenden Generation zählen können, so ist das heute nicht mehr die Regel. Selbst einst schmucke Bauernhäuser verfallen, weil niemand Zeit hat sich darum zu kümmern. Rund um die Bauernhöfe lagert sich oft ein Gürtel aus ausrangiertem Hausrat, Maschinenteilen und längst verrottetem Baumaterial, das man aufhebt weil man nie weiss, was man noch brauchen wird. Die Landbevölkerung, früher an äusserste Sparsamkeit gewöhnt, bewegt sich manchmal in einem Raum zwischen Pragmatismus und Nachlässigkeit. Die Landesgesetze begünstigen die Bauern, die Subventionen fliessen auch dort, wo sie nie benötigt wurden und man wird auch schon mal ein wenig geizig. Was mögen wohl Besucher aus anderen Ländern, Touristen und Reisende denken, wenn sie die vielen alten und vor sich hin rostenden Badewannen sehen, welche die meisten Schweizer Viehweiden „zieren"? Die alte Badewanne mit dem abgesplitterten Emailüberzug, die in den sechziger oder achtziger Jahren ausgewechselt wurde, als der Bauernhof einer Totalsanierung unterzogen wurde? Die Badewannen dienen den Kühen als Tränke – und wenn doch einmal eine modernere, und vorschriftsmässigere Variante der Viehtränken in die Wiesen Einzug hält, so lässt man oft die alte Badewanne stehen. Man dreht sie um, damit sich kein Wasser darin sammelt, und so liegt die rostende Wanne jahrelang herum, die Kühe stört's ja nicht. Gehören die ausrangierten Badewannen nun zur Schweizer Folklore, oder sind sie bereits zu Symbolen einer vergessenen Nutzlosigkeit geworden? Man hat eben keine Zeit sich darum zu kümmern – weder um die Wanne noch um solche Gedanken.

Die jüngere Generation ist oft bis zur Schmerzgrenze ausgelastet mit Arbeit und Familie. Da haben Hilfeleistungen im Elternhaus keinen Platz mehr. Die Situation hat sich sogar gewendet. Es ist keine zwanzig oder dreissig Jahre her, da fühlte man sich verpflichtet den Eltern, waren sie einmal pensioniert und körperlich nicht mehr in der Lage grosse Räumungsaktionen zu bewältigen, regelmässig Hilfe anzubieten. Meist samstagsweise wurde geräumt und geputzt; wurde der Garten in Schuss gebracht, der Rasen gemäht, Sträucher und Bäume geschnitten, an den Fassaden Schönheits-korrekturen angebracht. Oft war die junge Familie der zukünftige Erbe des elterlichen Hauses und hatte deshalb ein eigenes Interesse daran, dass das Haus intakt blieb. Heute sieht man die Rentner ihren Kindern zur Hand gehen. In den Einfamilienhausquartieren hüten die Grossmütter die Enkel, damit den Müttern Zeit bleibt für allerlei Erledigungen und für ihre Verdienstarbeit – und während sich die Grossväter um den Garten kümmern und den Rasen mähen, leisten die Väter Überstunden im Job.

Die junge Generation hat keine Zeit. Überstunden bei der Arbeit werden erwartet. Die Arbeit sichert die Existenz und erlaubt Komfort – so weit so gut. Doch kann man den erlangten Komfort auch geniessen, wenn man wochenendenweise liegengebliebene Aufgaben im Eigenheim nachholt? Und wo bleibt bei diesem Leistungsmarathon die Zeit für die Kinder? Wo bleibt die Zeit, die nicht verplant ist? Zeit, welcher man nicht mit gedämpfter Nervosität hinterherrennt. Zeit, jene hübsch angelegten Sitzplätze, Terrassen und Gärten auch zu geniessen? Die Schweiz im Effizienztaumel. Im Griff der Existenzangst, bedroht von Angriffen auf den stabilisierenden Mittelstand.

Parallel-Universen. Mindestens drei davon gibt es in jeder Kleinfamilie. Parallelwelten an jedem Arbeitsplatz, in jeder menschlichen Gemeinschaft. Vielleicht ist jeder einzelne Mensch ein Universum für sich, und manchmal überschneiden sich lediglich die Ränder mit anderen Universen. Einander begegnen, zueinander finden, kann man überall. Ob nun im Chat, bei einer Sportveranstaltung, in einer Bar, auf einer Reise, im Quartierverein oder über Drittpersonen –

kennenlernen kann man sich über all. Und dann? Was entsteht daraus? Lebensereignisse, Lebensabschnitte – das Leben will austariert sein, es ist eine Abfolge ständig anzupassender, sich aus Ursachen entwickelnder Auswirkungen.

Die Ära des Films hat uns das „Happy End" beschert. Geschichten mit glücklichem Ausgang. Doch ist das „happy ending" nicht eher ein „happy beginning"? Wäre es nicht interessant, die Fortsetzungen einer Story nach einem Happy End zu schreiben? Es gibt viel zu wenige solcher Geschichten…

Es war schon sehr spät in der Nacht. Eliane war zu Hause angekommen und hatte gerade das Auto geparkt, als ihr Handy ankündigte eine sms empfangen zu haben. Über das ganze Gesicht strahlend stellte sie schnell den Motor ab, kramte das vibrierende Ding aus der Handtasche und tippte sich schnell durchs Menü bis zum Nachrichteneingang. „Ciao Bella"! leuchtete ihr auf dem Bildschirm entgegen, „Es war wunderschön und ich hoffe innigst auf eine Fortsetzung. Schlaf gut und träum etwas Süsses – am liebsten von mir… Stefan." Punkt. Punkt. Punkt.

Stefan, gutgelaunt, höflich und einfühlsam, positive Verlässlichkeit ausstrahlend. Leitender Angestellter und energische Führungskraft in einem Industrieunternehmen. Oft auf Geschäftsreisen – da kann es unter Umständen in

Hotelzimmern einsam werden. Im Privatleben gab es eine Gattin, zwei pubertierende Jugendliche, ein Einfamilienhaus. Die übliche Geschichte mit der frustrierten Ehefrau, die nur ein absolutes Minimum an Sex zuliess und für den faulen Sohn die beschützende Löwenmutter spielte. Ein Mann wie Stefan, dachte Eliane, hat viel zu viel Energie, um seine Abende nach getaner Arbeit vor dem Fernseher zu verbringen. Ein Mann wie Stefan ging viel zu lösungsorientiert an die Behebung der Familienprobleme und der kleinen Reibereien im Alltag. Die frustrierte Ehefrau stand bedingungslos auf der Seite der Kinder, ihren Lebenspartner durch Sexentzug bestrafend. Immer dieselbe Geschichte, die ins Nirgendwo führt. Der Wendepunkt, an dem langjährige Beziehungen scheitern können. Eliane hatte viele solcher Geschichten gehört. Sie war selbst Teil einer solchen gewesen. Was tun, wenn ein Ehepartner der Ehe müde wird? Eliane hatte oft mit ihren Liebhabern ernsthafte Gespräche über Beziehungen und Zusammenleben geführt. Bei One-Night-Stands zwischen Menschen, welche die Fünfundvierzig hinter sich gelassen hatten, waren durchaus auch tiefsinnige Gespräche zwischen zwei Orgasmen erlaubt. Eliane lernte eine ganze Menge über die Freuden und Nöte von Partnerschaften und Familien. Fühlte sie sich nun schuldig gegenüber den ahnungslosen Gattinnen ihrer jeweiligen Lover? Nicht im Geringsten. Schliesslich gab sie jenen vitalen Männern etwas, was sie zu Hause nicht mehr bekamen. Sie schenkte Zärtlichkeit, Erregung und Befriedigung, weil sie selber dazu Lust hatte. Gleiches erhielt sie zurück. Sie verlangte nichts, sie stellte keine Forderungen, sie urteilte nicht. Schliesslich suchte sie das Vergnügen, und die Männer ihrer Altersgruppe steckten nun mal auf irgendeine Art in Beziehungen, oder waren gerade dabei sich aus Beziehungen zu lösen. Die Verantwortung lag bei jedem Einzelnen. „…du musst selber wissen, was du tust." Wie oft hatte sie diesen Satz gesagt? „…..du musst selber wissen, welche Konsequenzen entstehen können und ob du diese Konsequenzen in dein Leben hineinlassen willst." Oft hörte sie als Antwort, dass man sich eben irgendwie auseinandergelebt hätte, und dass man nur aus Pflichtgefühl und der Kinder wegen zusammenblieb. Die Männer sagten: Würde plötzlich von irgendwoher eine neue Partnerin auftauchen, in die man sich sogar ein wenig verliebte, so würden sie das alte Leben beenden. Doch bis es soweit war – und ob überhaupt – würde man bleiben – und ja, ein wenig Bequemlichkeit wäre auch im Spiel…

♥

Ein anderer Schlag von Liebhabern waren jene Mitvierziger, die sich zu Hause „arrangiert" hatten, oder deren sexuelles Leben in der Ehe derart zufriedenstellend war, dass ihre Ehefrauen niemals auf die Idee gekommen wären, der Göttergatte könnte Lust auf noch mehr verspüren. Einer von ihnen war Roland. Ein sonniges Gemüt, Tag für Tag strahlend guter Laune, dabei erfolgreich im Beruf und interessiert an allem, was das Leben bot. Ein seltenes Exemplar im anthropologischen Garten. In jedem Fall eine Bereicherung in Elianes Erfahrungsschatz. Ein vom Glück begünstigter Mensch, der sein Glück grosszügig weiter verschenkte, da konnte man nicht nein sagen.

♥

Dann gab es jene überraschenden Begegnungen, die knisterten und die vielleicht einen unglücklichen Ausgang hätten nehmen können, wäre Elianes Schutzengel nicht in ständiger in Bereitschaft gestanden. Eliane verliess sich so oft auf ihre Intuition und ihr Bauchgefühl, dass es fast an Leichtsinn grenzte. Wie bei Robert. Dass der Finanzfachmann und Opernliebhaber für eine Nacht auch zu Elianes Liebhaber wurde, war weder erträumt, noch abgesprochen gewesen. Es geschah einfach. Es geschah nach einigen virtuellen Begegnungen im Chat. Eliane hatte sich sehr gefreut, wieder einmal auf einen kultivierten Unterhaltungspartner zu stossen. Im Chat hatte Robert schon bald sein Erstaunen ausgedrückt, dass sie ihm bei seinem musikalischen Hobby Paroli bieten konnte. Eines Abends, während einer solchen virtuellen Begegnung, äusserte er den Wunsch Eliane anzurufen. Ein Gespräch sozusagen in Echtzeit und ohne die manchmal nervigen Emoticons zwischen den geschriebenen Wörtern. Sie stimmte zu. Das Gespräch war angenehm. Es gab Sympathie auf beiden Seiten, wohlklingende Stimmen, schöngeistige Themen. Nach einer Weile bemerkte Robert, dass sie sich eigentlich sehen müssten, ein Telefongerät sei doch auch wieder nur ein technisches Mittel zur Kommunikation, ein zwischengeschaltetes Ding, eine Maschine, die zwar die Schwingungen einer Stimme und den Sinn der Worte übertragen könne, doch wäre das nur eine Krücke im Vergleich zur greifbaren Wirklichkeit. Eliane stimmte zu. Gerne! Ja! Warum nicht gleich? Sie hätte noch eine Flasche Champagner im Kühlschrank, und für sie allein sei das zu viel. Wo er denn jetzt wäre? Eine dreiviertel Stunde entfernt? Das sei ja nicht so weit. Ausserdem, und um diese Uhrzeit käme man gut durch den Verkehr auf der Autobahn... Er war begeistert. Er freute sich ausserordentlich, die wirkliche, die lebendige Eliane vor sich zu sehen.... Sie schmolz dahin. Sie erklärte ihm den Weg. Sie legten auf.

Es blieben demnach etwa vierzig Minuten, bis er an ihrer Haustür läuten, oder sie kurz vom Parkplatz aus anrufen würde. Sie ordnete schnell einige Sachen in der Wohnung. Sie machte sich frisch, zog weisse Pumps an zu einer hellen Jeans und einem weissen Pullover. Die Haare steckte sie mit einer Plastikspange lässig auf. Sie wollte nicht aufgetakelt erscheinen. Im Gegenteil, sie wollte sich auf zurückhaltende Weise in Szene setzen. Robert sollte sie an ihrem Feierabend im Freizeitlook antreffen. Dass der Freizeitlook dabei ihre Vorzüge zur Geltung brachte, war ein angenehmer Gedanke.

Robert erschien pünktlich. Eliane begrüsste ihn höflich, führte ihn ins Wohnzimmer, liess ihn auf der Couch Platz nehmen und setzte sich auf einen ihrer antiken Stühle neben dem Tisch. Im Hintergrund spielten leise Telemanns „Konzerte der Tafelmusik", gefolgt von De Lalandes „Symphonies pour les soupers du Roi" – Musikvorrat für mindestens zwei Stunden. Man war sofort mittendrin im Thema. Musik. Klassik versus Barock. Die Vorzüge beider Musikrichtungen, die bekannten Kompositionen, die Aufführungspraxis. Eliane Sprach begeistert über die Bücher französischer Musikologen zur Forschung über Jean-Baptiste Lully und seine Werke für Ludwig XIV. Eliane seufzte vor Wonne, als sie von Vivaldis geistlichen Chorwerken erzählte. Robert lächelte ihr zu. Eliane schenkte Champagner ein in die funkelnden Kristallkelche und brachte ein Glas Robert. Dann setzte sie sich wieder an den Tisch. Er lächelte wieder, machte ihr Komplimente, fühlte sich entspannt und zufrieden. Sie betrachtete ihn und dachte insgeheim, dass sie sich ihn genau so vorgestellt hatte. Vielleicht ein bisschen weniger korpulent, doch er war sehr gross und sah blendend aus. – Die Zeit verging bei angenehmer Unterhaltung. Plötzlich war es ein Uhr nachts. Robert entschuldigte sich für die späte Stunde und wollte aufbrechen. Keine Ursache, es hat mich sehr gefreut dich von Angesicht zu Angesicht kennenzulernen, meinte Eliane. Sie brachte ihn zur Tür und sie verabschiedeten sich, gaben sich zum Abschied die Hand. Doch irgendwie blieben ihre Hände ineinander verschränkt. Es wäre schade gewesen loszulassen – und irgendwie machte sich Robert gar nicht die Mühe die üblichen Abschiedsküsschen vorzutäuschen. Er zog Eliane an sich und küsste sie. Sie wehrte sich nicht. Der Kuss dauerte lange. Irgendwann streifte Eliane einen Schuh ab. Dann den anderen. Dann führte sie Robert ins Schlafzimmer.

Um halb fünf Uhr morgens, äusserte sie leise eine Bitte. Er war erstaunt, doch er war Gentleman genug, um der Bitte zu entsprechen. Er zog sich an. Sie brachte ihn an die Tür und bedankte sich. Ein schüchterner Ton schwang in ihrer Stimme. Er bedankte sich ebenfalls und hoffte auf ein Wiedersehen. Sehr gerne meinte sie, und entschuldigte sich noch einmal für den Abschluss der gerade zu Ende gehenden Nacht. Sie hätte einen Grundsatz, dem sie nie untreu werde. Er sah sie fragend an. Sie erklärte, dass sie niemanden in ihrer Wohnung übernachten liesse. Sie könne nicht einschlafen, wenn jemand neben ihr im Bett liegt, und ein kleines bisschen Schlaf würde sie schon noch benötigen, bevor sie sich auf den Weg ins Büro machte. Er lächelte, versicherte zu verstehen und küsste sie sanft zum Abschied… Sie sahen sich nie wieder…

♥

An die mehr oder minder peinlichen Begegnungen erinnerte sich Eliane nicht so gerne. Einerseits waren diese Geschichten zum Lachen, mit viel unfreiwilliger Komik angefüllt, anderseits waren sie anstrengend gewesen als Eliane mittendrin steckte, und sie schämte sich ein wenig dafür. Es waren keine Ruhmesblätter, die sie da beschrieben hatte, es waren eher unerfreuliche Szenen mit vielen vorschnellen, überstürzten Handlungen und Schusseligkeiten. Das Wort „Überstürzung" fand einmal sogar einen ungewollt realen Sinn. Glücklicherweise endete die Situation komisch, gleichwohl barg sie Potenzial zur Tragödie und Eliane war mit einigen unbedeutenden Kratzern an ihrem Auto davongekommen. Vielleicht auch mit einer kleinen Schramme an ihrer Seele. Doch derer gab es schon viele, und weitere würden im Laufe der Jahre sicher noch dazukommen. Schrammen an der Seele gehörten schliesslich zu einem erfüllten Leben. Die Kratzer am Auto waren lästiger.

Eliane hatte sich wieder einmal verabredet. Ihr Date hiess Giancarlo, war Italiener und siebenundvierzig Jahre alt. Sie hatten sich schon einmal kurz zu einem Drink getroffen, und so wusste Eliane, dass Giancarlo bereits als Secondo in der Schweiz aufgewachsen war, dass er ein eigenes Gipsergeschäft betrieb, und dass er es zu bescheidenem Wohlstand und Ansehen gebracht hatte. Zu Frau und Familie auch. Die Kinder waren erwachsen – die Frau war weg. Im Verlauf der Erzählung nahm Giancarlos Gestik wieder sehr italienische Formen an, besonders als er vom Wegzug seiner Ehefrau aus dem gemeinsamen Haus berichtete. Er breitete die Arme aus, zog die Schultern hoch, die Handflächen wiesen nach oben, wobei sich die Spitzen seiner Finger sich abwechselnd berührten und wieder öffneten.

„Ma! .... Was kannst du machen? Eh? Nichts! Es gefiel ihr nicht mehr mit mir... na ja ... gut... mir gefiel es auch nicht mehr mit ihr...!"

Er lachte. Sein Lachen war ansteckend und Eliane konnte sich gut vorstellen, dass es in Giancarlos Ehe öfter zu temperamentgeladenen Intermezzos gekommen war – sowohl auf der heiteren als auch auf der unerfreulichen Seite. Am Ende hatte die Frau ihre Sachen gepackt und war ausgezogen. „Ahh! Scheidung, Scheidung! Die Frau will jetzt die Scheidung – porca miseria – oh, entschuldige, entschuldige, Bella, ich sollte nicht so wüst reden....."

Nun lachte Eliane. Ein wenig südländische Grossspurigkeit, ein bisschen das Gefühl mitten in einer italienischen Komödie zu stecken, es tat ihr gut. Sie fragte ihn nach der Scheidung. Er seufzte.

„Na hör mal, Bella, ich kann mich doch nicht scheiden lassen! Da kann ich mein Geschäft gleich zumachen. Weisst du was mich die Scheidung kosten würde? Das kann ich mir nicht leisten! Da geh ich pleite! ....und meine Angestellten gleich mit!"

Es war Reihe an Eliane zu seufzen. Sie kannte das Thema. Viele Scheidungen mochten für Frauen vorteilhaft sein, doch das Ende einer Ehe auf diese Art konnte bisweilen für manche Männer existenzbedrohend werden – vor allem für die Inhaber kleiner Unternehmen, die mitunter gezwungen waren ihre Firmen aufzulösen, um scheidungswillige Gattinnen auszuzahlen. Wenn noch unterstützungsbedürftige Kinder im Spiel waren, konnte das für den Mann zu einer jahrelangen Plackerei um das Aufbringen der abzuliefernden Geldmittel werden. Kam es zu Kampfscheidungen, rächten sich die Frauen bisweilen unerbittlich für jedes tatsächlich begangene oder nur gefühlte Unrecht, für jede noch so kleine Beschneidung ihrer individuellen Freiheiten, für jede Berührung, die sie bereit waren als erzwungenen Sex zu deklarieren. Je mehr die Frauen forderten, je mehr sie sich zurückzogen, je mehr sie grollten und nörgelten, umso mehr fühlten sich die Männer darin bestätigt, sich Anerkennung, Freundschaft und Zärtlichkeit ausserhalb der eigenen vier Wände zu suchen. Waren die Fronten erst einmal verhärtet, gab es nur noch Krieg. Das schien in Giancarlos Ehe der Fall zu sein. Seine Frau war weg und er wollte nicht in die Scheidung einwilligen. Doch Giancarlo war weit davon entfernt Trübsal zu blasen. Er würde der Frau einen freiwilligen Unterhaltsbeitrag, sagte er, ausserdem hätte sie Arbeit und würde einen Batzen dazuverdienen. Sie sei Schneiderin und arbeite in einer Kleiderreinigung. Ein anständiger Job. Es gehe ihr ja nicht so übel. Und er sei doch auch kein schlechter Mensch, er, Giancarlo, könne doch die Mutter seiner Kinder nicht einfach der Armut preisgeben, nein!... man habe ja noch ein Gewissen, auch wenn er nicht mehr so katholisch sei, wie das der Pfarrer gerne hätte – aber seine Frau müsse jetzt nicht die grosse Signora spielen wollen – nein, das ginge so nicht!

Während jenes kurzen Treffens hatte Eliane viel gelacht, und sie war amüsiert nach Hause gefahren. Danach hatte sie sich ein paarmal mit Giancarlo im Chat unterhalten, und nun wollten sie sich für einen längeren Abend treffen. Die Bar des „Roten Turms", im 19. Stockwerk eines Bürohauses, im luftiger Höhe über der Stadt, und mit grossartiger Aussicht auf das nächtlich beleuchtete Winterthur, das war sicher der richtige Rahmen für ein zwar ungezwungenes aber mit knisternden Erwartungen verbundenes Date.

Eliane war zu spät dran und ärgerte sich darüber. In der Kanzlei hatte den ganzen Tag schon Stress geherrscht. Es mussten Dokumente für Gerichtseingaben zusammen-gestellt, gedruckt und kopiert werden, es mussten dringende Emails an Klienten noch am selben Abend verschickt werden, ständig läutete das Telefon und alles war sehr, sehr dringend. Es war schon sieben Uhr, als Eliane endlich ihren Computer abstellte. Um sieben Uhr hätte sie bereits an der Bar sitzen sollen. Sie rief schnell Giancarlos Telefonnummer an, entschuldigte sich, und versprach gleich da zu sein.

„Es tut mir wirklich leid, Giancarlo," wiederholte sie überflüssigerweise, „aber ich muss noch das Auto aus dem Parkhaus holen – verdammte Winterthurer Parkplatzordnung … oh, sorry, entschuldige ... ist doch wahr …!"

Giancarlo versicherte lachend, dass alles in Ordnung sei: „Kein Problem, Bella!" Er würde ihr den Platz freihalten, es seien schon viele Leute da. Nach den Geräuschen im Hintergrund zu urteilen, feierten wirklich schon viele Gäste in der Bar glücklich und lautstark den frühen Abend nach Arbeitsschluss. Draussen regnete es. Es war Februar, das Wetter war kalt, nass und die Strassen glänzten. Endlich sass Eliane im Auto und versuchte sich zu erinnern, welche Strassen sie nehmen musste, wo es Einbahnverkehr gab, und wo sie ihr Auto parken konnte. Sie verfuhr sich einmal, musste eine weitere Runde drehen, da sich die vertrackten Einbahnstrassen anscheinend in der Zwischenzeit vermehrt hatten. Anstatt bequem abzubiegen, musste Eliane an ihrem eigentlichen Ziel vorbeifahren und durch fremde Quartierstrassen zurückkehren. Sie fluchte von neuem über die Verkehrsführung der vermaledeiten Stadt. Endlich war sie am ersehnten Gebäude angekommen, doch die befürchtete Abwesenheit von Parkplätzen verdichtete sich zur Tatsache. „Wie stellen die sich das eigentlich vor?" fauchte Eliane, „...sollen da alle zu Fuss herkommen? Oder will jemand die Taxizunft zwangssponsern?" Die spiegelhell glänzenden Fahrbahnen, auf denen jede Bodenmarkierung unsichtbar geworden war, erschwerten die Suche nach dem Parkplatz zusätzlich. Auch alle Verbotsschilder und Hinweistafeln glänzten im regennassen Licht der sparsamen Strassenbeleuchtung. Schon jubelte Eliane, als sie einige freie, gelb umrandete Parkfelder entdeckt hatte. „Nur für Personal der Hochschule" stand befehlend auf der Tafel daneben. Der gesamte Häuserblock, in den sich auch das hohe Bürogebäude mit der Bar im obersten Stock einfügte, gehörte zum Stolz des Winterthurer Bildungswesens. Es war die Fachhochschule, deren hell erleuchtete Fenster verkündeten, dass gerade Abendunterricht stattfand, und dass vielleicht Personal anwesend war, das Anspruch auf eines der Parkfelder geltend machen konnte. Eliane traute sich nicht, ihr Auto auf den Dozentenplätzen abzustellen. Sie hatte keine Lust darauf, ihren Wagen nach dem Date nicht mehr vorzufinden, da abgeschleppt. Der Wagen – nicht Eliane. Aus diesem Grund hatte sie das Auto mitgenommen, um unabhängig zu sein, und um frei entscheiden zu können, wohin sie nach dem Barbesuch fuhr – ausserdem stieg sie nicht gerne in fremde Autos. Sie ärgerte sich. Das alles kostete doch nur Zeit! Sie fuhr eine weitere Runde um den Block, soweit das möglich war. Da! Ein weiter Platz öffnete sich vor ihr, da musste man doch auf die andere Seite des Gebäudes und zum Eingang des Hochhauses gelangen können. Na endlich! Eliane beschleunigte.

„Scheisse!!!!! Verdammte Scheisse!!! Aaahhh ….!!"

Sie klammerte sich am Steuer fest, versuchte sanft abzubremsen, war sich bewusst über Stufen zu holpern. Fünf sehr breite und gottseidank sehr flache Stufen, die den Campus der Fachhochschule architektonisch sinnvoll und in seiner gesamten Länge von den übrigen Verkehrswegen abtrennten und vom Glanz der widerspiegelnden Nässe unkenntlich gemacht wurden. Die hübschen Abschlusssteine der Stufen verursachten ein unschönes, knirschendes Geräusch an der Unterseite des Autos. Eliane bekam Angst. Sie hielt an, versuchte langsam weiterzurollen, horchte auf die Fahrgeräusche. Sie musste schnell weg! Gottseidank! Das Auto fuhr wie gewohnt über die nun ebene Asphaltfläche. Es schien alles in Ordnung. Verdammt noch mal!!! – und das alles nur wegen einem blöden Date!

Irgendwo, einige Minuten später liess sie das Auto stehen. Sie fand sogar einen regulären Parkplatz in der blauen Zone, wo sie ihr Fahrzeug ordnungsgemäss zwischen 18.00 Uhr abends und 06.00 Uhr morgens stehen lassen durfte – oder so. Ganz genau wusste das niemand. Bis Mitternacht ging es aber sicher. Vielleicht.

Mit zitternden Knien erreichte Eliane schliesslich mit dem Lift die Bar im 19. Stock und winkte Giancarlo zu, den sie an der Theke sitzend entdeckt hatte. Er lachte, freute sich sie zu sehen. Lachte noch viel mehr, als sie ihm den Grund ihrer Aufregung erzählte. Es war ihr peinlich, aber sie konnte die Überanspannung nicht unterdrücken, also musste es raus. Sie bestellte sich ein Tonic-Wasser und nahm Giancarlos Einladung zu Nachos mit Guacamole an. Ihr Gesicht war gerötet vor Nervosität und der plötzlichen Hitze in der Bar. Sie zog ihr Anzugjackett aus, fuhr mit den Händen durch die langen Haare, atmete schwer aus. Giancarlo trank einen Schluck von seinem Bier und betrachtete sie genüsslich.

„Bella, du bist echt sexy, wenn du so aufgeregt bist“, meinte er grinsend.

Eliane beruhigte sich allmählich. Sie beschloss, dass sie am nächsten Tag die Garage anrufen würde, um ihr Auto schleunigst begutachten zu lassen. Sie würde den Mechanikern irgendeine Geschichte auftischen, dass sie über einen hohen Bordstein gefahren war, oder etwas in der Art. Es war ihr egal, was die von ihr dachten. Tussi am Steuer – klar doch...

Sie versuchte sich zu beruhigen und eine angenehme Unterhaltung zu führen, doch das Gespräch kam nur schleppend voran. Es war für Elianes Geschmack auch zu lärmig in der Bar, und die Küchengerüche nach Frittieröl und angebratenem Fleisch stiegen ihr unangenehm in die Nase. Giancarlo trank einen Schluck Bier. Er schien nachdenklich. Als wollte er mit etwas herausrücken und traute sich nur noch nicht.

„Ich muss dich etwas fragen, Bella", setzte er schliesslich an. Eliane deutete an, dass er sprechen sollte.

„Hast du eine Schwester?"

„Nein", sagte sie, ein wenig verwundert über diese Frage, „ich habe auch keinen Bruder, überhaupt keine Geschwister."

„Ach so", meinte Giancarlo enigmatisch und setzte nach einer Weile hinzu: „Das ist schade, dann bist du ja ganz alleine. Ich habe zwei ältere Schwestern, das war früher immer lustig, als wir noch Kinder waren."

Eliane hörte geduldig zu.

„Gibt es eigentlich viele Frauen, die Debrunner heissen?" fragte er plötzlich.

„Keine Ahnung," platzte Eliane heraus, sehr verwundert über diesen abrupten Themenwechsel. Wie soll ich das wissen? Ja, sicher gibt es einige, die so heissen, aber ich habe keine Inventur gemacht, wenn du das meinst. Und wenn ich eine Schwester hätte, so hiesse die nicht Debrunner – das ist mein verheirateter Namen, ich habe ihn nach der Scheidung behalten."

Giancarlo nickte. Dieses Mal ohne „Ach so" zu sagen. Er überlegte offensichtlich.

„Warum fragst du?" sagte Eliane, „Kennst du jemanden, der so heisst? Eine Frau, die so heisst?"

„Hm...ja. Ich habe eine kennen gelernt." Er nahm einen weiteren Schluck Bier, stellte das Glas behutsam auf die Theke.

„Und?" fragte Eliane, nun leicht ungeduldig werdend, „Was hat das mit mir zu tun?"

„Ja, das möchte ich eben herausfinden!" Giancarlos Gestik wurde wieder sehr italienisch.

„Weisst du, Bella, ich hatte eine Frau kennen gelernt – ja, auch im Chat – das war eine Weile vor dir, bevor ich dein Profil entdeckt hatte. Also – diese Frau hat den gleichen Nachnamen wie du. Sie ist auch in deinem Alter, und sie wohnt in Zürich. – Ja... und sie sieht so aus wie du ... auch sehr sexy, so mit blonden Haaren und so schlank wie du, und lange Beine ... ja.... und da dachte ich vielleicht seid ihr verwandt?"

Eliane schüttelte den Kopf. Wie bestechend einfach doch bisweilen die Männerwelt war. Wie wenn alle schlanken Frauen mit blonden Haaren und langen Beinen Schwestern wären...! Doch sie wurde neugierig und wollte mehr wissen. Giancarlo erzählte nun schneller und detailreicher von seiner, angeblich früheren, Chatbekanntschaft. Er hätte sich mit dieser Frau ein paarmal getroffen. Sie hätten viel Spass miteinander gehabt ... Madonna mia! ... ja, wirklich ... enorm viel Spass ... he he! ... und sie waren auch einmal zusammen in so einen Club gegangen ... du weisst schon, was ich meine, so ein Swingerclub.....“

Eliane blieb die Luft weg. Sie öffnete den Mund, um etwas zu sagen, brachte jedoch nur ein krächzendes „Was?!“ heraus. Giancarlo blickte derweil unschuldig von seinem Bierglas zu Eliane und wieder zurück zum Bierglas, und spielte mit dem Pappdeckel auf der Bartheke. Die Geschichte wurde langsam schräg.

„Bella, ich will doch nur wissen, ob du mit der Frau etwas zu tun hast... weisst du? ... Es wäre vielleicht ... na ja ... ich weiss nicht ... also, so in der Verwandtschaft.....ja, das wäre vielleicht....“

Eliane beschloss dem unzusammenhängenden Gerede ein Ende zu setzen. Was erzählte er ihr da andeutungsweise von seinen erotischen Eskapaden mit einer Frau, mit der er einen Swingerclub besucht hatte? Gut, das war seine Entscheidung und sie wollte ihm keinen Vorwurf machen. Jeder musste selber entscheiden, wo er sich sein Vergnügen holte. Anderseits hatte sie keine Lust sich mit einem Mann einzulassen, der in solchen Clubs „verkehrte“, und für den sie auch nur eine weitere Bestellung aus dem Angebot des Chats zu sein schien. Der „gute Kerl“, der fleissige Italo-Secondo, der doch niemandem etwas zu leide tat! Dessen Ehefrau aus heiterem Himmel die Scheidung wollte.... Er sollte sie jetzt bitte nicht zum Narren halten, er sollte sich ja nicht über sie lustig machen. Nicht jetzt. Niemals. Schon gar nicht heute, nach diesem Tag und nach dieser unglückseligen Autofahrt... Und wer war nun diese Frau?!

„Wenn du schon den Nachnamen der Dame kennst, dann wirst du wohl auch ihren Vornamen wissen? Ich denke nicht, dass man im Swingerclub „per Sie" ist?"

Es klang schärfer als beabsichtigt. Und wenn schon? Eliane war gerade dabei, sich beleidigt zu fühlen. Was dachte der sich eigentlich? Wollte er sie etwa auch in einen solchen „Club" schleppen?

„Sie heisst Marianne", sagte Giancarlo. „Oder nein, warte … ach, ich habe so ein schlechtes Gedächtnis für Namen … porca miseria! … Oh! Entschuldige, Bella, entschuldige bitte …Das ist nur die Italianità … Ehm, nein, es ist nicht Marianne … warte, warte … Jetzt hab ich's … ja! … Sie heisst Madeleine!"

Freudestrahlend sah er sie an, als hätte er den Beweis für Einsteins Relativitätstheorie entdeckt. Eliane sagte nichts. Sass da, als hätte ihr jemand unerwartet eine Ohrfeige verpasst. Ihr Gesichtsausdruck musste Giancarlo erschreckt haben, denn er fragte:

„Bella? Was ist los? Was hast du?"

„Madeleine Debrunner," wiederholte Eliane dumpf, „etwa gleich alt wie ich und wohnt in Zürich, stimmt's? Die Haarfarbe spielt keine Rolle, die ändert alle zwei Jahre… auch mal alle zwei Monate…und die Bettgespielen alle zwei Wochen….oder alle zwei Tage."

„Ja! Ja!" rief Giancarlo freudig strahlend und überhörte den Rest der Bemerkung.

„Dann kennst du sie also doch?" fragte er. Er freute sich. Unschuldslamm. Begriff gar nichts.

„Ja", sagte Eliane, und ihr Tonfall wurde noch dunkler, „leider kenne ich sie. Es die Schwester von meinem Ex."

Giancarlos nun gemurmeltes: „Porca miseria… oh, entschuldige, Bella," – hatte nun einen verschreckten Unterton, doch er fing sich wieder. Lachte. Schüttelte den Kopf, hob die Handflächen in die Höhe.

„Die Welt ist wirklich klein, Bella! Besonders in der Schweiz!"

Eliane sah ihn ernst an. Das Lachen verebbte.

„Ich gebe dir einen guten Rat, Giancarlo. Halt dich lieber von dieser Frau fern, wenn du nicht in Schwierigkeiten kommen willst. Bei Madeleine weiss man nie, wo man landet….Ja, man landet mit ihr im Bett, das ist sicher", wandte sie schnell ein, als er unterbrechen wollte, dann fuhr sie fort:

„Madeleine ist die jüngere Schwester meines Ex. Sie ist der Paradiesvogel und gleichzeitig das Schwarze Schaf der Familie. Sie war schon dreimal verheiratet, auf drei verschiedenen Kontinenten. Diese Frau hat kein bisschen Verantwortungsgefühl. Sie war der Hippie der Familie, als es keine Hippies mehr gab. Ich möchte nicht wissen, was diese

Frau schon alles in ihrem Leben konsumiert hat! Ich möchte auch nicht wissen, wie sie es schaffte, dass sie bis jetzt keine dieser ansteckenden Krankheiten bekommen hat... du weisst schon..."

Als Giancarlo wieder der Mund öffnete, um einen Einwand vorzubringen, redete sie einfach weiter:

„...und nein: Sie sieht mir überhaupt nicht ähnlich! Ich habe keine aufgespritzten Lippen, kein geliftetes Gesicht und auch sonst ist alles echt an mir! – Ich bin vielleicht nicht das unschuldigste Engelein auf dieser Welt, aber glaube mir, im Vergleich zu dieser Frau bin ich ein Gänseblümchen... So, und jetzt denke ich, dass es besser ist nach Hause zu gehen – ich bin echt müde nach diesem Tag... nein, nein, lass nur ... ich bezahle. Kein Problem."

Giancarlo liess sie gewähren. Bedankte sich artig und zog seine Jacke an. Eliane bezahlte grosszügig die Rechnung und fühlte wieder Würde in sich aufsteigen. Dann verliessen sie zusammen das Lokal. Im Lift versuchte Giancarlo Eliane zu küssen. Sie wehrte energisch ab. Draussen vor ihrem Wagen, versuchte er es noch einmal, verstand nicht, dass er sich damit völlig dumm benahm und dass sie nichts von ihm wollte. Nach der berichteten Episode mit Henris Schwester schon gar nicht.

Endlich zu Hause, bereitete sie sich ein ausgiebiges Bad. Den ganzen Stress des Tages wegspülen, das würde guttun. Den Ärger abwaschen und auch den Geruch der Bar nach Schinken-Käse-Toast und frittierten Chicken Nuggets zu Bier und Kaffee. Sie fühlte sich beleidigt. Sie hatte sich mit einem abgelegten Lover von Henris schillernder Hippie-Schwester verabredet! Der dazu noch mächtig auf unschuldig machte. Der fleissige, selbständig erwerbende Handwerker mit Verantwortungsgefühl für seine Angestellten. Pah! Seine Frau würde ihr wohl andere Geschichten erzählen können.

In den nächsten Tagen unterbrach Eliane den Chatkontakt zu Giancarlo vollständig. – Ein abgelegter Betthase, ein „Occassions-Lover" des schwarzen Familienschafs! Wie hatte sie nur so tief sinken können? Dazu noch der Blechschaden am Auto. Sie musste in Zukunft unbedingt vorsichtiger sein …

❤

Mit Sebastian traf sie sich zum Tanzen. Hin und wieder. Eigentlich kannten sie sich schon jahrelang. Sebastian war Schreiner von Beruf, arbeitete auf Baustellen und lebte seine Führungsqualitäten auf dem Tanzparkett aus. Er gehörte zu jenen höflichen Tänzern, die ihre Partnerinnen fantasievoll präsentierten und nebenbei selbst eine gute Figur machten. Dass dabei durch Reibung Hitze entstand, und dass die Tanzschritte einmal zu eher horizontalen Figuren auf weicherer Unterlage führten, war nur ein weiterer, angenehmer Nebeneffekt. Doch dann tauchte eine von Sebastians früheren Freundinnen wieder auf, und der Tanz mit Eliane fand ein Ende. Eliane seufzte, zuckte mit den Schultern und schaute sich nach anderen Tanzpartnern um.

❤

Sie fand Patrice. Ende Vierzig, Elektroingenieur, und betont stolz auf seinen Namen. „Nicht Patrick – der Name ist französisch, es heisst Patriiiss…". Gut, ein bisschen Angeben war in Ordnung – mehr sollte es allerdings nicht sein. Patrice entsprach nicht ganz nicht Elianes Vorstellungen von einem Partner, sei es beim Tanz oder anderen Tätigkeiten. Er war kaum grösser als sie, so dass sie ihn auf hohen Absätzen ein wenig überragte. Sie hatte ihn auf einer Tanzveranstaltung getroffen, an der vor der eigentlichen Türöffnung ein Crashkurs angeboten wurde. Rumba. Elianes Lieblingstanz gleich nach der Salsa. Bei diesem Crashkurs hatte Eliane einem Tanzlehrer assistiert, und kam daher sofort nach dem Kurs mit ihren Tischnachbarn ins Gespräch. Auch Patrice sass an Elianes Tisch, doch er war mit einer Tänzerin an die Veranstaltung gekommen und widmete sich der Frau den ganzen Abend lang. So weit so gut. Eliane schätzte Höflichkeit. Was ihr an Patrice nicht gefiel, war eine gewisse Grossspurigkeit, die so gar nicht zu seinem Äusseren passte. Dreitagebart, schwarze Jeans, schwarzes Hemd … immerhin Profi-Tanzschuhe. Zuerst hielt sie ihn für einen versnobten Künstler, einen Werbedesigner oder einen Vertreter der Sozialistischen Partei – oder alles zusammen. Dann erfuhr sie seinen Beruf. Ja, Technologie passte zu Jeans. Aber passten Jeans zu einem festlichen Anlass? Einem Ball? Wieso mussten gewisse Männer immer Jeans tragen? Warum konnte man zu einer Abendveranstaltung nicht eine edle und gut sitzende Hose mit passendem Hemd anziehen? Vielleicht sogar einen Smoking? Gab es das überhaupt noch? Männer, die zu einer Abendveranstaltung im Smoking kamen? An jenem Abend tanzte Eliane viel mit dem Lehrer – verkörperte Eleganz, schwebend über das Parkett.

Einige Zeit später fand eine Wiederholung der Veranstaltung statt. Wieder assistierte Eliane beim Crashkurs. Wieder erschien Patrice. Diesmal allein. Er setzte sich zu ihr und äusserte zuvorkommend, dass er gehofft hatte sie hier anzutreffen – und ob sie mit ihm tanzen wollte? Natürlich wollte sie das. Sie wollte nichts anderes als Tanzen. Stundenlang. Vom Beginn bis zum Ende des Abends tanzen. Allein aus diesem Grund war sie hierher gekommen. – Es wurde ein wunderbarer Abend. Bei fast jeder Tanzserie sah man Eliane mit Patrice auf dem Parkett. Nur Samba und Rock-n-Roll liess sie aus. Das sei ihr zu nervös, sagte sie, so sehr anstrengen möchte sie sich doch wieder nicht. Als schon viele Gäste spät nachts gegangen waren, legten Eliane und Patrice erst richtig los. Salsa um Salsa, Quick Step um Quick Step. Tango, Rumba, Discofox, Cha-cha-chá. Irgendwann wurde die Müdigkeit doch noch grösser als die Lust auf den nächsten Tanz, und sie setzten sich, tief atmend und beteuernd wie schön dieser Abend gewesen sei. Um sie herum hatten einige dienstbare Geister bereits begonnen die Tische abzuräumen, Stühle zusammenzustellen, und den Raum wieder seinem ursprünglichen Verwendungszweck als Übungssaal zurück-zuführen. Eliane verabschiedete sich strahlend von allen, und Patrice half ihr in den Mantel. Sie schlüpfte in ihre Pumps, die sich nach den Tanzschuhen viel zu gross anfühlten, jedoch die Füsse angenehm kühlten. Die Tanzschuhe verschwanden in dem dazugehörigen Beutel und Eliane zog sich Handschuhe über. Es war nicht sehr kalt draussen, doch Eliane fand, dass

Handschuhe ein elegantes Winteroutfit ergänzten und zu einem Mantel gehörten, wie die Stoffbeutel mit den Profi-Schuhen zu den Tänzern. Diese Beutel. Wie Schulkinder mit ihren Turnbeuteln, kamen die Tänzer daher. Männer und Frauen. Der Beutel verkündete auch pflichtschuldigst, dass in seinem Inneren Schuhe der Marke XY steckten, und dass diese Marke sich ausserordentlich gut für professionelle Tänzer eignete. Natürlich wollten alle professionelle Tänzer sein. Deshalb schwangen sie ihre Beutel mit den Schuhen der Marke XY und genossen die darauf gerichteten Blicke der Tanzkonkurrenz. Auch Patrice schnappte sich seinen Beutel und strebte hinter Eliane dem Ausgang des Saales zu. Er begleitete sie zu ihrem Auto, zögerte einen Augenblick, dann fragte er, ob sie ihn eventuell ein Stück weit nach Hause mitnehmen könnte, um diese Zeit würde kein Tram mehr fahren und für Eliane wäre es absolut kein Umweg. Eliane hatte absolut nichts dagegen. So stieg denn Patrice ein, und Eliane startete den Motor. Er hätte eben kein eigenes Auto, erklärte er unterwegs, unterbrochen nur durch Elianes Fragen nach der Richtung. Er würde in der Stadt wohnen und arbeiten, und dazu gäbe es keine Parkmöglichkeit, dort wo er wohne, und es gäbe immer Leute, die einen spät nachts mitnähmen. Eliane lächelte und wunderte sich einmal mehr über die Selbstverständlichkeit der Zürcher, die auch Auswärtigen gegenüber Zürich nur als „die Stadt" bezeichneten. Die Stadt und die Agglo – wobei die Städter über die Bewohner der Agglomeration – des „Grossraums Zürich" die Nase rümpften. Der „Grossraum Zürich" verschlang allmählich sämtliche Dörfer und Gemeinden, die im Aussenbereich der Stadtgrenzen und um den Flughafen lagen. Ein Einheitsbrei von Wohnblöcken, Reihenhäusern,

Industriebauten, Einkaufszentren und Gewerbezonen ergoss sich zwischen Autobahnen, Landstrassen und Bahnschienen. Ein ständig anschwellender Menschenstrom machte sowohl Strassen- als auch Schienenwege zu gewissen Tageszeiten unpassierbar. Die Tageszeiten der Autobahnstaus und der Pendlerströme in den S-Bahnen verlängerten sich stetig, und keine Abhilfe war in Sicht. Zürichs Stadtregierung versuchte dem Autoverkehr mit Verboten zu Leibe zu rücken, immer mehr Fahrspuren verschwanden, immer mehr Radarkameras wurden aufgestellt, immer mehr Tempobeschränkung und immer mehr bauliche, „verkehrsberuhigende Massnahmen" zwangen die verzweifelten Autofahrer im ersten Gang und mit heulenden Motoren durch die Dreissig-km/h-Zonen zu schleichen, aus Angst wieder und wieder geblitzt zu werden und mit Bussgeldern die Staatskasse zu füllen. In den Wohnquartieren verschwanden Parkplätze, und selbst in gehobenen Wohngegenden gab es nur die gefürchteten, blau umrandeten Parkfelder, die von pensionierten Polizeihelfern übereifrigst überbehütet wurden. Als könnten Verbote und Einschränkungen in einer boomenden Stadt fruchten, die einen wichtigen Wirtschaftsmittelpunkt im Land bildete und Menschen aus der ganzen Welt in Tausenden anzog! Eliane ging nicht gerne nach Zürich. Sie fand die Stadt zu hektisch, zu unübersichtlich, zu aggressiv, zu teuer. Doch in Zürich gab es nun mal die besseren Möglichkeiten zum Tanzvergnügen, und das Publikum dieser Anlässe war ein bisschen gehobener als in Winterthur. Eliane gab es nicht gerne zu, aber in Winterthur war die Tanzszene im Schwinden. Es gab zwar Tanzschulen, doch die schleusten lediglich zahlendes Publikum durch ihre Kurse und veranstalteten hin und wieder einen Abend, an dem sich doch nur Tanzkurspartner einfanden. Daneben gab es in Winterthur nur noch einige Discos, wo man sich am Freitag- und Samstagabend austoben konnte, doch es war Vorsicht geboten, da sich diese Orte allmählich zu Jagdrevieren wandelten, von fremden und entschlossenen Jägern durchstreift, welche sich schnell und mühelos kultur- übergreifende Tanzkenntnisse in Salsa und Bachata angeeignet hatten, womit ihr Integrationspotenzial erheblich anstieg.

Nun war Eliane aber in Zürich und war dabei Patrice an seinem Wohnort abzusetzen. Er sprühte vor geistreicher Unterhaltung, konnte sich kaum lösen, konnte sich kaum dazu entschliessen endlich auszusteigen. Elianes Auto stand schon eine halbe Stunde an der nächtlichen Strassenecke und das Gespräch mit Patrice nahm kein Ende. Im Geiste entschuldigte sie sich bei ihm, dass sie ihn falsch eingeschätzt hatte. Eigentlich war er doch ganz sympathisch. Jemand, der so gut tanzte musste ganz sympathisch sein…

Eine weitere Viertelstunde war vergangen, als er endlich Anstalten machte sich zu verabschieden. „Also dann … es war wunderschön", beteuerte er, „…ich würde mich riesig freuen, wenn wir uns ein nächstes Mal wieder treffen könnten. Darf ich dich anrufen?"

Eliane lächelte. Natürlich durfte er. Er sollte sogar! Sie gab ihm ihre Telefonnummer. Er staunte: Die Zahlenreihe erinnerte ihn an etwas Mathematisches, das Eliane nicht verstand. Patrice zwinkerte ihr zu: „Eine Nummer, die man nicht vergisst!" – „Nein?" fragte sie zurückzwinkernd, „…gut, dann beweise es mir und schicke mir morgen eine sms."

Sie lächelte ihn an. Verführerisch. „Also dann", sagte er wieder und löste den Sicherheitsgurt, „danke fürs Mitnehmen. Tschüss!"

Beim „Tschüss" küsste er sie flüchtig auf beide Wangen. Übliches Gruss-Ritual. Dreimal in der Schweiz. Wer hat's erfunden? In Elianes Jugend hatte man sich die Hand zum Gruss gegeben, den Anstandsabstand peinlich genau einhaltend. Heute fällt man sich begeistert um den Hals, umarmt und küsst sich. So auch Patrice. Doch nach den drei nicht so ganz flüchtigen Wangenküsschen blieb er weiterhin zu ihr gelehnt, liess die Hand auf ihrer Schulter, zog sie zu sich, suchte ihre Lippen. – Eliane liess es geschehen. Sie hatte es vermutet. Sie war amüsiert. Der Kuss war zärtlich, innig, verhiess Vergnügen, dauerte ewig. – Endlich löste sich Patrice von ihr. Es fasste den Türgriff, grinste verschämt und zwinkerte noch einmal. „Komm gut nach Hause!" Schon war er ausgestiegen, hatte die Autotür geschlossen und winkte mit der Hand bis er im Laufschritt um die Ecke verschwunden war. Eliane startete den Motor, liess den Ventilator auf höchster Stufe laufen, um die von innen beschlagenen Scheiben zu trocknen, dann fuhr sie los.

In den nächsten Monaten traf sie Patrice einige Male zum Tanzen. Dazwischen nahm sie weiterhin privaten Unterricht und besuchte ihre Kurse. Sie schwebte glücklich im siebenten Tanzhimmel und wollte noch viel mehr. Sie tanzte mit Patrice Bachata und wollte nicht aufhören. Sie trafen sich in einem Latinolokal und waren das Paar des Abends. Sie trafen sich in einer klassischen Tanzschule und nach der durchgetanzten

Nacht massierte er hingebungsvoll ihre schmerzenden Füsse. Sie schämte sich. Füsse in Strümpfen und vielgetragenen Tanzschuhen – mögen diese auch noch so professionell sein – verströmen nach mehreren Stunden intensiver Bewegung vielleicht keinen Blumenduft mehr. Ihm war es egal. Sie fand es rührend. So rührend, dass sie nach jenem Abend in seiner Wohnung landete. Danach beschlichen sie Bedenken. War sie nach all den Drehungen, Wendungen, Berührungen und auffälligen Tanzfiguren schon so benebelt, dass sie sich zu verlieben begann? Auf seiner Seite war dem sicher so, doch im Hintergrund fühlte sie zwischen ihnen etwas Trennendes. Eine transparente doch stabile Wand. Der Besuch in seiner Wohnung hatte sie in ihrer Meinung bestätigt. Das Wort Wohnung passte nicht zu dem Ort. Studentenbude, wäre richtiger gewesen. In einem alten, renovierungsbedürftigem Haus eines lärmigen Stadtviertels gelegen, wo zu beiden Seiten des Hausen die Trams in ihren Schienen kreischten. Es war die „Bude" eines Mannes, dem an unnötigen Dingen, wie Einrichtung oder Stil nicht viel lag. Eliane dachte an die schwarzen Jeans zum schwarzen, nicht mehr ganz neuen Hemd. Die Wohnung passte dazu.

,Warum müssen die Leute auch immer ihren Klischees entsprechen?' fragte sie sich. Wie sehr angenehm wäre sie überrascht gewesen, wenn die Ausstattung der Wohnung eher Patrices geistigen Fähigkeiten und seinem Talent zum Tanzen entsprochen hätte… Sie fühlte sich enttäuscht, mochte ihn aber als Tanzpartner nicht aufgeben. Sie beschloss, sich weiterhin in der Szene umzusehen, schliesslich war sie nicht auf einen einzigen Partner angewiesen.

Während sich nun Eliane gegen emotionale Stürme wappnete, liess Patrice sich von rosafarbenen Wolkengefühlen tragen. Eines Tages hatten sie vereinbart, dass er sie an einem Freitagabend in ihrer Wohnung besuchen sollte. Sie würde ihn am Bahnhof mit dem Auto abholen und zu sich bringen. Sie freute sich sehr, und malte sich einen knisternden Abend mit geistreicher Unterhaltung und fantasievollen Zärtlichkeiten aus. Sorgfältig suchte sie Kleidung und Kulisse für den Abend aus. Sie gab sich elegant und feminin. Er war entzückt. Sie sprachen über dieses und jenes, assen reichlich aufgetischte Häppchen und tranken spanischen Rotwein. Sie überliess sich seinen Händen, die über ihren Hals und ihren Rücken strichen. Es lag so viel Beruhigendes in diesen Bewegungen. Mehr war es nicht. Unschuldiges Streicheln mit wissenden Händen. Sie wartete darauf, dass er die weitere Initiative übernehmen würde, hatte Lust sich verführen zu lassen. Doch Patrice spielte den rücksichtsvollen Gentleman und nichts geschah. Irgendwann wurden sie beide müde. Es war Zeit ins Bett zu wechseln, wenn auch wirklich nur wegen der Ruhe. Er schlief sofort ein, was sie bedauerte. Eine Weile lag sie wach neben ihm. Sie würde nicht einschlafen können. Es ging nicht. Erstaunlich genug. Neben Silvio konnte sie hin und wieder für kurze Zeit einschlafen, als hätte es einer Gewöhnung bedurft. Doch der Schlaf war jedes Mal nur oberflächlich, und sie erwachte wegen des kleinsten Geräusches.

Nun betrachtete sie den schlafenden Patrice und entschloss sich aufzustehen. Sie würde das Wohnzimmer aufräumen und das Geschirr spülen. Dann würde sie ein wenig lesen, vielleicht brachte das die ersehnte Schlafschwere. Es half. Zwanzig

Minuten lang. Es war acht Uhr morgens, als Patrice erwachte, Eliane ausgeruht und lächelnd ansah und darum bat duschen zu dürfen. Sie wickelte sich in ihren dunkelroten Kimono und holte für ihn ein Badetuch. Nach der Dusche und nachdem er Elianes Bad ausgiebig unter Wasser gesetzt hatte, bat er fröhlich um einen Kaffee.

„Kaffee? …oh, … ja… sehr gerne … Aber, weisst du, ich habe keine Kaffeemaschine, bei mir gibt es nur Gefilterten, ich trinke sonst nur Tee…"

Die Fröhlichkeit auf Patrices Gesicht erlosch, als hätte jemand an einem Schalter gedreht.

„Wie bitte? Du willst mir nicht einmal den Gefallen tun und einen Kaffee für mich machen?"

„Doch….. sicher ….! Ich sagte nur, ich habe nur Filterkaffee…" Elianes Verteidigung erstarb unter dem plötzlich zornessprühenden Blick aus Patrices Augen.

„Also soviel Egoismus habe ich noch nie erlebt?" tönte es plötzlich aus verkniffenen Lippen unter ärgerlich funkelnden Augen.

„Was…??"

„Du willst mir also nicht einmal eine einfache Tasse Kaffee machen? Ich schlage mir die ganze Nacht mit dir um die Ohren, ich bemühe mich, es dir in allem Recht zu machen – und, und ich bekomme nicht einmal ein bisschen Sex dafür! …

Du besitzt sogar noch die Frechheit, mir nicht einmal einen verdammten Kaffee machen zu wollen!!"

Seine Stimme hatte sich tatsächlich einmal überschlagen. Oder vielleicht zweimal? Eliane sagte kein Wort. Sie stand regungslos da, registrierte die sich überschlagende Stimme, bemerkte den auf und ab hüpfenden Adamsapfel, sah einen Mann vor sich, der sie aus irgendeinem Grund ankeifte und der entfernte Ähnlichkeit mit Patrice hatte. Es musste Patrice sein. Und doch.... Eliane hörte sich Entschuldigungen stammeln. Sie entschuldigte sich tatsächlich bei einem Kerl, den sie zu sich nach Hause eingeladen hatte, den sie herumkutschiert, gefüttert und bedient hatte, mit ihm sogar ihr heiliges Bad und ihr Bett teilte .... ein Kerl, der ihr gerade vorwarf, er hätte „nicht einmal ein bisschen Sex" bekommen!

Einige Zeit später war er weg. Sie konnte sich nicht mehr klar erinnern, wie und wann er ihre Wohnung verlassen hatte. In der Küche entdeckte sie eine benutzte Kaffeetasse in der Spüle. Der Plastikfilter lag daneben. Sie hatte also doch noch Kaffee gekocht. Interessant. Lange betrachtete sie das Stillleben in der Spüle. Erstaunlicherweise empfand sie nichts dabei. Sie fühlte sich nur leer. Benutzt. Betrogen. War „betrogen" das richtige Wort? Nein. Mit welchen Ausdrücken beschrieb man solche Ereignisse? Worauf gründeten wohl derartige Situationen? Auf mangelnder Verständigung? Auf übersteigerten Erwartungen? Auf fehlender Übereinstimmung? Wahrscheinlich. Auf alle Fälle eine dieser Geschichten die sie nur noch im Kino oder in einem Buch vorfinden wollte, aber nie mehr im eigenen Leben.

❤

Dann begann irgendwann einmal der Ärger mit Silvio. Es waren Kleinigkeiten, doch kumuliert enthielten sie explosives Ärgerpotenzial. Hatten früher Silvios spontane Einfälle Eliane begeistert, so wurden sie ihr allmählich zu viel. Ausserdem hatte sie das Gefühl sich ständig seinen, in nicht absehbarer Folge ändernden Plänen, unterordnen zu müssen. Ihre Flexibilität stiess an empfindliche Schmerzgrenzen, und sie hatte auch langsam genug von der Logistik in ihrer Beziehung.

„Heute bei dir?"

„Nein, vielleicht lieber bei dir."

„Gut, dann treffen wir uns im Restaurant?"

„Nein, lieber gleich am Bahnhof."

„Wieso am Bahnhof?"

„Weil ich dir etwas zeigen möchte in der Stadt."

„Aha…"

„Ja. Eine Überraschung!"

„Und dann?"

„Dann gehen wir aus – nimm dir etwas mit zum Umziehen."

„Ok … Abendkleid? Wanderschuhe? Jeans? Das kleine Schwarze? Tanzoutfit? Hosenanzug? – Ich sollte schon genauer wissen, was du vorhast."

„Am besten du trägst gar nichts, meine Schöne – oder vielleicht nur dieses kleine Nichts aus Spitze – du weisst doch, dass ich dich so am liebsten sehe…"

„Ach, hör doch auf, ich frage im Ernst."

„Und ich antworte im Ernst! Wenn du nicht ausgehen magst, dann lassen wir es eben..."

„Ich möchte ja nur wissen, was du vorhast, und ob es dazu Turnschuhe oder Highheels braucht."

„Warum nicht gleich beides…? Also wenn das so kompliziert ist, dann bleiben wir halt zu Hause."

„… und welches zu Hause meinst du??!!!"

„Du brauchst nicht laut zu werden. Es ist alles nur eine Frage der Organisation."

„Ich bin nicht laut! Und ich mag nichts mehr organisieren!!! Ich organisiere die ganze Zeit im Büro! Ich habe es satt mich ständig zu organisieren! Ich hasse Organisieren!!!"

„Eliane…? … Was hast du? … Geht es dir nicht gut…?"

„Nein………"

Die immer wieder ändernden Pläne, welche sie mit ihren eigenen ständig neu koordinieren musste. Die immer neu zu packende Tasche mit Tanzutensilien, mit Kleidern zum Übernachten, Kleidern zum Ausgehen, Kleidern für einen Ausflug ins Freie bei schönem Wetter. Der Ärger über vergessene Kleinigkeiten, Die unpassenden Fahrpläne des öffentlichen Verkehrs und die immer häufigeren Fahrten in überfüllten S-Bahnen, zusammengedrängt mit unerfreulichen Zeitgenossen. Der aggressive Ton in der Stadt und ihre eigene Ungeduld, die sie oft ruppig reagieren liess. Allmählich sehnte sie sich wieder nach ruhigeren und geregelten Lebensumständen. Sie sehnte sich danach, fröhliche, selbstbewusste und zufriedene Menschen um sich zu haben. Menschen, die ihr nicht die Ohren mit herzbrechenden Geschichten über Beziehungen und Familienstreitigkeiten erzählten. Sie wollte wieder Menschen um sich haben, an denen sie sich ein Beispiel nehmen konnte, sie wollte Menschen kennen lernen, die stolz darauf wären, sie ihren Familienangehörigen vorzustellen.

So sehr es sie schmerzte, eine Trennung war unabdingbar. Eine Trennung oder ein ganz anderes Lebenskonzept, was letztendlich auf dasselbe hinauslief. Die wilden Jahre ihrer einst so ersehnten Freiheit hatten ihr gutgetan und hatten viele Erfahrungen mit sich gebracht. Sie war gereift, und es war Zeit einzusehen, dass dieser intensive Lebensabschnitt zu Ende ging.

Ein Wechsel der Perspektiven tat not. Ein Wandel des Bewusstseins hatte sich vollzogen. Die Änderung der Richtung wurde notwendig. Sie wünschte sich nun anstelle der flüchtigen Begegnungen wieder Freundschaften, die Dauer versprachen – lebenslängere …

Sie hatte Lust etwas Neues zu lernen. Etwas Neues zu leisten. Es würde nicht schaden, das schnell pulsierende Lebenstempo ein wenig zu drosseln, um Wünsche und Träume zu sortieren und sich neuen Möglichkeiten zu öffnen. Ab Fünfzig hat man viele Möglichkeiten – besonders jene zum Nachdenken…

Eliane hatte die Fünfzig überschritten, und allmählich wurde es Zeit für einen neuen Lebensabschnitt, auf soliderem Grund.

23. Kapitel

Die alten Damen vom Dorf

Grossmütter sind entspannt – Bei „Grosi" macht Kindern das Aufräumen Spass – Die Ratlosigkeit der Mütter darüber –Rückblicke und Lebensgeschichten – Geschichten aus anderen Zeiten und anderen Welten.

Die Jassrunde der vier alten Damen vom Dorf ist wieder in vollem Gange. Jeden Dienstagnachmittag, pünktlich um zwei Uhr, wenn nach dem bescheidenen Mittagessen der Gastgeberin alles sauber abgewaschen und ordentlich aufgeräumt ist, treffen sich die vier pensionierten Freundinnen zum Schweizer National-Kartenspiel im Haus von Marie Ehrensperger. Marie bietet die Infrastruktur des Hauses, den Kaffee und auf Wunsch auch einen ihrer selbst gemachten Liköre – die anderen bringen, in strenger Reihenfolge sich abwechselnd, den Kuchen, die belegten Brötchen, das Apérogebäck aus Blätterteig, die Zwetschgenwähe oder den Apfelstrudel.

Marie Ehrensperger, Agnes Büttikofer, Rosina Schlatter und Anna Heierli verkörpern den Geist einer bald vergessenen Generation. Sie sind die eigentlichen Zeugen des Jahrhunderts, doch ihren Geschichten hört kaum jemand zu. Manchmal erzählen sie diese Geschichten Leuten von der Lokalpresse und zeigen dann später die gedruckten Schilderungen stolz den Familienmitgliedern, die in unregelmässigen Intervallen zu Besuch erscheinen. Diese sind dann ihrerseits stolz auf ihre Tante, oder auf ihr „Grosi", wenn es die Grossmutter ist, oder auf die „Gotte", wenn es die Taufpatin ist. Kaum sind die jeweiligen Familienmitglieder dann wieder zu ihrem, meist städtischen, Lebensmittelpunkt zurück gekehrt, versinken sowohl Geschichten wie auch Grosi, Gotte und Tante im Nebel der Vergessenheit – bis zum nächsten Besuch.

So gehört auch Frage: „Weisst du noch..." zu den oft wiederholten Redewendungen während der Gespräche der vier Freundinnen. Die alten Damen mögen zwar nicht genau wissen, was „multi-tasking" bedeutet, doch sie alle vier haben eine grossartige Befähigungen dazu. In ihrem Leben, das sich ihren jungen Familienmitgliedern so beschaulich darbietet, hatten sie mit vielen Veränderungen zu kämpfen, hatten verschiedenste Tätigkeiten und Arbeiten auszuführen, die sie oft von Grund auf und in kürzester Zeit zu erlernen hatten. Ihnen allen ist eine Grundhaltung der Disziplin zu eigen, ein fester Wille und grosses Durchhaltevermögen. Sie selbst würden sich nie so beschreiben. Ihr Kommentar dazu ist: „Man hat es halt immer so gemacht." – „Man steht eben früh auf, dann hat man mehr Zeit." – „Man hält Sorge zur Sache...". Dies sind die drei grossen Glaubenssätze jener Generation, die Zeuge mindestens eines der grossen Weltkriege war.

Wenn ihre Enkel, Grossneffen und Grossnichten, altkluge Teenager in Mittelschulausbildung, von den Eltern erziehungs-strategisch auf diese Eigenschaften angesprochen werden, zucken sie jeweils nur gelangweilt die Schultern und entgegnen: „Die Grosseltern wurden halt damals so erzogen....". Punkt. Basta. Ist nun mal so. Man wurde „früher so erzogen". Darauf schlendert der besagte Teenager lässigen Schrittes Richtung Bad, wo er die nächste Stunde mit ausgiebiger Körper- und Schönheitspflege beschäftigt sein wird. Schliesslich ist es Samstagmittag, man ist gerade aufgestanden, also was soll der ganze Stress! Inzwischen setzt sich eine verzweifelte Mutter im Zimmer des Teenagers auf dessen Bett, von dem sie vorher noch die Kleider der letzten Woche, das Biologiebuch, ein Lineal, einige zerknautschte Comichefte, sowie zwei Hip Hop CDs und einen Farbstiftspitzer mit nur lose zugeschraubtem Deckel zur Seite schiebt. Dann betrachtet die Mutter still die rauchenden Trümmer ihrer eigenen Erziehungsarbeit und verwirft nacheinander diverse Folgeszenarien wie zum Beispiel: Laut losheulen und schreien, drein schlagen und den Stuhl an die Wand werfen, den ganzen Krempel des Teenagerzimmers aus dem Fenster schmeissen, das Haus anzünden – oder zumindest weit weg davonlaufen. Keines dieser Szenarien bietet substantielle Hilfe, doch jedes einzelne davon würde sofort alle weiteren Familienmitglieder in einer Phalanx gegen die Mutter vereinen, in der ungläubig unschuldigen Frage: „Was hat sie denn nur? Ist was passiert?" Eben nicht. Eben ist nichts passiert. Das ist es ja. Doch was tun, wenn der eigene Nachwuchs, um dessen Zivilisierung man sich nach bestem Wissen und Gewissen, und nach neuesten pädagogisch wissenschaftlichen Erkenntnissen bemüht hat, einem schnoddrig um die Ohren haut: „Grossmutter hat Disziplin und ist ordentlich, weil sie eben so erzogen wurde."

Erstaunlich ist dann nur, warum dieser Nachwuchs, der jetzt eine halbe Stunde lang schon den Föhn im Bad auf Hochtouren dröhnen lässt, zum rücksichtsvollsten, hilfreichsten und ordentlichsten Engelsgeschöpf auf Erden wird, wenn er, oder sie, einmal im Jahr zwei Wochen lang das grossmütterliche Wohnhaus mit seinem Aufenthalt beehrt. Dann wird plötzlich freiwillig Geschirr gewaschen und sogar abgetrocknet (*nein, das Grosi hat keinen Geschirrspüler...*) Das Bett wird jeden Morgen schön akkurat gemacht (*voll komisch, so mit diesem Unter- und Oberleintuch ...*). Man hilft sogar bei der Gartenarbeit und beim Einmachen der Früchte und Gemüse im Sommer (*Nüsse knacken ist cool und Konfitüre kochen ist lässig...*). Im Winter räumt man sogar freiwillig Schnee vor Grossmutters Haustür und baut damit einen Schneemann, und vergisst sogar eine ganze Stunde lang aufs Smartphone zu schauen... Verblüffte Eltern hören dann vom Teenager Sätze wie: „Das ist etwas anderes als daheim..." – „Bei Grosi macht das eben Spass..."

. . . . . ● ● . . . .

Einmal im Jahr ist im Häuschen von Marie Ehrensperger Grossandrang. Da kommen nicht nur ihre Kinder mit den Enkeln zu Besuch, nicht nur die Cousinen und Cousins mit den entsprechenden Familien sondern auch noch die meisten Pflegekinder, die sie jahrelang grossgezogen hatte. Neunzehn waren es insgesamt. Neunzehn Pflegekinder nebst ihrer eigenen Familie. Jeden Sommer gibt es zu Ehren von Maries Geburtstag deshalb ein grosses Fest. Marie ist achtzig Jahre alt, und der Blick zurück auf ihr Leben macht ihr Freude. Man muss schon ein ausgeglichenes Gemüt haben, um an diesem Leben voller Arbeit Freude zu haben. Marie kam als junges Mädchen mit italienischem Nachnamen aus dem St. Galler Rheintal ins beschauliche Dorf im Zürcher Gebiet als sie einen

Einheimischen heiratete. Ihr Mann war Bäcker. In dem Haus, das sie mit achtzig Jahren noch immer bewohnt, hatten sie ihre Backstube und den Laden. Zusammen verdienten sie ihren Lebensunterhalt mit der Bäckerei, das älteste der drei Kinder übernahm schon bald die kleinen Botengänge und Auslieferungen im Dorf. Es hätte ein glückliches, beschauliches Familienleben werden können, doch der Mann, das Haupt der Familie, der Bäckermeister und Geschäfts-inhaber starb unerwartet. Die Bäckerei konnte nicht mehr weiter geführt werden und Marie musste sich nach anderweitigen Möglichkeiten umsehen, wie sie sich selbst und ihre Kinder über die Runden brachte. Die Entscheidung war schnell gefällt, denn das Wohnhaus gehörte nun ihr und sie hatte Platz genug um Pflegekinder bei sich aufzunehmen. Als wäre es Maries Lebensaufgabe gewesen diesen neunzehn Kindern einen Neuanfang zu ermöglichen, ihnen Werte zu vermitteln, die sie in ihren eigenen Leben weiter brachten. Als hätte der Bäckermeister Ehrensperger jenen neunzehn Kindern freiwillig Platz gemacht...

· · · · • • · · ·

Rosina Schlatter ist die quirligste der vier Freundinnen. Sie ist die Abenteurerin, die ledig gebliebene, das „Fräulein Schlatter". Krankenschwester hatte sie gelernt in jungen Jahren. Von da an ging es von Anstellung zu Anstellung, von einem Spital ins andere, von Schwesternwohnheim zu Schwesternwohnheim. Eisern hatte sie gespart und sich noch zur Hebamme ausbilden lassen. Eine weitere Sparrunde bescherte ihr das Autofahren und eine Anstellung als

Gemeindeschwester. Rosina gefiel ihre Unabhängigkeit und ihr eigener Verdienst. Freudenschauer und Wonnegefühle hatte sie nicht nur wegen des einen oder anderen Liebhabers, sondern auch wegen der stetig wachsenden Summe auf ihrem Sparbüchlein. Doch plötzlich fingen die Menschen um sie herum mit höflich verdecktem Tadel auf ihren Zivilstand hinzuweisen. Die Mutter sprach plötzlich davon, dass Rosina nun in einem Alter sei, indem es zu spät werden könnte .... der Vater redete auf einmal von der Pflicht gegenüber dem Vaterland .... und die Vorgesetzten der Gemeinde liessen hin und wieder Anspielungen fallen wie Ehrbarkeit und Ehe. Rosina hatte verstanden. Sie handelte. Innerhalb nur weniger Monate hatte sie sich Informationen beschafft, hatte Briefe geschrieben, Telegramme geschickt, war zu Ämtern und Büros gereist, um sich alle notwendigen Papiere zu beschaffen und hatte sogar erfolgreich die Hilfe des Pfarrers in Anspruch genommen, der ihr im Gespräch mit ihren Eltern beistehen sollte. Der Pfarrer hatte auf das Verständnis der christlichen Pflicht gegenüber dem Nächsten gepocht, soziale und entwicklungshelferische Aspekte bemüht und den hervorragend guten Ruf, der solchen Aktivitäten zu folgen pflegte – und schon bald war Rosina, nach rührenden Abschiedszenen, Richtung Afrika unterwegs, wo sie die folgenden Jahre als Hebamme, Pflegerin und allgemeine medizinische Hilfe verbringen würde. Rosina floh leichten Herzens und positiven Gemütes vor der Ehe und der gezwungenermassen daraus folgenden Anpassung an Leben und Arbeit eines Mannes und eventueller Kinder – und sie flog mit strahlendem Lächeln im Gesicht ihren glücklichsten und in vielerlei Hinsicht fruchtbarsten Jahren ihres eigenen, freien

Lebens entgegen. Als sie damals in Westafrika aus dem Flugzeug stieg und zum ersten Mal die tropische Luft einatmete, war ihr als hätte sie eine verlorene Heimat wiedergefunden.

Etwa fünfzehn Jahre später trat Rosina Schlatter die Rückreise in die Schweiz an. Als eine erfahrene und angesehene medizinische Fachperson, deren Arbeit vielen Menschen die Gesundheit zurückgebracht und sogar das Leben gerettet hatte, stieg sie in das kleine Sportflugzeug, welches sie zum einem international Flughafen bringen würde. Nach einer hektischen Reise und dem Umsteigen in Paris fand sich Rosina beim Verlassen des Flugzeugs in Zürich in einer anderen Welt wieder, wo sie fortan als ein „älteres Fräulein" und ohne besonderen sozialen Status einen neuen Lebensabschnitt beginnen würde.

Der Grund für die Rückreise war der Tod des Vaters und das beginnende Kränkeln der Mutter. Die Mutter brauchte Pflege. Was lag näher, als dass die medizinisch ausgebildete Tochter diese Pflege übernehmen würde? Mit Wehmut hatte sich Rosina von ihrem afrikanischen Arbeitsplatz, von Freunden und Kollegen verabschiedet. Mit Gewissensbissen stellte sie fest, dass sie sich nicht auf die Reise in die Schweiz freute. Aus Pflichtgefühl schob sie jedoch diese Gedanken zur Seite und versuchte tapfer das Positive an der noch unbekannten, neuen Lebenssituation zu finden. In nur zwei Koffern hatte ihre ganze Habe an Kleidern und Andenken Platz gefunden. So stand sie nun, erschöpft von der Reise, doch mit reichem Erfahrungsschatz und festem Willen, vor der Haustür ihrer

Mutter. Im Unterschied zum kalten, nieslig grauen Zürcher Novembernachmittag erschien ihr der afrikanische Lebensabschnitt – trotz der Härte der Arbeit, trotz sich häufender Gefahr durch politische Unruhen, trotz Versorgungsknappheit und Mangel an medizinischem Material – als paradiesisch durchwärmt und von Sonnenschein durchstrahlt.

Die Schweiz, die sie bei ihrer Landung in Zürich-Kloten angetroffen hatte, war ein Land, das damals immer noch unter dem Schock der Ölkrise und der darauf folgenden Arbeitslosigkeit litt. Ein Land, das sich plötzlich mit Studentenaufständen, AIDS und der gesetzlichen Gleichstellung von Mann und Frau konfrontiert sah.

Entschieden und praxisbezogen, begann Rosina nach und nach ihr neues Leben zu gestalten. Als erstes erstand sie einen robusten, preiswerten Kleinwagen – schliesslich wollte sie mobil bleiben.

Um nicht mit der kranken Mutter zu vereinsamen, trat Rosina dem örtlichen Frauenverein bei und beteiligte sich von da an emsig an Anlässen für Dorf und Kirchgemeinde. So lernte sie auch ihre zukünftigen Jass-Partnerinnen kennen, eine Freundschaft, die bleiben würde bis dass der sprichwörtliche Tod sie schied.

· · · · ● ● · · · ·

Das Gespräch der vier Freundinnen plätschert weiter dahin, bezieht sich auf Aktualitäten, driftet immer wieder ab zu den Geschichten der Vergangenheit.

Es sind Zeitzeugenberichte einer Welt, von der ihre Enkelkinder nur eine nebelhafte Vorstellung haben. In dieser Welt kamen Kriege vor, die sich gleich hinter der Landesgrenze abspielten. In dieser Welt hatte man auch schon Angst um die erwachsenen Männer der eigenen Familie, die am „Aktivdienst" des Zweiten Weltkriegs teilgenommen hatten.

Geschichten werden erzählt, die rührend sind: Von den Besuchen, die Agnes als junge Frau vom elterlichen Bauernhof im Baselland zu ihrem Verlobten im St.Gallischen Rheintal unternahm. Mit dem Fahrrad war sie unterwegs gewesen. Zwei Tage hin, zwei Tage zurück, mit Übernachtung in einem Gasthaus, oder dort wo es „Zimmer frei" gab. Oder jene Geschichte über den Schulweg in den Haushaltunterricht, der in einer nächstgelegenen Kleinstadt stattfand. Zwei Stunden Fussmarsch lagen zwischen Dorf und Kleinstadt. Zwei Stunden auf einem Waldweg und über einen Hügel. Zwei Stunden hin, zwei Stunden zurück bei jedem Wetter, bei Regen, Schnee und Eis. Das wäre gar nicht so schlimm gewesen, beteuert Agnes, denn zum Aufwärmen hätten die Mädchen den Modetanz Charleston geübt und sich dabei an den Messingstangen der eisernen Kochherde festgehalten, in denen bereits das Feuer brannte.

Dann erzählt Agnes von ihrer ersten Arbeit nach der Schneiderinnenlehre. In einem Basler „Herrschaftshaus" war sie als Weissnäherin angestellt und hatte sich um das Anfertigen und Instandhalten von Bett-, Tisch- und Unterwäsche zu kümmern. Zu dieser Anstellung gehörte damals auch ein Mansardenzimmer im Haus der Arbeitsgeber. Einmal hätte sie nichts mehr zu tun gehabt war aus lauter Langeweile in die Küche gegangen, wo sie der Köchin beim Rüsten der Möhren, der „Rüebli", half. Das wäre bei der „Madame" gar nicht gut angekommen, denn von den „Rüebli" hatte Agnes gelb gefärbte Finger bekommen, und die „Madame" befürchtete Flecken auf ihrer kostbaren Weisswäsche. Fortan blieb die Küche für Agnes Sperrgebiet.

Eine abenteuerliche Geschichte erzählt von ihrer nächtlichen Heimkehr über die Hausdächer! An einem freien Abend war Agnes während der Basler Fasnacht in der Stadt gewesen und hatte keinen Hausschlüssel mitgenommen. Gegen Mitternacht wieder beim „Herrschaftshaus" angelangt, fand sie die Hintertüre verschlossen, die sonst immer offen stand. Was nun? Die unerschrockene Bauerntochter fand schliesslich in der Nachbarschaft eine Möglichkeit an der Fassade hochzuklettern und über die Dächer zum immer offen stehenden Dachfenster ihres Mansardenkämmerchens vorzudringen.

· · · · · ● ● · · · ·

Anna Heierli erinnert sich dagegen an die ebenso abenteuerliche Überraschung, als sie eine Stelle antrat, die ihr vom Verein „Freundinnen junger Mädchen" vermittelt wurde. Dieser schweizweite Verein organisierte Arbeitsstellen für junge Frauen als Hilfspersonal, Haushaltangestellte,

Kindermädchen. Die Institution garantierte Seriosität bei Arbeits- und Anstellungsbedingungen. Allerdings konnte man nie so richtig wissen… Anna fand sich auf einem abgelegenen Bauernhof im Kanton Neuenburg wieder. Die Bewohner des Hofs waren eine ältere, schwerkranke Witwe und ihre zwei erwachsenen Söhne. Die jungen Männer bemühten sich alleine und mit allen Kräften den Bauernbetrieb aufrechtzuerhalten, arbeiteten aber nebenbei auch noch als Fabrikarbeiter. Eine Ablösung für die Mutter tat not – und ebenfalls eine Pflegerin. Die damals siebzehnjährige Anna packte entschlossen an. Sie pflegte die bettlägerige Frau, die an Wassersucht litt, brachte den verwahrlosten Haushalt auf Vordermann, putzte, schrubbte, wusch, bügelte und nähte, kochte, kümmerte sich um Hund, Katz und Hühnerhof, um den Garten und die Vorräte. Am Abend eines jeden Tages sank sie ins Bett, mit schmerzenden Händen und Füssen, doch im Bewusstsein etwas sehr Sinnreiches zu tun. Die beiden Söhne waren sehr dankbar, wünschten sich nichts sehnlicher, als dass die Haushalthilfe Anna bleiben möchte – und trotz der schweren Arbeit wollte Anna bleiben. Nach einem dreiviertel Jahr kam eines Tages eine Kontrollperson des Vereins „Freundinnen junger Mädchen" vorbei – und erschrak wegen der Arbeitsbedingungen. Die Kontrollperson redete ernsthaft mit den beiden Jungbauern, und setzte ihnen auseinander, dass sie einem noch minderjährigen Mädchen keine solche Verantwortung und Belastung zumuten könnten. Bei Anna entschuldigte sich die Kontrollperson. Der Verein hätte nicht gewusst, dass es auf diesem Bauernhof so zu und hergehe. Anna erklärte, sie fühle sich hier sehr wohl, ja die Arbeit sei gewiss streng und viel, aber das mache ihr nichts aus, das wäre sie von zu Hause gewohnt. Ausserdem hätten sie es hier alle gut miteinander und die Bäuerin spräche auf ihre Pflege gut an, sie könne sie doch nicht alleine lassen! Da entsetzte sich die Kontrollperson noch viel mehr. Anna könne hier nicht bleiben, und die Bäuerin müsste in ein Krankenhaus, und, nein, das gehe hier wirklich so nicht. So packte Anna einige Tage später ihr Köfferchen und nahm unter vielen Tränen und Beteuerungen Briefe zu schreiben, Abschied vom Neuenburger Bauernhof und fuhr nach Hause. Drei Jahre später heiratete sie, bekam in den folgenden anderthalb Jahrzehnten fünf Kinder, leitete die örtliche Sonntagsschule und die Tätigkeiten des Landfrauenvereins. Nimmermüde, auch mit bald achtzig Jahren.

. . . . . ● . . . . .

Ein Praktikum würde die Enkelin jetzt machen, erzählt Agnes. Ein Praktikum – weiss Gott, was für eine Arbeit das sei. Früher da wäre man ins Welschland gegangen, um bei einer Madame die richtige Haushaltführung und die dazugehörige Kinderbetreuung zu lernen. Die „Rüebli-RS" hiess doch das! Die Rekruten-Schule des Haushalts für die Mädchen – die Burschen hatten schliesslich zur gleichen Zeit die richtige Rekrutenschule zu absolvieren, ihre militärische Grundausbildung. Aber so ist es heute nicht mehr. Heute machen die Jungen alle ein „Praktikum". Ist denn das Erlernen wie man einen Haushalt führt kein „Praktikum"? Ein geordneter Haushalt ist doch das Praktischste, was man sich vorstellen könne, oder nicht?

Obwohl, das Haushalten im Welschland hatte auch so seine „praktischen" Seiten – die alte Dame kichert vor sich hin.

Aber sicher, entgegnet ihre Freundin, da hätte man doch auch die französische Sprache üben können und in die Schule sei man auch geschickt worden.

Ja, ja, schon, – sagt Agnes, aber das meine sie nicht. Das „Praktische" wäre eben die gelernte Kinderbetreuung gewesen, denn so manches Mädchen, hätte sich aus dem „Welschlandjahr" zu ihrer Überraschung ein eigenes Kind mitgebracht. Die Madame konnte schliesslich nicht alles so genau kontrollieren. Weisst du noch? … das Käthi damals ….

Ja, das Käthi, sagt Anna, – von wem war die doch gleich? … Ah ja, von den Grossenbachers in der Rossweid. Ja, eine hübsche Bauerntochter, aber es war ihr in den Kopf gestiegen, dass die welsche Familie sie „Catherine" nannte. Ausserdem, die hatte doch einen Schatz, der auch im Welschen die Rekrutenschule machte, da konnten sie sich an dem einen oder anderen Sonntag treffen. Die welsche Madame hatte nichts dagegen. Die mit ihrer „französischen Lebensart", die haben das halt schon damals anders gesehen, als die Deutschschweizer. Aber am Schluss stand das Käthi eben da – siebzehn und schwanger! Wenigstens war der Bursche anständig und es gab eine Hochzeit. Aber das Käthi musste damals die Einwilligung vom Vater einholen! Dem war das nicht so recht, dass seine Tochter im Welschland vom Storch gebissen wurde. Der war schon ein bisschen „hässig" deswegen, und seine Frau hätte anscheinend lange Gespräche mit ihm gehabt. Doch schliesslich kam dann alles gut, und das

Käthi hat geheiratet und zwei Jahre später noch ein Kind bekommen. Jetzt sind sie eine schöne Familie, und da sei man auch sehr froh gewesen um die eingeübte Haushaltführung und Kinderbetreuung! Diese Kinder wären jetzt auch schon bald erwachsen; in die Lehre würden sie jetzt gehen, und der Grossvater sei jetzt mächtig stolz auf seine Enkel – seufzt die dritte Freundin ... da sieht man wieder, wie schnell die Zeit vergeht...

Epilog

Die Enden der Mittendrinkrisen

Das Leben ist komplexer als eine Erzählung – Über Erinnerungen und verstrickte Tatsachen – Das Gute an Mittendrinkrisen: „Am Ende haben wir alle etwas zu erzählen".

Hier endet nun das Buch, doch nicht die Geschicke der Frauen mittendrin, und auch nicht der dazu gehörenden Männer und Kinder. Vielleicht endet die Mittendrinkrise, denn sonst wäre sie keine Mittendrinkrise, sondern ein Dauerzustand. Manche scheinen es dafür zu halten. Jedoch das Tröstende an Krisen ist, dass sie vorüber gehen. Vielleicht münden sie in eine andere Krise – aber eben, das ist Ansichtssache. Krisen sind dazu da, dass man aus ihnen lernt. Alte Indianerweisheit. Leider keine Weisheit globaler Politiker, doch das liegt vielleicht daran, dass globale Politiker keine Indianer sind. Aber lassen wir das. Hat man aus einer Krise etwas gelernt, so sollte dies bei der Bewältigung der nächsten Krise hilfreich sein – sofern man sich daran erinnert.

Die Erinnerung unterliegt eben auch geheimnisvollen Einflüssen. So wie das Wetter. In der Erinnerung verschwimmen oft Tatsachen, andere treten dafür umso deutlicher hervor. Manche Tatsachen sind auch viel zu sehr miteinander verstrickt, so dass es schwierig ist sie zu erzählen. Erzählung und Erinnerung verdichten sich im Zeitraffer zu völlig neuen Tatsachen. In Wirklichkeit spielen sich die Tatsachen meist in einer viel komplizierteren Reihenfolge ab, doch das verwirrt die Erzählung nur. Deshalb ist die

Wirklichkeit viel verwickelter und viel schillernder, als es eine Erzählung je sein kann.

In einer Erzählung kann man Spannung aufbauen und den Leser auf eine gefährliche Szene vorbereiten, die er demnächst lesen wird, sofern er mit der Lektüre des Buches fortfährt. Dann schreiben Autoren Sätze wie: „......es wäre alles gut gegangen, wenn sie nicht......" oder „.....als sie das tat, da wusste sie noch nicht, dass....." oder „......wäre sie an jenem Abend zu Hause geblieben......" Die Neugier wird nach solchen Sätzen oft unerträglich. Im Film käme dann noch die entsprechende musikalische Untermalung dazu. Doch in der Wirklichkeit gibt es keine hinweisende Musik darauf wie sich das Leben in den nächsten Tagen, Stunden, Minuten entwickeln wird. Es gibt keine Warnhinweise in Form von neuen Abschnitten oder Konjunktivsätzen. Das Leben kennt keinen Konjunktiv, kein hätte, wäre oder würde... Das wirkliche Leben spielt sich unbestechlich im Indikativ ab und seine Geschichten sind weitaus vielfältiger, da sie keinem Erzählrhythmus und keiner Struktur folgen müssen. – Seien wir alle froh darüber, denn am Ende haben wir alle etwas zu erzählen.

Fortsetzung der "Frauen mittendrin", nächstes Buch:

Teil 2. - Marcelas stille Integration